回不去的故乡

江月卫 著

山西出版传媒集团
北岳文艺出版社
·太原·

图书在版编目（CIP）数据

回不去的故乡 / 江月卫著. —太原：北岳文艺出版社，2019.1（2025.4重印）
ISBN 978 - 7 - 5378 - 5595 - 2

Ⅰ.①回… Ⅱ.①江… Ⅲ.①长篇小说—中国—当代 Ⅳ.① I247.5

中国版本图书馆 CIP 数据核字（2018）第 038385 号

书名：回不去的故乡	特约编辑：李 路 韩玉龙	封面设计：杨梦清
著者：江月卫	责任编辑：李向丽	排版设计：百川视觉

出版发行：山西出版传媒集团·北岳文艺出版社
地址：山西省太原市并州南路 57 号 邮编：030012
电话：0351 - 5628696（发行部）
0351 - 5628688（总编室） 传真：0351 - 5628680
网址：http://www.bywy.com E - mail：bywycbs@163.com
经销商：新华书店
印刷装订：三河市同力彩印有限公司

开本：710mm×1000mm 1/16
字数：278 千字 印张：17.25
版次：2019 年 1 月第 1 版
印次：2025 年 4 月河北第 3 次印刷
书号：ISBN 978 - 7 - 5378 - 5595 - 2
定价：69.80 元

他的一生

需要两个坟墓

一个是故乡的黄土掩埋影子

一个是他乡的火焰焚化肉体

——题记

目　录

第一章	1
第二章	23
第三章	42
第四章	59
第五章	88
第六章	111
第七章	121
第八章	138
第九章	165
第十章	195
第十一章	215
第十二章	228
第十三章	250

第一章

1

强生被省广播学院播音系录取的消息,已被学校里的高考录取榜公布,可他迟迟没有收到录取通知书。在法制不甚健全的年代,好好一个人突然被关进牢里的事都会发生,一张录取通知书随时被拿走就更没什么大惊小怪的了。

其实,要强生去拿录取通知书的电话打到村支书仲生家好几天了,可他一直没有告诉强生。那时,整个天井寨就只有一台摇把子电话安在村支书仲生家。钱列为要儿子强生在乡上赶集的时候去问一下。强生说:"乡里那么大,去问哪个啊?"钱列为也不清楚,含糊地说:"到乡里去乱问吧!"他捆了一捆棕,大概有十五六斤,要强生卖了吃碗粉当中午饭。到集市上赶场,能吃一碗粉是天井寨人的一件幸事。在那个时代的湘西农村,许多事今天是难以理解的,有的一家人去赶集,为的就是去吃一碗粉,然后,这走走那瞧瞧,看看热闹又回来。

强生正在卖棕的时候,遇到同班同学张伟,他考上了军校,见到强生就问:"哪天去报名?"

强生说:"通知书还没收到呢!"

"你还没去拿?我的早就拿了!"张伟说完拉着强生往外面走。强生木木地跟着张伟,不知要到哪儿去。

一直走到乡里的邮电所,张伟才松开强生的手。邮电所那位穿蓝制服的阿姨见到强生,很和蔼地说道:"山沟里飞出金凤凰了,不错嘛,还是播音专业!"强生的眼睛被那印有红色学校名的信封深深地吸引了,阿姨喊强生签字,喊了两声他也没有听到,还是张伟在旁边提醒:"喊你呢!"强生才醒过神来。

穿蓝制服的邮电阿姨说:"怎么今天才来拿?"

强生说："我不晓得。"

"不晓得？"邮电阿姨有些吃惊地说："我亲自打电话告诉了你们村的村支书啊！"

强生说："没有人告诉我！"那时的强生说话一点也不老练，直来直去的。

走出乡邮电所的时候，强生把信封拿在手上，还故意把写着校名和名字那边露出来，想让乡上更多的人看见。其实，全乡就只有强生和张伟考上大学，不用宣传，只要想了解这方面信息的人都会轻而易举地知道。

乡政府的书记、乡长都知道了，他们在街上遇到钱列为都向他表示祝贺。钱列为高兴得逢人就说书记和乡长很关心百姓生活。那个时代，能够得到书记和乡长的一声问候或祝贺，比吃喜糖还高兴。

事情就这么巧，强生回家的时候，正好遇上村支书仲生，他到乡政府开完会回去。其实，强生不想跟他一起走，想躲但来不及了。

"你今年考得怎么样？"仲生主动问强生，他的孙子大石和强生是一届的，他经常给大石送米送钱去学校，知道强生今年参加高考。

强生说："今天来拿录取通知书。"他脸上显出一分得意，然后就直直地问，"今天到邮局拿通知书，邮局的阿姨给我讲，他们已打电话给你，要你通知我，你怎么不通知我呢？"

仲生突然就生气了，声音也大了起来，说："什么时候打的电话？"见仲生生气，强生有些害怕，便不再作声。见强生不作声了，仲生又自言自语地说道："这个问题呢，上大学也是吃饭，不上大学也是吃饭！"

强生毕竟还年轻，没有听出仲生后面那两句话是对自己的忌妒，反而问道："你家大石得通知了没有？"强生和大石从小学到高中都一起读书，有一定感情。虽然他知道学校的录取榜上没有大石的名字，但也许有什么例外呢！

可能是见强生问得诚恳，仲生声音放低了几度，老实地答道："晓得他的，不晓得考得怎么样！"

强生安慰道："他们可能后面点，我是学专业的，通知书先来。"

"哦！"仲生嘴里回应着，心并没在嘴上，其实他不知什么叫专业生，他也无心关心强生，想的是他家大石的事。此时，他想的是如果他家大石考不上大学，在天井寨就丢脸了。

强生和仲生支书就这样，一路闷声不响地走了二十多里路回到天井寨。

钱列为拿着强生的录取通知书看了又看，看了又看，最后说："字写得不怎么好。"他说的是强生的名字。整个录取通知书只有那个名字是手写的，别的都是电脑打印的，从那娟秀的字体可看出，应该是一位女工作人员写的。名字写得怎么样不会影响强生上大学，他取笑父亲迂腐，说："官不嫌字丑，叔二坤的字写得好有什么用？还不只是在天井寨给人家写对联。"

钱列为隐藏着心中的喜悦，说："你的字写得差，就替字写得差的人讲话！"

强生笑了笑没有作答。钱列为又对录取通知书盯了一会儿，问大女儿："家里还有什么菜不？晚上喝一杯。"

大女儿想了想说："这些天来太热了，鸡也没下蛋，哪还有什么菜。"其实，钱列为问的是家里有没有腊肉。天井寨没有冰箱，买了新鲜肉没地方放。那个年月，莫说天井寨，即便城里有冰箱的人家也不多。再说，也没几家平时舍得买新鲜肉。吃的都是腊肉，腊肉能放，有的人家可以放一年。

强生家莫说腊肉了，就连鸡蛋也没有。钱列为想了想说："那炒盘黄豆吧！"然后又差强生去村口的小卖部打了半斤白酒来。

正当钱列为喝到第二口酒的时候，屋外有人喊了。

"哪个啊？进屋来！"钱列为一面应承，一面将瓶中所有的白酒一口喝了下去。

进来的是钱列坤，钱列为故意有些不好意思地说道："只有半斤酒，刚好喝完，你只要早一秒钟就还有一杯。"

钱列坤说："我放下碗就来！听说你家强生考上大学了，来看看！"

"谢谢关心！谢谢关心！强生，快去把录取通知书拿来给叔二坤看看。"天井寨人特别讲究礼数，喊人总是将称谓放在前面，后面才是排行，排行之后再是名。即使俩人吵架也不直呼其名。钱列坤排行老二，按班辈，强生喊他叔，因此喊他叔二坤。

钱列坤故作惊讶地问道："大石还没得通知吧？"

"没听说。"钱列为不作发挥地答道。

钱列坤说:"干什么都还是要有点根根的,不是个个想做就做得到的!"他的意思是钱列为家曾是地主家庭,当年很辉煌,现在又要复兴了。

这话钱列为爱听,可是还是装出无所谓的样子,说:"那些都是什么时代的事了?还提它干什么!"

钱列坤说:"这都是明摆着的。"说着说着,便把天井寨几家搬出来一一比较,感觉现在都还不错。

钱列为心里乐呵呵的,但脸上没有表现出来。

钱列坤吸了一口烟后,慢慢吐出来说道:"我们老了,就这样在天井寨过一辈子了,你们还年轻,路还长。出门在外,和为贵,不要树敌去害人。"

大石也收到了上大学的通知,是那种自费的,就是自己要出学费、生活费什么的,而且毕业后不包分配。那时的大学,哪怕是中专毕业都是国家统一分配。因此,农村孩子只要考上大学,户口就直接转为非农业户口,也就是城市户口。可自费的,除了那一纸毕业证书外,别的什么都没有,还是完完全全的农民。

村子里没几个人知道这些路数,跟着奉承仲生,说:"你孙子也考上大学了,真是恭禧呀!"仲生好面子,在村子里不说实情。当然,他说了,村上的人未必能明白。

可这户口问题做不得假。大石和人家强生一样,上大学就得把户口转为城市的啊。人啊,顺风顺水起来,做梦都要笑醒,可以说,正在仲生想睡觉的时候,别人就给他送来了枕头。正在这时,上面来了一个政策,可以买"蓝印户口"。不知道这个名字是谁发明的,仲生猜想,可能是城市居民户口簿是蓝色的原因吧。

蓝印户口和城市居民户口有一样的效能,都属于非农业户口。户口簿不细看,还真分不出,不是分不出,而是完全一样的,只是内芯处有一个标志,筷子头那么大小的"蓝印"两个红字。买一个蓝印户口要四千,在那时,是要卖十二头肥猪或者两三头牛才够本。

仲生动用了所有积蓄,还借了外债,才凑齐四千块钱,一咬牙给大石买了个"蓝印"的居民户口。一夜间,大石也成了准城里人。如果按钱列为那狭隘的思想,大石也得改名叫四千了。可人家仲生是村支书,觉悟高,想的是孙子的前途,四千块钱算什么,就是十个四千也要办!才不像钱列为那么小肚鸡肠，被罚了八百六十块钱，就镶在强生的名字里，给强生取了个钱八六的名字，那多难听啊！

  天井寨买蓝印户口的不止仲生一家。整个天井寨大大小小有十多户人家都给儿子或孙子买了蓝印户口。在县农业局即将退休的钱志远，花了他工作几十年的全部积蓄八千元，在他退休之前，总算给孙子、孙女分别买了蓝印户口，最后终于长长地嘘了一口气，说这一辈子终于了结了自己的心结，也是他一辈子做得最出彩的一件事。

  为户口的事，牧瞎子和他爹差点打起来了。牧瞎子从小学到高中一直高强生两个年级，高考第二次复读时和强生一个班。他们毕竟是一个地方的，和大石一样，平时喜欢在一起玩。牧瞎子是独子，他爹一心想要他"跳农门"，可是今年复读第二次了，还没有考上大学，又差三分没上线。当爹的本来就不高兴，牧瞎子更是不痛快。这高考的事也真是怪，平时牧瞎子的成绩也不差啊，可高考就是上不去，去年复读了一年还差五分，他爹让他再复读一年，牧瞎子也有决心，心想不就差五分吗？一个月挣一分，一年下来再怎么也要挣十二分。没想到他的计划还是不能实现，与上年比，他多了二十来分，可这年的录取分数线又增加了，他还是差三分才上线。牧瞎子的爹还想他再复读一年，牧瞎子死活不肯再复读，说自己本来眼睛就小，现在都近视了，同学们都叫他牧瞎子了，再整天读书，眼睛就要读瞎了，说再怎么也要像大石那样读一个自费的。作为自费生，牧瞎子上了线，但他爹认为读自费的大学又不分配工作，读了没什么意义。

  牧瞎子说："那就得像大石那样买一个城市户口，读出来就有工作了。至少还能招工进厂当工人。"

  牧瞎子爹说："家里又不是开银行，哪有那么多钱！"

  牧瞎子毕竟才十几岁的人，哪能理解家里的情况，脾气突然爆发出来，恶狠狠地说："人死面朝天，不死又过年。不买就不买，书我也不读了！"

2

  强生与父亲钱列为先是走了十多千米路到乡里，从乡里坐了中巴到县城，再从县城坐了一夜的火车到了省城。买的是硬座票，一夜没有合眼。

可能是兴奋的原因，他们感觉不到任何疲惫。其实，村支书仲生也送他孙子大石去省城上大学，仲生曾主动邀钱列为一起去。可钱列为不愿和他一同前往，借故说还要到县城借钱，不知顺不顺利，具体哪天出发还不能确定。

新生入学，永远是大学校园里最热闹的时候，校园里到处彩旗飘展，人喧车闹。挑着一大堆行李，讲着不是很标准的普通话，或者让人听不懂的方言，多数都是父子或父女两人，有的还是一家三口，也有全家出动的，上至奶奶下至年幼的弟妹，一家人就像出门旅游一样。有的还把车直接开到学校，这种人基本上是当官的，也是少数。看到这些场景，强生感觉到矮了人家一截，这感觉驱使他暗下决心，一定要发奋学习，出人头地。

钱列为和强生舍不得进馆子，父子俩吃的堂饭。这是钱列为1960年在生产队吃食堂后又一次吃食堂，当然，此食堂非彼食堂。钱列为有些兴奋，一边吃一边夸菜的味道好，还将他碗中零星的一点肉丝夹到强生碗里。毕竟，强生已是二十岁的人了，钱列为的行为在大庭广众之下让他觉得很没面子，感觉周围的眼睛都在看着自己。但推说好几次都无效，只得埋着头飞快地将饭吃完，把碗往边上一放。这样，钱列为就无法往他的碗里夹菜了。

可钱列为认为强生还没吃饱，像在家里一样硬要将他碗里的饭分一点给强生。强生说吃饱了，钱列为却反复叮咛："出门在外，一定要吃饱哦！要省，家里可以省，在外要同得上伴，不能做让人看不起的事。"

钱列为因为下午就要坐火车回去了。强生父子俩一边走一边聊，报完到，吃完饭，现在终于有时间慢慢逛逛校园了。

大学，顾名思义，真的是很大，钱列为父子俩转来转去还差点迷了路，其实这里只是一个专科学校，不是真正的大学，但这对钱列为来说，已经足够震撼的了，整个校园和他们老家的县城似乎差不多大。强生还看到很多以前只是想象中的东西：篮球场是成片的；学校里面几条纵横交错的十字路口还安上了红绿灯；路边和城市的街道一样绿树成荫；校园里还有个很大的湖，湖边有奇形怪状的大石头，有人坐在石头上看书，有不少情侣手牵着手在说话。钱列为感叹不已，说大城市就是好，连石头都值钱。

在校门口，钱列为坚持自己一个人去火车站坐车，要强生去看书。拗不过父亲，看着父亲的身影和公共汽车渐行渐远，强生想起朱自清的《背影》来，不禁有些惆怅。这次自己算是真正离开了家，离开了亲人，开始独立的生活。但这种一闪而过的惆怅，很快就被即将面对大学生活的喜悦所代替。

强生没什么事，便这走走那瞧瞧。突然间，有个很清脆的女声在耳边响起："师兄，请问……"强生转过脸，看到的是一张圆乎乎的脸。她说："请问学校里的超市怎样走？"问完话，她一脸真诚地盯着强生的眼睛，似乎怕强生不肯回答她似的。

强生明白她与自己一样也是个新生。可不知道怎么回事，一眼看到这个很可爱的女生，就想起学校湖边的情侣。其实，在平时，他看到女孩子就脸红，可这时，也不知从哪儿来了勇气，反问道："为什么叫我师兄？我也是刚来的新生啊！"

那女孩眨了眨眼说："不是吧，你看起来好老啊！"

强生被逗乐了，说："我只是长得一张成熟的脸。"她可能是听强生普通话讲得还可以，于是便和强生多聊了两句，她告诉强生，她叫孟小书，是编导系的。后来强生给她指了去超市的方向。因为半小时前，他才到超市买了桶和脸盆。

晚上，学生会的师兄来通知，七点三十分全体新生到体育馆参加开学典礼和军训动员大会，并且要求全部穿上军装参会。六点半还未到，师兄们已经逐间宿舍叫人下楼集中了，原来各个系要先自行集中列队，再统一进入体育馆。

这是强生第一次完整地见到了全班的同学，早就听说他们播音系的男女比例有点失调，一看果然是，男生只有十来个，而女生的数量则大概是男生三倍左右。强生不停地向前看，因为排队时女生在前。刚从暗无天日的高三过来，他们这些男生似乎都有一种异常的放松，对女生更是有一种内心的渴望。大家边往前看边讨论，可惜的是女生穿起军装后看上去的样子差异不大，因此很难判定本班最漂亮的女生是哪一位。

在排队的时候，强生很留意那个指挥他们排队的学生会师兄，宽松的T恤在牛仔裤的裤带上打了个结，这一身的休闲打扮在全部身穿墨绿的新生当中特别显眼。

进了体育馆,才发觉里面已经成了绿色的海洋,各个系的新生分片而坐,在墨绿中唯一显眼的就是各个系鲜红的旗子:新闻传播学、音乐与舞蹈学、戏剧与影视学、中国语言文学、信息与通信工程等十多个系的旗帜分布在体育场的各个角落。主席台上坐着的一排应该是校领导,由于距离较远,领导的模样,强生一个也没看清。

本来这种集会是最无聊不过的,但对于体育馆里数千名刚踏进大学校园的新生来说,不存在无聊这个词,一切都是全新的。那时,中学开大会都是搬凳子到操场上去。第一次在这么庞大而漂亮的体育馆里开会,还是有些亢奋的。

经历过从小学到中学长达十年的班主任"钦点"班干部的选拔制度后,面对大学中自由竞选、群众投票的选举方式,强生他们这群刚踏进大学校园的青年学子个个无不欢呼雀跃。不用班主任的许多鼓励,同学们便一个接一个自信地站在讲台推销自己。强生宿舍的一位同学很快就走上了讲台。他身高为全班之首,一站上讲台更是显得瞩目。他上台后望了下面一眼,又低下头,清了清嗓子,第一句话就说:"大家看我的样子,不用说,就知道我要竞选什么职务啦,没错,我竞选的是体育委员。我从小喜欢打篮球,中学时也一直担任班里的体育委员,可以说是经验丰富。如果我当选,我将带领全班的同学闪亮在学校的各种体育赛场……"

一位女生说:"我叫夏祈,来自重庆,我喜欢游泳……"

一位男生站起来说:"我要澄清一下,她与我一点关系都没有。"

女生争辩道:"我能与你有什么关系?"

男生说:"我叫游勇,我确实喜欢下棋,特别喜欢下象棋。"同学们拍着桌子大叫大笑。

眨眼间,班上大半的同学都纷纷上了台。这时,坐在前面的同学转过头来对强生说:"喂,你还没上去呢。"

强生是属于那种性格内向的人,其实他心里想竞选的是学习委员或纪律委员之类的,他认为做这类的班干部不像班长或者团支书之类的太过显眼,但好歹也还是个学生干部,很符合他的性格。何况在高中阶段他曾做过学习委员,知道怎样开展工作。同时他也知道,这里再也不能像中学那样隐藏自己,在大学里一定要勇于表现自我,争取当一名优秀的学生干部。

"我叫钱八六,因出生时被罚款八百六十元。"强生才说到这,同学们就笑翻了，笑声打断了他要说的话。见强生停了下来，同学们的笑声小了许多。见同学们对自己的名字这么好笑，强生便故意把小名说出来，心想，让你们笑个够吧！他说："我的小名叫强生，强就是强行的强，生就是生育的生，我是我爹妈强行把我生下来的。"笑声再次席卷整个教室，一个同学笑得将手中的书丢在了地上。也许是强生的名字特别引人注目，也许他的坦诚赢得了同学们的认可，强生还真的竞选上了学习委员。

其实，强生早就苦恼自己的名字了，更何况他读的是播音专业，毕业后从事播音工作，算得上是公众人物了，再用钱八六这样的名多丑啊！强生打算改名。当然，这时他已超过十八岁了，可以自己做主。虽然超过了十八岁后改名也难，但现在是上大学了。

强生打听了一下改名的程序，觉得并不复杂，唯一的要求就是户口本的"曾用名"一栏写上以前的名字。这一点对强生来说无所谓，因为不可能随时随地拿着户口本给别人看。主要程序是给户口所在地的派出所写申请，只要所长同意就可更改了。现在强生的户口就在学校的派出所，离强生只有一步之遥，可这一步强生怎么也走不到。这再也简单不过的事情，却伤透了他的脑筋，想破脑壳也想不出申请改名的理由：现名不好听？怎么个不好听？理由不成立，派出所也不会采纳。和班上的人同名同姓？班上没有第二个钱八六。原名谐音侮辱尊严？钱八六没与什么是谐音，也没有侮辱尊严。

找不出改名的理由，强生便给自己取了一个艺名。现在的明星哪个用的不是艺名，成龙原名陈港生、刘德华原名刘福荣、李玟原名李美林、冯德伦原名冯进财……于是，钱弘裕的原名就叫钱八六了。

强生当着全班同学的面郑重宣布：那个叫钱八六的人从现在开始消失了，一个叫钱弘裕的人取而代之！同学们都能接受强生改的艺名，因为班上有好几个同学都拥有自己的艺名。

3

开学不久的一天晚上，有个陌生的师兄来找强生，说是和强生一个县的。他说周末晚上本校的老乡举行篝火晚会，让强生准时到场，地点就在校外的一处农家乐。强生还是第一次遇上"老乡会"这种事情，开学之后，就经常听到班上一些同学常常议论，哪个地方的老乡会如何如何。大都是以省或市为单位搞老乡会，却未听说过以县为单位搞老乡会。

强生他们播音二班的三十五名同学，来自全国各地，除本省的三个外，别的基本上是一个省有一到两名同学。重点大学面向全国招生，生源自然遍布大江南北。虽然他们学校不是重点大学，但像他们播音系，如果不从全国各地招生，那肯定是招不满的。话又说回来，如果每年一个省培养几十个播音员，哪又要得了这么多播音员？因此，强生他们播音二班的同学来自五湖四海也就不足为奇了。

强生有些不想参加老乡会，因为这只是一个学校里的老乡聚会。周末的老乡会果然如强生所料，十分乏味，感觉浪费了 AA 制所承担的四十块钱。强生在被介绍给师兄师姐时是最隆重的一个，这都是因为他是播音系的。在他们看来，播音系的是最有出息的。可在介绍强生的时候，他并没有像在场很多同学那样兴奋，只是礼貌性地和大家打了招呼。

正在强生感到索然无味之时，一位着牛仔裤红色 T 恤的阳光女孩来了，齐耳的短发是向左边梳理的，墨镜推向了头顶，头发上还别了一枚有点耀眼的金黄色菊花图案的发夹，双手抱着一本时尚杂志放在胸前。她的到来，让强生眼前一亮。强生心想：咱们县也还能出这么漂亮的女孩？

阳光女孩叫蓉蓉，被老乡们推举为当晚的主持人，当然，男主角自然是强生。他俩简单地交流沟通后就出了场。蓉蓉是那种思想成熟并且知识丰富的女孩，强生觉得与蓉蓉做搭档心里不但阳光明媚，而且还有一种激情，是那种让他精神抖擞对生活充满信心的激情。蓉蓉是编导系的，和强生是一届的，但年龄比强生小一岁，和强生一个县的，父母下岗后开了个小酒馆。蓉蓉特羡慕强生是学播音的，她说自己正考虑转系。强生奉承她，说她的普通话比他们班上的同学强多了。其实她的普通话还存在许多问题，如，前后鼻音不分、儿化音不准确等。但人人都喜欢听夸奖的话，蓉蓉也如此。

那天晚上真的很热闹，在熊熊的篝火旁，在强生和蓉蓉的鼓励下，老乡们踊跃参与节目互动，差不多人人都上场表演了。大家一直热闹到晚上十点多，天空突然飘起了丝丝细雨，他们才结束整个活动。这时，一个男孩抱着一把吉他跳到篝火旁，所有的焦点全部集中在他的身上，他自我介绍说与大家是老乡，也在省城上大学，但和强生他们不是同校。他轻轻地划动着琴弦,优美的旋律便缓缓而出,老乡们都很激情地呼喊着,真有一种星光璀璨的感觉。在间奏部分的时候,他讲了一段话,这使强生大为意外。他说:"这首歌的名字叫《蓉儿》,是专为一位叫蓉蓉的女孩写的。"同学们开始起哄,看来,他们都认识她。歌声毕,蓉蓉走近篝火旁,送给了这男孩一个拥抱,老乡们一个劲地呐喊助威。

爱,是从美丽的外表开始的。强生相信这话是真理,大学校园的恋爱,应该是心理上的一种需要,需要爱的阳光雨露。那时候的强生很单纯,喜欢就喜欢,不喜欢就不喜欢,绝没有任何做作。不过,强生对蓉蓉谈不上喜欢,也谈不上讨厌,只是觉得和她在一起快乐轻松。

没多久,蓉蓉真的就转到强生他们班来了。因为和蓉蓉是老乡,再加上强生和她之前就认识,蓉蓉转到强生他们班后,和强生的交往自然就比别的同学多些。因为她是后来的,有些课已经上过了,强生便常常给她补课。其实也没有什么要补的,只是给她指出一些要注意的问题,比如前鼻音、后鼻音、儿化音什么的,要她有针对性地练习。没事时,强生也要求她学着中央电视台的播音员一样播些新闻。一次,强生听见她说"现在播送本台收到的刚刚消息"。强生反问她:"什么?"她又说了一次,没觉察出其中的错误。初学播音的,此类的笑话犯得不少,强生也如此。如"如果您对我们的节目和意见有什么看法""现在我们电线连话在现场的记者""在打击车匪路霸的行动中,有他的身影;在拐卖妇女儿童的行动中,有他的身影"……

强生和蓉蓉交往久了,好像就少了那份激情,和白开水一样,很平淡但又不能少。几天不见她,强生觉得好像少了点什么,但和她在一起后,又觉得没有什么特别激动之处。

那天是周六,强生正准备去报社送一篇稿子。在校门口,遇到在篝火晚会上和蓉蓉拥抱的那个吉他男孩,强生知道他是来找蓉蓉的,但一路往前走,一路上觉得不舒服,总有一种酷意在心头涌动,如鲠在喉。可他并没有向蓉蓉表白什么啊!而且蓉蓉也没有向他承诺什么。这一天,强生一直在自责中度过。晚上,实在是忍不住了,把想法对睡在上铺的体育委员说了,被体委狠狠地骂了一通。体委说:"这叫平平淡淡才是真。你这才是真正的爱,爱是不需要理由,也不需要条件的。"强生说:"有一个男孩正在追她。"体委说:"爱是平等的,追求一个女孩也是平等的,人家追,你也可以追啊！"顿了顿，他又说，"你不应该放弃，不应该那样清高。"

可是强生总是本着"此处不留爷，自有留爷处"的想法，想着他爹说过的"三脚婆娘无处找，两脚婆娘有万千"。他嘴里这么说，内心却总放不下蓉蓉。

4

校广播站自然是播音系的在唱主角了。这时还轮不到强生这些新生，都是师兄在干。但编辑稿件这样的事，新生还是可以插手的，因为编得不好也没关系，最后还有师兄们把关。强生是他们班第一个进入校广播站的人。那天，强生看见一位同学将一个吃不完的馒头丢了三次才丢进潲水桶，便写了个表扬稿，他就是凭着这则广播稿进入了校广播站。

一天中午，强生从校园的信箱里拿着广播稿进编辑室的时候，听到了一个熟悉的声音。抬头一看，那张圆乎乎的脸出现在他的眼前，正是入学时问超市在哪儿的孟小书。

"喂！"强生叫了她一声。

她抬起头，很快就认出了强生："咦——你不是新生吗？"

"是啊！"

"新生怎么可以在这里当编辑？"还没等强生回话，孟小书瞪着眼骂道，"大骗子！"

强生不解地摸着头皮，弄不清孟小书为什么要骂他。见强生不解，孟小书这才说道："我来这儿问过了，广播站不收新生！"

"我确实是新生！"

"还狡辩？骗子！骗子！骗子！"孟小书一边说，一边把一只手叉在腰上，另一只手指在强生的头上。那样子有点像店老板娘在骂人。强生忍不住哈哈大笑起来。孟小书又说："你还笑什么笑，老实点。"

没办法，强生只得从身上摸出学生证给孟小书看。

"耶——播音系的！那天你不是告诉我是新闻系的吗？"

"没吧——"那天，强生确实随口说自己是新闻系的，因为他的普通话还存在很多问题，不敢说自己是播音系的。

……

"大骗子,帮我改一个广播稿!"孟小书压着声音闪了进来,还顺手把门关了。强生的心跳咚咚地加快起来,尽管他故作镇定,手却不听使唤,有些发抖。

强生接过她递来的稿件,闻着稿纸上的香气,有些不好意思。孟小书凑了过来,两人一同盯着稿纸。她的脸距离强生的脸很近,头发连同她的身体散发出一种淡淡的芳香,强生忍不住把头更靠近她,用力地吸了几下。由于紧张,在她稿纸上修改的字写得有些难看,一次自我表现的机会就这样失去了。强生想,自己在她心目中是不是会大打折扣?心想再看一次。就像心灵感应一样,她真的就把稿子又递了过来。这一次,他镇定了许多,一面改,一面认真讲起来。强生给她讲了消息的结构,告诉她新闻的三段式,哪是导语……这天晚上,强生躺在床上心神不定,孟小书的那种香味总是在他身边缭绕。

从这以后,强生的内心不禁泛起了涟漪,对于这个活泼可爱的小姑娘,每每想起,心里总是有一种莫名的躁动,眼前总是闪现那一眨一眨的大眼睛,耳边总是响起她那干脆的笑声。在高三时,强生和前排的一个女同学关系十分要好,经常互相讨论学习的问题,慢慢地两人之间开始有了那种暧昧的关系。高考结束后,那晚在公园里,强生第一次拉住了她的手,他也不知道拉了手之后要做些什么,只是默默地走着。强生发觉他俩好像在课堂和考试之外,再也没有什么共同的话题了,或者只是在高三那种紧张的备考氛围下相互依存才走到一起,一旦这种氛围结束后,他们也就分开了,更何况她没有考上大学,进入打工的大队伍了。

强生觉得这是他入学以来最开心的日子,尽管费了许多口舌讲孟小书在课本上也能学到的东西,尽管在给孟小书讲解的时候,孟小书有些心不在焉。

这一天,强生又在编辑室改稿,但脑子里老是幻想着孟小书站在旁边的场景。他有些心神不定,想着孟小书今天是不是还会来,又自己批评自己,"怎么可能呢?人家不要干别的事了,不可能天天写稿",这样心就收了回来,开始认真改稿。这时,孟小书却真的来了。强生以为自己的眼睛出现了问题,使劲眨了一下。是她,正是她!是孟小书!一点也没错。今天她把头发扎成了一个马尾巴,看起来脸比以前小了许多,人也精神了许多。见强生愣在那儿,孟小书说:"没见过美女?眼睛都发直了!"说完还用手在强生眼前晃了晃，像检查强生的眼睛还能不能转一样。强生这才发现自己的失态，但为了自己的面子，假装很严肃地问道："你，你，你的稿件呢？"

见强生很严肃的样子，孟小书却做了个鬼脸说："你笑一个，我就给你！"

强生伸出了右手，克制着不颤抖，说："别啰唆，我忙着呢！"

"别这样吧，我虽然不算是倾城倾国，但样子也不会这样使你烦吧！"

强生强装正经地说："不是相貌问题，是你的态度问题。哪有这样请老师改稿的？"一问一答，孟小书的稿件已递到强生的手里，同时稿纸上飘来一股香味。

孟小书又嬉皮笑脸地说："老师，我的态度还不行吗？"

"这还差不多！"强生笑了笑，抬起头转过脸，嘴巴差点就要碰到她的脸。原来她也在看着稿纸。见强生一笔就将她的开头画掉，她惊叫了起来。强生的心一阵酥麻，他说："我不怎么你啊，你别一惊一乍的。"

她说："你这样画——没有了！"

……

孟小书是省有线电视台台长的千金。强生知道这个消息后大呼上当。一个堂堂省有线电视台台长的女儿，不知什么是新闻导语？在家里听父亲说，也会听熟吧！孟小书说强生是大骗子，你孟小书才是真正的大骗子！

同寝室的体育委员告诉强生，包括他在内有十来个"高富帅"在追孟小书，虽然孟小书长得不是特别漂亮，但还是属于美女，更重要的是她有一个当台长的爹，只要和她好了，进省有线台就毫无悬念了。

孟小书是谁，我钱弘裕又是谁，有可能吗？我算什么，家里是世代在天井寨种田的农民。就是往祖上十八代推算，最有出息的也只是爷爷，他在天井寨有上百亩稻田，当过土财主，我哪能配得上省城高官的千金小姐呢？能那么近距离地看一看就已经很奢侈了，还真能一厢情愿？强生真的从来没有往那方面去超水平发挥过想象。那绝对是不可能的。

但他还是喜欢和孟小书在一起，和她在一起，他才知道什么叫作无话不谈，才知道什么叫有滋有味，才知道什么叫轻松快乐，什么叫一日不见如隔三秋。强生一直觉得很奇怪，一个圆脸女孩身上究竟有什么魔力，似乎什么人跟她一起都有聊不完的话题。强生从不认为自己是个特别能聊的人，但跟她一起，人变得健谈多了，也更幽默了。私下里，强生还拿孟小书和蓉蓉进行比较，蓉蓉比孟小书漂亮，但孟小书比蓉蓉有味。

那天约好了下午孟小书送稿子来，因为他俩一起采访了学校一位论文获国际奖项的老教授，她主动提出写初稿。可强生等到吃晚饭也没看到她送来。吃完晚饭回到寝室，才听到体育委员说她病了，肚子痛得在地上打滚。强生装作若无其事的样子，怕体育委员笑他这类人也敢对台长的千金痴心妄想，但还是借故转到校医务室去了。在那里，强生看到了好多人围着孟小书。他干脆到离医务室不远的教室自习去，打算趁人少时再去看孟小书。可挨到教室熄灯，孟小书的病床前还有人。这一夜，强生失眠了，有生以来第一次失眠。

第二天上午强生没去上课，匆匆吃过早餐就往校医务室跑。医生刚给孟小书做过检查，老天保佑，她床前没人。孟小书见到强生很兴奋："你怎么才来看我！"话一说完，她眼泪都出来了，强生马上拿出纸巾给她抹眼泪。强生说："我来过好多次，见很多人围在这儿，我进不来。"孟小书突然笑了起来，说："人家是人家，你是你。"她眨着大眼睛，像是在看什么，又不像是在看什么。总之，她眼里的东西让人难以确定。说话间，她的手从被子下伸了出来。强生马上去拉被子给她盖上，不经意间触到了她的手。她冰凉的手握了上来，强生惊吓着退了一下，最后还是坚持摆在那不动了。她的另一只手也摸了过来，并紧紧地握住了他的手，渐渐地一起变热了，她说："你好！"眼睛里有一种异样的光，然后又移向别处。强生的眼泪都要出来了，虽然没谈过恋爱，但他也不是那么不解风情啊！心想"是真的吗"，但他马上就否定了，他把所有的精力都集中在那只手上，让自己身体的温度和她一起慢慢交织。

正当他俩幸福地温存着，她妈妈来接她回家了。强生急忙站起来，毕恭毕敬地叫了一声："阿姨好。"孟小书的妈妈面无表情地点了点头。她妈麻利地收拾东西，强生想上去帮忙，却不知从哪下手，显得手足无措。正在这时，一个小伙子进来了，很自如地接过她妈手中的活。她妈说了句："小张，你把东西拿到车上去。"见孟小书下床有些吃力，强生想扶她一下，她妈却抢先了一步。但孟小书还是留出一只手给强生，说："拉我一下吧！"

强生呆在那里，看着小张发动了车，就在车子离开的那一刻，孟小书摇下车窗挥了挥手说："弘裕，我马上就会好的！"强生的手还没扬到正常位置，车就消失在了视线里。强生回到了寝室，也舍不得洗手。

那天，强生在寝室里一边看书，一边吃着孟小书从家里给他带来的蜜饯时，体育委员进来了，见强生没理他，就说："一个人吃独食啊！"

"对不起，孟小书说这东西只能送给我一个人吃！"强生幸福地享受着初恋给他带来的快乐，说话做事都有了底气，一改过去的谨小慎微。

"什么人啊，你脚踏两只船！"体育委员抓起强生桌上的蜜饯在寝室里乱丢。在同学们看来，强生和蓉蓉好了，还吊着个孟小书。也许是想着孟小书强生就来了勇气吧，尽管体育委员高出强生一个头，但他手脚并用三下两下就把体育委员放翻在地，看来，在老家学的那几招当地拳还是管用的。

体育委员把强生看作情敌，喜欢的女孩争不赢强生，架也打不赢强生，他气急败坏地抓起床边的一根木棍扫了过来，强生往后退让，但桌子上的杯子、台灯立马被砸得粉碎。正在这时，室友回来了，他们把体育委员抱住，争斗才得以平息。

5

这天，强生去逛书店，忘记带手机。以往他在书店里一待就是大半天，连水都不喝一口。这天却一反常态，这走走，那看看，还没二十分钟就打道回府了。

回到学校，第一件事就是看短信："你到哪去了，怎么没看到你啊！""干吗呢？怎么不说话？""想你啊……""裕，你今天怎么啦？怎么不理我了，我急……"那时，有手机的学生没几个，强生花了一个月的时间给省话剧团的一部话剧配音得了几千块钱，下了很大决心才买的。一个原因是方便与孟小书联系，还有一个原因是显摆自己"阔"，配得上台长的独生女孟小书。

强生解释了，孟小书责怪道："下次别这样了，我都担心死了！"

那天是星期天，孟小书要强生到校门口等她。见时间到了她却没来，强生正东张西望之时，突然，一辆小轿车朝他开来，怎么躲都躲不开。这时，副驾驶的车窗摇下，孟小书伸出脑袋说："傻瓜，快上车。"

强生随孟小书到了她家。孟小书家的房子挺大的，装修挺豪华，这也是强生第一次看到这么漂亮的房子。一位孟小书称阿姨的中年妇女在忙着打扫卫生，强生见阿姨忙便过去帮忙，孟小书却拉着强生走进她的房间。强生的心跳在加快，这是他第一次和女孩子单独在一个房间里啊。孟小书感到很幸福，趁强生东张西望时，在他的脸上亲了一下。强生的脸顿时红了。她却得意地说："你知道吗，除了我爸，你是走进这房间的第一个男人。"

孟小书拉着强生穿过一个走廊，指着一个还没装修的房间说："这里将来就是咱们的卧室，这里是书房，你的书桌在这里，我的在这里，咱们互不打扰哦！"

"这房子有多少间哦？"

"傻瓜，这是两套房连在一起的！"强生终于看到了什么是气派，什么才是有钱人家。天井寨人要做几辈子也做不到啊！但他没有找到一点儿安全感，一点儿也没有感到兴奋。人家的毕竟是人家的，即使是自己和孟小书结了婚，这里也不属于他。这也许是天井寨人的想法，也许是农村人的思维。

这时，客厅里的门铃响了。强生心一紧，心想可能是孟小书的爸爸回来了，整理了一下衣领，准备叫"孟台长好"。谁知是一位像扛着爆炸物似的汉子进来。强生吓了一跳，孟小书却大方地领着汉子往厨房去。由于担心那东西会爆炸，强生拉了拉孟小书，让她离远点。孟小书突然大笑起来，说："傻瓜，这是液化气罐！"说完又给强生示范怎么点火、关火。这是强生第一次看到液化气。他心想，大城市真好啊，这辈子无论如何也要做一个大城市的人。

在孟小书家里，强生坐立不安，盼着快点回学校。可孟小书却兴致勃勃给强生讲她房间里每一件东西的故事。强生一边敷衍着，一边想着找个什么理由快点离开。终于，他的手机响起，却是叔二坤打来的，他说："我又到省城来了，你爹从家里给你带来了一瓶酸辣椒。"钱列为知道强生离开酸辣椒就吃不下饭，可是现在的强生已慢慢习惯了没有酸辣椒的日子。强生对孟小书说："有人找我，我要回学校去。"

孟小书一脸严肃地看着强生说："谁啊？比我还重要吗？"

"我们村子里来的。"强生的声音很轻。

"你村里的人找你干什么?"孟小书扯了一下强生的衣服,意思是要他坐下。

强生说:"我爹给我带了点东西来。"

"让他放在学校不就得了吗?"孟小书说,"在我家吃了晚饭再走,我爸等下就回来了。"

强生看了一下手表说:"现在才两点钟,还有三四个小时吃晚饭,他找我肯定还有别的事。我,我改天再来吧!"

"不行,就得今天。"孟小书开始耍小姐脾气,"我说不行就不行!"

强生解释道:"真的还有事。人家一千多里路赶到省城来,不仅仅为我带东西的。"

"不行就不行!"

"唉,你这人!"

"我这人怎么啦?"孟小书拉着强生的衣服咆哮起来,"我这人怎么啦?我这人怎么啦?"

"回头再给你说,我先走了!"强生挣脱孟小书快步离开了。

孟小书三天没理强生。强生打电话她不接,发短信也不回。到第四天的时候,强生下晚自习从教室出来,在路上被孟小书拦住了。强生假装没有看到她,继续往前走。孟小书一把抱住强生,泪水夺眶而出。

强生笑着说:"怎么了?"

"气死我了!气死我了……"孟小书拍打着强生的手说。

第二天,他们又和好如初了。

没过多久,孟小书突然对强生说:"我俩暂停三天不联系好吗?"

"怎么?"强生诧异地看着孟小书。

"干吗大惊小怪的?我要开始学习了,再不认真学习就要挂科了。"见强生没有说话,孟小书又反省道,"我要学习难道有错?"

确实,目前他们的任务是学习。回想这些日子,学习是有些放松了。强生心里也在这么想。停了好一会儿,他才说:"是的,我们确实是该把学习放在第一位,好好学习才是。"

这天晚上,强生真的不去找孟小书,他把手机关了,拿着一本《古代汉语》上晚自习去了,他感觉古代汉语学起来有些吃力。直到第一节晚自习的下课铃声响起,他一个字也没看进去,眼前老是晃着孟小书的身影。

强生匆匆拿起书返回寝室，打开手机。哇，一大堆短信跳了出来！孟小书打了二十四个电话，又发了十七条短信。强生马上将电话打过去。

"你到哪去了？"孟小书差点哭起来了。

强生说："你不是说要认真读书吗？"

"读书也不能关手机啊！"孟小书责怪强生。

强生说："说好了的，认真读书就要认真读书啊，我刚背了柳永的《凤栖梧》，我背给你听：伫倚危楼风细细，望极春愁，黯黯生天际。"强生背了几句后，电话里孟小书便和他一起背："草色烟光残照里，无言谁会凭阑意。拟把疏狂图一醉，对酒当歌，强乐还无味。衣带渐宽终不悔，为伊消得人憔悴。"

这首诗孟小书在高中时就学过，她知道强生是骗她，但她却说，既然这样学习有效果，明天继续坚持，但不能关手机。

这个孟小书啊，自己口口声声地说要认真读书，连想强生都要控制，可是又放不下强生，他俩都煎熬着……这不是在找罪受吗？哎，这样的恋爱算是怎么回事啊？

第二天到了晚上，孟小书发来信息。其实，没和孟小书在一起，强生的注意力也老是集中不起来，但还是故意逗她，发了个信息："我也想你，但因学习太忙，把思念藏了起来！"

孟小书发来信息："今后一天五条，行吗？"

强生回复："太少了吧！"

孟小书没有理强生，之前他俩协定了的：她晚上发最后一条信息结束一天，强生早上发第一条信息开始新的一天。第二天，孟小书一早起来，看看手机，失落到了极点——没有未读信息！她想了很多，她难受，不过她要去上课了，于是不再想短信的事。她是个会胡思乱想的女孩，可是碰到与学习相冲突的事，她会立即不想。当然，晚上孟小书也没有给强生发信息，这并不是一种发泄或者惩罚。只是她的失落，让她不知道怎么做。

好奇怪，到底是谁破坏了这种幸福？

最后，还是孟小书忍不住了，打电话问强生："现在每天早上都收不到你信息了，害得我手机丢哪也找不到！"

这家伙，明明是要强生给她发信息，却编造了一个没任何技术含量的理由。强生说："我每天早上准时在七点给你打电话，但不许接哦！"

孟小书没有回答强生。

6

强生班上有十名同学被省广播电台抽去播整点新闻，强生是其中之一。不只广播电台，好多单位都喜欢这种不用花钱的劳动力。强生他们不管那些，认为这又可以锻炼自己，又能让全省人民甚至全国人民听到自己的声音，他们乐癫了。

强生花了八十块钱从路边修单车的师傅那买了辆旧单车，这样既省钱又方便。打的一个单程要花二十多块钱，像强生这样的家庭是承受不起的。

蓉蓉没被选中，很是伤心。见蓉蓉那样伤心，强生有些不忍，毕竟是同一个县来的，便主动安慰她，还邀她到省广播电台去玩。于是，她坐在强生的单车后座上，一只手搂着强生的腰到省电台去。守门的武警以为她是强生的女朋友，允许她与强生一道在省电台进进出出的，这让蓉蓉觉得很有面子。笑眯眯地到播音室，工作人员对她说："你不能进去，在控制室等你男朋友吧。"她没说什么，老老实实地在控制室等着强生。一个多小时后，强生从播音室出来，有些口干舌燥，见蓉蓉很是兴奋，强生以为她为自己的顺利直播感到高兴，谁知她说："你知道你进去的时候那工作人员说了什么吗？"

强生问她："说什么？"

"她说我是你女朋友。"蓉蓉说这话时还拉着强生的手臂，还真有点像一对情侣。其实，进播音室时强生也听到工作人员说了这句话，只是他没蓉蓉那么在意。

这天，蓉蓉坐在强生单车的后座上，一双手搂着强生的腰从台里慢慢出来。走了五六分钟就被一个中年男子拦了下来，男子要抢强生的单车。当然，强生不会就这么轻易放手的，他顺手就将车锁了。那时，单车锁都安在后轮边的三脚架上。男子说车是他的，一个月前他放在院子里丢了，三脚架上的那个疤痕是他喝酒后摔的，现在还清清楚楚在那里。

强生据理力争："有疤痕都是你的？前面那女的脸上有块伤疤也是你的？"

"吃饭吃米,讲话讲理,那么多人骑车我都不问,怎么单单问你?"那男子应该是当地人,讲话是当地口音。

蓉蓉指着那人的鼻子说:"你看我们好欺负是吗?你拿证据来!"见蓉蓉是个女同志,尽管指着那人的鼻子,那人也不敢怎么样。

"我们是什么人?会偷你的车吗?"如果强生讲天井寨的土话会骂那男子几句的,但他讲普通话时骂人都不会骂了。这使强生想起,为什么都说北京人文明,因为他们只讲普通话。如果全社会都讲普通话,那真的要文明很多!

公讲公有理,婆讲婆有理,争执不休,强生和那男子只得一起去找卖车的老头。

刚好,修车的老头正埋头修车。强生说:"老师傅,请你证明一下,我这车是不是在你这买的。"老头一改前两天卖车时的热情,爱理不理的。强生以为他耳朵有问题,但想着买车时老头子耳朵挺好的啊。他有些急了,拿起老头的一把扳手在地上敲了敲说,"你不理我?我才在你这里买的车呢!"

"我什么时候卖车给你?我只修车不卖车。"问多了,老头老半天才回答这一句。

"听,你们听到了吧!"男子听到这话有些得意了,头昂得老高地说,"年轻人啊,做人一定要诚实!"

"你也太不讲理了,我才在你这儿买车,你就不认账了?"强生扯了一下老头正在补的轮胎,说,"我那天给你一张百元整钱,你还找了我二十,这二十块钱都还在这儿。要不拿去验指纹?"

老头不温不火地说:"我不记得了。"

"你负不负责哦?你真的是老糊涂了。"蓉蓉生气了,对老头子一阵喊叫。

那男子说:"这下你该承认了,这车是我的。"

强生说:"说是你的就是你的,证据呢?"

男子说:"三脚架上那个疤痕!"

……

强生和那男子扯到派出所,派出所的民警对他俩分别进行调查。

强生打着省电台的旗号,他说:"我堂堂正正的电台播音员,会去偷他的破单车吗？"

果然，派出所的民警听强生普通话还可以，还看到他手里拿着省电台的出入证，真的就相信强生是电台的播音员，对他也就高看一眼，理也就往这边偏了。民警对那男子说："你回去拿发票来，如果发票上的编号和车上的编号对得上，就证明车是你的。"

那男子显得很无奈地说："车已经骑了五六年了，发票早就丢了，现在还去哪儿找？那他也拿不出发票啊！"

民警说："是你提出车是你的，证据当然要由你提供！"

那男子见说不过民警，便骂骂咧咧地走了。为了不与他再次发生冲突，强生故意拖延了一会儿再走。正在这时，强生发现里间的询问室里坐着钱列坤。起初，他以为自己看错了，再认真看了一眼，发现真的是钱列坤。他怎么在这里？在千里外的省城遇上一个寨子的老乡，强生有些激动。

强生向民警求证，确实是钱列坤。民警问强生："你认识他？"

强生说："是我老家的，一个寨子的。"

"你做做他的工作吧，要他回去！他那问题，到省城来上访也没用，还是要回到当地去解决。"

"叔二坤，你怎么在这里？"强生走进询问室喊了钱列坤。

钱列坤说："侄子，你怎么也在这里？"停了几秒钟后才接着说道，"你有文化，帮我写个材料，我这个问题不解决，我的后半生怎么过！"

强生接过钱列坤写的那个材料翻了翻，发现他反应的是当年他在油榨坊断了腿后，在生产队搞大集体时都照顾他干轻点的农活，看牛、守山什么的，而且工分还比照全劳动力的拿。田土下户后，没有什么可照顾的了，他便拒交农业税、统筹费，一年下来也有几百块钱。现在国家把农业税、统筹费取消了，没什么可抵的了，他觉得自己亏大了。现在跑到省里来了。他找到省里的广播电台，但门卫不让他进，他和门卫扭打起来，才被带来派出所的。

第二章

1

强生出生在天井寨,是湘西一个普通的村寨,全村只有四个村民小组,八百余人。因为强生是超生,被罚了八百六十块钱,他父亲钱列为便给他起名钱八六。那时,一头大肥猪最多只能卖到两百块钱。有人开钱列为的玩笑说:"你儿子钱八六抵得了四头大肥猪。"钱列为有些不高兴,板着脸批评道:"哪有这么说话的!"这人又绕过来说:"那就是四头大肥猪抵得了你家钱八六!"钱列为被逗乐了,心想,说我家钱八六是猪也好牛也好,反正是我钱列为的根。

钱八六与春秋时期的郑庄公一样是寤生,母亲因难产而亡。读过古书的钱列为说钱八六命硬,将来定能像郑庄公那样成为诸侯国君。寨子里没哪个在意,他们听不懂钱列为说什么。钱列为给钱八六起了个小名叫强生。强生,名字很直白,就是有强大的生命力,还有一个寓意为强行生的。天井寨有小名的人很多,比如黑牛、屎妞、臭蛋等,彼此间叫人只呼小名。

钱八六上学后,觉得名字不好听,要改。钱列为骗儿子说:"名字里有数字的将来容易成名人,比如李四光、闻一多、李谷一等。"这些名字强生听老师说过,也就信了。长大了,强生读了历史,发现明朝开国皇帝朱元璋本名叫朱重八,他爸爸叫朱五四,爷爷叫朱初一。后来在网上查找,发现用数字来当作名字的人还不少,如有叫五百九、千两万、三斤半的,但不知他们的名字是不是也和自己一样事出有因,这无法考证。

天井寨重男轻女很严重。钱列为家这一支人丁不是很兴旺,从钱列为的爷爷那辈起一直是单传,恰巧钱列为这一代赶上了计划生育,不管生男生女都只能生俩。强生有两个姐姐。在农村只能生两个,强生的出生是违反计划生育规定的。

2

  强生出生的那一年正实行家庭联产承包责任制。他的出生并没给钱列为带来什么好心情，因为老婆走了，再怎么悔也回不来了。不过，还能给钱列为一点慰藉的就是田土下了户，不用看仲生这些生产队干部的脸色过日子了。钱列为的胆子也就大了起来，开始管起了"闲事"。

  以前有社员反映大队林场低价乱卖木头和生产队干部参与私分的问题，钱列为不闻不问，像与他没任何关系一样。现在又有人提出来，他不仅参了言，还背后给人家出主意。因为在团近几十华里的地方那些有头有脸的人，钱列为都为他们起过屋，和他们算得上至交。和这些人交往多了，头脑也就灵活了，点子也就多了。钱列为见一个生产队的人都在状子上签名字，多也不多他一个，便也在状子上面签上自己的名字，并且还按手印了。农村人告状，总认为状纸上的名字签得越多上级领导就越重视，状纸寄给的官越大问题就会解决得越快。

  上面真的就有人下来调查了。

  怎么以前反映没下来调查呢？因为这时公社改名叫乡或镇，大队改叫村，生产队改叫了组。新成立的乡里来新领导了，"新官上任三把火"。见有人下来调查，告状的人积极性更高了，以为仲生他们这伙卖树的干部要坐大牢，还说山上的树桩还在那儿，那是铁的证据，是铁板上钉钉子的事，一个也跑不脱的。钱列为这些与仲生割蓆的，突然间就精神许多，走起路来步子也迈得大了，讲话也有底气了，声音也高了。

  那天，钱列为去挑水，在井边的时候，看见仲生挑着桶离他后面不远，估计仲生能听得见他说话了，便当着来挑水的人大声议论："为人莫做亏心事，半夜不怕鬼敲门，他们那些当官的吞多少就要他们吐多少出来！"钱列为挑水时假装埋着脑壳，撞上了迎面而来的仲生，让水淋湿了仲生的鞋。钱列为这才说："书记，对不住，没看到你！"这是他几年来第一次正面遇上仲生，以往看到仲生老远就绕道走开去，用老话说是"惹不起躲得起"。现在想着仲生马上就要出事、马上就要坐牢，不怕了。

  乡政府下来调查半个多月了，没对仲生他们进行什么处理。政府干部说，问题是有点，但问题不大，更达不到老百姓说的坐牢那么严重。用现在时髦的话讲,"培养一个干部不容易,以批评教育为主",这事就这么搁了下来。

这是家庭联产承包责任制后的第一个春节,不管是收入还是收成都比以往要好,家家把相互间的攀比体现在了房屋上:有的用桐油把吊脚楼油得贼亮,有的把屋檐翘角重新摆正一次,有的用石灰把瓦口刷成白色。春节了还要贴上红红的对联。这叫新衣服上别钢笔——有身份。

天井寨人有讲究的,贴的对联要应景,这才叫本事,不能贴买来的大路货,要么干脆不贴,像木金、木银俩兄弟不知对联为何物,也就没哪个讲他们的不是。贴的话得自己写,如钱光辉两口子克服困难盼子女读书,他便做了一副对联贴在大门上,上联"一支细笔写大字",下联"三个孩子读点书",横批"死挨硬撑"。

好多年过去了,人们还称赞钱光辉那副对联做得好,是他家当时的真实写照。

天井寨人贴对联讲的是氛围,有孩子上中学的人家,孩子会亲自动手写,还会互相悄悄攀比,看谁家的对联内容好,字写得周正。那些孩子还小的人家,不能动手写,就找到钱列坤帮忙。上过私塾读过古书的钱列坤二话没说,就挥毫泼墨,这正是他显摆肚子里文墨的时候。他不抽人家一支烟,也不喝人家一杯茶,为的是在寨里体现他的威望。写完一副,钱列坤还要给大家讲解一番。

3

钱列坤的腿瘸还得从几年前说起。油菜收了之后便开始榨油。榨坊是强生家祖上的,当然,现在不是了。新中国成立后,油榨坊归于生产队。

油榨筒是一段整枫木凿出的,直径足足有一米半。凿油榨筒很有讲究,一般都要请德高望重的老艺人。油榨筒尽管是整木做的,两头还得箍住大铁环,以防裂开。油榨筒的撞筋和撞杆都是用黄檀木做的。

相传,罗园秀才挑着一个担子去为妻子购买丝线。在回来的路上遇见一条狗,这条狗是罗园秀才的妈妈转世现形的。他把这条狗收救下来后,放在箩筐里挑着。罗园秀才想顺着挑,一个箩筐是他妻子的丝线,狗在后头对不住妈妈。如果调一头,狗在前丝线在后,又对不住妻子。情急之下,他就将担子横着挑。所经过的地方,树木都纷纷主动倒下让路,唯有黄檀树不让路,还有黄荆条抽到他的眼睛。罗园秀才很生气,立即喝道:"黄荆木,抽我眼,永世锯不成板(长不成材)。黄檀木,挡我路,做筋去榨油。"后来世人油坊里的撞筋和撞杆都是用黄檀木做的。它不仅结实,还光滑,又吉祥。而黄荆木一辈子都长不大。

开油坊还有很多的禁忌。譬如坊址不能设在村落中间,怕油锤撞击时惊天动地的轰响震断村中的风水龙脉,因此油榨坊建在坡脚下的溪沟边。另外木榨和油锤安放的方向选择也很有讲究,不能对着任何一个村庄。油锤末梢指向的村庄的晦气灾厄就会被油锤传送给木榨所在的村子,会由此引发两村之间的械斗。开榨期间,油坊内一应事务均得由男人打理,唯恐女性冲撞了油神,就连厨事也不例外。

油榨筒的两头,用木架子夹住。榨筒中间,外见一个长方形的口子,口子内再凿成上下两对称的半弧,两弧对称合成一个圆,与长方体一样长,成为一个圆锥体。方口是为了方便进料。内圆锥体是为了装料。再在榨筒的底部,凿个漏油孔,油孔对着装油的缸。

油榨坊里的钱列坤算得上是一个主要劳动力,他不光摇锤上劲,还兼煮饭炒菜。他炒菜时,强生他们一帮小孩子都守在他身边,发现钱列坤每次都放了好多油,差不多有半锅,如果在家里能吃上一年。

那时,强生他们家用的是一个油刷把,每次炒菜时用油刷子在锅子里舞两下,还戏称为每餐吃油"五两五",实际是"舞两舞"。一天,强生放学了背着书包直接去了油榨坊,又去蹭一餐有油水的晚饭,可钱列坤炒菜放了许多油却没有放盐,因为油榨坊里没有盐了。这餐饭吃起来一点味道也没有,真是"豆腐无盐狗都嫌"。许多年后,强生只要看到连在一起的油盐罐子,想起油盐是分不开的,就会想起村子里榨油的事。

撞油是个吃力的活,几十次下来,人就汗流浃背,头一甩,汗如细雨。尽管累,但大家心情好,休息的片刻,钱列坤就会哼起情歌:

　　十八姐儿笑眯眯,
　　两个奶子胀破衣;
　　一朝落在郎手里,
　　奶子磨成苦瓜皮。

……

强生他们这些小伙伴还有一个小野心,想偷榨坊里的一块菜枯饼,好到小溪流中去捕鱼虾。一天,小弟王就真的偷到了一块菜枯饼,当他得意地用上衣包着跑出油榨坊的时候,被强生他们几个小朋友发现了。小弟王知道强生他们忌妒他,会跑去告状的,他手一挥要他们跟他走,主动说:"等下大家一起用!"这样就没哪个去告状,只是溪涧鱼虾太少,大家的收效不大。

眼看一季菜籽就快榨完了,钱列坤却出了事。可能是见油出得好吧,钱列为他们几个随着"嘿哩嘿哩嘿,嘿哩嘿哩嗬"的号子声,把撞油锤撞得地动山摇。正撞到兴头上时,突然,悬油锤的绳索断了。几十斤重的油锤掉了下来,不偏不倚,刚好砸在正在使劲儿的钱列坤的右腿上。钱列坤胯骨粉碎性骨折。

老话说"伤筋动骨一百天",何况钱列坤还是大腿骨的粉碎性骨折,再加上又是工伤,在家休息生产队也得给记工分,钱列坤就放心大胆地卧床休息。

那时,医疗条件差,再加上天井寨祖上出过有名的药师,寨里人特别相信农村的土医,钱列坤就没有到医院去,就在家用天井寨的土法接骨。

一年后,钱列坤下地走路才发现他受伤的右腿要短些。钱列坤就变成了瘸列坤。

4

帮忙钱列坤讲解对联的还有屋坎下来看热闹的铁牛,铁牛虽然只是高中毕业,但算得上是天井寨的文化人。铁牛话不多,他是村小学的代课老师。村小学从一年级到三年级,他既是校长,又是教导主任,更是老师,一个人全包。铁牛能背很多古诗词,给学生们上课时,时不时来两句,虽然学生们还小,不知所云,但大家挺佩服他的。铁牛平时不怎么爱和钱列坤讨论,他看不起钱列坤,觉得他迂腐。

写好对联,钱列坤还会叫人家在自家屋里舀一小勺用糯米粉熬的糨糊,又反复告诉哪联贴在门的左边,哪联贴在门的右边。他没说哪联是上联哪联是下联,怕人家不知上联贴哪边。主人家会遵从钱列坤的话小心翼翼地贴到门框上,然后又摇头晃脑地自我陶醉,一个劲地说"好啊",但又说不出好在哪儿。

串门的仲生也会龇着一口黄牙,叼着自制的"喇叭筒"卷烟,一步三摇地到处看热闹,歪着头打量对联,搜索一肚子识过的字也读不周全,最后竖起大拇指说:"哎呀,到底是大知识分子,这个问题的话呢,写的对联文墨太深,让人读不来哟。"仲生是从不管家务的,大年三十他没什么事,背着手在村子里东游西逛,穿着一件中山装,左边的上衣口袋插有一支钢笔。

钱列为贴了这样一副春联,上联"茫茫沧桑事且进且退",下联"邈邈人世间亦步亦趋",横批"人云亦云"。

仲生基本看不懂,可是遇上那些拍马屁的到他面前一讲,歪嘴和尚的经全念歪了。有的说这对联是批评仲生,还说钱列为对那次计划生育的事还耿耿于怀;有的上纲上线地说,仲生是村干部,是党员,批评仲生就是批评党的干部……就是对党的不满。

仲生想着想着就不舒服了,便跑到钱列为家撕了这副对联。放在以往,也许钱列为不敢出声;放在十一届三中全会的改革开放后,他哪儿还容得下仲生撕他家的春联。

钱列为气不打一处来,一招制敌下了死手,锁了仲生的喉,说:"亲不亲故乡人,你凭什么撕我家的对联?"仲生大气出不来,憋得就要翻白眼。幸好有人来劝,否则,大年三十,仲生的命就要断送在钱列为的手里。

仲生摸着自家通红的脖子跳得八丈高:"这是严重的挑衅,这个问题的话呢,是对我们共产党人的不满,这是一起重大的政治事件……这个问题的话呢,给我来人,把反革命分子捆起来!"以前仲生经常指挥的几个得力干将现在不听他的了。这些人说:"你和人家扯皮关我们什么事,人家又不锁我的喉咙,我们凭什么要去捆人家。"可仲生一个人又奈何不了钱列为,没办法,他只好跑到乡政府去搬救兵。

乡政府只有一名副乡长在值班,仲生向副乡长汇报的时候,还扯开自己的衣领让副乡长看他那被掐红的脖子说:"差点我就被反革命分子掐死!这个问题的话呢,他掐的不是我,是对我党的攻击。"副乡长五十多岁,也是工农干部出身，没什么文化，对仲生拿去的对联都认不全，就莫说讲的是什么意思了。听仲生这一解释，他就有些激动起来："去几个人到天井寨，把反革命分子钱列为捆到政府来！"

副乡长一声令下，政府的几个治安员真的就跑到了天井寨，准备给正在鸡窖里掏鸡粪的钱列为捆绳子。按天井寨的规矩，年三十晚给鸡窖打扫卫生，一年喂鸡都顺利。

钱列为又不是杀人犯，怎么能随便捆人呢？有什么办法呢？钱列为奉行老话说的"好汉莫吃眼前亏"，目前的形势只能来软的了，便对几个治安队员讨好道："亲不亲故乡人，有什么话好说，我洗个手吧，这一身臭气也影响你们。"这几个治安队员见钱列为老实，同意了他的请求。钱列为趁洗手之机溜走了，但他是个明白人，知道躲得了初一躲不了十五，溜走后并没有跑到哪儿去，而是直接去了乡政府。到了乡政府，那几个治安队员还没到，因为他们任务没有完成不敢回政府。

钱列为到了乡政府，就说自己是来主动交代问题的，自己犯下了滔天大罪，罪该万死……说得一把鼻涕一把眼泪。正在政府值班的副乡长不知道眼前的这个人正是他派人去捆的那个，便叫他到自己的办公室去说明情况。正当钱列为给副乡长交代情况的时候，几个治安队员灰头土脸地回来了，气冲冲地进入副乡长办公室，把绳索往桌上一丢："那老家伙跑了……"

钱列为猛一抬头，那几个小子才看清是钱列为，马上就要捆他。副乡长制止道："你们出去！"

钱列为对副乡长说，对联不是他做的，是从农家历上抄来的，说完从身上摸出一家出版社出版的《农家历》给副乡长看。确实，农家历的封面上有新春对联集锦，里面一副对联被钱列为画了红线，正是他写在大门上那副。

看着正规出版社出版的农家历，副乡长也惊出了一身冷汗，他差点就酿了大错。

副乡长到隔壁办公室把仲生批评了一通，说现在是什么年代了，做事不要鲁莽，什么事都要三思而后行。

仲生丈二和尚摸不着头脑，刚才还和自己一个鼻孔出气，怎么寡婆子的脾气一下子就变了呢？

见仲生一脸疑惑，副乡长才解释道："我看了全联才知道那对联没什么问题,不要大惊小怪的。"当然,为了面子,他不会说那对联是从正规出版社出版的农家历上抄来的。

仲生不好说什么,沉默了一会儿,又捏了捏还在生痛的喉咙。

副乡长猜出了他的想法,递了一支烟给他后说:"喉咙的事也没什么大事,回去找点生姜抹一抹就好了。今后做事要长点脑子,如今不是以前了!"

钱列为走出乡政府的大门,感觉脚步轻盈。今年是大年三十,要好好喝几杯,高高兴兴过个大年。

5

强生没有分到责任田。不止强生一人,全乡都一样,所有的超生孩子都没有分到。天井寨的自然条件差,大多是望天田和干旱田,再加上人多田少,正常年份天井寨人也只能吃上八个月的粮,而且还要搭一半杂粮。一个歌谣是这样形容大井寨的:

> 有女莫嫁天井寨,
> 一年四季砍柴卖;
> 磨了骨头养肠子,
> 还有半年吃苦菜。
> ……

这样的自然条件为何钱家祖祖辈辈还能在这儿生存繁衍?老话叫"一方水土养一方人",他们有他们的活法,靠手艺养活,他们最看重的是"养崽不学艺,挑断撮箕系",中华人民共和国成立前,村子里曾出过很多名师,如歌师、拳师、药师等不下十余种。中医的影响至今在天井寨还在,比如"中医治本,西医治标"这种说法,天井寨人就一直深信不疑。仲生家祖太公就是药师,当年的家境也不亚于地主家庭的强生家。只是到了仲生家爷爷那辈抽上了大烟,把家败了下来,中华人民共和国成立后反而成了贫下中农出身。

仲生天天在这里政治学习,那里开会参观,学会讲几句"这个问题的话呢,上级有规定""这个问题的话呢,上级有要求"时,钱列为学会了起七柱七或八柱八的吊脚楼了。

钱列为学会了木匠手艺,使他一家少吃了不少苦菜,而仲生家经常吃"忆苦餐"。不过,社会的发展进步让钱列为这个手艺人遇到了新问题。因为农村的生活富裕了,农村人也想把环境搞舒适点,也想像城里人一样住砖房子。因此,农村起木房子的越来越少,钱列为会起吊脚楼的手艺就慢慢地"英雄无用武之地"了。如果钱列为还要吃手艺饭,这就得考虑要转向的问题。可快五十岁的人了转向干什么?"老来才学吹鼓手,有气就无力!"不转也得转啊!

钱列为还是转向了,由以前起吊脚楼任掌墨师的主角转为了配角,专为起砖房子的师傅们做门窗。虽然少了那份做掌墨师的荣耀,但收入比以前还高些。因为做的是包工,按门窗的个数计价,钱列为就"白加黑""早加晚"地干,一个月做出了两个月的工钱。而且钱列为用的是起吊脚楼的手艺,做工扎实,让人放得下心,深受建房者的喜爱,名声一传,近十里八寨的都来找他,生意好得不得了。真的应验了"尿怎么能憋死活人"的老话。加上钱列为的儿女们一天天长大,一家人的小日子就慢慢地就红火起来了。

天井寨人对于女孩子的培养一般以养大为原则,什么读书学艺都不考虑。还说"姑娘下地就是客",意思是女孩子从生下来那一天起就是客人,迟早要离开这个家的。"嫁出去的女,泼出去的水"。早晚她们会有自己的生活,那时她们不会管娘家屋里的事。那些条件好的,最多让女孩子上完村小学。村小学最高也就办到小学三年级。最让村人们不解的是,钱列为不光让强生读书,他的两个女儿也都读到高中毕业,二女儿还读了省里的师范学校。大女儿没有考上大学,但也拜师学了裁缝手艺。

"人是三节草,不知哪节好",就在钱列为全力经营他这个小家庭,日子一天天往好的方向发展的时候,祸从天降。他得了一场病,称得上怪病——浑身无力,到省里医院检查了,也没查出什么原因。那一年强生正赶上考高中,差点就上不成学了。好在大女儿已出嫁成家立业,在经济上还能帮衬一把。二女儿那时刚刚中师毕业分到乡里的中心小学当老师,早出晚归也能给家里帮助帮助,使这个家还没有完全垮掉。

钱列为虽然没查出是什么病,但还得治啊。他靠力气吃饭,浑身无力怎么行呢?天井寨人虽然相信中医,但用中医也得花钱啊,钱列为一咬牙决定把自留山上的杉树卖来治病。

钱列为请人把自留山上的树砍倒，还来不及拖下山，县林业局、公安局就找上门来。说他非法砍伐，不仅要没收，还要被抓去坐牢，真是"屋漏偏逢连夜雨"。钱列为很无奈，说："我已经这个样子了，活得一天是一天，要抓你们就抓去吧，在家还要吃自己的，到牢里还可吃公家的。"看到他那病态，他们也不敢下手，跟他说："山上的树确实是要没收，那是有法律规定的。"

可是，树又不是现金，不是说没收就能没收的，还得请人从山上扛下来，再拉到县城去卖。公家请人扛木头，老百姓要价就高了。细一算账，卖的几个钱全花在搬运上，到最后没收也只是一个名头了。其实，与老百姓对立起来也不会有什么好结果，上级喜欢到基层来暗访，单位的好坏还得靠老百姓说话啊！但他们执法，也不能说这事就这样算了，总得找个台阶让他们下啊！

有人私下给钱列为出主意，说："这事还得村里给你出面，给你取个采伐证，反正取采伐证要不了几个钱。"村里出面，说白了就是仲生出面。老话讲"人之将死，其言也善"，如今，钱列为病得路都走不稳，嘴巴只能服软。尽管他一万个不愿意，但事到如今确实没什么办法。他撑着拐杖慢腾腾移到仲生家。仲生看到了钱列为马上折身进了家里。钱列为虽然看到了仲生，因为气喘，还没匀过气来打招呼，在仲生家的院子里坐了好一会儿才对第二次出门的仲生说："叔三仲，亲不亲故乡人，你大人莫记小人过。"仲生冷冷地看着钱列为，听他把话说下去。

钱列为吞了一下口水说："亲不亲故乡人，看在我这都快要入土的人的面子上，你出面给我做做工作，或者，或者给我出个证明，让我到乡里去开一个采伐证吧！"

老半天后，板着一张死人脸的仲生丢下一句话："嗯，这个问题的话呢，明天的赶场我到政府找领导汇报汇报吧！"

仲生没有多说，答完这句话就冷冷地转身进了屋。看来，仲生对钱列为还有意见，只是看到钱列为目前这样子，如果他再赌气不给办，这名声传出去，对选举他连任书记可能会有影响。

目前，钱列为能做的也只能这样了，别的他没什么办法。虽然他病成这样，但内心还是坚强的，心想，要死要活、要剥要剐由他们去！不就是山上几根杉树!

钱列为从仲生家出来经过钱列坤家时,顺便喊了钱列坤一声。钱列坤迎了出来。看着钱列为那样子,钱列坤说:"你可能是撞着肮脏(鬼)了,泼碗水饭可能就没事了。"

病急乱投医,特别是钱列为的两个女儿急得日夜睡不着。怎么不急呢?钱列为是家里的顶梁柱,他倒了,家也就不成家了啊!"留得青山在,不怕没柴烧"。只要能治好父亲的病,莫说泼水饭,就是泼水银她们都会干。钱列坤可能是为了安慰钱列为,对钱列为肯定地说:"你是撞着了孤魂野鬼的'五鬼',煨一缸稀饭,拿到十字路口,烧了香纸,泼了径直回家不能回头,马上就会好!"

钱列坤口中念念有词:

五鬼五个头,
十人见了九人愁。
五鬼五个光,
不打摆子要生疮,
阎王遇到要捧手,
判官遇到要低头。

五鬼本是五个头,
家有内事四周游,
明明把你钱来整,
你还不知鬼和人。
家鬼弄家神,
土地弄坛神,
钱财花去一么多,
你还说他是正神
……

第二天早晨,钱列为说身子好了许多,轻松了许多。估计是心理作用,但钱列为说轻松了,又有哪个说他还与往常一样呢?

6

仲生真的给钱列为家办来了采伐证。仲生送采伐证去的时候，钱列为正在院子里散步。他感觉泼了水饭后这两天的脚轻了好多，走起路来也灵便多了。

仲生一脸严肃地说："这个问题的话呢，我是给政府的领导讲了许多的好话才给你办下来的。今后不能犯这样的错误了！"

"是的，叔三仲，今后一定，一定。"钱列为恭恭敬敬地接过采伐许可证说，"我觉悟不高，给你添麻烦了。"

见仲生要走，钱列为又说道："亲不亲故乡人，进屋吃了晚饭再走！吃了晚饭再走！"

仲生脸上找不出一丝笑容，他十分严肃地说："饭不吃了，我晚上还要调解一个纠纷。"

"那你等等！"钱列为说完就进屋去了，尽管步伐有些缓慢，但手上动作还麻利，不到一分钟他手里就搂了一个母鸡出来。那是正在孵崽的母鸡，整天蹲在那不动，钱列为一伸手就捉住了，不费什么劲儿。

钱列为将母鸡送到仲生面前说："亲不亲故乡人，家里没什么东西，这只鸡你拿去炖汤喝吧。你看你瘦成这样子！我是生病没办法，你身体好好的，怎么能这么瘦呢？"

仲生看着老母鸡，面部表情出现了喜色，说："这个问题的话呢，你砍这么多树，按讲是要你坐牢，我千求万拜才给你免了。"

钱列为赔着不是："是是是，亲不亲故乡人，全托叔三仲的福，全托叔三仲的福。我政治觉悟低，给你添麻烦了！"

仲生接过老母鸡时笑出声了，说："今后一定要注意，再不能犯这样的错误了！"

"对对对，一定一定一定！"

……

仲生走了好久，钱列为还站在屋角远眺，像目送仲生一样，而此时仲生在他眼里，像是一只吃饱喝足的甲壳虫在慢慢滚去，直至变成黑点，然后消失。

钱列为的大女儿回家找了好久，也没找到正在孵崽的老母鸡。她一边找一边自言自语地骂："这背时的跑哪去了呢？"

钱列为听到了，知道是在找老母鸡，这才慢慢说："莫找了，老母鸡被黄鼠狼拖走了！"

女儿没听懂钱列为的话，又继续说："不可能，老母鸡蹲在那孵崽，怎么会被黄鼠狼拖走呢？"

"我亲自看见的，还有错！"女儿听父亲这么说，也就相信了。蛋已被老母鸡孵了十多天，已有了影子。影子是天井寨人的土话，按科学的说法是有了胎心。现在突然没有母鸡孵了，所有的鸡蛋要全部报废。在这样的家庭，哪舍得这么多鸡蛋报废。女儿马上将鸡蛋拿到床上的被子里暖着。见鸡蛋又恢复了热意，女儿马上喊钱列为来，说："爹你有病做不得事情，快来暖鸡蛋。"钱列为没办法，只得依了女儿，可待了不到一个小时，他就有些受不住了，说医生要他经常走动，这样待在床上不动，病情岂不是越来越重？

女儿想起天楼上放了几个焙笼，心想也许能焙出鸡崽来。焙笼好多年不用了，那还是村子里没有碾米机而是用碾坊碾米时，用来晒谷子的。谷子如果潮湿就会碾不碎，遇上太阳天还好，晒一晒就没什么问题了，如果遇上梅雨季节，那就只能用焙笼了。而天井寨又是高寒山区，雨水多，阴雨天也多，经常要用上焙笼，如今有了碾米机就少有用了。

焙笼状如大鼎，以竹篾编成，分内外两层，内层顶部为平面略低于外层七八厘米的距离，谷物倒入内层顶部与内外层间距处。焙笼底端中空，以便放置火盆。下面放几粒火种，焙笼里的谷物就会受热而慢慢变干。

这个焙笼还承载着一个颇为伤感的故事咧！焙笼是钱列为的姑姑留下来的，姑姑年轻时跟一个远近有名的青年篾匠相好，焙笼是青年篾匠特意为姑姑做的。焙笼外表附缀着的十二个心形图案，表达了青年篾匠对姑姑执着的爱。遗憾的是，青年篾匠后来被抓去当兵，一去就再也没有回来。他留给姑姑的就只有这个见证着自己忠贞爱情的焙笼。三年后有消息说他去了台湾，绝望的姑姑只好另嫁他乡。出嫁时家人让姑姑带走它，或许是怕睹物思人吧，姑姑拒绝了，于是，焙笼就留在家里。

钱列为的大女儿也许是孵鸡崽心切，也许是没使用过掌握不好火候，再加上她又是放在偏屋里的鸡窖旁边焙，鸡窖里放有稻草。秋天天气干燥,一着火,火势就大了起来,加上都是用茅草搭建的偏屋,燃起来特别快,吊脚楼的板壁上还油了桐油,烧起来更快。

钱列坤拿着一面锣,边敲边喊:"救火啊——着火啦——大家快救火啊!"

哐哐哐哐……

人们睡得正香的时候,突然被这声音惊醒了。是梦吧!在天井寨已是五十多年没发生过火灾了。

"是钱列坤的声音!"住在村头的钱志远这次听清楚了,他连忙爬起来,披了一件外衣就跑了出来,只见钱列为家浓烟滚滚。

钱列为浑身无力,想去救也没法救,眼睁睁地看着火势蔓延……看着舔舐着房屋的火舌,突然间,钱列为力气顿生,一口气提起了几盆水浇了上去……

村民们听到锣声,迅速向钱列为家拢去。几位小伙子搭起梯子爬上屋顶,往楼下猛掀瓦片和油毛毡,有的帮着拎桶接水扑救……正屋烧到一半的时候,火势就得到了控制。

"城门失火,殃及池鱼",何况是一栋房子着火了。虽然有半栋得以保存,但保存下来的那场景可想而知。可以说,那半栋房子没被烧,但和被烧毁没什么两样。损失惨重,因为几十号人要在瞬间拆屋下瓦,想不打烂都不行。

说来也怪,失火后钱列为的病竟然一夜之间好了许多,浑身有了力气。有人说他:"你这是'舍财准灾,见红祸退',你家房子不被烧,你的病一下子还不得好呢。"得到这样的安慰,给人的感觉是钱列为家屋被烧还是一件好事啊。幸好他家那一山木头还没卖掉,刚好可以用来修整房屋,反正手艺出在钱列为身上。

火得到了扑灭,大家这才想起敲锣的钱列坤,多亏他的锣敲得及时,要不后果无法预测。不仅钱列为家,与钱列为家相邻的几家都不能幸免。

7

三个月时间,钱列为家的房子又修整一新。钱列为自己有手艺,没请什么人。在别人看来没费什么力,因为很多人家,包括仲生家想建一栋吊脚楼，攒了天大的劲也没有弄起来。其实，钱列为还是费了不少力的，房屋上那么多木料、那么多板子寸坊，不费时、费力是弄不上去的。特别是钱光辉和肖竹仙两口子给钱列为家帮了不少忙，无论是在坡上砍树，还是在家里做工，钱光辉就像是做他家里的一样，不要钱列为喊，就主动上门来帮忙。钱光辉和钱列为是共太公的，他们是三代以上的堂兄弟了，但他们像亲兄弟一样。还有钱列为的大女儿大女婿整天都待在天井寨帮忙干活。

木料做好了，钱列为找钱列坤给看黄道吉日，准备在竖屋那天摆几桌酒席，为的是感谢大家帮忙救火以及给予灾后的帮助。钱列坤便要了钱列为和强生的生辰八字。有人提议只要合钱列为的就行了，合不合强生无所谓，他还是个孩子。但钱列坤很是认真，说香火还得强生传下去，肯定要合强生才行。内幕只有钱列坤知道，他既然这么说便依了他。

钱列坤这个乐天派，走到哪就热闹到哪，办酒那天，第一杯就恭贺钱列为：

乔迁新居住新房，
改变环境精神爽；
弃旧迎新新气象，
一年更比一年强。
……

正当大家喝得高兴的时候，一辆警车开进了天井寨。先是从警车上跳下来两个戴墨镜持枪的男子，随后两个穿着制服的女警察把来娣押了下来，来娣手上戴着亮锃锃的手铐，一直押到村前的水库边。天井寨是少有车子来的，何况来的还是顶上闪着红灯的警车。新闻一下子就在村子里传开了。正在钱列为家喝酒的人们就没了喝酒的兴趣，一窝蜂跟着看热闹去了。那些没来钱列为家吃酒的，听到消息也三三两两跟着去看热闹。有的抱着孩子，有的拄着拐杖，像是村子里演戏一样，热闹得很。

跑在最前面的是一群狗，它们总有使不完的劲儿，跳来窜去的。一面跑还一面汪汪地叫，像是喊着什么口号似的。那只发情的母狗跑得不是很快，那些能跑快的公狗也跟着慢了下来。天井寨的狗也有了变化，过去都是清一色的本地土狗，现在和城里的狼狗、虎斑狗等身形高大的公狗交配后，生出的崽也混血了，既不像本地土狗，也不像外地狼狗。

走到水库的猴子窿处，来娣用戴手铐的手指了指，公安便停了下来，他们和来娣在说着什么。围观的人隔得太远没能听着，在猜测议论着。虽然没有拉警戒线，但两名持枪戴墨镜的男子就是警戒线。人们站在那远远地观看，讲一些奉承公安的话。

仲生撑着一只小船到了来娣手指的地方，两名公安上了船，他们共同把一个钉耙样的东西用绳索捆实后放进水里捞着什么。

来娣是贵州人，不识字，长相还过得去，听说之前嫁了一家，生了个女儿，那男人老是打她，她就跑了出来，经人介绍就嫁到天井寨来，跟了木金。

木金有个兄弟，弟弟叫木银，老家是洒溪湾的。在兄弟俩两三岁的时候，爹死了，妈便带着两兄弟改嫁到天井寨。嫁给仲生家大伯，木金和木银便成了仲生的兄弟。

木金十五岁那年，提出要回老家洒溪湾去。那是在大集体抢工分的时代，十五岁能够拿到八分底分了，因为一个全劳力一天也就十二分。他妈觉得是个理。一个春雨绵绵的早上，仲生的爹刚起床，披着衣跋着鞋蹲在门前的石凳上，嘴里含着烟杆吧嗒吧嗒地吸着。木金的母亲说："啊，给金儿开个证明，让他回他出生地洒溪湾去。"仲生的爹此时正是大队支部书记。

仲生的爹猛吸几口烟，又吐了一泡口水，停了几秒钟才回答道："现在就走？"

"春上回去，正好赶上一年的大季。去晚了，年终吃什么？"

仲生的爹拿出了支书的派头说："别急着这两天吧！我给洒溪湾的支书说一声，要生产队把房子修整一下。这么多年了，天通地漏的，怎么住人？"

木金的母亲见仲生爹说得有理，不再吱声。

在仲生的爹的协调下，半个月后，洒溪湾把木金家那快要倒的吊脚楼扳正了，还重新盖了瓦，他们兄弟俩打算收拾行头回洒溪湾生活。就在这时，仲生家出了一件事，从此他们俩的命运成了另一种模样。

那天，仲生的爹从公社开会回来，顺路到外甥家打了个转，外甥见舅舅来了，肯定是要留下喝一杯的，一喝就喝到了半夜。见舅舅已有了几分醉意，而且深更半夜的，外甥不让舅舅回，可仲生的爹硬要坚持回，外甥留不住只得依了他。

仲生的爹回到家，已是鸡叫第一遍。以往老婆子是要留门的，今天门却怎么推也推不开。仲生的爹只能隔着墙头喊老婆子起来开门，可半天也没见动静，好半天老婆子才磨磨蹭蹭起来开门。

当仲生的爹回到床上准备睡一会儿的时候，听到猪圈边有开门的声音——农村的吊脚楼，久晴无雨后的木门开起来是有响声的。仲生的爹呼地一下坐起来，侧耳细听，听见有人的声音，他追了出去，一个黑影正要开门往外跑，可那门又一下子打不开。仲生的爹顺手捞了根锄头把横扫过去，满以为会把对方打个半死，不想对方避开并接过了锄头把，反肩一扛就抢了过去，仲生爹又顺手从地上捡起一把柴刀向对方砍去，对方用手中的锄头把驳了仲生的爹的刀。看样子，对方有些武功且无心恋战，想走。正在这时，旁边的一个门被仲生的妈打开了。黑影一下子就从门口消失。由于正是天亮前，此时比一般情况还要黑，所以仲生的爹没有看清黑影是谁。

仲生的爹推断此人不是来偷东西的，因为和对方交手都是防御性的，而且这人有一定的武功。天井寨人有习武的习俗，仲生的爹也是学过几招的，但对方武艺在他之上。他马上猜到对方是寨子上的人！为何到他家来？他先是对仲生的妈一阵暴打。仲生的妈喊天叫地，说要被打死了。见她喊得满寨都能听到，仲生的爹将他妈的头包在被子里打。她实在受不了，被迫交代那人是下头寨子的光棍汉。

光棍汉比仲生的爹小几岁，是一个辈分的，算是一个家族。光棍汉十几岁时学过几招，加上自己肯钻研，空手对付四五个人没什么问题。如果手中有棍棒什么的武器，对付七八个人是没问题的。

仲生的爹打不过光棍汉，但他是大队支部书记，他有别的办法可以治光棍汉。第二天，仲生的爹草拟了一个证明：

证　明

光棍汉×××调戏我生产队广大妇女，特此证明！

天井寨大队支部
××××年×月×日

证明的后面是生产队里大部分妇女的签名和手印。但是，那些签字的人也没想会有什么严重的后果，因为，支部书记这样喊签字按手印又不是第一回。有的人自己没有签字，知道是别人代签的，也没说什么，没哪个去较这个真。

公社的特派员下来了，来调查光棍汉调戏妇女的事。公社特派员就是派出所所长的前身。这时，签了字的社员才知道上了仲生的爹的当。但晚了，都白纸黑字写着的，怎么能反悔呢？光棍汉就这样被特派员一绳子捆到了公社。在特派员的威逼下，光棍汉承认了"调戏广大妇女"的事实。起初社员们还以为光棍汉要把牢底坐穿，哪晓得五天后他就回来了。但没几天就离开了天井寨，此后的几十年没回过天井寨。有人说他在外面发了，有人说他在外面死了。

多个人多份力量。为了巩固自己的家族势力，仲生的爹不让木金两兄弟回洒溪湾生活。虽然和他没有血缘关系，但有着亲情关系。当着大家的面仲生的爹拍着胸脯对木金、木银兄弟俩说："在天井寨生活，只要我有汤喝就少不了你木金、木银的稀饭！"

仲生的爹仗着自己是大队支书，天井寨没哪个人敢说半个不字。从此以后，木金、木银俩兄弟就成了真真正正的天井寨人。

木金、木银俩兄弟有些"直"，这是天井寨的土话，说得直白点就是智商不是很高。附近没哪个女人肯嫁给他们，可来娣这样条件的只能放下身将就了。

来娣生小孩子还算顺利，可能是之前生过，跟木金不到三年连续生下了两个女儿。大的叫迎春，小的叫喜春。木金人老实，他是一心一意为这个家奔命，来娣怎么说他就怎么做。可女人并不只需要一个老实听话的男人啊！时间一长，来娣就有些厌烦了。一来二去就和村上的单身佬二球对上了眼。他俩在山坳上幽会了几次后，来娣就想和二球结婚。对于二球来说那是求之不得的事，可是来娣这边不好办啊。之前嫁到贵州那边是没有办结婚证的，想走就走，如今和木金可是领了红本的结婚证，那结婚证就锁在箱子里。提出离婚也没什么理由，更何况木金也不会答应。

来娣的头脑简单，她以为一不做，二不休，把木金闷死在水库里，然后说木金外出打工去了，几年没见回来就说这人失踪了，她就好和二球名正言顺地结婚。她这点鬼主意哪能瞒得过火眼金睛的人民公安，审问还不到一个小时就交代得清清楚楚了。

木银牵着来娣的两个女儿也来到现场，迎春四岁、喜春三岁，两个孩子还没有发现戴着手铐的妈妈就在眼前。他们和众多看热闹的人一样看着公安在水里捞着什么。这时，来娣突然哭了起来，她看到两个女儿，她要奔过去却被两个女警察死死扣住。那个拿枪的公安喊木银把两个孩子带开，木银有些不情愿，但看着黑洞洞的枪口，他又有些害怕，还是很不情愿地将孩子带回家去了。

第二章

第三章

1

强生和蓉蓉从省广播电台回学校的路上,发现了大石和仲生。大石走在前面,挑着一担行李,一头是箱子,一头是被子。仲生走在后面,与在天井寨时去赶场一样,穿着一身蓝色的中山装,戴着一顶蓝帽子,右肩挂着一个黄色的帆布口袋。开始,强生以为看错人了,心想怎么可能在省城遇上仲生呢?强生把单车停下来再认真看,发现没错,正是他祖孙俩。他停下单车喊了一声大石。大石悠悠地看了看强生,然后低着头有些不好意思。

强生问:"你去哪?"

"回家!"仲生面无表情地答了强生的话。见强生不解,仲生又说道,"不读了,准备去当兵!"

"这个时候有征兵啊?"强生问。

仲生说:"这个问题的话呢,反正要去当兵,读一点没什么用。"

"怎么突然又不读了?"强生问了一声。他祖孙都没有回答强生。强生突然想起大石的户口已是居民户口了。"哦!大石,你当了兵回来国家就会给安排工作了。"顿时,强生就有些羡慕起来,他说,"到部队还可以考军校!现在你是居民户口了,即使不考军校,当兵回来也要给你安排工作。"

"这个问题的话呢,我也是这么想。"仲生突然笑了起来,笑得有些不太自然,大石闷在那一句话也不说。

强生说:"如果读了军校,读书期间就可以拿工资。"

还在笑着的仲生突然又变脸了,垮着脸皱着眉说:"读什么读?不读书就会出鬼?祖辈上没读过书也没见饿死!"

见仲生的态度突然变得凶悍起来,强生不敢说话了。

"走!"仲生催促大石。大石走了几步又回头看了强生一眼,可能是想对他说什么,但欲言又止,然后迈开大步走了。看着仲生家祖孙俩的背影消失在立交桥下,强生生出许多感慨——有关系就是好啊!

后来强生才知道,其实,大石是不打算回去的,可是仲生亲自来接他,他才回去。学校考虑得周全,知道大石不愿意回家,离开学校后,又怕他在外面生出什么事来,因此,通知家长来后才宣布对他的处理决定。大石被劝退,这是学校最人性化的做法,如果学校开除他的话,他这一辈子都完蛋了。

一千多里路啊,仲生来省城一次真不容易。要不是因为大石,恐怕这一辈子也不会来省城。

在火车站,离车开的时间还有一个多小时,爷孙俩徘徊了一会儿。上次开学送大石来时,也没在省城玩,那时是怕花费钱,这次是没心情了。他们在火车站拍了几张照。大石真的舍不得走,他的眼泪就是证明。但是,他没有让爷爷看到。男子汉敢做敢当,这是天井寨人的口头禅。但一般情况下往往只是嘴里这么说罢了,真正遇到什么事的时候,还是人人都怕的。

火车是始发,很准时,提前三十分钟上车。大石坐在那儿,低着头不说话。自从他上大学以来,一直是这样。他不喜欢建筑,但仲生要他学,说现在哪里都搞建设,学这个专业好挣钱,他迫于无奈只好读。可能是刚接触的原因吧,老师总是让背这样那样的公式定理,没有任何的技术含量。大石心想,大学生怎么还像小学生一样机械地背书,这样的大学读了有什么用啊?思维只在背书层面上,创造力方面得不到任何开发,这不是在浪费青春吗?这是在浪费生命啊!特别是高等数学课,是他最痛苦的课。他基础差,无论老师讲什么,他都是一抹黑。在操作电脑上,老师说的很多东西他根本不知道,因为他从没摸过电脑。老师鄙视的眼神深深地刺痛了他,强大的抵触情绪侵蚀着他。

大石的想法很快得到一位女孩子的认可。在同学之间还不完全认识的情况下,他和这女孩打得火热,几天时间就开始有恋爱方面的意思了。可能是双方都没谈过恋爱吧,觉得是如此幸福。

可是幸福的时光总是短暂的,那女孩说分手就分手,没给大石一点余地。大石想不通,就酿了祸。学校先让他停课反省,并且负责赔偿被他打伤的那同学的医药费及营养费，损坏的公共财产也要赔偿。如果大石知道自己要被劝退，他是不会赔的，学校事先没有说明。

他是抱着所有的书走的，在众目睽睽之下离开了教室，离开了那所美丽的学校，那里曾经有过他的雄心壮志，有过他很多美好的回忆，如今都成为过去了。虽然和同学们相处快四个月了，但班里的同学没有一个来送他，哪怕是一句"慢走"也没有。也许，同学们怕被认为"人以群分"。

好吧，那就一个人走吧，不需要别人的同情与可怜。那天他一个人抱着书走出学校的大门，也不知背后有多少双眼睛在盯着他看，让他不敢回头。

在离开学校前，他决定找那女孩谈谈，但女孩不肯见他。不是女孩不愿意，而是怕他做出什么出格的事来。后来，答应和他电话聊聊。大石第一句话就问："我打你男朋友，你还生气吗？"

"那是你俩的事，与我有什么关系？"女孩说得很轻松，好像这事与她一点关系都没有。

大石说："你和他不会幸福的。"

"你想怎么样才肯善罢甘休？"女孩很无奈地对大石说。

"我哪点不好，比不上他？我对你不够好吗？我不够体贴你吗？还是我不够温柔？"大石问了一大堆的问题，其实，让他感到恐惧的，是害怕说他长得不够帅，这样他就无话可说了。因为一直以来，他对自己的容貌就很自卑。

"大石，这些都不是，我承认你温柔体贴，对我也很好，但我就是对你没有感觉，你懂吗？两个人在一起是需要感情的，你懂不？你对我很好，你为我做的每一件事都让我很感动，我也一直记在心里。我一直试着让自己爱上你，但我不得不说，爱不是感动，爱要两个人有一定的感情基础，即使我现在接受你，将来我们在一起也不会幸福的！"

"那你为什么不一开始就拒绝我？"

"因为你很寂寞，我也寂寞，我们都需要陪伴，在遇到可以陪伴一生的人之前，你我只能这样做个寂寞的朋友。"听了她的话，大石感觉自己很可悲，没想到在女孩眼里，他只算得上是一个寂寞的朋友。但不得不承认她说得很对，也很现实，只是自己太幼稚了。如果一个人愿意一辈子对另一个人好，就会得到另一个人的爱。这就错了，因为爱你的人会一直爱你，不爱你的人即使你为她做再多，也不会换来她对你的爱。

"真心地祝你幸福！"大石眼含泪花，说完这句话准备放下话筒。

"我还有几句话对你说，怕今天不说以后就没机会了。"

"我就要走了，你快说吧！"

"大石，你的性格一定要改改，你不要总是对身边的人不理不睬，要多交朋友，多和别人交流。人没有朋友是很可怕的，把自己与别人隔绝是更可怕的！"

"我多的是朋友。我只是不愿意交这些虚伪的朋友，你懂吗？"

"我才说你的性格要改改，你看你怎么就发火了？"

突然间，大石觉得无话可说了，于是放下了话筒。站在校门口看马路上来来往往穿梭的车辆，他觉得很孤独。现在的他很需要一个人陪，却没有一个人在身边，才发觉自己很可怜，很无奈。

大石回到天井寨觉得无脸见人，最无脸见的人还是他的爷爷仲生。仲生扯谎说："大石生病了，这个问题的话呢，需要休学一个学期。"

过了一段时间后，大石有些无所谓了，他直接说："我被学校开除了，因为谈恋爱，和一个男生打架，把人家肋骨都打断了三根。"说得很轻松，心里却很酸。

"看不出啊，你在家挺老实的！"

"女人嘛，哪个不喜欢漂亮女人啊！在天井寨近三十里是找不出的。"

"有曹满娥那么漂亮吗？"在天井寨人看来，曹满娥是大美人了。

"曹满娥算什么，比她漂亮一百倍。"大石说得很自信。曹满娥是曾经下放到天井寨的一位知青，是天井寨公认的大美女。其实，那女孩长得不过如此，可能是情人眼里出西施。大石说，"还把学校的一个门也打烂了，有暴力倾向，对同学的人身安全有威胁。"

"大石你牛啊，平时看你不怎么说话，还敢在省城发飙啊！"

大石说："不在沉默中爆发，就在沉默中死亡！"

大石这么说，天井寨人根本听不懂，又问："准备干什么呢？"

大石说："当兵去！反正我不打算在天井寨待。"

"被学校开除的人，还能去当兵？"

"怕什么？有我公帮我！"大石有些不以为然地说，大石从学校回来叫劝退，没记入档案的。按天井寨的习惯，大石喊仲生为公，不叫爷爷。

随着时间的消逝，大石在大学里的不快都烟消云散。毕竟在大学里生活一个学期不到，一切都还没有让他留下难忘的记忆，那个不属于他的女孩也被慢慢遗忘。他现在心情无比放松自在。生活在农村有什么不好？这里有田有土，不像城里那样水都要花钱去买。地里的活自己想多做就多做，不想做就在床上睡大觉，没有人和你竞争，也没有人逼你，喝上一杯小酒，一天就这样过了。

那时，电视连续剧《军歌嘹亮》正在热播。大石被剧情深深地吸引着，被深深地震撼着。如果像他爷爷仲生说的那样，送他到部队去，他一定会认认真真大干一番，绝不再犯上大学时的错。大石想，进部队都得要一身功夫，于是，每天他都会练上一阵天井寨的本地拳术。在他看来，天井寨的本地拳术是很管用的，要不他怎么才稍稍用力，他的情敌就断了三根肋骨呢？

2

强生跟孟小书交往久了，发现孟小书的毛病越来越多。娇气，这不仅是孟小书有，可能是很多富裕家庭的独生子女都有的；其次是唯我独尊，可能与孟小书的家庭出身有关。强生在尽力想办法慢慢改变她，为了孟小书，这一切他都可以忍，或者说都应该接受。可是日子久了，也就有些忍不住了，他们之间的矛盾也就多了起来。一点小小的不快，孟小书就像受了天大的委屈似的泪如泉涌。这时，强生就是台上的小丑，一边拍打着自己的脸，一边骂自己的不是："我是一个十恶不赦的坏人，男人所有的缺点我都有……"

强生想，这些我都能承受的，因为爱一个人就要学会容忍。可是孟小书那种权贵思想，那种居高临下的态度，他是无论如何也接受不了的。

慢慢地，强生觉得孟小书把他想错了，他没有她想象中那么完美。他除了能写点煽情的文字，哄骗无知的小姑娘几滴浅薄的泪水外，别的一无是处。强生秉承了钱列为那直来直去的性格，要长期压制自己去迎合别人，他是做不到的。特别是孟小书的朋友圈，都是一些当官人的子女。孟小书向别人介绍强生的时候，总要把他抬高不知多少倍，说他是省电台的主持人。当然，强生如果和孟小书结了婚，成为省电台的主持人这事很简单，只要她爹一句话就能解决。可现在他们还没结婚啊，强生也还不是省电台的人。她还说强生的父亲是著名的乡镇企业家，经营着几百号人的厂。强生羞愧得无地自容，自己什么时候给她说过啊？强生明明白白告诉她他爹是一个木匠，而且是那种起吊脚楼的大木匠。

强生真有些接受不了。他说："你把别人的爹说成是我的爹了。"

孟小书说："她们就是这样虚荣，不说得气派点，她们是看不起你的。"强生心想，你还说人家虚荣，你自己不虚荣？强生说："她们看不起我，我还看不起她们呢！"孟小书说："何必当真，难道她们还去调查不成？"强生理解孟小书，怕别人说她一个高干子弟找了个乡下的农民。但是，如果一个人长期生活在一种谎言中，那也是十分难过的。

一次，孟小书要强生和她去唱歌，那天一起去的还有一伙穿奇装异服的朋友。结束时，孟小书偷偷塞给强生一卷钱要他去结账。强生很感激孟小书，她是一个善解人意的姑娘。自己没钱，更没去过这样豪华的娱乐场所。虽然钱不是他的，但也不能浪费啊。强生便认真查看了一下账单，算了一下明细账。正在这时，孟小书和她的那帮朋友出来了，见他这样磨磨蹭蹭大为不满，将他手中的账单扯了过去丢给服务员，问服务员多少钱，便要他直接付款。事后，强生正想向她说消费单有些不对，谁知她却批评强生不大方，在朋友面前出了丑。

强生觉得他这种节约意识，这种贫民思想，是永远也改不了的，就像要孟小书改变那种出手大方的阔小姐习惯一样。他对孟小书的感觉有些变了，他也相信孟小书对他也如此。他在做最大的努力，努力改变自己去迎合孟小书。同时，也在下最大的力气改变孟小书，以此来减少他们之间的差距。

比如说，在吃菜的问题上，孟小书强调的是什么菜有营养吃了不长肉，而强生考虑的是食堂的油水太少，什么菜耐饿。可没办法，孟小书只站在她那方面来思考问题，而强生只能饿着肚子去迎合。可是，强生总觉得自己越是忍让，孟小书就越发无理。他觉得不应该一味迁就孟小书，否则，今后的生活还了得？这天，孟小书又叫强生和她去唱歌，强生说自己要赶篇稿子。孟小书说都是一些有身份的朋友，想要见见他。强生说："已给报社说好了的，马上要交。"在孟小书的再三要求下，他最后还是没有答应。这使孟小书大感意外，她拿起强生桌上的书砸到地上："你到底去不去？"

强生赔着笑脸解释。孟小书打断强生的话说："去不去？一、二。"

强生笑着接过孟小书的话："二点五。"

"少给我嬉皮笑脸，去不去？"

强生咬了咬牙："不去！"

孟小书指着强生的鼻子说："你不去就是对我不真心！"然后扭头就走了。

好多天，强生六神无主，他真希望孟小书来找他，但她没有来。强生犹豫着，想去找孟小书，却又想再等等。他在极度的痛苦中度过了多少个不眠之夜，眼前闪现他爹与孟小书的爹坐一块儿的场景。

虽然，社会在尽力消除等级观念，可家庭中门当户对的观念可能永远也无法消除吧！人家孟小书是谁？我强生，不，我钱弘裕又是谁……强生最终还是鼓起勇气找到孟小书，说出了分手。强生与孟小书的故事就这样结束了。

强生忍受了寝室里体育委员最恶毒的攻击。无所谓了，他爷爷被划为地主成分的时候挨人家批斗，吊半边猪的肉体痛苦都经历了，几句攻击的话算什么？这一点强生继承了他家祖上的传统——有足够的承受能力。

接下来的日子，强生时不时到省电台去替替班，挣几个伙食补贴。然后是研读古典文学，背诵了大量的唐诗宋词。李白的及时行乐、莫负光阴的思想对强生之后的生活影响不小，强生特别喜欢他那句"自古圣贤皆寂寞，唯有饮者留其名"。

一年后，强生在图书馆遇上孟小书。孟小书比以前显得成熟与贵气了，少了和强生在一起时的清纯。她告诉强生，她现在的男朋友是台里的一位编导，他的父亲和她的父亲是同学。强生笑了笑，对她表示祝福。她反复交代强生，争取一定要留在省城，如果要她爸出面的话可以去找她。强生微笑着点头，心想，你爸以什么样的理由帮我呢？我又不是他女婿！

一转眼就毕业了。这时省里正成立一个经济电视台，需要大量的主持人，班主任老师极力推荐强生，说他无论是形象还是普通话都排在前列，如果招三个人的话，他肯定是其中之一，更何况招的不下十个人，还说把强生的名字都报上去了。

过了几天，班主任老师找到强生，说："有个女孩看上你了，是省广播电台总编辑的女儿。"强生见过一次总编的女儿，他在总编那儿拿稿子的时候，她来找她爸。虽然鼻子边有一颗黑痣，但举手投足都显富贵。

强生心里想试试，但又不好意思急于表态。班主任老师说："这年头，什么都有千丝万缕的联系，你不要书呆子气了。"他明白老师那话的意思，也知道电台里总编辑说话的分量，更何况自己在电台实习时，在他手下改过不少稿件。撇开另一层关系不说，要总编公平公正地替强生说话留台里也能顺理成章。只是把留在省台和婚姻联在一起，强生确实有些接受不了。他是金子在哪儿都会发光的，为何总要找关系呢？

强生不想把留省台和婚姻这事扯一块儿，但还是想和那姑娘见见面。班主任老师说："如果你把这两个事分开就不要见面了，从个人素质来看她配不上你，你也会看不上她的。"

毕业了，强生没有被省经济电视台留用，他们班上经常被批评的那位"N""L"不分的胖子却被留用了。强生感觉到委屈，委屈又给谁说呢？

走时，他想起徐志摩的《再别康桥》："轻轻地我走了，正如我轻轻地来；我轻轻地招手，作别西天的云彩……"

3

强生买好了回程的火车票，是下午五点多钟的始发车，那次仲生来接大石坐的也是这趟。强生在这座城市没有什么值得留念的，这座城市本来就不属于他，他和许多人都一样，只是这座城市的过客。但毕竟在这里待了四年，老师、同学、朋友等，包括孟小书在内，还是有一些挚交的。

他打算在离开这座城市前去见他们一面，这就是侗家人实诚的表现。强生的老家天井寨离省城有一千多里路程。这一去不知何时才能再到省城来。有的平头百姓一辈子也没到过省城。

强生在整栋大楼里转，全省从事广播、电视、新闻工作的编辑人员都在这栋叫广电新闻的大楼里办公。可能是见到朋友们都在这栋新闻大楼上班吧，他心生留念。只要是认识的或者有过一面之缘的都去和他一一作别。即便别人对他印象模糊了，只是浅浅的一个微笑或轻轻地点头，他也要报之以十二万分的热情。这也是侗家人的谦顺所在。

"回去了？"

"回去！这里不属于我。"

"好走！常联系。"

握手、送别……一个下午，强生始终赔着笑脸重复着这几句离别的话。

当强生出到一楼大厅时，见到孟小书牵着一位戴墨镜男人的手。他没有看清男人的真实面目。孟小书给强生介绍，这是她的男朋友。这是强生最不愿意看到的，他想见的是孟小书，但还是让他遇上了她的男朋友。他对那戴墨镜的人点点头，算是打招呼。

孟小书问强生："你分配在这里？"本来强生要对孟小书说实话，说是特意来给她道别的。但当着她男朋友的面，他的虚荣心陡增，笑了笑，没有回答。孟小书以为强生默许了，伸出右手大拇指，说："你这样的才子应该留在省城！"

孟小书的这句话，深深地刺痛了强生的心。突然间，刚才还稳健的步伐就有些拖沓起来，不知是哪根筋使他有了自信，他不由自主地走到了大楼前的那个广告牌前。那里贴着一张墨迹未干的招聘广告，是省经济电视台招聘采编播人员。强生突然来了勇气：我为何不去试一试？

强生返回新闻大楼的五层，一间大大的办公室，被隔板豆腐块似的划成若干个方块，每个方块里都摆有办公桌椅，那是招聘广告上写着的报名处。接待强生的是一高一矮的两位男子。有一位胖子在电脑前忙着，不怎么说话。

一高一矮的两位男子看过强生的简历，又耳语了几句。高个子拿出一张表要强生填写。强生看了一眼，是一张录用表，按要求填了。

高个子说："你被正式聘用了，暂时安排在《流动记者站》这个栏目组，归娄主任负责。"说完指了指在电脑前忙着的胖子。强生转身走到胖子身边，说："娄主任好。"娄主任没有抬头，埋头继续看他的电脑说："你后天上午八点钟准时来，等招聘人员全部到岗了再安排具体工作。"看着胖子的冷淡，强生有些发怵。他离开办公室时，转身向一高一矮俩男子辞行。俩男子觉得有些多余，与胖胖的娄主任一样，挥了挥手让他走，没有正眼瞧他。

"耶——"离开五楼办公室，强生一跃就跳下了十来步楼梯，当他准备跃到下一个拐弯处时，遇上了一位戴高度近视眼镜的老人。老人严肃地看了强生一眼。强生放轻了脚步,也放慢了步伐——突然间,他明白了,在这样的大楼里不是他"耶"的地方。

电视台自己招聘,台里是不管住房的。但强生也拿不出钱去租房,只得将学校寝室里已打包好了的被子又重新摊开。这时,学校还没有新生入校,再则,也还有一些同学没有找到工作还赖在寝室里不走。

上班第一天,强生又见到那一高一矮和娄主任。他这才知道,那矮的是经济电视台的负责人,大家叫他许台长,那高的是总编辑,大家叫他龙老师。强生和一个叫夏叶枫的小伙子分在一组,夏叶枫原来在一家市级电视台是正式编制的记者,因为热爱音乐,辞了职,揣着一颗要成为音乐人的梦想来到经济电视台。

工作还没一周,搞收发的阿姨就要给强生介绍女朋友——一位北漂回来的记者,比强生大两岁,因人长得小巧,看不出比强生大。强生很喜欢这种有闯劲儿的女孩。女孩子是联播部的,一天到晚都在外面跑新闻,见上一面很难。最主要的是他现在一无所有,还没具备恋爱的条件。可能女孩也与他是一样的想法吧,这个小巧姑娘与强生的"恋情"可以说是无始无终。

强生觉得与娄主任很难相处,他脾气大得很,像满世界的人都欠他的钱一样,看什么都不顺眼。娄主任还曾与龙总编在办公室拍桌子吵过架,具体为什么吵强生不知,但他劝过架的,否则他们要打起来了。之后强生想,那不是打起来,而是龙总编要被娄主任揍,单从身材来看龙总编根本就打不过娄主任。强生也恨娄主任,娄主任曾经在强生送审的一篇新闻调查审签单上写道:"角度新颖,但是一般化,不用。"

看到娄主任签了这样的理由,强生不服,找他理论,希望他能通过那则新闻调查,那是他花了二十多天采访到的。娄主任把强生骂了一顿,说得他一无是处。强生找到龙总编,把新闻调查和娄主任签的意见都给龙总编看。龙总编看了说:"调查还做得可以,但不是特别好。"最后,为缓解强生和娄主任之间的矛盾,那篇新闻调查最终没播出。

此后,娄主任对强生的意见更大了,他怪强生不该越过他找龙总编。可想而知,强生对娄主任的意见也是很大的,只是他没有任何办法。

娄主任对夏叶枫也有意见,因为,在娄主任来《流动记者站》前,娄主任就和夏叶枫在省日报政法部做记者的哥哥矛盾很深。讲起这事,娄主任很激动，他说他要揍夏叶枫哥哥。强生从夏叶枫那里得知，夏叶枫哥哥的一篇新闻报道公开批评某派出所所长不作为。这所长是娄主任的哥们，娄主任找到夏叶枫的哥哥说情，结果他不买娄主任的账。具体为什么不买账，夏叶枫不说。

娄主任对强生的意见大了以后，再不和强生说话。强生喊他，他也不作答。娄主任负责的《流动记者站》编辑部就六个编辑记者，夏叶枫和强生两人是他最不满意的。另外两个人也常在背地里说娄主任的不是。好在夏叶枫和强生业务还比较过硬，基本上每周播出两期《流动记者站》，其中有一期就是夏叶枫和强生采访的。更为严重的是，娄主任和龙总编处处矛盾不断。在小小的《流动记者站》，没有几个人和娄主任搞得来。半年后，娄主任不得不离开《流动记者站》，到了别的栏目组。

一位郑主任来接替娄主任。以前，强生处处受娄主任欺负，郑主任来了，强生又处处受郑主任欺负。在欺负强生这件事上，郑主任比娄主任有过之而无不及。

任何记者都有一批关系较好的通讯员，因为通讯员是新闻记者线索的主要来源。然而，郑主任本人则可以任意抢别人的新闻线索。比如，郑主任的一位朋友给强生提供了一条新闻线索，强生觉得这一条新闻线索有价值，就与夏叶枫去采访了。考虑到时效性问题，播出当天没找郑主任签审，直接就送龙总编审了。这篇新闻调插播后，郑主任说，他也掌握这一新闻线索并派了记者去调查，是强生他们偷看了他的笔记才得到的线索。最后，这则稿件强生他们只算一半作者，还有一半给了和郑主任两位要好的记者。其实，那两位记者并没去采访，根本就不知道这回事。

像这样欺负强生他们的事还多着呢，比如，有一位基层的新闻通讯员给强生送来一篇稿件，当时强生不在办公室。郑主任待在那儿，说强生一个打工仔作用不大，他是负责人直接给他就行了。郑主任拿了稿件觉得可以，在播出时添上了自己的名字。再则，郑主任只对省城及省城周边城市的新闻有兴趣，周边之外条件差的、路程远的，都是安排强生和夏叶枫去采访。龙总编照顾强生他俩，希望他们多得点收入，让他俩适应采编播一条龙技术。加上强生又是学播音的，他俩适应得较快，做得也很好。这使郑主任大为不满。但有着龙总编罩着，郑主任尽管有意见，也没有什么办法。

新学期就要开学了，强生不可能老占着学校的寝室。正当他愁没地方住的时候，龙总编把一间原本是仓库的地下室清理出来，让强生和夏叶枫住。强生占了地下室里仅有一张小铁床，从此，他与这张小铁床结下了很深的缘份。在省城搬了无数次家，都睡这张小铁床。这事也被郑主任抓了小辫子，成了他告强生私占公共财物的一大罪状。

这时，强生和夏叶枫他们的月工资都是六百块钱。

除了睡觉，强生不喜欢待在地下室，夏叶枫也不喜欢，所以，下班后，他们都待在编辑部。夏叶枫想当音乐人，经常弹吉他唱歌。有时，强生听他唱；有时，听厌了，就看书或者看电视。

当年冬天，全省的一个新闻比赛，强生的一则新闻获了一等奖。领奖的时候，强生认识了企业界的一位老板。这位老板知道强生的困难，提出帮助他。他在城郊有一处闲置的房子，答应借给强生住，一来可以给他看着房子，二来强生也可以不住地下室了。强生很高兴，想都没想就同意了。很快，强生就搬出了地下室。他早出晚归，每天在这个城市踩着自行车穿梭三个小时。

这时，正值初春。有时下雨，有时刮风，有时下雪，强生骑着车却感觉快乐无比。当这位老板知道强生的月工资只有六百块钱时，决定给他换单位。他给强生介绍了一家文化公司，专门给新生儿拍成长专集的。文化公司老总说："从小孩子出生到周岁，再到上学，一直记录下去……"他滔滔不绝地说着。

强生一动不动坐在老总对面，继续等着他的下文，他想知道老总究竟要对他说什么。老总说："我每个月最少给你五千元工资，做得好可能会上万，甚至还有更多的。"见强生一直没有吱声，老板又说，"这得根据你的业绩来。"

见强生不说话，老板说："最少五千，最多五万，你一点都不动心吗？你拿的六百块钱，在现在这个时代还叫钱吗？"

强生喃喃地说："钱是很多，但是，我做不到。"

"为什么？"

"不为什么，就是做不到。"

"你的意思是，你不愿意？别忘了，过了这个村就没这个店了，你不要以为工作好找哦！"

强生轻轻站了起来，给老总鞠了个躬说："对不起，这个工作我不接受，打扰您了。"说完，快速走出老总的房间。强生走后，老总差点气死，他立刻给介绍强生的那位老板打电话。那位老板气得咬牙切齿地说："你给我滚，你不要住我的房子！"于是，强生又搬回《流动记者站》的地下室和夏叶枫做伴。

强生搬回《流动记者站》地下室住了没多久，龙总编就要他们搬走。《流动记者站》收回地下室当仓库。强生和夏叶枫必须在外面租房子住，虽然他们的工资仍旧是每个月六百块钱。

强生在离办公室不远处租了间很小的平房，房租每月三百块钱。他每个月的收入实在太少，少得简直不能生活。那段日子，强生过得不叫生活，叫活命。

4

新闻大楼门前是一座小花园，没有用围墙围起来，市民们早晚都在那儿散步。有时，强生夜里睡不着，也会到花园里来走一走。有时，他大白天一整天待在花园里，即使饿着也不想回到出租屋。有太阳的时候，他躺在花园的广场上仰望天空，天空真的很蓝，像宁静的大海。

看着如此蓝的天空，强生总是忍不住产生飞的感觉。好想飞上天空，好想从此化作天空的一颗星星，或者，就这样，无影无踪地，随风飞在这座城市的天空……一次又一次，强生仰望天空时默默地跟天上的星星说话。

一天，强生的一个新闻调查在"国"字号的电视台的黄金时间播出，强生便产生了到这个栏目去的念头。因为这个栏目也是实行招聘制，强生给这个栏目组寄了资料又写信，一次又一次都得不到回应。后来，他才知道郑主任与这栏目的制片人是同学，郑主任给他的同学说了强生的坏话。

强生别无选择，必须继续留在《流动记者站》。他搬了家，搬到这座城市的南郊。南郊是这座城市最穷的地方，房租变成了每月两百块钱。上下班骑自行车单程要一个小时，还不能骑慢了。可只要在这座城市，强生就不想换其他工作，他热爱新闻，全心全意热爱。这时，强生又有一个新闻调查在"国"字号电视台的黄金时间播出。一位涉及被调查的领导请强生吃了一餐饭,当他知道强生只是临时聘用,工资只有六百元时,这位自认为与龙总编关系很铁的领导,当即打电话给龙总编。

第二天,龙总编批评了强生,说:"你真的是要我们开除你,是吗?"强生非常难受,心想我没有说假话啊,我是实事求是。在以往看来,强生觉得龙总编是最关心他的人,如今也和讨厌郑主任一样讨厌他了。是离开呢,还是留下?强生实在不知道。况且,离开后去哪儿呢?

被龙总编批评后大概半年吧,龙总编见强生没离开,就给他涨了工资。涨到了一千五百块钱。而此时,正式员工的工资到了三千元,还不包括他们年终的奖金福利。

一天,强生在全省的经贸洽谈会上偶遇他们县的县长。县长对媒体当然是看中的,工作做得再好,没有新闻舆论的助推也是白搭。县长很重视在省台工作的强生。强生见了家乡人也多给了几个镜头。就这样强生与家乡的县长有了联系。

这天下午,龙总编审完稿骑自行车回家的路上发生了车祸。一辆拉混凝土的大货车将龙总编撞倒后,左后轮从他的头上压了过去,龙总编当场死亡。

听到这个消息,强生懵了。一是关心自己并朝夕相处的龙总编就这样突然离开了;二是在台里没有罩着自己的人了。在为龙总编守灵那几天,他的泪水一直没有干过,不是因为他和龙总编感情有多深,而是他总觉得伤感。龙总编的离去,意味着自己时刻有被炒鱿鱼走人的危险。果然,在周一上班的例会上,郑主任宣布,强生和夏叶枫在一个月内搞好工作移交,《流动记者站》要"裁员"。

夏叶枫早就料到了,他哥哥早已为他找好了工作。他不想再在新闻队伍里混了,他要去从事他那伟大的音乐事业。这时,省城的歌厅、夜总会如雨后春笋般冒出来了,夏叶枫联系了一家大型的夜总会当吉他手兼主唱。强生觉得夏叶枫找到了人生的最佳结点。但夏叶枫不到最后不走,他要与郑主任斗一斗。夏叶枫表面上总是乐呵呵的,有时当着郑主任的面也大声唱歌,一点也没把郑主任放在眼里。

比起夏叶枫来说,强生失落得多,他无所适从。那天是星期天,他一个人无所事事地瞎逛。突然,身后一位四十多岁的男人喊住他,还把他带到派出所。强生走进派出所,发现屋子里坐着一老一少两名警察,像看犯人一样看着他。

"哪里的?"老警察问强生。

强生坐了下来,说:"湖南的。"

"来这座城市做什么?"

"打工。"

"身份证?"

"放在家里了。"

"暂住证?"

"和身份证放一起。"强生想了想便笑了起来。其实,他没办暂住证。他一直以为肩膀上的摄像机就是暂住证,可马上就要没了。

"你还笑?铐起来!"年轻警察说。

"好啊!"强生说完把双手伸了过去。

"你以为我们不敢铐你?"老警察接着说。这个警察五十多岁,头发花白。

"欢迎,我还从没被人铐过。"

听强生这样说,老警察问:"你在哪里打工呢?"

"经济电视台。"

"什么?你再说一遍。"

"经济电视台的《流动记者站》!"

"你在经济电视台扫地吧?"

"我想扫地,可是他们有人扫了,不让我扫。"

"那,你在经济电视台做什么呢?"

"你不是警察吗?你应该能看得出来吧。"

"我看你最多就是守传达室的。"年轻的警察说。

"不是。"

"那你做什么?"

"采编播都搞。"

"那你怎么不说普通话?"年轻的警察有些急了。年老的警察走到强生跟前,双手叉腰站住。他的脸上,不断地变化着很复杂的表情。

"有工作证吗?"

"没。"

"没工作证？怎么证明？"

"电视里有我的镜头。"

"我们这里没电视。"

"可以电脑查！"

"我叫钱弘裕，查吧！"

很快，年轻的警察就查到了。

"怎么证明你就是钱弘裕呢？"

"不需要证明。"

"为什么？"

"因为我就是钱弘裕。"

"凭什么我们相信你就是钱弘裕？"

"你们可以不信，我刚说过，欢迎铐我。可是，你们要想清楚，手铐好铐但不好解，不然的话……"

"不然的话怎么样？"

"你们可以铐我试一试。"

"给你的领导打电话！"那个把强生捉来的四十多岁的便衣男人说。

"你知道今天是星期几吗？领导今天不上班。"

"领导家里的电话呢？"

"我不需要知道领导家里的电话。"

"那么办公室呢？"捉强生来的便衣警察继续问。

"我在这里。"

"什么意思？"

"今天我值班，你把我捉来了，办公室的电话打破了也无人接。"

这时，年老的警察在强生身边的椅子上坐下来，问："没其他办法可以证明你了吗？"

"有。"

"什么办法？"

"把我铐起来。"

"先不说铐的事，先……"

"把我捉来不就是要铐我吗？"

"不是要铐你！"

"你们警察不是看所有外地人都是坏蛋吗？你们警察不是看所有外地穷人都是大坏蛋吗？我这个大坏蛋，你们为什么不铐呢？"

"你走吧。"把强生捉来的四十多岁的穿便衣男人突然说。

"不把我这个穷人当坏蛋了？"

"走吧。"

"我是坏蛋，警察铐坏蛋理所当然啊。"

"现在你像记者了，记者就有这么倔。"年老的警察站起身，在强生的肩膀上轻轻拍了一下，"走吧小伙子，快去值班吧，我们和你一样，也是在努力工作。"

……

强生刚到办公室，一个女孩就跪在了他面前，说："青天大人啊，你要为我们做主啊……"强生要女孩起来，把具体问题说清楚。这时郑主任也来办公室了。他对女孩说："你给这位记者说吧。"说着指了指旁边的一位小伙子。女孩抬头看了看强生说："我喜欢他做的节目，我要给他说。"

郑主任说："他一位临时工，马上就要滚蛋了，你给他说也没用。"听到郑主任当着小女孩的面羞辱自己，强生把桌子一拍说："你这事我管到底，你说！"

原来女孩子被卖了好多年，现在回来什么都没有了，连户口也没了。没了户口本、身份证，什么都办不了，外出打工也不行！

"小妹啊，像这样不公平的事太多了，如今我遇上的不也和你一样吗？找谁评理去！"强生摇了摇头，给小女孩写了封信访文件，但要郑主任签字才能盖章。强生写好后递给小女孩说，"请领导给你签字、盖章吧，拿回去找当地政府。"为了避免尴尬，他闪出了办公室。

当天晚上，强生接到父亲打来的电话，以往都是强生给父亲打的。他问父亲有什么事，父亲说："没什么事，今天不晓得怎么的，突然想给你打个电话就打了，没什么具体事。"聊了几句就挂了。这时，强生在手机上无意中看到老家县长的号码，便发了条短信过去："县长，我想回家乡来为您效劳……"一会儿，县长回复："欢迎才子回家来支持家乡发展、支持家乡建设！"

强生随即做出决定：与其在外漂泊，不如回家乡干上一份安稳工作。

第四章

1

强生回到县城后,写了份要求解决工作的申请去找县长。虽然县长少了在省城见面时的热情,但没有食言,在他的申请上签了字,还写了推荐。

强生被安排在县电视台工作,接待他的是办公室主任。主任一米五的个头,三十来岁,满脸胡子,一小老头样儿。主任说:"大城市不待,跑回来干吗?"

强生说:"待在大城市能干吗?"

主任说:"干你的本行啊!"

强生说:"说话算什么本事,人家北京人不用学都会讲普通话!"

……

主任一时找不到什么话来反驳强生,默默地把强生手中的介绍信接了过去放在一个文件夹里,像突然想起什么似的说:"明天来办理相关手续吧。"

第二天,是一位高个子接待强生。高个子问强生要介绍信,强生说:"昨天下班的时候给了大胡子主任。"

高个子说:"大胡子主任辞职了。"强生有些好笑,我一来上班主任就辞职,是我和主任相克,还是我的杀气重?幸好存放强生介绍信的那个文件夹还摆在桌上,打开文件夹就看到了写有强生名字的半页纸的介绍信。

高个子说:"单位没有房子了,你只能自己在外面租。"

强生说:"一下子去哪租啊?"

高个子又说:"没有地方住暂时可以睡在播音室,播音室只有你一个人,想横着睡就横着睡,想竖着睡就竖着睡。"这时强生才知道,整个电视台就他一个播音员。原来播音的是一位五十多岁的老同志，从来没有上过镜，知道强生来报到后就不肯再播音了。

在整个电视台里，和强生玩得最好的是何德男。何德男比强生大几岁，披着一头长发，大半个脸被刻意地遮住了。何德男的脸本来就不宽，留了长发就看不到脸了，很多时候只能看到他那长长的鼻子和横着的两道眉毛，以及一双深凹的小眼睛。强生没见过鬼的样子，想象中的鬼就是何德男那样子，感觉电影《湘西赶尸》里的死尸就是何德男扮演的。

何德男那瘦瘦的身躯上总是套着宽大的衣服，像挂在衣架上一样，任风儿吹着走。何德男是县电视台的文艺编辑，据说他开过十年的发廊，因为发表了很多小说，被领导破格招到县电视台。但强生自从接触何德男以来，并没看到他写过什么，连他做电视专题片时的解说词都是别人写。与何德男比起来，强生要阳光得多，不仅有一双大眼睛和浓眉，而且每天头发梳得整整齐齐，还穿白衬衣加细花领带。不是他喜欢打扮，而是他的工作需要——上镜播音。

强生虽然这样，何德男却总是说可惜那双大眼睛长在强生头上，没有神。强生说何德男是忌妒他，眼睛有没有神用什么标准来评价？何德男没有解释，说他能看得出来。何德男做节目或者看书累了，喜欢唱"天天赶场天天赶场，赶场做什么"这句歌词。和何德男相识久了，强生才发现何德男的二胡拉得好，这句唱词是拉二胡时的基本手法。

钱列为第一次看到儿子播音是进城买尿素的时候。那时，尿素供应特别紧张，只有县城的生资公司有卖，还要凭关系才能买到。强生给生资公司搞了条新闻在本县的电视台播出，他们答应平价卖一袋给强生。这是强生工作后第一次"以权谋私"，感觉挺满足的。

钱列为拿着一根扁担及一对箩筐进城来挑尿素。他先是到电视台，没头没脑地问钱八六到哪儿去了。见这样装束的人来找强生，台里的同志就有些敷衍，说没这么个人。钱列为说："怎么没有呢，就是天天在电视上播音那个。"

台里的同志这才恍然大悟："哦，你找钱弘裕，他不在！"钱列为不晓得强生还有一个名字叫钱弘裕。那会儿强生正待在编辑部看一部美国大片。

很多时候，当爹的找儿子哪儿有那么多客套，都是直来直去地唤小名。钱列为没见到儿子，只得怏怏离去。当钱列为去生资公司时路过五金家电门市部，看到整齐摆放的三大排电视机上全是强生播新闻的画面。他有些兴奋，目光盯着画面，看得聚精会神口水直流。直到新闻播完，回过神来才发现他买尿素的钱被小偷摸走了。他站在那儿用侗话骂了几句天井寨的脏话后，又折回电视台来找强生。

同事们还在搪塞他，说强生不在。钱列为有些生气，说："我才在街上看到他在电视里念新闻，一下子会跑哪儿去呢？"同事还要说什么，强生听到了父亲的声音。当儿子的都一样，父亲的声音哪怕再轻，也会第一时间分辨出来。强生喊了一声爹，同事们有些略显尴尬，愣了几秒钟后，突然热情起来。

2

县电视台每天就二十分钟的新闻节目，可以说强生每天的工作时间就二十分钟，更多的时候他都窝在沙发上看美国大片。因此，见强生这样无聊，何德男每次都会叫上他到沙龙玛酒吧去喝酒。在这小县城，酒吧算是一个新鲜事物，代表着新潮、前卫、另类！

酒吧从天微暗开始营业，天微亮结束营业。想要买醉的人，可以整夜待在这里。酒吧装饰很豪华，金黄的墙壁、五彩的灯光，给人一种昏暗没有阳光的感觉。色与欲在酒吧是常见的风景，每每进入这里，眼光总要扫过一个又一个异性的面孔，浑身都有着冷冷的气息。

酒吧的大堂里摆有两块造型奇特的石头，这是何德男的最爱。每次去沙龙玛，他的第一件事就是去摸那两个石头，说："就是这两样东西具有无穷的力量。可创造人类，它的力量还不大吗？我要先敬它们一杯，然后就扯开嗓子喊，服务员，拿酒来。"

在强生他们老家如今还有这种习俗，哪个家中有人病危时，就通过家中的年轻人举行婚礼来驱除病魔，以求转危为安。有婚礼就意味着会有男女喜结良缘，就会繁衍后人，这叫冲喜。但这样明目张胆地摆设，在他们这个小县城是惊世骇俗的。在很多人眼里，它代表下流；在何德男眼里，它代表文化，代表一种叛逆的精神。来这里喝酒的人们，围着它狂欢、胡闹，以为回到了几千年前的某个印第安部落。

何德男是股东之一，他以房子入股，房子是他的。在酒吧里，他除了会喝啤酒外，什么也不会，还会带着强生和他一样留长发的人去喝。这样一来，合伙人不干了，要他退股，只收房租，他真的就退了股只收房租。退了股后的何德男还到沙龙玛去喝，他习惯了那地方。再说，他也省得年终去要房租，还不如去那儿喝掉算了。

夜夜买醉，丧失自我，何德男带着强生一伙人嚣张地饮酒狂欢。

一次，强生和何德男喝高了，走到大街上想小便，一时又找不到厕所。见到一辆货车停在路边，便跑到车边解决。可对着货车撒得正酣时，车开走了，由于反应有些迟钝，结果，变成了"大街上撒尿的人"。那时，正是人流的高峰期，他们的举动被好多人看见了。不知怎么的，竟然传到了台长的耳朵里。强生挨了台长一顿训斥。他闷闷不乐地跑去找何德男，想讨点安慰。不料何德男的头一点一点地反问："为什么不批评我？"那长发一颤一颤地如公鸡迈着碎步在唱歌。

强生木然地看着何德男。

"为什么不批评我？因为你是公众人物，当然要挨批评了。"何德男一句话，把强生飘上天去了。他有几分得意。过一会儿想，不对啊，我是什么公众人物，不就一个小播音员吗？是台长看不惯我才批评我？和何德男一起撒尿，怎么就不批评他呢？

何德男看出了强生的不解，说："台长看不惯你的玩世不恭！"

什么叫玩世不恭，怎样才是玩世不恭？强生想，那都是人家的看法。他认为，人家怎么看他与他有什么关系？这样一想，大家就更认为强生玩世不恭了。

在办公室里，强生把脚跷到桌子上，让脚部高于脑部。这个坐姿有利于脑部血液供给，也是最舒服的。可是这样的姿势也要被台长批评。台长教育强生："你不是特殊人才吗？特殊引进啊，采编播都行啊，怎么只看到你一天到晚张着个嘴在念稿子，而别的什么也干不了呢？"

其实，强生不是不想干，而是看不惯台里这帮人摆谱。在接下来的一个月里，他一不做，二不休，接二连三地在省市电视台播发了十多条稿。

台长鼓励强生说："这样好啊，要多搞啊。"强生的信心更足了。此后，强生很是闹腾了一阵子，扛着摄像机出现在县里大大小小的各种场合。那时，电视新闻还是很热门的，特别是领导开会。社会上流行着"电视记者不来等着开，报社记者不来开着等"的顺口溜。而且记者去采访经常有礼品，比如火锅、烤火炉、台灯、垫单、领带、皮包，或者是茶叶，强生的收入增加。

强生为了体现自己的能力，常常把这些东西带回天井寨给父亲用。其实，钱列为是舍不得用的，他摆在那儿给四邻八舍宣传，逢人就说："这是我那在电视台工作的强生带回来的。"邻居们投来羡慕的眼光，使钱列为的满足感又一次得到体现。随着钱列为拿着这些纪念品有意识地宣传，使强生的名声在整个天井寨无限放大。这也给整个天井寨人带来无穷的想象空间，以为强生要见县委书记、县长很简单，只要说采访他们就可以见到。然后强生要办什么事，只要他们给批个条……强生成整个天井寨人的偶像了。

天井寨第一个来找强生办事的人是牧瞎子，要强生给他揽工程。强生这才知道牧瞎子现在在乡里有自己的工程队，还当上了包工头。牧瞎子还说他的工程队挂靠在县二建公司，可以建造十二层以下的电梯楼。

接过牧瞎子递来的"芙蓉王"，强生说："我哪揽得到工程？"他知道这种烟要三十多块钱一包。在采访县财政局长时，局长给过他一条这样的烟，他舍不得，拿去卖了。

牧瞎子没头没脑地说："哎呀，我晓得的。你放心，我不会吃独食的。"然后又自个儿骂了句："人死面朝天，不死又过年。"

强生摇摇头说："不懂！"

"你不懂，我懂！只要你把工程搞到手。"牧瞎子说到这扬了扬手，停了几秒钟才说道，"好办！你会懂的。"

强生知道现在许多人搞建筑发了财，可没那么多工程可做啊！他说："怎么可能搞得到？"

牧瞎子有些不以为然地说道："要县委书记批个条不就成了？"

"条子哪有那么好批的！"

牧瞎子显得有些生气的样子说："就看你肯不肯帮这个忙，你上一年的班还帮不得这一下子吗？"

"不是不帮你这个忙，而是我确实做不到。"

"人死面朝天，不死又过年。你胆子放大点，有权不用，过期作废！"牧瞎子说完便转身走了，丢下一句"你再想想吧"，连一句再见的客套话都没有说。

3

台长见强生工作积极,把办公楼一楼的一间杂物间腾空给他住。可是,还没半年时间,他的激情就消耗殆尽。主要是因为同事们对他有看法,说他不好好播音,到处乱跑。言下之意是抢他们的"生意"。一次,强生扛着摄像机准备出门,可怎么也找不到电池,自己头天晚上回来才放在那里充电的啊,会到哪去了呢?后来才知道原来是同事藏了起来。

强生又恢复了刚来电视台时的工作状态,整天除了播音,就是把脚跷到桌上睡大觉。因为杂物间里没有地方洗澡,晚饭后,他就提一桶水在门外的那棵樟树下冲一个冷水澡。然后看看电视,等待何德男的到来。晚上九点,何德男准时来到窗前,他俩一同前往酒吧,天麻麻亮时一起回来。上午睡觉,下午快下班时播二十分钟的新闻。

强生走进沙龙玛酒吧,彷徨的眼四处张望,没有熟悉的影子,看到的总是一张张醉生梦死的堕落面孔。每个人都故作有钱人的范儿。女的都是年轻的、时髦的、浓妆艳抹的,男人表情萎靡。偶尔看到顺眼的女孩,强生会过去搭讪,一起喝喝酒,天南海北地胡聊一气,但仅限于此,出门就拜拜,从不留电话。强生从没想过要在这种地方找对象结婚,但最终还是坏了自己定下的"规矩",他在酒吧里认识了一个叫戴露的女孩。

强生清楚地记得,那天是平安夜,他和何德男还有几个兄弟喝得有点高了。邻桌是一帮年轻女孩,他跑过去搭讪,跟其中一个女孩喝酒聊天。喝着聊着,强生突然发现这女孩眼熟。终于想起来了,几天前也是在这个酒吧里,强生跟她喝过、聊过。看她是学生妹的打扮,就以"长者"身份"教训"她说:"你怎么又来了?这种地方消费不低啊,一星期就看到你来几次啊?"她调皮地反问强生:"你如果不经常来,怎么会知道我经常来呢?"强生说:"我不一样,你别跟我比。"她突然惊叫起来:"啊!帅哥,天天在电视上看到你耶!"她的一声惊叫,使强生的虚荣心得到了彻底的满足,扎实地和她来了一个拥抱。她告诉强生,她叫戴露。

这个戴露很直接地问强生有没有女朋友,强生逗她说:"你问这个,是不是想当我的女朋友?"她说:"是的。"强生还从没接触过这么直白的女孩。"想当我女朋友,要过我兄弟那一关呢,要他们同意我才能答应。"

她马上随强生走到何德男他们面前敬酒,边敬酒边问:"我要当钱帅哥的女朋友,你们同不同意?"何德男他们喝得正高兴,一时没有反应过来,也许他们还没有见过如此大方的女孩吧。戴露又说了一次,他们才梦如初醒,鼓掌欢呼,齐唱道:"'天上掉下个林妹妹,似一朵轻云刚出岫,只道他腹内草莽人轻浮,却原来骨格清奇非俗流,娴静犹如花照水,行动好比风拂柳,眉梢眼角藏秀气,声音笑貌露温柔……'"

这一次,强生留了戴露的电话。他破天荒第一次留了酒吧认识女孩的电话。

第二天,强生便约戴露看电影,那天他们看的是《不见不散》。看完电影,他们一起夜宵、洗头,然后强生把她送回住处。

戴露比强生小两岁,卫校毕业后分配在县医院工作。何德男说:"一个医院的护士,哪来的钱经常泡酒吧?"强生也觉得不太靠谱,但感情的走向不可能完全顺着理智的方向走。正月十五那天,强生和戴露正式确定了恋爱关系。那天,戴露到强生的住处,她提出打麻将,带彩的。强生从来不打麻将,房间里也没有麻将,便到隔壁同事那里借来麻将。何德男他们就和戴露打,被戴露赢了八百多块钱。

这件事让何德男更有想法,他坚决反对强生跟戴露恋爱。他不满地说:"戴露的麻将水平不是一天两天能练出来的。可想而知,她是什么样的人!"那天晚上玩到深夜一两点,戴露走的时候,强生要去送,但何德男不让。强生生何德男的气说:"戴露不就赢了你几百块钱吗,至于生这么大的气吗?"

强生这人不会撒谎,何德男对戴露的看法,他没隐瞒戴露,戴露因此对何德男颇为怨恨。她没好气地说:"我的那些姐妹也觉得你不靠谱呢,理由一样,也是说酒吧认识的男人不能当男朋友。"

不论双方的朋友如何反对,他们还是不管不顾地开始恋爱了。但恋爱没几天就开始吵架。有天晚上,戴露在强生住处玩,这时,有个以前别人介绍给强生的女孩来电话了,戴露把强生手机抢过去,开着扬声器,逼强生当着她的面跟人家说话。强生不肯,她就生气地摔门跑了。强生伤心地去酒吧找到何德男,何德男取笑强生说:"不是很爱吗?不是很好吗?怎么这么快就吵架了?"过了两个多月,一模一样的事又发生过一次,为此两人还闹过分手。

跟戴露确立恋爱关系四个月后,全县的抗洪救灾工作开始了,这是强生工作最忙的时候,采编播都少不了他。那段时间,他跟戴露见面的次数少了,这才感觉到她有些不寻常,神龙见首不见尾的,很神秘。她的手机经常关机,强生想找的时候找不到。他开始寻思何德男说的话,戴露的社会关系是不是有些复杂呢?

有一次,强生对戴露说:"我身边的朋友,你都熟悉了,你身边的朋友一个也没介绍给我认识。"这样说后,有一天戴露就带了个女友过来跟他们一起吃饭。那个女孩是戴露的同事,也是她卫校的同学。戴露偶尔会跟强生讲讲她身边小姐妹的事……

强生想了解戴露的过去,旁敲侧击地问过,但戴露并不跟他详细说,只是通过她偶尔一星半点的话语,才模模糊糊地了解了。据戴露说,强生是她的第三个男友。第一个,是个学生,云淡风轻没什么故事。第二个,她说是个房地产老板。她还说,现在之所以还能维持酒吧之类的消费,是因为这个前男友以前给的钱还够支撑。她不肯讲具体细节,但强生猜想,既然是房地产老板,那一定是有点年纪的,总不会像自己一样才二十多岁吧。

抗洪救灾刚结束,强生发现戴露表现得有些不正常,经常有个男的频繁地给她打电话、发短信,有时深更半夜还有电话来。这时的戴露晚上住在强生的单身宿舍,所以这种事瞒不过他。对此他有想法,戴露却理直气壮地说,这个男的是那个房地产老板,人家只是把她当普通朋友看待,是纯哥儿们的那种友谊。强生想,就算是"哥儿们",有必要一天之内短信、电话不断吗?自己跟何德男关系那么铁,一天之内也没这么频繁地联系呀。

"来得容易,去得也容易",这句话本来是比喻钱的,可如今用在强生与戴露的关系上,再也贴切不过了。这天晚上强生和戴露大吵了一架,第二天一大早,戴露把放到强生单身宿舍里的几件衣服拿走了,他们的恋情就这样画上了句号。

4

老话说,"偷过腥的猫哪还忍得住嘴",强生以前没沾过女人也过得平平静静,但尝过女人的味道后便离不开了。他和戴露分手一个星期左右,又结交了新的女朋友，也是在酒吧认识的。

强生这种人，天天泡在酒吧里又能到哪儿去找女朋友呢？新的女朋友叫尹小雪，长相还挺对得起观众的，与强生这个播音员站在一起，基本符合金童玉女的形象。见面的第二天，正是强生爷爷的生日，强生带尹小雪一起到老家天井寨给爷爷祝寿。他感觉尹小雪各方面都很得体，只是太大方了点，缺少了少女起码的羞怯感。当着老人们的面，尹小雪就与强生拉拉扯扯的，像老夫老妻一样，对于乡下的亲朋好友们来说，多少有些看不惯。但亲戚们基本上能理解，说现在的年轻人都是这样放得开的。

对于这样的漂亮媳妇，钱列为总得要查查家谱，了解一下基本情况。其实，强生对尹小雪家里的情况也不清楚。钱列为听过尹小雪的介绍后很是满意，强生回城后很长一段时间，他还时不时谈论起尹小雪，这证明尹小雪在他的眼里不错。

三个月后，钱列为打电话，要求强生带尹小雪一起回家过春节。强生先是装作没听清，父亲重复道："邀尹小雪一起回来！"

强生一脸茫然，这才记起那个尹小雪，支支吾吾说："我们早吹了。"

钱列为说："吹了？你是得个穿山甲不会剥，这么好的姑娘去哪找？她爹妈做服装生意，要钱有钱；她在邮局上班，工作又好。"

强生说："吹了。"他这时才想起，尹小雪的父母是四川大山里的农民，她在县城也就一发廊妹。在邮局上班？父母做服装生意？她真会骗人！

钱列为还是不相信和强生那么亲密的女孩子说吹就吹了。钱列为问："是不是吵架了？"他还说，"女孩子服哄，你多对她讲讲奉承话就好了。"没想到六十多岁的父亲还这么会对付女人，强生想笑，心里在说，有其父必有其子，如今是"笋子高过竹"了，你儿子比你更会哄女人呢！

强生说："不是吵架，是吹了。"

钱列为说："为什么？为什么吹了？"

强生说："不为什么，就吹了。"

"你给我说清楚！"钱列为的声音像打雷一样从话筒里滚过来，看来他是真心喜欢尹小雪当他的儿媳妇啊！

强生说："别烦了，不就是女朋友，过年我再带一个回来给你看。"听他的口气一点也不在乎，好像女朋友根本不算什么。这让钱列为很受折磨，不知道现在的年轻人到底怎么了。

"有钱无钱，回家过年。"这是天井寨人常挂在嘴边的一句老话，把过年看得很重要。钱列为要求强生带女朋友回天井寨过年，这也是对强生那句"不就是女朋友，过年我再带一个回来给你看"的检验。今年是钱列为进七十岁的年份，按"男做进，女做满"的说法，钱列为可大办一场寿宴。因为钱列为的母亲还在，自己还不能做寿，所以他改变了方式，选择大家在春节团聚。

强生是腊月二十七一个人回到天井寨的。钱列为看了看强生的身后，问："一个人啊？"强生说："一个人。"

钱列为没再说什么，一句"一个人"的问话就已表达对强生和尹小雪的分开不满，但他不想在大过年的弄得不愉快。强生的两个姐姐和几个外甥都来了，两个姐夫还没到。

家里一下子来了这么多人，尽管钱列为为强生没有带女朋友回来有遗憾，但还是很高兴，把整个家当全搬出来了，要吃要喝全由他们主张。在下着微微细雨的冬天里，一家人围在热腾腾的火铺上说说笑笑，很是温馨。

还有两天才到年三十，无所事事的强生决定到寨子里看看。看看儿时的伙伴有多少回来了，再拜访一些乡亲，和他们说说话，拉拉家常，这是他每次回到天井寨必做的功课。这种习惯可以追溯到他上大学那一年，那时，强生第一次离开天井寨去省城求学，每次放假回来和大家总有说不完的话。

那时候，外面的世界对天井寨人来说，总是那么神秘、那么充满期待。每次强生回到家里，有来看望的，有想听故事的，火铺边的堂屋里早已坐满乡亲。是的，强生是天井寨里第一个考上大学的人，准确地说是第一个男人，强生的二姐才是考出去第一人。虽然二姐只在市里上了一个中师，但也是第一个吃国家饭的人，而强生是天井寨第一个坐火车上大学的人。

强生在寨子里溜达了半天，心情却变得沉重起来。他发现不少人家大门紧闭，已是人去楼空，铁锁锈迹斑斑，吊脚楼前杂草丛生，有的吊脚楼歪歪斜斜的，看着摇摇欲坠。他一个人傻傻地站在那一栋栋熟悉的吊脚楼前，回想起一些人和一些事，不由得伤感起来。

"凤凰台上凤凰游,凤去台空江自流。吴宫花草埋幽径,晋代衣冠成古丘。"不知道为什么,在杂草丛生的铁牛家门前,强生想起了李白的这首诗歌。知青们还在天井寨的时候,铁牛家可谓门庭若市,有讲笑话的,有摆门子的,有排文艺节目的。尤其是过年这几天,铁牛的那些朋友相聚于此,把酒言欢,好不痛快。如今,铁牛还被关在牢子里,母亲过世了,只剩下老爹整天咳咳咔咔的,自家生活都难维持,更莫说维修这房子了。几年来,天井寨外出打工的人多了,寨子里的人们逐渐富裕了,而寨子则变得冷清起来。寨子里的这些问题,已经成了谁也无法改变的残酷事实,在时间面前,人是何等的渺小啊。

腊月三十这天,母亲是最忙的。强生没了母亲,这些重任全落在大姐、二姐身上,她们任劳任怨,承担起母亲的责任,洗干净桌子碗柜,准备好各种年夜饭菜。三十这天是不吃早饭和中饭的,无论肚子多饿都不吃,饿了吃碗甜酒或灰碱粑,这是老祖宗传下来的规矩。

乡村的春节,最注重的是那个过程,就如现代工业的流水线一样,有着严谨的先后顺序,祭祖、吃年夜饭、守岁、拜新年,这是天井寨人春节中最浓重的一笔。

临近中午时分,钱志远家的鞭炮骤然响起,他家的祭祖仪式开始了。年年如此,他家祭祖是最早的。祭祖仪式是由男性长辈率领着男丁完成的。祭品是鸡、鱼、肉、豆腐和一壶米酒,祈祷神灵保佑来年风调雨顺,健康平安!先去庙上拜祖宗,再敬土地公,次之敬家神,每一处都要上香燃炮敬酒三巡,整个过程都十分严肃和庄重。出发之前,长辈都要告诫跟随的小孩不可高声言语,不可乱说话,甚至走路的脚步都要轻微。可见老人们对上苍是何等的敬畏和虔诚!

酒足饭饱之后,打打闹年锣。钱列为他们那一辈人特别喜欢,还带着锣鼓行头捞寨。打锣鼓最具代表性的人物是钱光辉。可能是年岁大了吧,也少了那份激情,今年没见他去打了。有人来他家邀他去打闹年锣,他反而把来邀的人扯到火铺上喝酒。

强生推门进去,钱光辉很高兴,硬要他一起喝一杯。强生问堂哥钱齐荣怎么不回来过年。钱光辉一脸伤感,说:"是打算回来的,因买不到车票回不来啊。"婶子肖竹仙倒是显得大度:"只要人利巴(健康),在哪儿过年都一样,在哪儿还不是吃那几块肉。"强生马上应承道:"是是是,只要人好，到哪儿过年都一样，何必挤车受罪。"

钱光辉有些遗憾地说："是都是一样，只是钱齐荣他俩头年结婚就没能在家过个年，老话讲'麻雀也有三十夜'啊！"看来钱光辉和钱列为一样，传统的思想比较浓重。强生心里在想，买不到车票是一方面，更重要的可能是没赚到什么钱吧。天井寨外出打工的人，大都没有什么技术，做的都是苦工，赚的是辛苦钱，回家一趟不划算，故意以买不到车票为由不回来过春节的应该也不少吧。

强生在寨子里转了一圈，发现要么就是几个老家伙待在家里，要么就是一伙年轻人围在一起打麻将什么的。反正晚饭后是守岁。所谓守岁，就是在火铺里烧上一炉大火，嗑着瓜子喝着茶水神侃一个晚上。现在的人不可能侃一个晚上的大山，总要玩点"刺激"的，基本上是打扑克、麻将、跑胡子之类的，连女人们也争着玩。以前女人们是不玩牌的，她们一边纳着鞋底，一边数着时间，数着新年的脚步声，零点的钟声一响，大人们燃响爆竹，打开堂屋门迎接财神，这时，通常能听到"财门人人开，金银财宝请进来"。孩子们这时便开始读书，说是给皇帝争书，从皇帝那争到书了成绩就会好。这也许是一种安慰，一种习俗，一直以来天井寨人都这么奉行。

除夕夜虽然没有月亮和星星，在乡村更没有路灯，但家家户户堂屋门口都悬挂了一盏灯，哪怕在没有用上电的日子里，挂一盏点燃煤油的马灯，也要照亮乡村的年夜。孩子们自然会怀揣一盒火柴、一串鞭炮，游走在年夜里，游走在村寨中，寻找小伙伴，燃放鞭炮。

大年初一，大家相互串门拜年，这时小孩无论是单独行走，还是有大人在场，每户人家必是一视同仁，拿出糖果，或烧一个糍粑开一碗甜酒让小孩们吃。大人们每到一家，必炒上一两个菜，喝酒、聊天，欢声笑语在天井寨的上空荡漾。如今，这一切都没了，一切都与时俱进得简单化了。大年初一就开始有人外出打工，说这天出门坐车不会拥挤。

5

正月的最后一天，强生和何德男正在酒吧里喝得高兴，钱列为给强生来电话，说爷几天不吃东西了，要强生抽个时间回去看看，最好是带上女朋友一块去。一直以来,强生是九十岁高龄的爷爷的骄傲,无论如何,不能让爷爷失望。他随口答应父亲说:"好的,这个星期天带女朋友回来让爷爷看上一眼。"

他马上想起了梁红,梁红是他刚认识的一位小姐。强生说:"梁红,你当一回我的女朋友吧!"两人刚刚亲热过,还躺在强生身边的梁红说:"现在不正是吗?"强生双手枕着头说:"是那种。"

梁红侧过身来问:"哪种?"

"是那种,那种真正的女朋友。"

"什么真正的女朋友?不是你女朋友,我们会睡在一张床上吗?"

"是那种,回我老家让我父母看的那种女朋友。是这样的,我爷爷病危,我不想让他失望,要让他离开这个世界前看到他的孙媳妇。"梁红有些诧异,抬起头愣在那看着强生。

"真的!就去一趟我的乡下老家天井寨,在那吃一餐饭就回。"梁红可能还没遇到过这样的问题,想了想,说:"这个,太难了,我陪你可以,那个可能做不到。"

强生说:"求你了,帮个忙吧。现在,除了你,我没有别的女人。"

"鬼才相信你的话。"停了几秒钟后她又问,"你真的没有?"

强生说:"没有。"

梁红想了想说:"那好吧,不过做得不好别埋怨我哦!"

强生替梁红编了一份简历,说她是刚刚大学毕业分到县城工作的,是学校的老师。他俩有说有笑地坐着中巴车回到天井寨,这表示他们已经很亲密了,可以谈婚论嫁了。

见到钱列为,梁红看了强生一眼,低头说:"伯父好。"见到强生爷爷,梁红也喊爷爷,还从包里拿出强生买回去的罐头打开一瓶,舀了一调羹喂在爷爷的嘴里。见是梁红喂,爷爷足足喝了三大调羹。

钱列为说:"这是三天来,爷爷第一次开口吃东西,包括喝水。"

吃过晚饭,梁红还与大姐挣着收拾碗筷,真的以一个准媳妇的姿态出现了。应该说她表现得很好,站有站姿,坐有坐态,说话也得体,钱列为对她显然相当满意,就像强生意外捡了个宝贝回家似的。强生与梁红相视而笑,强生又拉她到镜子前面照了照,梁红索性把脑袋也靠在了强生肩上,强生突然觉着自己不是闹着玩的了,好像梁红确实就是自己的女朋友。

晚上睡觉，梁红拒绝强生和她睡一间，她说省得强生的父亲看出她草率，还没过门就与人家同居。第二天，强生和梁红看过爷爷就打算回县城。出门前梁红又喂了爷爷三大调羹罐头水。

在回城的中巴车上，强生和梁红肩靠着肩，很是亲密。梁红总是反复地问强生："怎么样，表现得还行吗？"

强生说："很好。"

梁红说："莫过比你真正的媳妇还强？"

强生说："你就是真正的媳妇。"梁红红着脸没有说话。

回到梁红的住处，梁红又这样问强生，强生继续说："很好。"梁红忽然很认真地看了看强生，强生不知道她是什么意思，他问："干吗认真看我？"梁红笑了笑，说："不干吗？"强生忽然抱住梁红，梁红却推开他说："我们洗澡吧。"

洗澡，每次他俩休息前都要先洗澡，而且都是梁红帮强生洗，强生闭着眼站在那儿，像回到了童年。

躺在强生的身边，梁红的脸还有些红润，她闭着眼喃喃地说："今天已经更好了。"

突然，梁红从强生的身边爬起来，强生看了她一眼，发现她的眼神有些异常，有些说不出来的复杂东西。大概是不想让强生看见，她头一低，一缕长发从脸侧滑落将她的脸遮住。

看到她这模样，强生哈哈大笑来。梁红说："笑什么笑，我感到危险。"

强生坐了起来问："危险？有人会来？"

梁红说："没有。刚才你为我洗澡，我真的觉得你就是我的男朋友。"

"我也觉得你是我的女朋友。"

"这样认为就危险了。"

"这是好事啊，有什么危险的？"强生脸上显出了些许得意。

梁红摇了摇头说："不，不可能。"

"你不愿意？"

梁红重复地说："不，不可能……"

强生说："一切皆有可能！"梁红摇了摇头，停下来一会儿后又追问：

"你真的觉得我可以做你的女朋友？"

"是的。"

"你不在乎我的过去？"

"我不在乎。"

"可是，我在乎。"

强生捧着梁红的脸问："你在乎什么？"

梁红涨红了脸说："我在乎你是嫖客，是嫖过我的嫖客！"

强生无所谓地说："你当之前不认识我就是。"

梁红调高了眉毛说："有这可能吗？"

强生问："为什么？"

梁红说："不为什么。我不会再见你了！"

当时，强生以为梁红只是说说而已。后来，他打梁红的电话却是关机，去她租住的地方找她，但是她不在。再后来，那里的房间就住了别人，也是个女的。那时，他才感觉到，他们最后一次在一起的时候似乎就是男女朋友，可如今却找不到她了。

刚开始强生还没什么感觉，过了四五天之后，发觉有些不对劲了，脑子里总是梁红的影子。他把这想法给何德男说了，何德男骂道："你脑子进水了！老话怎么讲，'婊子无情，戏子无义'，你还当真了？"

强生没有指责梁红的绝情。人有自知之明嘛，自己肯定不会和她过一辈子的，她又不是柳如是、苏小小、李师师、陈圆圆。特别是她知道强生是播音员后，她走得更快。可强生却有些失控，他这时选择的是酒，他基本上会喝到醉得不省人事。

何德男一直骂个不停，说："那点出息，真没什么用！"但还得扶着他回电视台那个杂物间的窝。强生还记得，在过一个十字路口的时候，遇到一个打扮时髦的女孩，他还以为是梁红呢，口齿不清地喊道："小子，你躲得了初一躲不了十五，今天终于找到你了！"

那女子也不是什么省油的灯，骂道："你小子想吃我的豆腐，有本事你来啊！"

强生不肯走了，何德男怎么也拉不动他。他歪歪扭扭地随那女子上了楼，那女子说："我们提供一流的按摩疗法，特别适合你这样喝多了酒的。来吧，到我们这里来，给你好好保健一下。"

强生故意装傻说:"好啊!怎么保健?"

小姐说:"呵呵,帅哥,你把衣服脱了就行了。"

强生开始还不是很醉,可是躺在按摩床上放松了之后,酒劲一下子全上来了,这时真是烂醉如泥,他们怎么摆弄他,他也不知道。

何德男真是铁哥儿们,一直守在他身边,否则,真要出事的,而且是大事。那晚,公安把这家按摩店抄了。你想,强生醉成那样子了,就是和那些小姐没关系也说不清楚了,还不是砧板上的肉,任他们想怎么摆布就怎么摆布吗。幸好,何德男见他醉得有些不行了,便打了120把他送到了医院打点滴去了。

强生一觉醒来已是早上八点,发现自己睡在白床、白被的白房间里,何德男死猪样地睡在旁边那张床上。他极力地在记忆里搜索,这才模糊地记起昨晚从酒吧离开时何德男一直扶着他,经过了一个按摩店什么的,后来就不记得了。

6

强生对梁红的爱只能强忍,实在控制不住便用酒来解。这天,强生和何德男又在沙龙玛酒吧喝到深更半夜。强生有些不省人事了,在上厕所的时候,不知怎么摔了跤,脑门处破了个口子,血流如注。何德男以为用餐巾纸擦一下就会止血的,哪想弄了老半天也没有止住,这才打了电话喊来医院的救护车。

强生这段时间是不能上镜了,即使是头上伤疤好了后,那个疤痕还在也不能上镜。刚好,电视台新来的那位男播音员派上了用场,据说是县委书记的亲外甥。此人前后鼻音分不清,拼音字母的N和L也分不清,上镜就更不成了,因此,来了大半年了,根本就没播过什么音,就更莫说上镜。强生早厌烦了播音,现在头上受伤后就更不想播音了,找借口让县委书记的亲外甥上,县委书记的亲外甥上也只能"赶鸭子上架"了,虽然水平差些,但"没有狗添有猫添"啊,总比没人上镜要好得多。从此,台里就少有安排强生播音了。

没了任务就更难找到强生了。他有时在喝酒,有时找朋友聊天,有时接点私活给别人写点文章或者搞点有偿新闻,一般情况下在电视台是见不到他的。一年一度的人民代表大会和政治协商会议是在年末岁初召开的，要求电视台进行直播，因此，这时是全台所有人员最忙的时候。而强生仍旧与以往一样无所事事，连何德男都忙得没空陪他喝酒了。人一旦被遗忘了，那也是十分难受的，难怪一些领导总不肯退休，退休了就怕别人不记得他。

台里召开全台干部职工大会，因通知写在办公楼大门口的黑板上，强生没有去上班，所以没看到通知，也没谁打电话告诉他，竟然也没有人发现他没来参加会议。

一天，天井寨的明炳到县城来办事，到电视台来找强生，问到一位正在编节目的同事。同事老半天才想起强生，说好像几个月没看到他了，可能调走了吧！强生这么散漫，领导早有看法了，要不然怎么会来一个竞聘上岗呢？

事业单位竞聘上岗在那时还是个新鲜事物，强生他们领导也算是敢于创新的人。竞聘的方案看起来是十分公平公正，在经过半个月的酝酿之后，竞聘工作开始了。每人上台进行八分钟竞职演讲，然后，由领导和同事们打分，依分值的多少确定能否上岗。几位领导的分值占百分之五十，群众的分值占百分之五十。落聘者待岗，三年内发百分之八十的基本工资。三年后再次落聘的，实行下岗。按照县里的定编指标，电视台只能聘任一位男播音员，必须有一人落聘。强生觉得落聘了还好玩些，反正有百分之八十的工资。三年后说不定早换了台长，到那时再说。因此，别人都在认真准备竞聘材料的时候，他一个字也没有写，轮到他上台演讲时，他大谈播音不是板着面孔念稿子，而是要"讲"新闻，普通话差一点也没关系，在侗族地区还要开设侗语播音……他很随意的演讲深得同事们的赞同。

投票结果显示，群众百分之八十都投了强生的票，可领导那儿只有百分之二十的票。而强生的竞争对手，也就是县委书记的亲外甥，群众这只得了百分之二十，但领导的票是百分之百赞成。就这样，他落聘待岗了。同事们都替他惋惜，他却无所谓，说："你们不要为难领导，我不入地狱谁入？"从这次竞聘上岗来看，整个电视台只有强生一人待岗。

强生嘴上虽然说得轻松，但内心还是十分难受的。心情不好，借酒浇愁，这天又喝多了，何德男又把他送到医院打吊针。

一觉醒来，强生觉得精神了很多。这时，一个穿白大褂的进来了，她没戴口罩，可能是要下班了吧。白大褂笑盈盈地对强生说："钱帅哥，好了吧？怎么喝成那样？"

强生羞得满脸通红，而且低了头，不敢再看第二眼。这样的情形，在他的生命中是绝无仅有的，这也许就是一见钟情吧。不，应该叫一厢情愿。像他这样厚脸皮的人，看到一个女人居然也会脸红，真是太不容易了，也不知道她身上什么东西吸引了强生。

强生笑了笑说："对不起，我好像在哪儿见过你！"这是他平时与陌生女人搭腔的惯用语言。

白大褂叫陈剑美，笑起来有一对儿小酒窝，左边那个要深些，说："没有吧。要见也只是我见过你，怎么会是你见过我呢？"

强生有点油腔滑调地说："既然你能见到我，我也就会见到你啊！"

"怎么可能？我是在电视上见到你呢！"

强生有些不好意思，岔开话题说："你一定能喝酒吧？你脸上的酒窝就是证明。"

"又是酒，昨天才醉成那样！"

强生突然冒出一句没头没尾的话来："呵呵，你好漂亮哦！"

陈剑美羞红着脸走了，说："拜拜，我要下班了！"强生躺在床上幻想，陈剑美肯定对我有那方面的意思，要不她怎么会脸红呢？

他躺在床上做了个挥手的动作："拜拜！"

此后的一段时间，强生不再去酒吧，有事无事都往医院跑。少有喝酒，人也精神了不少。何德男见他这样，表扬道："老话说得对啊，爱情的力量是无穷的！"

虽然强生还是在待岗期间，没有工作任务，也没有谁管他，但他每天都有新闻在市里的电视台播出，这是他在自我加压，用稿费把扣除的部分工资挣回来。强生做到了名利双丰收，按台长的话说就是"强生突然变了个人似的"。

陈剑美对强生总是有些不信任，说他们之间好像是有隔阂，但又不知道隔着什么，看强生的眼神是陌生的。其实，她这样看强生，强生也会觉得她是陌生的，感觉她也很远。陈剑美说："虽然你有些怪，但我喜欢，我只是不知道你的内心深处在想什么,担心把握不住你。感觉你是一个抽象的人,很梦幻,仿佛哪天会突然消失似的。"她说这话时还在强生的腿上掐了一把。强生在陈剑美面前抖了抖脚,说:"我是一个真实的人啊,一百二十斤重的大活人啊!"

可能是陈剑美的鼓励,强生的激情陡增,他开始关注起全国各地的新闻来。一天,他突然发现大学时睡在他上铺的兄弟手拿话筒在国字号的电视台做现场报道,那是我国发生的一起重大走私案啊!

经了解,这位同学现在是这家国字号电视台的台柱子。强生东问西找,终于联系上了毕业六七年的老同学们,这对于他来说,是一次不小的打击。他们同寝室的七位兄弟莫说飞黄腾达,也都小有成就了,基本上在省字号或国字号的电视台工作。

回想在校时,大家都一个样儿,没哪个强多少啊!干脆一不做,二不休,强生一鼓作气跑到了北京,找到现在在国字号电视台的上铺兄弟。他心想,哪天让县里的领导们在晚饭后,看到我手拿话筒向他们报道我国发生了什么惊天动地的大事,估计他们会悔死,觉得这人才没被重用拿来下岗,太可惜了。想到这,强生就乐了。

到了北京,他才知道情况不妙,上铺的兄弟告诉强生,国字号电视台招人都是要硕士以上文凭。上铺的兄弟说完摸出了他的硕士毕业证和博士在读的学生证给强生看。强生感叹:"我的天啊,士别三日当刮目相看,隔了这么多年,你的进步不小啊。"在北京大学的未名湖逛了一圈后,强生决定报考北大的研究生。他在北大的旁边租了一间地下室,在这里租房的大多是准备考研的学生,学习气氛非常浓,他必须在这儿住下来复习,直到来年考研结束。他知道,如果回家,自己肯定没有兴致考研了。

住下来后,强生马上给父亲打了个电话,问了爷爷的身体,通报在北京的情况,说他准备在这里读书,然后在北京工作。他高兴得手舞足蹈地说:"不久你们就会在国字号的电视新闻里看到我手拿话筒做现场报道了。"

钱列为对于强生考研不怎么感兴趣,催问了一句:"那小梁呢?"

"哪个小梁?"话一出口,强生想起了上次带着梁红回了一次家,马上补充道,"又吹了!"

"怎么又吹了。那姑娘多好啊!"父亲在电话那头感叹,接着又说,"上次她喂你爷爷吃了几口东西后,爷爷又吃东西了,身体在一天天恢复。"

"现在这位更好哩,是位医生。"强生说。其实自己也舍不得梁红,但不敢对父亲说实情。

"抽个时间带回家来看看!"最后又说,"在北京读书就要安心地读,上起班来就没心思了。"

在上铺兄弟的指引下,强生买来了考研的书籍。当他静下来看书的时候,才想起还没给陈剑美说呢,便给她打了个电话。

"我还以为你死了哩,去北京也不说一声?"陈剑美在电话那头生气地骂他。强生极尽温柔,不断地道歉,不断地说现在很想她。说老实话,哄骗女孩子他是老手了。弄得陈剑美想发出的火慢慢熄灭。最后强生告诉她,不知怎么的就跑到北京来了,好像是睡了一觉醒来就到了北京,有点像梦游。

陈剑美问:"你什么时候回来?"

强生说:"不知道。"

陈剑美又骂道:"你是不是有了神经病?找个医生帮你看看?"说完她就挂了电话。强生说的那句"就请你这个医生看",她并没有听到。

可能是待在地下室里无聊吧,强生每天都会给陈剑美打一次电话,详尽地汇报一天的基本情况,比如看了什么书,到北大听到某某教授的课等,觉得每一天的收获挺大的,考研应该没什么问题。

一个月后,陈剑美特意到北京来看望强生。可他见到陈剑美时有些害怕,觉得有一种生疏感,远没有和戴露、尹小雪、梁红那么熟悉。

按约定的时间,强生到了北京西站的出站口,站在那儿等着陈剑美的到来。可是陈剑美走到强生的面前,他也没有把她认出来。其实,他根本就没看,老是走神,满脑子乱七八糟的。当陈剑美拉住他的手时,他才回过神来,还觉得有些不自然。

在回住处的车上,陈剑美靠在强生肩上睡着了,强生僵尸样摆在那儿,没有一点亲昵感,一动不动。以至车子转弯时,陈剑美的头从强生的肩头滑了下去,他也不知道。他们完全不是一对久别重逢的恋人,久别重逢应该是惊喜的、热烈的,起码也是亲热的,无论如何,不能这么陌生、冷漠。可强生就是找不到感觉,他发现陈剑美的眼睛里含有泪光。

强生的房间里没什么东西,就一张单人床、一张小桌子和一把椅子,书堆在桌子上和枕头边,有半人高,看上去倒蛮像一个读书人住的。强生搬了椅子让陈剑美坐在上面,强生坐在她对面的床沿上,好像她不是自己的女朋友,而是一个还不怎么熟悉的来访者。

陈剑美问:"你怎么了?你不认识我了?"强生语无伦次地说:"不是,但是……啊,哈。"这时他才站了起来,把手轻轻地放在了她肩上,又轻轻地吻了她一下,说,"你累了吧?睡吧。"

他俩挤在一张单人床上,必须互相抱着才不会掉下床去。但身体虽然抱在一起,可什么感觉也没有。

陈剑美问:"你不是跑北京来治病的吧?"

强生说:"你不也是医生啊。"

陈剑美又问:"怎么变成这样了呢?"

强生说:"我也不清楚。你认为以前还可以是吧!"

"你是不是对我没兴趣了?"

强生说:"嗯。不,不是,可能是累了吧!"

陈剑美说:"你这人真怪!"

强生说:"嗯。"

陈剑美说:"是不是另有所爱了?"

强生说:"嗯。"

陈剑美说:"啊?"

强生说:"对不起!对不起!我说错了。没有,真的没有。"

她不再理强生。两人就这样睡着了。

第二天,强生带陈剑美去了北大的未名湖。那是个谈情说爱的地方,湖边都是成双成对的人。过了一会儿,强生说:"这地方不适合你待,我们去爬长城吧!"

回到租住的地下室,陈剑美说:"我要回去了。"

强生说:"你才来就回去了?"

陈剑美说:"想来就来,想回去就回去!"

陈剑美回去后,如果强生不打她的电话,她是从不给强生打电话的。

7

强生拖着行李箱走出县城火车站的时候，感觉这个才离开几个月的城市有些陌生了。偌大的车站广场没有多少人，他站在广场中央感到很孤独，看着那些卖酸萝卜、锅巴粉的摊点，有些熟悉又有些陌生，这都是他以前最爱吃的小吃，尽管已经有好几个月没有吃了，可今天却一点感觉也没有。

这时，强生身旁来了一位妇女，问他："要住旅馆吗？"强生站在那儿，正想着是先回陈剑美那儿，还是回自己在电视台的杂物间。他不想有人干扰，便转过头看着别的地方，这妇女也跟着转了过来。她是冲强生而来的，以为强生是初来此地。她追问他："要住旅馆吗？"强生瞟了一眼，随后便走了。

当强生气喘吁吁地爬到陈剑美的四楼时，看着面前的铁门，他有些恐慌。他觉得这地方很陌生，好像是第一次来一样，其实他曾在这个地方住了三个多月。他鼓起勇气敲了敲门，没有反应，也许陈剑美此时就站在门的那一边，从猫眼里看着强生的狼狈样。就这样，他在门边站了四十多分钟，也思考了四十多分钟，觉得没有必要再进这个门。强生曾经有这里的钥匙，如今找不着了，不知道是丢在了北京那个地下室，还是丢在来回的路上了。

之前，他告诉陈剑美自己下午一点到，可结果上午十点钟就到了。他想给陈剑美打个电话，在手机上拨了几个数字又放弃了。其实，他本想给陈剑美一个惊喜的。这时，经过楼道的人越来越多起来，强生猜想，应该是中午下班的时间到了吧。这些过路的人，见他愣头愣脑地站在那儿，都十分隐秘地看了强生一眼，好像打量小偷一样。这时，来了一个长得像当官的人，他斜睨了强生一眼，强生没理他。他问："你找哪个？"强生转过头不理他。他又大声审问道，"你找谁？"强生没好气地回应："我找哪个关你什么事！"他伸出指头朝强生点了点，恶狠狠地说："你等着，你看关不关我什么事！"

强生提上旅行箱下楼。当他下到二楼的时候，上来几个手拿铁棍的中年男子拦住他说："你干什么的？"强生正要开口的时候，其中一位说："搞错了，他是陈医生的男朋友！"他们便放了他下楼去，还一个劲儿地说："不好意思，对不起！我们是邻居，这么做也是为了大家的安全。"强生只好说："没关系。对，是邻居。对，邻居。没关系。"

正当强生下到一楼的时候，遇上了陈剑美。陈剑美有些惊讶，惊讶之余却没有一丝喜悦，只是说："你到了？"强生面无表情地答："到了！"陈剑美又淡淡地问："你不是说下午一点才到吗？"强生说："我也不清楚，可能是火车提速了吧！"他的声音很冷漠，像跟一个陌生人说话。

他又随陈剑美上楼进了屋，陈剑美进屋就上厕所去了，强生则坐在沙发上睡着了。强生实在有些困，坐了三十六个小时的火车，虽然是卧铺，但哪能有床上睡得安稳呢？睡梦中好像听到陈剑美说"到床上去睡"，他没有动，感觉陈剑美的嘴要来亲他，他用手一挡没有让她亲。

强生醒了，叫了声陈剑美。突然，眼前亮了起来，是陈剑美开了灯，原来天已经黑了。陈剑美说："你醒了？"

强生"嗯"了一声站起来，悠悠地看了陈剑美几秒钟，突然，某根神经错乱似的跑过去把陈剑美抱住就要亲。

陈剑美头一歪，阻止说："我刚才想亲你，你为什么不让？"

强生说："没有啊！"

陈剑美说："还没有？你睡着的时候。"

强生想了想，说："我睡着的时候，你亲我我怎么会知道呢？"

陈剑美说："就是啊，你连睡着的时候都不让我亲，醒着的时候就更不得了了吧？"

强生说："不可能吧！"

陈剑美说："就是事实。"说着她的眼泪就流了出来！想起陈剑美去北京的经历，强生觉得有点对不起她，自己是应该好好地亲亲她了，就将她抱紧了，同时把嘴送了上去。但是，她把头一歪，坚持："你不告诉我为什么，我就不让你亲。"

她的语气相当严肃，不像撒娇。强生只得把嘴收回来，丧气地说："别老纠缠这点小事好吗？"

陈剑美说："这不是小事，是原则问题！"

强生心想，这也是原则问题，原则问题应该是之前和那些小姐在一起吧。如果把这事当作原则问题，那我的问题就多了。他只能说："我真的不知道啊！"

陈剑美说:"你真不知道吗?"

强生说:"真不知道。"

陈剑美迟疑了一下说:"你真的还想我吗?"

强生说:"想。"

陈剑美说:"你是因为想我才回来的?"

强生说:"是的。"

陈剑美说:"你撒谎。"

强生说:"没撒谎!"

陈剑美说:"你根本就不想我,你刚才睡着的时候,我看你觉得非常陌生,就像一个不认识的人……"强生本想争辩说,这是你的想法,怎么用到我的头上呢?但他没有说,而是说了几句奉承的话,陈剑美还是同意让他吻了。他想表现得很有激情,可一碰上她的嘴唇,就有一种厌恶感从心底冒了出来。他看见陈剑美闭着眼睛,也闭着眼睛不看她,两人紧紧地抱在一起狂吻。

这种强制性的行动也不能说就没有效果,起码这让陈剑美觉得自己看上的男人还是个正常人。强生想,这顿狂吻还有另外的效果,不是别的,他想吃东西了。他对陈剑美说:"我饿了。"

陈剑美说:"菜都凉了。"

强生说:"没关系。"

陈剑美说:"我把牛肉再热一下。"

强生惊讶地问:"还有牛肉?"

陈剑美笑着说:"那当然,你回来怎么可能没有牛肉!"

"为什么一定要有牛肉?"

陈剑美说:"你不是最爱吃爆炒白椒牛肉吗?就想做点你爱吃的。"

这时强生才知道,菜早就烧好的,放在餐桌上很长时间了。吃饱了的强生,又不知道该干什么了。他一会儿在客厅,一会儿又走到卧室,这样来来回回地走着。陈剑美看他心神不定的样子,问:"你这是干吗?还不快去洗澡,身上好大一股怪味。"强生抬起手闻了闻,说:"是火车味。"陈剑美反问:"火车味?什么是火车味?"

强生洗澡时想起了梁红。那段时光真好,每次都是梁红帮他洗,柔软的指尖从他的肌肤上滑过,是那么细腻,又是那么轻盈。陈剑美看了一集电视剧，见他还没洗完澡，趁放广告之机，便跑到了浴室门边悄悄推开了门，看见强生，她的脸突然红了，像从没见过他这样似的。

强生终于从浴室里出来，陈剑美说："洗那么久，准备洗去卖啊？"

强生故意将嘴凑到陈剑美的嘴边说："现在没有怪味了吧？"陈剑美把自己的脸贴近了他说："嗯，好香的哦！"强生一把抱住了陈剑美。她说："我也要去洗澡。"如果强生他们这时继续玩闹一会儿，估计陈剑美也是愿意的，但她说先洗澡，强生也就不再往更深层次想。

现在轮到了强生看电视，他拿着遥控器，把所有的频道都翻了一遍，最后停留在县电视台。电视上正在播放新闻，先是县委书记在开会，接着是县长在调研，看了大半天，全是一群领导在走来走去的，然后就完了。整个过程没有看到有播音员上镜，全是画外音。当强生看完本县新闻后，陈剑美已经洗完澡出来了，她穿件乳红色的丝质睡裙，头发披在后面，看起来相当性感。

她走到客厅中央站住说："我，我洗好了。"她是想让强生欣赏她刚出浴的样子，但他只是"哦"了一声，头没动、眼睛也没转地看着电视。

陈剑美不得不直说："你看我这件睡裙怎么样？"

强生这才把目光从电视机移到她的身上说："好，很好，穿了跟没穿一样。"

陈剑美娇俏地说："胡说。"

强生又继续看他的电视，一会儿后，陈剑美又说："可以睡觉了。"

其实，这是她在提醒强生，可他并没有什么意思。强生看到本县新闻，想着自己又要回到那无聊的岗位上去上班，瞬间觉得乏味极了。

陈剑美见强生坐着不动，只得主动坐到他身边来，看着他的脸说："你在看什么？"

强生说："没看什么。"

陈剑美说："那你还看。"

强生说："无聊。"

陈剑美说："那就别看了，我们睡觉吧。"

强生说："睡觉？还早吧！"

陈剑美说："你不是已经很困了？"

强生说："原来很困，现在不困了。"

陈剑美把下巴搁在了强生的左肩上,打了一个哈欠说:"你在北京每天也这样?"

"啊?"强生说,"其实我在北京挺用功的。"

陈剑美说:"你真的不想考研了?"

"不想考了。"

"真的就这样回来了?"

"我不是已经回来了吗?"

"那你当初为什么要去北京?"

"我也不知道为什么。"

"没有一个理由吗?"

"没有。"

陈剑美继续问:"真的没有吗?"

强生说:"那是一时冲动,想出人头地呗。"他侧过脸,看了陈剑美一眼,发现她不是原来的她了,她的眼睛里流露出一种忧伤。

陈剑美说:"你去北京不是为了躲避我吧?"

强生说:"你怎么这么说呢?我真的是想考研。"他回答这个问题的时候感觉有点紧张。

他想干点别的来结束这样的对话,便突然起身将陈剑美抱了起来,一起倒在了床上。

第二天,强生回了趟老家才知道爷爷过世了。爷爷快不行的时候,钱列为问他,是不是打电话让强生这个唯一的孙儿回来。爷爷沉吟了许久后,最终还是决定不让他回来。爷爷说:"我这老骨头了,看不看都是一个样,早晚是要死的。"他提出不要把他的情况告知强生,免得影响他在北京的学习。爷爷不知道那么多道理,只知道在外面的人就是干大事的,是要出人头地的。

现在看来,强生的考研无形中就变得相当悲情。他的一时冲动让他失去了见爷爷最后一面的机会,而就在离考研只有一个月的时候,他又决定不考而回家了。为什么?为什么?他一次次地问自己。但他自己也不明白是怎么一回事。强生伸长脖子朝远山翻了翻白眼,又吐了一口气,好像就能把沉重的东西吐完。

强生到了爷爷的坟上,泥土崭新,花圈也还没有褪色,他看到有一个花圈写着"孝孙儿强生敬挽"。虽然他没有回来，钱列为还是给他单独送了爷爷一个花圈。这是做给活人看的，其实，送不送花圈，爷爷都没有意见。强生想，应该是"不孝孙儿强生"。哪有爷爷离世时，孙儿不亲自到场的？他烧了些香纸，作了几个揖，磕了几个头，算是对爷爷的悔过。就在他站起来的一瞬间，感到天旋地转，又重重地跪了下去，眼睛也潮湿起来……

当强生再次回到陈剑美那儿时，陈剑美已经将他的东西收拾好了，放在沙发旁边。她轻轻地说道："你走吧！"

强生没有问为什么，他知道会是这样的结局。就这样，他们分手了，他又回到了电视台的杂物间，脸上又恢复了固有的麻木。

8

强生回到县电视台才知道自己已被单位除名了。他到了北京后，给何德男打了电话，要他代为给台里的领导请个假。何德男对强生说："单位没有批准，可又不知你在北京的电话。"强生这时才想起自己在北京用了新号码，没有告诉何德男。他现在是真的一无所有了。

既然单位已除了名，他也不可能老窝在杂物间。到哪儿去呢？就这样，强生漫无目的地来到了县城的火车站，准备外出流浪。在火车站广场上又遇上了那位问他是否要住宿的胖女人。就这样，强生与这个叫丁香玉的胖女人相识了。

丁香玉比强生大七岁，离过婚，还有一个十三岁的女儿。直到与丁香玉举行婚礼的前一天，强生才告诉父亲，尽管父亲反对，但来不及了。虽然丁香玉与强生的身高差不多，但丁香玉的块头比他大多了，她的腰围应该是强生的两倍以上。在别人看来，丁香玉更像是强生的母亲，和强生真的太不般配了。可现实就是现实，他们真的在一起了，而且要结婚了。

丁香玉胖得双脚无法并拢，走路的时候，全身的肉都在抖动，其中胸部和臀部最为突出。她好像没有脖子，头就直接栽在肩上。眼睛、鼻子都陷进肉里，随时会被肉淹没似的。

丁香玉和钱列为见面时，钱列为有些迟疑，丁香玉却很大方地说："我叫丁香玉，开旅馆的。我很爱强生，强生也爱我，这是今生今世的缘。"丁香玉真是见过世面的，见钱列为没说什么，便接着说："强生虽然没有工作,但没关系,我可以养他,连同你老人家一起养都没问题。"丁香玉说,她在火车站有一栋七百多平方米的房子,租出去每月可收租金两万多,现在是自己经营,收入更多。还说,强生和她结婚的所有东西都准备好了,房子、车子、家具、家电什么的都有了,不用钱列为操半点心。

不知怎么的,钱列为流泪了。丁香玉不知道是哪儿做错了,有些委屈。强生安慰道:"我爹是太激动了,有你这样的媳妇,他是备感欣慰啊!"丁香玉随即伸出手臂让强生挽着,强生感觉丁香玉的手臂和自己的腿差不多粗,自己有过那么多女人,丁香玉应该是最丑陋的一个,可是他们竟然结婚了。而且,在她面前,强生像一只小羊羔,温驯得可怜。

就在他们举行婚礼的当天,去婚礼的路上强生遇见了陈剑美。自己真没脸见她,想躲但来不及了,他告诉陈剑美:"我要结婚了。"

陈剑美淡淡地笑了笑说:"祝福你!"

强生怕陈剑美说他炫耀,又说:"火车站开旅馆的,大我七岁,很胖,不过,很有钱。"

陈剑美想了想说:"这个女人我见过,她曾来我们医院减过肥,你跟她结婚?你没搞错吧!"

强生说:"我没搞错,我们真的要结婚了。"他还是忍着没有告诉陈剑美,再过一个小时他们就要举行婚礼了。陈剑美突然红了脸,好像是受到了羞辱。强生赶紧说,"对不起,是我不好,我不该告诉你这些。"

她没理强生,只是拼命地呼吸,然后右手急促地拍着胸部,不停地嚷道:"何必呢?何必呢?何必这样作贱自己。"

他们的婚礼在县城最豪华的龙泉大酒店举行,这也许是他们县城最为搞笑的一场婚礼。强生和丁香玉怎么看也不像一对新人,倒更像马戏表演,他们出现在宴会大厅的主席台时,原本喧嚣而嘈杂的大厅,忽然就安静了。短暂的安静后,便是尖叫和不怀好意的狂笑。在强生看来,丁香玉穿着的不是婚纱,是一座蚊帐。强生牵着她,非常缓慢地从过道上移出来,像马戏团的小丑牵着一头披红挂彩的大象。场下的笑声带有一种讽刺与挖苦,好在爆竹及时点燃了,爆竹的响声压过了笑声。爆竹响过,婚宴开始了。

强生基本没请什么人,他不好意思让熟人看见自己的新娘,连何德男这样的好朋友都没有通知。来宾大多是丁香玉的客人,强生基本上不认识，他好像是来参加一个跟自己毫不相干的人的婚礼。钱列为本来是要坐主宾席的，可他却坐到旁边那桌去了，主宾席全被丁香玉的父母和舅舅、舅妈、姑父、姑妈等人，还有她十三岁的女儿安安坐满了。

安安给强生和丁香玉敬了杯酒，说："祝你们新婚快乐！"丁香玉笑了，可能想到女儿这么祝贺有些不妥吧，她的笑容凝结在脸上，嘴巴像一道裂纹，一下子难以愈合。

强生和丁香玉给来宾敬酒，客人们有点拿他俩寻开心的意思，每到一桌，都是长时间地起哄。有的说"新娘真漂亮"，有的说"男才女貌"，有的说"丁香玉好福气，嫁了一个这么年轻的帅哥"。有的干脆讲起了笑话取乐。

不知怎么的，强生和丁香玉就被一群人推到了表演台上，婚礼主持人拿着话筒高声喊："现在请新郎新娘表演一个节目，好不好？"

"好！好！"

主持人又喊："请问新郎新娘，你们想表演什么？"

不等他俩回答，来宾们齐声吆喝："《郎才女貌》。"强生好像被搞晕了，站在台上，一脸傻相。丁香玉却很镇定，半羞半恼地扫了强生一眼，抢过话筒，索性自己主持了。丁香玉说："各位亲朋好友，承蒙关爱，下面新郎新娘就为大家献丑了。"她这么镇定，倒是让强生暗暗佩服。

伴奏响起，丁香玉吹吹话筒，滚动喉咙开始唱："别说我自在思想跟上了时代，也想美男嫁大款没什么奇怪……"强生一听，发现她把歌词改了，把美女改成了美男。她的声音真的让人佩服，和哭丧差不多。不过她的勇气还是挺让人钦佩的，一边唱还一边摇摆。她唱完第一段后，强生还愣着，丁香玉便提醒他："你干什么？唱啊。"强生望了一眼台下，又望了望丁香玉，想起小品中的一句台词，就说："我胃疼！"丁香玉命令道："胃疼嘴巴不疼。唱，都是亲朋好友，怕什么。"

强生只好表示无所畏惧，硬着头皮接着唱了下去："男人有财女人有貌，这才是现在的社会需要，洋房跑车一样不能少，还有手上的名牌包包，男人帅不帅没有关系……"又有人欢呼，要求再来一个。这时，钱列为看着台上，突然吐了起来，强生立刻跑过去扶起他爹，送他上洗手间。强生知道，爹今天还没喝酒，他吐肯定是因为看到这种场面吧！

婚礼的第二天，强生和丁香玉便去新加坡、马来西亚、泰国旅游度蜜月去了！

第五章

1

那是强生和丁香玉同居第九个月后的一天晚上，丁香玉终于忍不住了，开口问强生"爱不爱她"。之前的戴露、尹小雪，以及那个叫陈剑美的医生都问过这样的问题。问这样的问题，强生就觉得两人之间的问题有些严重了，有可能要分手，这是兆头。

强生和丁香玉过的日子在别人眼里谈不上幸福，但是"鞋子合不合适只有脚知道"。如果真要与丁香玉分手，他还真有些不愿意。每天强生起床的时间大部分在上午十一点以后，这时早餐已经做好了，应该是中餐已经做好了。吃过饭强生便上网去逛逛，看天下发生了什么奇闻逸事，等到晚上和朋友在一起的时候好吹嘘，体现自己有见识。然后找几个兄弟打打牌，一直打到天黑。晚上，找一帮兄弟"K歌"或者喝酒。这样的日子虽然无聊，但过起来轻松。可丁香玉这样问强生："难道说，你真的就是一个中看不中用的白黄瓜吗？就那么遭女人嫌？"

为了回避她的问题，强生假装去上厕所。可本来放在一起的拖鞋，另一只不知跑哪去了。他用脚在地上捞了一圈，无果。他也没开灯，并不是怕强光刺眼，而是此时丁香玉还躺在那儿不动，强生不想看她那一堆肥肉。强生便穿着一只鞋往厕所里去，进了厕所，感觉光着的那只脚踩在水里——刚拖的地还没干。

强生蹲在坐便器上并没有大小便的意思，他在等丁香玉睡着。这时的强生一点睡意也没有，放在以往，现在他正在和朋友们在酒吧里！如果不是丁香玉考察床上用品出去了几天，今天刚回来，他是不会这么早就上床睡觉的。本来强生就没有睡意，现在就更没有睡意了。他玩着手机上的游戏，除了茫然和无聊，剩下的就是孤寂。

耳里传来"轰隆轰隆"的火车声，那是一辆火车又要进站了，一波人或者是一群人，又或者是一个人要上车或下车了。不知道这些人为什么那么喜欢折腾，待在家里不好吗？干吗要这儿跑那儿跑的呢？想到这儿，强生自个儿笑了起来，自己不也是这样跑来跑去的吗，不好好在电视台待着，跑到北京去待了几个月，结果，工作丢了，连最亲近的爷爷也没能见上最后一面。现在他改了，哪儿也不想去，可能是受丁香玉的影响吧。丁香玉是个现实的人，她看不起那些跑来跑去瞎折腾的人。因此，她一天到晚都守着她的旅店，哪儿也不去。

如果丁香玉离开了强生，她可能会幸福。虽然有人看不起她的外表，但绝对看得起她的钱。可强生离开了丁香玉就不一定幸福了，因为离开丁香玉就没了生活来源。

那些长得好的有什么用，像陈剑美那样，一天到晚把强生胸无大志没有事业心的话挂在嘴边。强生烦透了。这时，他听到丁香玉传来均匀的鼾声。每次都一样，只要躺在床上，丁香玉总是先睡着。突然，强生的手机响了起来，他吓了一跳，急忙按下接听键，除了何德男，没有谁这时会给他打电话。强生听到他大着舌头说："你马上过来喝酒！你不来的话，我就到你那里去。"为了不影响丁香玉睡觉，强生轻轻地到客厅和何德男说话。

何德男曾做过这样的事，一次他喊强生去喝酒，强生不肯去，他真的跑到强生家里来了。一醉汉跑来挺麻烦的，因此，强生一定得去。强生问他地点在哪儿，他说在河边。强生又问在河边哪个地方，可他说了半天也说不清楚。这时，何德男把手机给了一个女的。强生突然感到有些不自在，像那女人就站在自己身边一样，因为现在的他一丝不挂，身体冷得有点颤抖。她说："就在电站的出水口旁边"。强生觉得这个女人的声音好熟悉，但一时又想不起是谁。

强生踉跄着回来的时候，差不多是早上五点钟了。这时，正好有一趟火车进站，服务员起来招呼客人，强生头发凌乱、眼圈发黑，有点像做贼归来。丁香玉还在睡，但没了强生出门时的鼾声。她估计睡得不深，或者说醒了躺在床上。

强生悄悄溜上床去，她没有什么反应，或者说，她根本就没兴趣关注强生。就这样，强生一觉睡到了上午十一点。他起来时，发现丁香玉没有像以往那样在大厅里打麻将。她的麻友许大炮和张阿姨都在大厅看电视。

见到她们，强生笑了笑，算是招呼。许大炮年龄和丁香玉差不多，没上班，是全职太太，因打麻将时老被人捉炮而得名。她住在隔壁的铁路职工宿舍里，老公是铁路职工。张阿姨的家在车站下的公路边，独门独院的一个房子，据说老公死了，儿子在外地工作，她一人住在这里。

强生问："丁大姐呢？"他是这么称呼丁香玉的。张阿姨说："她上街买东西去了。"听到这样说，强生马上打的去找一位车行朋友。他趁丁香玉不在时走，省得被她盘问。

他借给车行的一位朋友五万块钱，每个月去领一千五百块钱的利息。并不是他背着丁香玉搞什么鬼，因为丁香玉根本看不起这几个钱。这是他工作以来的积蓄，也是他的所有家当。强生取了钱便赶到银行领了一个排队的号码，发现在他前面还有二十三位在等着。他寻思着怎么找个捷径，正在这时，发现座位上有一张丢弃的排队号，便走过去捡了起来，发现比手中的要前进十二位。于是，他把刚领的这张丢了。抬头扫了一眼，发现等着的全是一些老头儿、老太太，他们一个个警惕地瞪着自己。

一位银行的工作人员过来了，问强生要办什么业务。强生说汇款。工作人员便带他到自动柜员机上去操作。几秒钟时间，刚收到的一千五百元就转到父亲的账上。走出银行的门口，强生怎么也想不出下一步要做什么。头顶上是火辣辣的太阳，脚下是猪肝色的台阶。一位骑着摩托车的后生逆向飞驰，愤怒的喇叭声起起落落。

2

强生逛到火车站背后的豆腐街。当地人都这么称呼，其实，整条街没有人卖豆腐，全是洗头按摩的门店。强生没进去过，估计里面除了洗头按摩还能干点别的。走在这条街上，常有女人和强生搭讪，兴致好的时候，他也会和她们杀杀价，像老练的嫖客，但仅此而已。

强生见一位姑娘在摆棋摊，便停了下来。与其说想下棋，还不如说是想和这姑娘聊聊。

"生意怎么样啊？"强生主动开口。

"你下棋吗？"姑娘的声音甜美温柔。

"我一个人怎么下啊？"

姑娘挺大方地说："那我陪你吧！"看着美丽的摊主姑娘，强生的悔意一点点在心中升起，心想，我怎么就和丁香玉结婚了呢？美女多的是啊！

他在棋摊边的一个小凳上坐下，姑娘给他倒来一杯热茶，笑眯眯地说："请喝茶！"强生喝着茶，眼睛望着街边的建筑，感觉到岁月在停滞，少了一分浮躁。

棋摊姑娘嫣然一笑，显得更加清丽动人。她一边摆棋子一边说："我陪你下棋吧，谁输了就出棋盘费。"强生自信一定能赢，语气不免轻佻起来："好！下就下，输了不许哭鼻子。"

刚开始她把一兵、二炮调过河去，以猛烈的攻势对强生展开进攻。强生刚刚摆好的阵势也被她的"过河兵"和"当头炮"打得乱七八糟。人家没两下子会摆棋摊吗？强生是隔门缝瞧诸葛亮——瞧扁了英雄。

强生看这局势只有自己反击才有赢的机会，所以命令他的部下——两车、两马、两炮一股向她进攻。强生送她的三个兵上了"天堂"，正在他得意忘形的时候，强生的二象也被她的"连环马带双车"给打下了"十八层地狱"，给强生气得直抓头皮。

过了半个多小时，围观的人渐渐多了起来。谁输谁赢一时间难以判断，围观的人指指点点，评头论足。强生心里真不是滋味，如果自己一堂堂男子汉输给了一个小女子，那真是丢脸啊！

为荣誉而战，此时的他感到肩上担子千斤重。于是放慢了步调，开始认真思考起来。半天不落子，旁边的人可就按捺不住了，一时间争论纷纷。有说强生的棋好，步步为营；有的说姑娘的棋好，以守代攻。就在大家议论纷纷之时，只听一个戴眼镜的青年男子力排众议，语气轻佻地说："你们懂什么，这还看不出吗？姑娘那边一定能赢。"

此言一出，遭来多数人的唾骂："你才什么都不懂！滚吧，别在这丢人现眼。""眼镜"恼羞成怒地骂道："什么人，不知道好歹，有胆量给我站出来，别做缩头乌龟。要是不服气，我们接着下。"

这时候人群中站出来一中年男子，微胖，一撸袖口说："下就下，难道我还怕你？"听口音是重庆人。

两人正在那里摩拳擦掌跃跃欲试，姑娘发话："我们下我们的棋，不关你们的事。"

重庆男子回应道："他嘴里不干净，我正好想教训教训他。"

"眼镜"不甘示弱回骂道:"你才嘴巴不干净,我看你几个月没刷牙了,满嘴口臭。"

重庆男子听到对方的叫骂声,怒道:"娃儿,你不服气我们来下撒。别给我装狗熊!"

"眼镜"肆无忌惮地回道:"下就下,谁怕谁是孙子。"看来他成竹在胸。

两人正要接过棋盘战斗,强生看不下去,正想发话,摊主姑娘轻轻踢了他一下,并递了一个眼色。强生不知道她到底弄什么玄虚,但到嘴的话最终忍住了。

摊主姑娘见强生什么也不说,便柔声道:"我是小本经营,你们要下棋我没意见,但你们必须付我棋盘费。"话音未落,语气一转,"不过你们两个大男人争了半天引来这么多围观的人,这样吧,你们谁输谁就买一包软盒芙蓉王分发给大家,不枉大家围观一场。"她的提议引来无数叫好声,更多人抱着看热闹的心思静观其变。

"眼镜"听了摊主姑娘的提议后也拍手叫好,接过话题道:"买一包烟算什么!咱们野猫咬牛,要咬就咬大的。我身上有两百多元,今天我豁出去了,咱们就赌这把,你敢吗?"说完,眼睛斜视重庆男子。

重庆男子没想到对方会出狠招,但在众目睽睽下只得硬着头皮上,从口袋里掏出一个钱夹,拿出几张钞票,大大小小五百多元钱。他把钱往棋盘上一丢,说:"这是五百多元,你敢赌吗?"重庆男子原本想吓退"眼镜"男,然后就此体面收场。没想到那"眼镜"不甘示弱,从手上取下手表递给摊主姑娘道:"这是我新买的日本双狮手表,值五百多元,这样吧,我先押在你这里,给我垫上不足之数,明天我拿钱来取。"摊主姑娘拿着手表仔细地看了看,然后又放在耳边听了听,确认无误后说:"好!我给你垫上,你们把钱交到我这里,谁赢我给谁。"说完把重庆男子扔在棋盘上的钱和"眼镜"的表一块收好,站起身来让出位置。强生也知趣地让出来,一场赌棋大战即将开始。

人们不约而同地围了上来,刚才还争论纷纷,突然就鸦雀无声了。大家目不转睛地盯着棋盘,各自计算着,等待结果。

重庆男子端坐在强生的位置上,拿起一枚棋子思索半天,啪的一声落子。此子一落,人群中一阵赞叹,看来对方身手不凡。强生心里一叹,这正是强生苦思良久之招，看来胜数有加。

只见"眼镜"想都没想，只顾守好自己，却没有进攻之势。人群顿时像炸开的油锅。强生仔细一看，重庆人可能是急了点吧，出现了漏洞。此时，风云突变。重庆男子一阵慌乱，额头上已见毛毛汗，思索良久，竟然无解，手指颤抖地胡乱应上几招，便推盘认输，一脸垂头丧气，耷拉着脑袋一声不吭地悄然离去。重庆男子是张飞卖豆腐——人强货不硬啊！

摊主姑娘笑了笑，把手表和钞票往"眼镜"手中一放，灿若春天地说道："你真厉害，赢了不少，该请大家了。"

"哈哈哈！我请！我请，大家别走，我这就去买烟，见者有份。""眼镜"兴奋之情难以言表。

"你是刘备编草鞋——内行。"摊主姑娘从"眼镜"手中抽出两张十元钞票，转身递给强生，道，"你用别人的棋赢了不少钱，该给人家吃个红吧。"

"该！该给！""眼镜"连忙答道。

强生手里拿着这两张钞票一时不知所措，心里一片茫然。本想退给"眼镜"，但见"眼镜"话一说完便去烟摊上买烟请客了。

众人兴致未然，迟迟不肯离去。摊主姑娘笑容可掬地说："好了，大家各自下棋吧，我今天正好有好茶叶，为每人泡一杯。"大家轰然叫好，各自找到对手下棋去了。

强生呆呆地站在原地，一时还未缓过神来，忽然听到左手边一阵冷笑。顺着冷笑看去，只见一位老者冷笑后轻轻说了句"又宰了一头猪"，说完慢步离开棋摊。

强生顿时心里一片雪亮，原来摊主姑娘和"眼镜"是一伙儿的，"眼镜"棋艺高超，早知胜负，刚才一番言语不过是为了激出一莽夫，然后与摊主姑娘配合下套。他们一唱一和，巧施计策，竟然天衣无缝。

过了两天，强生又去看棋。摊主姑娘见他又来，热情地招待他，敬烟、端茶忙得不亦乐乎。强生敷衍性地客套一番，称自己随便看看，便独自拿来一张小凳，坐在一旁观看俩中年男子下棋。

俩中年男子一胖一瘦，属于典型的棋臭瘾大之人。只见满盘乱战，完全没章法。强生忍不住开口指点，不想二人竟不领情，怒目而视道："观棋不语真君子。"强生面露尴尬之态，只得闭嘴。看到后来，棋盘上哪里是棋子，分明是两双臭袜子臭不可闻。兴致索然，便站起身来看其他人下棋。

忽然，强生又看见那"眼镜"走进棋摊，从摊主姑娘面前经过，竟然眼睛都不斜一下，如同路人。

这时候，来了两个提着大包小包的外地人也走到棋摊边。摊主姑娘一见，便过来搭腔："两位大哥，大包小包的，看来是出远门啊？"

"是啊，我们是今天晚上的火车，还早，出来逛逛。"

"那好啊，你把包放在我这里，我帮你看好，你们下棋玩吧！"摊主姑娘又问道，"你们是两人下，还是和别人下？"

"我这朋友不太会下象棋，不过我的水平也不高，打发时间玩玩。"

摊主姑娘一听，点头道："好！你先坐坐。"说完站起身向强生示意，"你下吗？"强生抬头见是一外地人，心想大家互不相识，输赢不伤体面，便点头答应。

强生和外地人刚落子。那个"眼镜"便慢慢悠悠地走来观看。他一走来，强生暗自警觉。见他一声不吭，只是观棋，便放心下来专心下棋。那外地人棋力比强生高出许多，没过半个小时，强生已经岌岌可危，抵挡一会儿只得推盘认输。

那外地人兴致盎然，得意非凡，对着棋盘指指点点，便似许多精彩手段还未使出，颇感遗憾，非吐出才能痛快。

只听站在旁边观战的"眼镜"一阵冷笑，开口道："其实你们水平相当，只是这位大哥历来下棋喜欢挂彩，刚才由于没挂彩，兴趣不大，没动多少脑筋，随意应对，当然要输给你。"

外地人一听，一脸不屑，鼻音哼了一下说："是吗？那好，我们挂点小彩再来一盘。"

强生听见外地人态度竟然这么傲慢，心中暗恼，可是自己水平又与他相差悬殊，只得忍气吞声摇头道："算了，今天不想下。"

外地人一脸失望，只听"眼镜"忽然说："我来陪你下，不过我的水平跟他差不多，我们只挂小彩，就当玩耍，你看行吗？"

"行，行，我们就挂十元钱小彩。怎么样？"外地人兴奋起来。"眼镜"微微迟疑一下，点头答应。

强生本想提醒他，不过刚才那人的傲慢态度惹恼了他，心想活该，便不吭声，站起身来让出位子站在一旁等待好戏开场。

两人落子如飞，不一会儿，竟然是"眼镜"局势大差，强生不由又是失望又是奇怪，"眼镜"棋力高出强生一大截，就算再不行也不至于此。果然没多大一会儿，"眼镜"就推盘认输了。

"眼镜"从兜里掏出十元钱递给外地人道："给你，我认输，你好厉害啊。"说完，顿了一下，又不甘心道，"不过我还是有好多赢你的机会，只是自己没把握好。"他一脸心不甘情不愿的样子。

外地人一听，心中暗自好笑道：你有赢的机会吗？我还有很多厉害手段未使出你便丢盔弃甲，这会儿还装什么英雄。心中虽这么想，但嘴里却谦虚道："是啊，我也是侥幸才赢你的，再来一盘吗？"

"眼镜"连忙摇头道："不下了，我下不赢你，下了也是输。"外地人一听，正感失望，又听到"眼镜"继续说，"要下也行，不过你得让子。"

外地人心中暗喜，盘算一下自己的棋力，大概能让一"车"一"马"还绰绰有余，便说："让多少呢？"

"让一'车'该可以吧？不过为了你，我下出自己的最高水平，我建议提高彩头，你看可以吗？""眼镜"试探道。

外地人大喜过望，这天上掉馅饼的好事怎么让我轻易得到，便爽快答应道："好！这才是爷儿们做的事，你看挂两百怎么样？"

"两百是大老爷们挂的彩吗？要挂就挂五百，要不然回家抱老婆睡觉去。""眼镜"咄咄逼人道。

外地人心中暗自骂道，这可是你非要给大王送菜，到时候可别怪我心狠手辣。自己稳操胜券，不宰此猪更等何时，脸上却装出一副为难的样子，勉强点头答应。

强生听见两人一番对话，心下已知端倪。原来"眼镜"已经用了放长线钓大鱼的计策，先给点儿甜头慢慢等待大鱼上钩，然后一网打尽。强生本想点破，可想着自己是本地人，人家是外地人，关自己何事！

一眨眼，两人已棋到中盘。这下可天差地别，与刚才的棋局完全两样。外地人犹如消防队员四处救火，"眼镜"下得稳稳当当井井有条。只见那位外地人唉声叹气冷汗连连，刚才那一副傲慢之态荡然无存。其实不要说外地人让了一子，就是"眼镜"让两子给外地人也是输多赢少。这下如何是好？外地人本来就不济，还要让子，无疑是雪上加霜。

棋下到后面就是神仙也不能翻盘,外地人犹如泄了气的皮球,精神萎靡胡乱下了几手只得乖乖投降。他心知上当,可自己一外地人,就算强龙也难压地头蛇。更何况自己心甘情愿地掉进陷阱,怨不得他人,常言道,赌奸赌滑不赌赖,愿赌服输。纵有万千不情愿,外地人还是乖乖掏出五百元钱双手奉上,拿起大小包裹和他的同伴灰溜溜地离开棋摊。

骗人的把戏无处不在,没有什么值得可怜的,可怜的只是被骗了还不知道。也许,这就是生活吧。强生背着手漫无目的地游走,去看下一处把戏。

3

强生突然发现左嘴角有点痛,是他在洗脸时发现的。但家里没有镜子,看不到是什么原因。家里没镜子,这不是他的生活习惯。在电视台工作时,他是不能离开镜子的。每天他得看自己的脸一阵子,从眼睛到鼻子再到嘴,对着镜子还会说一句"亲爱的观众朋友"。

一天,强生在洗脸时对着光光的手机屏幕甩了甩头,说了句"亲爱的观众朋友",丁香玉在隔壁听到了,问叫她做什么。她可能是只听到"亲爱的"三个字,可是强生从来没这么叫过她啊。当时丁香玉有些兴奋,跑过来亲了强生一下,强生没有什么感觉,只觉得像一块海绵在脸上沾了一下。丁香玉见他借着手机屏幕当镜子照脸,问他又要去勾引哪个小妞儿。强生指了指嘴角。丁香玉看了一下说,肯定是被小妞儿咬的。

丁香玉不喜欢镜子,那是丈人瞧见傻女婿——越看越惹气啊!她不照强生也不照,再怎么说,不照镜子对这张脸不会有什么损害。不像丁香玉那全是肥肉的脸,她的嘴就像一块肥肉划破的一道口子,没有一点美感,但吵起架来那是相当利索。在强生还没和丁香玉同居前,一个男的带了一个女人到她的旅店来过夜,丁香玉要多收这男人五十块钱,男人不肯。丁香玉边吃面条边骂,句句击中要害,并且不影响她的咀嚼。于是,强生对她那张嘴就感兴趣了,心想,她脸上那么厚的肉,指挥她的嘴怎么就那么利索呢?她让他免费吃、免费住,他还苛求什么?而且自己现在已经不是什么公众人物了。

丁香玉问强生,是不是觉得自己很可惜,难道就这样混一辈子?强生知道，丁香玉虽然只是这样问，但其实是开始讨厌他了。像他们这种没有小孩也没有感情基础的家庭，结束是迟早的事。和丁香玉结合的那一天起，他就做好了准备，但没想到结束得这么快。虽然，现在丁香玉还没有明确地提出分手，但强生明白，凭他对丁香玉的了解，感觉已经为期不远了。

强生与丁香玉的前夫没有什么两样，相比之下，他甚至还差些。丁香玉的前夫是一位火车司机，开三天火车，回家休息三天。回家一般是呼呼大睡，有时能睡一整天。但她前夫每月还能给她挣上万元，而强生呢？除了年轻，一无是处。

强生没注意丁香玉在说什么，她说了老半天，他才从发呆中醒过来，"嗯嗯"地应上两声。

"你再想想。"丁香玉涂过口红的嘴在他面前说着什么。

"什么？"强生还没听清她说的话。

丁香玉目光闪烁，不注视强生，四处望了望，这才说："你是不是觉得，你和我在一起生活的压力很大？"

强生盯住她，喉结迅速动了几下又压了回去。最后还是挤出了几个字："是你的压力大吧？说你养了一个小白脸。"

丁香玉嗑着瓜子，每嗑完一粒，那壳都会从她那肥硕的嘴中直线飞到对面的墙根下，像扎飞镖一样准确无误。"你不要在我的面前装了，觉得不自由你可以走！"说这话时，她的表情平淡，像说要买点什么小菜一样简单。

强生连打了几个喷嚏，按天井寨的老话说，就是哪个女人又在背后念他了。强生心里明白，目前没有哪个女人会在背后念他的，最多是在咒他。他假装咳嗽便走开了，不想与丁香玉讨论这个话题，讨论下去没有什么好结果。走下台阶，仍然想不起该干什么，这让他有些沮丧。他常去的地方一是豆腐街，再就是何德男那儿。但这些天，他都没往豆腐街去，也没去找何德男——他逛到了火车站旁边的录像厅。

花了四块钱买了门票，强生走进这家叫"好莱坞音乐茶座"的录像厅，录像厅在火车站旁的地下室，整个厅里除了门与一扇小窗可以透气外全封了起来。里面黑灯瞎火，只有播放录像的电视机发出微弱的亮光。十余名男子正在录像厅里边抽烟边看录像，大厅内乌烟瘴气。

他百无聊赖地看着香港黑帮的片子，漫无目的地打量着性感惹火的美女，时间就这样一分一秒地打发着。

4

强生的左嘴角越来越痛。他怀疑自己是不是得了癌症。找了一块镜子照了照，发现他不再像他自己了，特别是那张嘴比以前宽厚了，显得特别难看。他不想让丁香玉看见，没发短信，怕她的电话追过来。打电话就得说话，就得调整表情，即便她看不到，但这是强生在读播音专业时养成的习惯。于是，他写个纸条留在桌上。

强生在路边买了顶帽子，还买了副墨镜，有点像打入敌人内部的特务。他打算去何德男家住几天，观察一下自己的嘴有什么变化。何德男一个老单身，只有天黑才回家。在何德男那里，他已经不只住了一次，尤其是喝高的时候。那次他把被褥吐得非常脏，早晨何德男送他出门时，顺便把被褥卷起来丢到垃圾箱。"旧的不去，新的不来。"何德男说。

到了何德男那儿，才知道他不在县城。挂掉电话，强生寻思了一会儿，赶到了汽车东站。两小时后，他就到尧市了，距县城八十千米的一个小镇。强生打算在尧市住几天，那次陈剑美说看见他想吐，他在尧市躲了几天。不能让她吐，那样不厚道！强生是农村出来的，陈剑美是城里妞儿，而且是学医的本科生。

陈剑美把强生看成掩在沙堆里的金子，一时半会儿还看不出来，但终究会被发现。强生想，我是被发现了，但是那种被敌人发现的目标，是要被枪灭火烧的。没想到，他由一个电视台的公众人物落魄成被遗忘的游民，他辜负了陈剑美的期望，说真的，强生挺内疚。自己帮不上陈剑美，但让陈剑美看不到自己，他还是能做到的。

小店很便宜，也有些简陋，单间三十块钱，硬板床，连洗手间都没有。还能指望什么，这样的价钱能住就很不错了。何况，他喜欢硬板床，睡硬板床腰不会痛。安顿好后，上街走走，这时丁香玉的电话来了。强生早有准备，已经编好了怎么回答她。

她问："你一无业游民出什么差？"强生说何德男在做一个电视专题片，他在帮忙。丁香玉问明天回不回去。强生说看情况，可能有五六天吧！丁香玉说只是问问，没什么事。强生用做"电视专题片"这些高雅的词汇来搪塞丁香玉，她一般不敢多问。这就是丁香玉优秀的地方，虽然她知道男人的嘴巴不可靠，但说到这些高雅的东西她还是不好说什么。可能天下所有女人都这样吧！

强生去了小店的公共澡堂，走出澡堂就被两个警察带到派出所了。一个小时后，他被放出来，他们逮的是另一个人。那个胖乎乎的警察大叔皱着眉头，似乎怪强生影响他们执行任务。那警察埋怨强生，说他上澡堂戴什么帽子和墨镜。又说："你和他长得那么像，怪不得我们搞错。"强生想，是不是我当年在电视上播音的镜头刻在你们脑海里了，下次你们抓人不要又把我抓上！

没有人请客，强生只能在大排档喝两瓶啤酒，把与警察间的不愉快丢到脑后。还能怎么办？把警察大叔揍一顿？当年在省电视台"流动记者站"被警察无端盘问自己都没有任何办法，如今还能怎么样？那个重庆小妹开啤酒，晃动幅度大了点儿，啤酒喷到强生身上，把他刚换上的衣服弄脏了。强生拍了一下桌子，重庆小妹吓蒙了。至于吗？人家把他当坏人抓了，他都不敢有半句怨言。老板闻声而至，把重庆小妹训得眼泪汪汪。突然，强生揪住老板衣领，质问他凭什么骂重庆小妹。那一刻，老板也蒙了。

电视图像不清，强生摁了一会儿，把遥控器丢开。他躺在床上揉疼痛的嘴，一边揉一边想，如果真得了癌症，怎么对得起父亲？他可没享过一天的福啊！强生不怕死，总有一天他会离开这个世界，和芸芸众生一样化为泥土。但等待死亡的过程太可怕了。

躺在床上，强生目光在昏暗的墙上游走，一点一点地移动着。墙角的衣帽钩上挂着一条没有撑开的短裤，看不清是什么颜色。也许是先前的旅客匆忙中遗忘的，也许是和某人在这房间里留下的纪念吧！

手机铃声突然响起，只响了两声就不响了，是个陌生号码。手机又响了起来，还是那个陌生号。强生小心地"喂"一声。

"是强生啊！"粗声粗气，单刀直入。父亲古铜色的脸仿佛同时盖了过来。

强生"哦"一声，坐正了，问父亲："谁的手机？"

钱列为说："我自己买的。"之前钱列为说要买个手机，强生一直没给他买。他知道父亲有了手机就意味着什么。平时，家里的座机都是他打回去，一般是问个好什么的，没别的。钱列为如果用别人的手机给强生打电话，那都是别人找到他，要强生帮他们做什么。强生不给他买的原因就是不想接钱列为那样的电话。再说，从他们村到县城不到三十千米的路程，村上的人时不时也要到县城来办事，村子里有个什么风吹草动，他也会知道。

强生说："钱收到了吧？"

钱列为的声音平和了很多，说："收到了，要不我哪儿有钱买手机？"顿了顿，他又说，"其实不用寄这么多，多寄一次嘛。"

强生知道父亲的用意，多寄一次，他可以拿着存折本在村里多走一圈。在人多的场合，佯装看不清上面的数字，让别人帮他认。

"那事办得怎么样？"钱列为说话有点像讲暗语。

强生说"已经找人了。"

钱列为说："得抓紧！"

"好吧，我尽量想办法。"

钱列为说："不是想办法的问题，那是一定要解决的，人家都欺到你爹的脑壳上来了。你不管，谁来管？养崽来做哪样？我都是上七十岁的人了，人到七十古来稀啊，我给他冤枉啊？还有啊，寨上的人都指望着你！"

强生在电话里骂道："这牧瞎子，不看僧面看佛面，总要给我个面子啊！"

钱列为说："骂没用，你叔二坤天天咒他死，他活得比谁都好，听说又讨了个黄花闺女。干什么都有钱，就是没钱给我们结账。"

强生说："你们也想想办法，别什么都指望我。"

钱列为的声音像远程导弹突然掉落到强生的身边："我能有什么办法？有办法还找你？官大一级压死人！对付这种人，只能从上面找。"

在钱列为乃至整个乡亲们的心目中，强生是上面的人，是国家政权的一分子，他不解决谁还能解决。强生确实多次解决过父亲安排的无数麻烦，大都是父亲包揽别人的麻烦。他在电视台红火的时候，说话还是有分量的，但那是过去。钱列为不信他的儿子已成过去，他一直相信，强生在外面认识的人多，人家会给强生面子。

强生不再多说什么，应道："好吧！"

钱列为接着说："亲不亲故乡人，一定要抓紧！"

强生说："好吧，尽快。"

钱列为又说："今年又得半年了，也一分钱还没得。工钱没得，租地的钱也没得。"

强生说："既然……行吧。"其实他想说，既然他不给钱，你们还继续给他干哪样呢？

钱列为停了一会儿又说："还有个事，那个叔二坤啊。"

强生愣了一下，说："他不是会算吗？他能怎么样？"

钱列为说："老虎也有打盹的时候，哪算得这么周全！"

强生说："他怎么了？"

钱列为的声音突然高了几度，说："他是好人哩，当年为了一副对联的事，仲生要斗我，他是出来讲了话的。我生病的时候，他帮忙送水饭。"叔二坤的好，钱列为不止讲过一次。人啊，在困难的时候别人的一点帮衬都会永远记在心里的。钱列为继续说："你婶冬菊病了，乡里的医生让她去县里看，估计不是一般的病。"

强生有些诧异："什么？婶冬菊得了什么怪病？"又接着说，"叔二坤不是会算吗？要他算一算就知道了。"

钱列为有些不耐烦地说："再算一下命都要没了，天天在屋里拜鬼，花了不少冤枉钱，还把病情拖得这么严重。你叔二坤明天坐早班车来县城，我把你的电话号码给了他，你要提前联系一下医院，找个医术好的医生。万一明天他们回不来，就在你那儿将就一夜，你老婆不是开旅社吗？农村人挣钱不易，省一个是一个。亲不亲故乡人！"强生说自己出差，过几天才能回县里。

钱列为说："人命关天的事，你就不能请个假？"停了一会儿，又说，"万一回不来，也要想办法和医院的专家联系好，别的可以耽误，病耽误不得。亲不亲故乡人，何况还是你叔。"

强生对父亲的要求应承得有些勉强。

挂断了电话，觉得脖子都酸了，手机也有些发烫。每次和父亲通话，他都有一种难言的痛楚，而父亲则是莫大的欣慰。

5

　　乡亲们没别人，只能找强生。钱列为这样说，乡亲们也是这样说。强生是天井寨第一个大学生，在县城工作，熟人朋友多，这是他们的理由。有些事，对强生来说就是打个电话的事，他们跑断腿也未必能办成。确实如此，强生确实为他们办过事。可如今时过境迁了，他一个无业游民，混得比牧瞎子都要差。

　　可是，乡亲们仍固执地认为他还是块金疙瘩。

　　乡亲们有什么事第一个想到的就是强生。那些辈分高的会直接打他的电话。那些与他不是很熟的，辈分又不是很高的，基本上先找到钱列为。钱列为简直成了他的秘书，强生只得想方设法替他们去办理。甚至有些事他们给强生说了，他也没怎么放在心上，更没有为他们出过什么力，可事情办好了，总有他的功劳。比如说，坎脚下的明炳到县城来办身份证，这事再简单不过了，但他也给强生来了电话，让给办身份证的打个招呼。强生知道这样的事不需要打招呼也能办好，但如果不答应，明炳会有想法，他接过电话后也就忘记了。可大半年后回到天井寨，明炳非要喊他吃一餐饭，说感谢他给办身份证的打了招呼，使他的身份证办好了。强生想解释说根本没帮过他，可找不出理由。

　　有的人找强生的理由更是莫明其妙。邻村有一位叫老权的，拿了一只鸭子跑到天井寨来和钱列为杀了吃，吃到一半的时候，要钱列为给强生打电话，说让他别帮老四的忙。强生问哪个老四，老权拿过电话说和他打官司的那个老四。老权说自己是占了理的，如果老四来找你帮忙一定莫帮他。强生只好应承着，不知怎么回答是好。好在钱列为也没有白吃人家的鸭子，至少出了酒，算是互不相欠吧。

　　还有一次，屋坎脚的应文骑了台无牌无照破烂不堪的摩托车到县城卖肉，被交警扣了，交警要罚他四十块钱。他不肯出钱就找到强生，强生不想为四十块钱去求人，替他交了罚款。可应文的车太烂了。强生怎么也发动不了，只好从交警队推出来，推着这样的烂车走在街上，他感觉所有的眼睛都在盯着自己，顿时羞愧万分。

　　强生在尧市住了一夜，清早返回县城。听父亲的口气，婶冬菊病得不轻，他心中不忍，眼前老是浮现当年婶冬菊帮忙干活的场景。其实，他帮不上什么忙。自己又不是医生，熟悉的医生是陈剑美，如今也没了往来。以往，强生替乡亲们找的专家，都是直接去窗口挂号。但他们相信强生，认为只要他出了面，专家就不会欺负他们，一定会开出又好又省钱的药。这次也一样，强生替婶冬菊挂了专家门诊的号，把专家号寄放到服务台。他不想让叔二坤看见他那张病歪歪的脸。

　　强生溜达到豆腐街，摆棋摊的姑娘还没来。棋摊旁的早点摊正忙着，是两个长得差不多的姑娘在经营，一个头发长一个头发短。强生猜想她们应该是两姐妹。他要了一碗稀饭两根油条。强生把油条放在稀饭里泡了一下再吃，这样很柔软，吃起来嘴角就不会痛。以往他三下五除二就吃完了，可现在吃得很慢。一个原因是嘴角痛，还有一个原因是想等摆棋摊的姑娘。吃了大约二十分钟还没见那姑娘来，心想是不是有什么事耽搁了。想到这，他把钱丢在桌上就走开了。短发姑娘喊"找你钱"，强生没应，她硬追上来，将油渍渍的五角钱塞进他的手里。

　　强生慢慢走到录像厅，发现还没开门，这时叔二坤的电话来了，说他到了。强生安慰了几句，又强调了一些重点，然后关掉手机，背着手在豆腐街来回走了两圈，又把手机打开。

　　他在一个卖豆腐脑的摊子前停了下来，卖豆腐脑的姑娘用询问的眼睛看着他说："五毛钱一大杯，糖放多还是放少？"强生说："随便放。"接过一杯一口喝掉了，然后又要了一杯，连喝了五杯。付钱的时候，给了三块。她要找强生五毛，强生说："再喝一杯。"旁边一个发广告单的小姑娘见他这样喝豆腐脑觉得可笑，把手中的广告单递了一张过来，强生接了。

　　广告单是宣传治性病的，他随手拨了上面的一个号码，一个很柔软的声音问："需要提供什么服务？"

　　强生说："你那儿能治阳痿不？"

　　对方沉默了几秒钟，说："是不是因为性病引起的？"

　　强生刚挂了电话，女孩那柔软的声音又追了过来，说可以到她们那儿看看，说不定能治。强生说你打错了。对方"咦"了一声："刚才是你要治病吗？"强生大声骂道："你才有病呢！"她说了声对不起就挂掉了。强生把目光放在驶来的火车上，望着一节一节面包般前行的火车，他的欲望变得有些贪婪。

临近中午，叔二坤又来电话，带着哭腔。强生有些反感这样的声音，特别是一个大男人遇事哭鼻子，虽然说不上厌恶，但有些瞧不起。本来不打算见叔二坤的，但他的声音让强生有些不忍。

　　出租车刚到医院门口，就看到叔二坤站在那儿东张西望，远没有当年到省城上访那么潇洒，胡子和头发乱糟糟的，古铜色的脸好像没洗一样，有一层黑斑。强生走到钱列坤身边，钱列坤都还没认出他，拉了拉他背在背上的蛇皮口袋。钱列坤以为是哪个挤了他，他挪了一下。这时，钱列坤突然认出强生。他很激动，先是在强生的肩上拍了一下，然后放下肩上的蛇皮口袋，从里面取出一大把化验单，边说边流泪："这回是好不了了，哪晓得上辈子作了什么孽，生这种怪病，天天喊肚子痛"。强生从钱列坤手中拿过一张化验单，上面是"Ca"两个字母，他认得出，那是癌症，是陈剑美教的。

　　强生安慰说："这病不要紧，多吃点好消化的流食，莫吃辛辣的东西，慢慢就会好的。婶冬菊在哪儿？"钱列坤指指大厅，又嘱咐强生不要在他女人面前流露出什么。强生沉重地点点头，跟随他去大厅。强生说："婶冬菊，没什么大事，你是胃病，服点药就会好的。"他突然发现，李冬菊瘦得不成样子了，一点血色也没有。李冬菊坐在大厅的椅子上有气无力地说："要死就赶快死啊，莫这么磨人。"钱列坤帮着腔说："强生又找专家问了，没什么大事。"强生配合地点点头。婶冬菊笑笑说："又给你添麻烦了。"强生说："没关系的，本乡本土人，有事尽管找我。"

　　钱列坤和李冬菊要回村，把带来的蛇皮口袋交给强生。一只土鸭，一壶米酒。鸭是自己养的，米酒是自己酿的。强生说："鸭拿回去给婶冬菊补身子，米酒我就收了。"

　　钱列坤说："你婶冬菊说不吃鸭，忌口。"强生不好推辞，他知道如果不要，就是见外了，只有接受。

　　送钱列坤两口子上的士后，强生不知道往哪儿走。本想把土鸭拿到家里和丁香玉一起享用，但难以解释这些东西从哪儿来。更何况昨天才给丁香玉说出差去了，怎么今天又回来了。不知道何德男回来了没有，强生没给他打电话，抱着试试看的想法往他那里去。

　　何德男在家，他对这些东西很感兴趣，说这两天忙，改天一起吃。

　　回到家，一切如旧，丁香玉与往常一样在大厅里和她那几个老朋友打麻将。还算客气，头也不抬地问强生："回来啦？"

"回来啦！"强生沏了杯茶，然后窝在沙发上打瞌睡。要说为乡亲们的事没浪费多少精力，可每次忙完还是感觉挺累的。

6

上午十点钟了，强生与往常一样，还赖在床上。手机响了，传来蓉蓉娇嗔的声音："喂，还没起床啊？懒鬼！"一下子，就把强生拉回到了十年前。

蓉蓉用她那纯正的普通话说："哼，稀罕你！快点起来啦，别忘了同学聚会的时间哦！"最后那个"哦"，拖得强生的心麻酥酥的。还有三天，他不会忘记的。毕业十年，和同学联系比较多的是蓉蓉。她在省城开了一家文化公司，经营得还不错，莫说家财万贯，但也出手阔绰。

听到她那充满期待的声音，强生有些激动，挂掉电话，一下子就从床上弹了起来，马上跑到医院看了自己的嘴。不是嘴有多么碍事，而是想在同学们面前有个好印象。医生没认真查看，只是瞅了瞅，说是发炎，吃点消炎药就行了，少吃点火锅。

说实在的，像强生这样一事无成的，最怕的就是参加大学同学聚会了。但心里又特别想去，毕竟同学们分别已十年了。那次在毕业晚会上，全班人共同按下的手印：十年后，一个都不能少！自己得信守承诺。

强生在医院里开了个假的诊断单给丁香玉看，说要到省城医院检查。强生了解丁香玉的想法，她想陪自己去，但又不想丢开她的店。强生说："我自己去吧，嘴不影响我走路坐车。"就这样，他不仅从丁香玉那里骗到了去省城看病的钱，更重要的是还有时间。

聚会那天，强生准时到了省城，蓉蓉还没有来，给她打电话也老占线。大家让班长开车去接。班长现在是省广播电台播音组组长，开着一辆别克。班长说："人家蓉蓉现在是大老板，看不上我的车！"

"班长，听说你采访过蓉蓉啊？那你可偏心了，人家龙总做得比蓉蓉还大呢！"龙总是同班同学，也在省城开文化公司。

有同学插话说："谁叫龙总不是女的呢？"听说雅淇去西部支教了，李风做了刊物主编，唐静嫁到香港……同学相见，难免都会说当年的事情和如今的处境。

门被推开,接着又关上了。强生只觉得眼前一亮,一身淡蓝色及膝长裙,脚下蹬一双白色矮跟凉鞋的蓉蓉出现在面前。强生轻笑:"说曹操曹操到!"蓉蓉一脸灿烂地说:"还有人记得我?"强生嬉皮笑脸地说:"不光记得,还想哦!"

蓉蓉嗔骂道:"你这死了的鸭子嘴还硬。"

"蓉蓉,你怎么才来呀?我们都等半天了。"刚出现,蓉蓉就被几个女生围住了。蓉蓉跟大家打着招呼:"好啦,胖妞,我这不是来了吗?"

……

午宴开始了,班长用他那标准的男中音说:"……一样的天空,不一样的心情,我们分别已十年。当年分别的时候还是那样年轻,对人生、对前途还是那般迷茫,还没说声再见,就分别了……浩浩长空之下,白云自由飘荡。夕阳西下,残阳如血,透过云霭,抚向大地一片苍凉,沉淀千年的沧桑……当年告别时在深秋,收完稻谷,那片秋收以后辽阔的田野,回响着我们快乐的歌声……悠悠岁月河,流淌着不朽的传说……不同的城市,相同的歌曲,不同的笑脸,相同的曾经,那些熟悉的脸庞,目光对碰,体温碰撞,轻轻握握手……"

有同学开始抽泣,确实,岁月太无情了,一晃十年就这么过了。特别是强生,一事无成,但他尽量克制,男儿有泪不轻弹。他偷偷瞟了一眼蓉蓉,发现她泪眼婆娑,便悄悄给她递了张纸巾。也许生活过得不如意,才有了更多的伤感吧!

酒是豪饮,这里敬那里转,一会儿就不知自己是哪一桌的了。利用这空隙,强生在与蓉蓉闲谈时了解到这么多年来,她一直没有结婚,也许是为自己的事业吧,也许是缘分还没有到。尽管事业还算小有成就,可是爱情这个砝码迟迟没有向她移动。他们还聊了很多,关于强生的处境,他除了隐瞒与丁香玉的事情外,别的也毫不保留向她说明。就这样,他们一直聊到天黑。当然,酒宴也持续到天黑。考虑到大家都喝得差不多了,众人决定不吃晚餐,等到晚上一起吃夜宵。

他们来到歌厅,包了个很大的包厢,簇拥着走了进去,点歌的忙着点歌,喝酒的继续忙着喝酒。随着旋律,强生和班上的女同学跳了一曲。

在舒缓的音乐中,强生试着抱了蓉蓉,蓉蓉也没有反对。

强生说:"真快,十年了。还记得吗?你坐在我的单车后座上,我们一起去省广播电台播新闻……"

蓉蓉说:"是的,一晃又是十年,人生能有几个十年啊。"

曾经的点滴,在他俩的脑海中一一闪现,灯光暗了下去,强生的嘴唇一暖,等他回过神来,蓉蓉的嘴已收了回去。他有些诧异,十年前自己不解风情,如今可算是情场老手了,他的心跳没有加速。

蓉蓉说:"我们已经回不去了。"这话带着一种酸楚。十年的拼搏,她肯定吃过不少苦。

强生说:"我知道,但我不甘心,如果就这样混下去的话,对我们一点都不公平。"听到这话,蓉蓉沉默了。

他俩回到了卡座。端起啤酒,轻快的爵士乐在耳畔缓缓响起。蓉蓉说:"好像什么都没有变,可是又什么都变了。"强生说:"曾经不可一世的轻狂少年,今天已开始回忆往事了。"

音乐声停,安静片刻后,熟悉的旋律缓缓响起。那忧伤的低吟,那浓浓的痴恋,打断了发呆的强生,手中的啤酒杯啪的一声落回桌上。

小提琴低吟般细细地诉说着浓浓的爱意,带着颤动灵魂的忧伤,深情悠扬地流进心里。当年,也是他俩,曾在校园里的那个角落,也这样喝过啤酒。那时虽然简单却不失温柔……可如今绝望掩埋了希望,时间带着假象流淌,独自在黑夜里寻找那份遗落的坚强。

7

强生只要看到是钱列为打来的电话就紧张,但紧张也得接,谁叫他是儿子呢?强生这种耿直的个性与他父亲是一个模子刻出来的。他决定回天井寨一趟,父亲说了,他再"拖"着不办,自己就到县城"求"他。自从强生和丁香玉结婚后,父亲没有来过。强生不想让他来,不想让他看到自己无聊的生活,阻止他的办法就是自己回去。

在天井寨现在有两个人物,强生算一个,另一个是牧瞎子。一年前在城里当包工头的牧瞎子,觉得建筑不是那么好做,便把天井寨一半的田租下来种烤烟,没有土地的村民争着给牧瞎子打工,包括钱列为。

去年,牧瞎子借口收成不行没发工钱,一直拖到现在。按钱列为的说法，去年牧瞎子赚得更狠。虽然干旱，但政府给了补贴，收成并不受影响。更让钱列为和乡亲们愤怒的是，去年没拿上钱，今年仍得给牧瞎子打工，如果今年不干，去年的钱也没指望拿。钱列为让强生做的事就是替乡亲们要工钱。这事看起来简单，其实很难。毕竟，世道变了，确切地说，强生变了。

考虑到牧瞎子做工程都要过县住建局这一关，强生曾拜托过县住建局的一个朋友，当然，他的要求并不高。他也是存了些私心的，即使别人的要不上，先把父亲的那份结了。但这事最后没有了下文。这个事他没和父亲说，说了也白说，父亲固执地相信强生就是他的希望。

在乡里下了中巴，强生选择步行回家。就二十华里，没多远，他主要是想走走。当年在乡里读书时，每个星期来去都是走路，而且还挑着那一个星期的菜和米。八月的阳光依然灼热，但可能因为有风，并不热。很久没闻到稻田的清香，强生使劲抽着鼻子，如果不是脖子上挂着沉重的链子，这趟旅行还是不错的。

门锁着，强生给父亲打电话。父亲牵着牛，裤管高矮不一地卷着，拖着沾满泥泞的解放鞋从地里回来了。他先是满脸欢喜，在强生的身后瞅了瞅，问："一个人？车呢？车回去了？"

强生说："走路回来的。"

父亲的脸顿时拉长了许多："怎么走路呢？借个车也行啊！"

"走路好，整天坐着不动怎么行呢！"父亲瞪他一眼，眼光有些凶，但没有恶意。父亲古铜色的脸上又添了不少皱纹，也添了许多白发。他扭扭脖子，说："回家不是让你人回来，而是那股子劲儿回来！"父亲有他的想法，可以说，整个天井寨与强生家亲近的人都是这想法。不能说这样的想法没有道理，但强生不想和父亲理论，只能沉默。

父亲和电话里一样，开口就问强生怎么个解决法。强生回来其实是想告诉父亲，不是他不想解决，而是实在没这个能力。但面对父亲的脸色，只得扯谎说没找到牧瞎子。父亲说："他车不在村里，肯定在城里。"

强生骗他说："我到城里他家找过，不在。"沉默几秒钟后，父亲觉得强生一回来就这样僵持，有些不好，转了个弯说："过两天吧，过不了两天他可能会回来的。"饭后，强生不想待在家里看父亲的脸色，就到门外走走，结果父亲又关心地撵了出来，说，"到牧瞎子家去要注意哩，他家的狗凶得很，有要工钱的人曾经被他家的恶狗咬伤过。"

强生在家里待了两天，也没等到牧瞎子。除了那个晚上，他再没出过门。大姐就嫁在隔壁村，在家陪了强生半天，下午便急急地下地了。牧瞎子给雇工的工钱是每天五十元，大姐陪他半天，等于少挣二十五元。尽管只是记账，但那也是希望啊。

如果大姐和父亲他们种自己的地，强生会帮他们一起干活，好多年没和父亲一起干活了。但是现在，强生不能去，那会吓坏他们，让他们颜面扫地。没事可做，他就躺着睡大觉。

期间，强生和丁香玉通过一次电话，不过是传递一个信号——自己惦记着她。这些小伎俩对付小女孩或许有效，但对丁香玉不会起任何作用，更不可能凭这个拴住她，强生很清楚。强生给蓉蓉发短信，告诉她回老家了。蓉蓉回复了一个表情。强生有预感，他和蓉蓉的关系才刚刚开始。反正他也说不清楚，凭直觉吧！

晚上，强生提出第二天回县城找牧瞎子，父亲说这样也好。虽然，强生和牧瞎子都在县城，都是天井寨人，但自从那次牧瞎子找强生揽工程没成后，就再也没有联系过他。毕竟自己几斤几两双方都清楚。如果牧瞎子还把强生当个人物，那他就不会欠钱列为他们一家的工钱的。人家如今不把强生当回事，强生又有何办法呢？万一不肯给，他也只有找律师上法庭，没别的办法。

在县城，强生在牧瞎子家里等了个把钟头，其实也就是一个人看了个把小时的电视。打扫卫生的阿姨跪在地上擦地板，擦得很卖力。牧瞎子开着车回来了，和他一起回来的还有一个大肚子女人，强生猜想应该是父亲说的嫩婆娘吧。强生站起来和牧瞎子打招呼。牧瞎子先是没有说话，然后很夸张地紧紧握着强生的手说："稀客，稀客。"像强生的到来给了他无限的面子。

客套了几句后，强生说明了来意。牧瞎子收起笑容，说："怎么说呢，你我都是天井寨人，他们太不厚道了！"叹了一口气后继续说，"怎么说好呢，太使我伤心了。"他有些前言不搭后语，"我怎么会欠天井寨人的钱呢，我老婆要生了，我走不开，过几天我就给他们结清。"强生说着场面上的感谢话。牧瞎子当即打电话订了酒店，说一定要喝一杯。中午喊几个人好好喝一杯，人啊，人死面朝天，不死又过年！

牧瞎子这么给强生面子，强生深感意外。

处理了这一重大问题，强生感觉轻松了许多。先是给父亲打电话，汇报了工作进展，之后在县城转了一圈，上午十一点左右，溜达到牧瞎子订的酒店。服务员告诉他，包房有人订过，但一会儿又来电话取消了。强生立在那儿，大脑一片空白。

第六章

1

丁香玉的生日，强生陪她喝了两瓶侗妹子。他不怎么爱喝这种酒，没有一点酒劲。丁香玉爱喝，她说这酒没假，是纯刺梨酿的。强生觉得这是她的借口，主要原因是地下室藏着几箱侗妹子。那位火车司机常给酒厂运货，地下室的侗妹子都是顺手拿来的。

强生每次喝侗妹子总想踹那家伙一脚，他少拿一点强生就少受这份罪。但几杯下肚，他觉得所有的酒其实没什么区别，喝多了头和肚子都会胀。强生说没什么礼物送丁香玉。丁香玉说她又不是小孩子，只要诚心对她好就行了。听她这样说，强生很是感动，满满地敬了她一杯。丁香玉说："你说话要算数哦。"

强生说："你还不相信我啊？"

丁香玉说："据科学家研究结果表明，女人每年要有两百次的夫妻生活，生命才会健康。现在是八月，你为了我的健康，就朝八十次努力吧。"

酒后的丁香玉朱唇半启，目光迷离。喝多了的她不怎么说话，所有的言语都包含在目光里。这让强生想起了这个挂着床单、被褥、风衣和内衣的院子。看到院子里的衣物就知道主人家是什么样的人。他在里一层外一层的院里行走，肩膀和头顶不时碰着悬挂的床单、被褥、风衣和内衣。那些还滴着水珠的衣物，散发出湿漉漉的香气，使人想搞一些恶作剧。

强生把她杯里剩下的酒倒进自己杯里，一饮而尽。她微微噘起嘴，床单被风吹了似的，左右飘摇。强生半扶半挟着她进了卧室。强生曾听一位领导说，人不能天天醉酒，天天醉就成了酒鬼；但能喝酒又从来不醉的人很可怕，这样的人时刻保持清醒头脑，那是在算计别人；最可爱的是偶尔醉酒的人。丁香玉就是那种偶尔喝醉的人，她应该很可爱。强生本来想说，这是理论，与现实是有区别的。但怕惹来说不清的事端，所以没有答丁香玉的话。

第二天，他和往常一样无聊，于是又去豆腐街转悠。摆棋摊的小姑娘没来。强生问了周围的人，他们说已经好多天没来了。强生想是不是在休婚假，这样的女孩单身多可惜啊！正在琢磨时，棋摊姑娘来了，笑着对强生说："想下棋了？"强生这才看清是她，问："怎么几天不来？"她说父亲过世了，回老家料理后事去了。

姑娘说："父亲早上好好地去打谷子，中午挑谷子回家的时候，倒在堂屋门口就去了，脚上还沾着泥巴。"说到这，她的眼睛红了起来，那应该是对父亲的不舍吧。她说，"哥哥还没回来，还在处理家里的事。"强生这才知道，那"眼镜"是她的哥哥。棋摊边新来了一位卖狗皮膏药的，按他的说法，他的膏药什么病都能治。强生对棋摊姑娘说："这位卖药的早来，你爹就不会死。"她木然看着强生，感觉很是陌生。

一个穿短衣短裤的女人站在那儿用电喇叭推销手机，完全不顾她那大大的肚脐眼露在众目睽睽之下。这使强生想起蓉蓉，那女人极像她，也是那样标准的普通话，也是那样的性感……

他拨通蓉蓉的手机说："我看到你了。"

"你是想我想疯了吧，我还没起床呢！"蓉蓉每次和强生说话都是娇滴滴的。

强生说："我真的是看见你了。"

"去你的吧，想看我就到我这里来啊！"

"我怕你老公打我。"

"我什么时候有老公了？你又不肯做我的老公！"

"做你老公一次还行，做一辈子可能不合格。"

蓉蓉挑逗着强生说："做一次也行啊，你来啊！"

……

这时，丁香玉的电话打了进来。强生说："对不起，我有事要挂了。"

他带着火药味接了丁香玉的电话。丁香玉反问："你又在勾引妹妹啊？"强生语塞，好半天才说："找我有什么事？"停了一会儿，丁香玉慢悠悠的声音传过来："我想知道，你在哪里鬼混。"强生估计她这会儿刚起床，因为她昨晚喝多了，于是骂道："神经！"

刚挂丁香玉的电话，手机又响了，是父亲打来的。强生心一紧，站起来走到一个稍微安静点的地方去接。父亲说:"田里的活儿干完了,牧瞎子的儿子也已经满月,但只结了半年的工钱。"

强生提出请律师的建议遭到了父亲强烈地反对,他说:"绝不能打官司,以后还要靠牧瞎子挣钱,打官司等于自绝财路。"他让强生再想想办法,说,"你就找不到一个人治他?孙悟空本事齐天都还有治他的人呢!"强生不能一口回绝父亲,这时候父亲正在兴头上,火气正旺,要说没办法,他一定会十分生气的。强生不想让他失望,尽管这个愿望有些空幻,但他不能说。他有什么呢?属于他的天空一丁点儿云彩也没有。他就是有一千个理由,要不回父亲和乡亲们的钱都是不能成立的。他想到何德男,也只能找他了,除了他强生不知道还能找谁。发挥新闻媒体的监督作用,这是强生唯一的救命稻草了!

何德男问强生怎么了。强生答非所问地说:"没睡好。"这是实话,好几天,他都在黑暗的夜里大睁着眼睛。何德男问:"要不要喝两杯?"

"你倒酒吧,我马上到。"强生像救火一样往何德男那儿赶。

2

强生和何德男正在喝酒时手机响了,是丁香玉打来的。丁香玉一般不会打强生电话的,特别是在晚上十二点钟的时候。强生按下接听键走出嘈杂的沙龙玛酒吧,问:"什么事?"丁香玉在生气,说起话来没有头绪,开口就问:"你跑哪儿死去了?快点回来!"

强生说:"什么事?"她没有解释直接把电话挂了。

强生和丁香玉同居两年,第一次遇到她这样,估计是有什么事。强生跟何德男打了声招呼就急忙往回赶。何德男还开玩笑说:"这就回去?那边等不及啦?"

到了家,发现丁香玉一个人坐在客厅里抹眼泪。她是一个坚强的女人,不是十分伤心的事,绝对不会这样!强生从她那断断续续的叙述中,知道是女儿安安出事了。

安安被公安局关起来了,强制戒毒。听到这样的消息,强生蒙了,大脑一片空白。

当娘的最心疼崽女,丁香玉也如此,吃的穿的装了四大包,提着去戒毒所看安安。

强制戒毒所位于城郊二十多千米远的一个山村旁，这里依山傍水，风景秀丽，占地几十亩，有一条省级公路从这里穿过。这里原来是一所片区小学，实行计划生育这么多年后，读书的人少了，也或许是农村人讲究读书品质了，都集中到乡镇中心校，这所学校就空了。

政府为了挽救吸毒人员，又在这里新建了不少房子，并把周围一大片地给圈上，这里成了集医疗救护、挽救教育于一体的强制戒毒所。由于属于强制性质，四面用围墙围住，还设了岗哨和电网。院子设有接待室、医疗室、小卖部、工作人员办公室，院内环境优美，有一个带着假山的观赏池，水不深，里面有五光十色的观赏鱼。周围花红绿草，树木成荫，是工作人员和戒毒人员的共同驻地。院里有一个足球场大小的水泥操场，几排生产车间。后面还有一个大院，有二三十亩田地和几个大小不一的鱼塘。田里种满了各式蔬菜，还有成片的烤烟和玉米地。

强牛和丁香玉经大门过了一条两面都是红砖围墙的通道，来到了戒毒所的接待室。这里的会见是有时间规定的，统一为星期三。接待室里悬挂着最醒目的一条标语是"毒海无涯，回头是岸"。强生他们从来就没有进过监狱，除了在电影里看到过，这是第一次来这种地方，心里有些紧张，坐在那里心里很忐忑。

接待室里已经有许多人在等候，但被告知学员还有工作，于是便静静地等待。这时，有一位高个子警察走了进来，给大家宣布了几条注意事项和规定。强生很紧张。怕什么来什么，那个高个子警察说完话后，没有走，径直来到强生的面前，说："你跟我来一趟。"他是在跟强生说话。没办法，强生扯了丁香玉跟着他走。通过一个小场地，来到办公楼前，沿着铁梯走上二楼，便进了一间办公室，这间办公室门口有一个木牌，写着的是所长室。

"张伟！"强生惊讶地叫道。所长室里坐着的竟然是张伟，强生的高中同学，还陪强生一起到邮局领录取通知书呢！强生说，"你不是在部队吗？"

张伟说："转业了，转业就到这里来了。"老同学好久不见面，说话自然就多了起来。强生甚至忘了来这里的目的。良久，待张伟问起时，他才突然想起，于是便实话说了。张伟有些诧异地问："你女儿？你女儿多大了？"

强生看了看身边的丁香玉，显得有几分尴尬，解释道："是老婆前夫的。"

张伟表情有些异样地看了一眼丁香玉，走出了办公室。

一会儿，张伟回来对强生说："你们再等一下，一会儿中午休息，你们单独会见。"原来高个子警察喊强生来，是因为他们所里要在社会上聘请三十名监督员，见强生面相文雅，想聘请他。

张伟带强生和丁香玉参观监舍。强生这才知道，从办公楼顶走过去，就能到达所有戒毒人员居住的宿舍上方。宿舍在这里叫作病房，整齐划一，都由一个小的宿舍加一个小的院落构成，三面是墙壁，院落天井上面的空间顶上则围有铁栅栏，犹如一个笼子。张伟解释说，每个病房一般住有六个人。因为这个戒毒所是新建的，是按现在最高标准来建的，设施较为完备，所以外地一些有条件的戒毒人员都送到这里来，人多的时候管理任务十分艰巨。他说，这些戒毒人员不同于犯人，管理起来比犯人要难，既要体现人性化，又不能出现问题。他们参观的时候，学员们还在训练或者劳动，因而宿舍是空的。只有刚送进来还犯瘾的人员在里面休息，因为犯瘾严重时要医生实施治疗。

张伟给强生一一介绍，感觉他像是来视察工作一样。他说："这里实行劳动与治疗相结合，主要是锻炼这些人的意志，不允许他们像在外面一样好吃懒做。同时，通过劳动生产创造效益，用以解决生活上的资金不足。"强生则默默地想，安安这样娇生惯养从没干过活儿的人，到了这里有她好受的！但没有显露在脸上，怕丁香玉说自己的不是。张伟还说："有的人家里根本不管，或者是社会流窜人员来到这里来，又要管吃住，又要治疗！唉，难着呢！"突然，哨子声此起彼伏地响起来，一队队身着统一蓝色服装的收戒人员排队向宿舍区走来。张伟说，"休息时间到了，我们回办公室。"

说实话，强生对张伟的职业还是挺羡慕的，又威风又轻松，便夸了几句。张伟却皱起眉头，官气十足地对他说："现在真正感觉到纪律的重要，在这里如果没有纪律，一天都不行。如果一天要是放了羊，就要炸窝。"张伟说他现在经常睡不着觉，生怕出了纰漏。现在的职业就像坐在炸药桶上，每天都提心吊胆。张伟说，他来以前这里曾发生过暴乱，差点酿成大祸。听他这么说，强生真是自愧不如，像他这样散漫的人是干不了这一行的。像安安这样的一个人，他们俩夫妻都对付不了。而张伟整天面对一群这样的人，真是够受的！

"报告。"有工作人员来。

张伟对来人说："小张，你把四病区的付安叫来！"看来这里确实是军事化管理。

张伟说有事，出去了，留下强生和丁香玉。不知他是真的有事，还是给他们留一个单独见安安的机会。

"报告。"这次是女声，但并不是强生所熟悉的那个柔弱的、有气无力的声音，而是那种喊口令才会发出的有力的声音，但确确实实是她——安安。

她身穿与收戒人员一样的蓝色病服，或者叫工作服，衣袖挽得很高，头发已剪成了短发，人比以前黑了，从额头开始，到脸、露着的胳膊、挽着裤管的小腿，都已晒得黝黑。

"妈妈。"丁香玉一听立马就成了泪人。停了几秒钟后，强生说："是来这里哭的吗？"

安安在戒毒所里还是嘻嘻哈哈的，并没有他们想象的那么痛苦，而且她的"狐朋狗友"大多也关在一起，一点也不寂寞。见了他们，倒比平时亲热了，她激动地说："妈、爸，你们都来看我啦。"看她那样，强生都快要怀疑毒品是否真有那么可怕了。

强生说："待在这里比在外面强，一定要彻底戒掉，三个月之内你别想出去！"

安安低下头小声地答道："知道了！"

"还过得去吗？"强生把口气放得温柔些，说，"这里的所长是我的高中同学，该关照的地方他会关照你的。"

"这段时间在秋收，每天还要操练，累得让人受不了。尤其是操练，练正步、练队列，这星期轮到我值周，要领全体操练，还要喊口令。"强生不由想到刚才的报告声。安安有些委屈地说，"如果有人操练不合格，我就要被训诫。有些人笨得很，教几遍都不会。"强生觉察到安安丝毫没有提到她的瘾有多大，这是他最想了解的。

"这几天都是在收花生。"突然，外面哨声此起彼伏地响起来。她说，

"这是吃饭集合。"也就是说,所有的会见都结束了。

果然,有人走来的声音,强生和丁香玉站了起来。丁香玉的眼里流露出无奈和不舍。

3

上午十点来钟,本来强生还睡在床上,是钱列为的电话把他吵醒了。钱列为的口气依然是威严的,开口就是亲不亲故乡人,要强生一定要用心,一定要把事情办成。当强生问是怎么一回事时,钱列为干脆把电话递给钱志远,要他直接给强生讲。强生这时才明白,有人在父亲身边,父亲那话是体现权威故意那么说的。

钱志远说,仲生过世了,他和钱列为一起在帮忙,刚送上山回来,他们现在一起喝酒。强生问:"没听说仲生支书得过什么病,怎么突然就死了呢?"钱志远好像对这个话题不感兴趣,搪塞说:"生死由命,他也不知道得了什么病,死了也就死了。"他说得轻描淡写,仿佛掉了枚一分硬币一样,没有一点惋惜之意。强生还想问点什么,钱志远却说起了他的正事。其实他完全是为了取悦强生,因为他知道他们两家有过节,以为强生内心巴不得仲生早死。

但钱志远是得到过仲生好处的。那时仲生当着大队的支部书记,如果仲生不推荐钱志远外出修铁路,他做梦都不会有工作的。但现在,他有事求强生,也就见风使舵偏向强生家说话了。

钱志远说,最近,他的孙子钱文富犯了点事,被县公安局抓了起来,要强生帮他捞出来。钱志远说他就这么一个孙子,无论花什么样的代价也要办。这样的事,强生真有些为难。安安的事他都解决不了,哪还能解决他孙子的事?但为了脸面,他还得装模作样地去努力。他说:"我了解一下情况吧!"

钱列为这时又把电话拿了过去,说:"不是了解情况,是一定要办好!亲不亲故乡人。十几岁的娃崽又不杀人又不放火,能犯什么法啊!"拿着电话钱列为还在说,"花两个钱就花两个钱嘛!"因为这句话的声音小了许多,强生猜他是快放下电话了。他知道,这是说给钱志远听的。这是天井寨人的思想,什么事总喜欢用钱来衡量,认为钱是这个世界上万能的工具。

钱志远是县农业局退休的老同志,当年他一下子拿出八千块钱给孙子、孙女买蓝印户口的举动,使村子里不少人敬佩。如今,户口问题显得不是那么重要了,他的威信在家里也就矮了许多。这么多年来,他孙子、孙女也没有因为蓝印户口而得到过什么好处,反而带来一场官司。村里有人提出,既然户口不在村里就得退出责任田。这话说得有道理,但买蓝印户口的人比较多,具体办起来也不是那么容易。为了稳定起见,上级就出台了一个规定:凡是购买蓝印户口而没有工作的,责任田一律不退。

想到张伟可能与办案人员熟悉,强生请他喝了一顿酒。考虑到安安在他那儿得到他的照顾,请张伟时,还把丁香玉也带上了。还有一个原因是要丁香玉出钱埋单。

当着丁香玉的面,强生不好说钱志远孙子的事,两杯酒下肚后,他支开丁香玉,要她去看看还有什么菜可上,趁机把钱志远孙子钱文富的事情和张伟说了。张伟是个爽快人,直接打电话到办案人员那里去了。办案人员说姓钱的那小子刚进来,不知道什么情况,不过现在不好通融。姓钱的那小子指的就是钱志远的孙子钱文富。张伟又说还有什么别的办法没有。这时,丁香玉返回来了。

之前强生没有和张伟说这事要回避丁香玉,当着丁香玉的面,张伟说:"办案人员的口气比较硬。"见丁香玉不解地看着他,张伟转过头安慰强生说,"检察院和法院都有路子可走,公安这里走不通,到时找找那边的人就是。"他将杯中的酒一口喝下去,接着说,"有什么了不起,东方不亮西方亮。有钱,我就不相信办不成事!"强生想,张伟你可是受过高等教育,又在部队锻炼多年,如今还是政法系统工作的领导,怎么一点原则都没有,和天井寨那些种田人一个思想吗?动不动就拿钱来开道,像钱就是万能钥匙一样。

第二天,强生给父亲回了个电话,说钱志远孙子的事情可能一时半会儿还解决不了。钱列为的火就从电话里燃了过来:"怎么就办不好啦?钱文富与你是一个祖宗下来的啊!钱志远对你可好啦,以前只要有点好吃的都要喊你。做人总要讲良心,亲不亲故乡人,想办法!"

钱列为没听强生解释就直接把电话挂了。这时,强生的手机来了一条短信。这年头垃圾短信满天飞,但还得看看,万一是朋友们有什么重要事情呢？强生一看，真把他喜死了，真是要什么来什么，要睡觉来枕头啊！短信内容为："专为在监狱、派出所解决放人、取保候审、保外就医等，事成后付款。联系人张律师，电话：151××××××××"

强生马上将电话打了过去，张律师说，他们主要就是做从监狱"捞人"的事情，判的时间长的话，可能费的力气大，当然花的钱也多，不管怎样，他们有门路！当强生问如何付钱及需要哪些步骤时，他很神秘地说："这些你不用问，我们有门路，怎么付钱到时候再通知你，只要先把在监狱里的人的姓名和被关原因用短信发过来就行了。"

强生说："你真能帮忙把人放出来？"

张律师说："我也是中间人，具体需要找'领导'，他和'领导'关系比较熟。"强生又问："是哪儿的领导有这么大能耐？"张律师则显得有些不耐烦地回答："能帮你办好就行了，其他的你没必要知道。"他说得很简单，"到时候把账号给你，你把钱直接汇过来就给你办。"

强生说："这个事情比较复杂，我们可以见面谈一下吗？"张律师则说："我比较忙，我们是很讲诚信的，你考虑一下吧，需要的话再联系吧！"说完就挂断了电话。

因钱文富那案子的案情不复杂，半个月就移送到县检察院，立马又到了县法院。强生有些急了，得马上找人，万一法院判决下来就不好办了。但县法院没有熟人啊！强生想，实在不行就找这个张律师吧！但还是试着打了张伟的电话，好在张伟和县法院的人熟，张伟答应晚上在火凤凰酒店见面。

强生按时来到火凤凰酒店，订了一个包间。在他等张伟的时候，那个可以解决放人的张律师的电话来了，强生正好无聊，便多和他聊了几句。他急切地说："怎么样？"对方说："你问我怎么样，是应该我问你怎么样哩。"张律师又说，"诚心的话，交点诚信金来。"强生一听就知道是骗人的把戏，说："你等着吧，我给你打一百万过来。"正说到这儿，张伟来了，他便挂了电话，并将张律师那个号码归到黑名单中。

和张伟一起来的还有一位穿笔挺法院制服的人，手里提着公文包。张伟给强生介绍穿法院制服的人，说是宁庭长，县法院刑事庭的，就是主管钱文富那案件的人。吃饭时，他们没有聊更多的关于案件的问题，强生只是与宁庭长互留了电话，然后赔着笑脸请宁庭长多关照，再就是喝酒劝酒。

宁庭长对强生说:"兄弟,你和张伟是兄弟,我和张伟也是兄弟,所以你的事情就是张伟的事,那么你的事也就是我的事。"绕了一个大圈子最后说,"能办我会尽量办的,办不了我也没有什么办法,我只是一个小小的办事员。"宁庭长说得强生心里热乎乎的。

后来,强生给钱志远去了个电话,说:"最好你能来一趟,钱文富的事有点不好办。"他不敢打电话给父亲,否则又要被骂的。第二天钱志远就启程到县城来见强生。强生便请钱志远和宁庭长一起吃了餐饭。让钱志远与宁庭长接上头后,他感觉轻松了许多。

过了几天,钱文富便被放了出来。

钱文富出来了,个中细节强生没有给钱列为说。钱列为在村子里是又荣耀了一回,他在天井寨的地位又一次得到了提高!

第七章

1

强生和何德男一边喝酒一边聊天时,手机上来了条可提供发票的短信,在删这条短信的时候看到之前与蓉蓉的短信,便顺手发了条过去:"亲爱的,你忙什么?想我吗?"蓉蓉的短信立即就回了过来:"躺在床上想你啊!"

强生猜想蓉蓉可能与自己一样无聊吧!

第二天晚上九点,强生真的就到省城了。当他打电话给蓉蓉的时候,蓉蓉以为强生骗她。强生只好在报刊亭用了一个公用电话打给她,她看了号码才相信强生真的到了省城。她要强生到金太阳夜总会去,去那儿才知道,蓉蓉是那里的股东之一。在一个包间里,蓉蓉把强生介绍给了几个男人,应该都是有钱人,个个身材肥硕,穿着名牌,手上都有闪闪发光的金戒指,都拿着一个价格不菲的手包。强生果然没有猜错,真的是老板,全是金太阳夜总会的股东。

金太阳夜总会是由一个电影院改造而成的,主要以舞台表演为主。台下可容纳几百位观众。两边还有KTV包房,可用来唱卡拉OK。蓉蓉告诉强生,整个投资有两千多万元。

强生开蓉蓉的玩笑:"你从实招来,你哪儿来那么多钱?"蓉蓉莞尔一笑,说:"怀疑本小姐的钱来路不正是吧?告诉你,光明正大得很。你别忘了,本小姐与你一样学的也是播音。"她又加重了语气说,"难道你就不能入技术股?我还告诉你,我刚换了一台三十多万的奥迪A4!"强生在心中暗暗骂道,我太亏了,我也要找一家歌厅入个技术股。强生说:"这么多年,我一直窝在那个该死的小县城,真的是太亏了!"

蓉蓉给强生杯里加了一点水后说:"你别把美梦做得太好了,现在不是当年了,现在太难搞了。不过,我可以给几位老总通通气,你可以到我们这里来做主持人！虽然，这里和你在电视台里不一样，但你基本功在那里了，我相信你应该没问题的。"

强生心想，这些下三烂的主持，绝对没问题，即使是主持中央台的晚会我也不怕。但想着给老同学打工，他的心里有些不舒服，便笑了笑，没有回答蓉蓉。喝了一口茶后，他们便去大厅里看节目。节目有歌舞、双簧、独唱、小品等，有观众的互动，也有主持人的配合表演。看起来简单，做起来还是有一定的难度，因为主持人必须懂得多方面的声乐技巧，但都不是很复杂。

看完节目已近深夜十二点了，强生找了个三十块钱既没卫生间也没电视的家庭宾馆住下来。正当他准备上床的时候，蓉蓉的电话来了。强生说自己已到宾馆，明天再来看她。蓉蓉这时才从歌厅出来，她又开着玩笑说："要我来陪你不？"强生说："好啊，我住华天1514号房。"蓉蓉嗔骂道："华天是省城最好的宾馆，一个房间一晚上最少也要千儿八百元，你这样的人是消费不起的。"

一觉醒来，强生发现已是上午九点了。他马上跑到打字店，打印了一份简历，还租了一辆自行车，找了几家歌舞厅去应聘主持人。可是他想错了，此时的歌舞厅根本不开门，人是找不到的。强生想下午应该找得到人吧，于是，找了个早餐摊吃了碗米粉后，又回到家庭宾馆睡觉。睡到下午两点钟，真的是再也睡不着了，感觉肚子也空落落的。如果宾馆里有电视看，可能还好打发日子，但是电视也没有，日子就难过了。他下楼买了个面包，顺便买了张晚报。一直以来，无论走到哪儿，他都喜欢买当地的晚报，看当地的新闻，这是他的习惯。

好不容易熬到下午四点钟，他又骑上自行车往各家歌舞厅跑。这时，歌舞厅的门虽然开了，但里面只有服务员在那儿打扫卫生，老板根本没有来。强生想，不能再耽误了，便把手中的简历交给打扫卫生的，要他们转给老板。其实，这完全是白费力气，在那打扫卫生的，根本见不着或者也根本不认识老板，那简历他们是送不到老板手中的。

晚上，吃了一碗蛋炒饭后，强生便去金太阳夜总会看节目。蓉蓉依然把他请到包房里享受，但他又习惯性地跑到大厅里看节目。一边看还一边默记，把主持人讲的出彩的话记下来。

和头天一样，回到家庭宾馆快半夜十二点了，但强生一点儿睡意也没有，这与他以前在县城的生活习惯有关吧！又没电视看，又没同伴喝酒，更重要的是没钱喝酒。离开县城时，因为是和丁香玉闹了意见出来的，她没给强生一分钱，他又没收入来源，哪里来钱啊？！刚好这个月放高利贷的收入又因捞堂侄钱文富请客花光了，路费还是找何德男借的呢。

躺在床上，强生无聊地看中午买来的那张晚报，晚报的中间缝隙处有两则招聘广告，一则是生物科技公司招聘推销员，一则是红门大酒楼招聘保安。强生选择了第一家，他觉得自己能做。看了看时间，已是深夜两点多了，不可能这时打电话去。也许是看到有地方要人，心里得到一点安慰吧，他一下子就睡着了。

2

一大早，强生给生物科技公司打了电话过去，对方很爽快就答应他第二天去面试。想着一天也闲着，再加上自己兜里也没几块钱了，他便试着给广告上招保安的红门大酒楼打电话。接电话的是一位声音温柔的女子，可能是听到强生讲着纯正而带磁性的普通话吧，她只问了问身高、文化程度什么的，然后就说："你来吧！"就这样，他到红门大酒楼当保安去了。工资仅有一千二百块，没有达到他的预期，但至少能让自己渡过眼前的难关。强生像是抓住了救命稻草一样，没有任何犹豫就去了。

上班第一天，他按门卫制度"一动不动"的规定站在酒楼大门口，车辆进去的时候敬一个举手礼，傻傻地一站就是一上午。强生心想，我总得给老板留个好印象。第二天，负责招聘时接待强生的老板走了过来，本以为他会批评自己，谁知他竟面带微笑地说："小宾馆，用不着那么正规，只要不让闲杂人员进去就行了。"老板的宽容给了强生很大的自信，那份善良顿时打消了强生对他的偏见，觉得他很亲切，那一刹那强生立志要在这里好好地干下去。

在接下来的两天时间里，通过和大家接触，强生了解到真正的老板是个女的，对每一个员工虽然要求严，但都像对待自己的亲人一样，很有人情味。员工生病了，给补助营养费，还亲自带着礼物上门去看望；遇上哪个员工过生日，她特别交代食堂加两道菜，还让鲜花店送上一束鲜花；遇上年轻人结婚的，她还会给一个几千元的"婚嫁红包"。

正因为她关心广大员工，员工也把宾馆当作自己的家，当作自己的事业，因此，宾馆效益一天比一天好。强生上班的第三天是一号，宾馆有规定，每个月的一号是老板训话日。实际也就相当于行政单位的工作例会，总结上个月的工作，部署下一步的工作。上午八点，员工们衣着整齐地站在大厅里等着老板的到来，强生有些新奇地站到最后一排。突然，大家的掌声响了起来。这一刻，强生傻了，前来的竟然是孟小书。虽然多年不见，但相貌一点也没变，在华贵富丽的装束下，她显得比以前更年轻更有气质了，也更加自信，是那种典型的成功女性的范儿。

各位兄弟姐妹们……孟小书开始给大家讲话，普通话没强生标准，但有一种亲和力。强生将保安帽檐往前压了压，将眼睛甚至整个脸都遮住，生怕孟小书认出自己来。大家都希望得到孟总的重视，唯独强生不想，自己的狼狈样不能让她看到。孟小书讲了些什么，他一句也没有听进去，如坐针毡，多么希望她的讲话能够马上结束，可越盼越慢，竟然还要员工表态发言。终于，孟小书的训话在"跟着红门大酒楼，事业成功有前途"的口号声中结束。

散了会，强生一溜烟跑到保安室脱下保安服，换上自己的衣服立马走了，三天的工资也不要了。在离开红门大酒楼的路上，他还弓着腰生怕再遇上孟小书。

强生回到那个三十块钱一晚的家庭宾馆住下，这让他百感交集，痛苦万分。这也许和过去经历过的一样吧，三分钟的热情又来了，这次他下定决心，不出人头地誓不罢休。可现实毕竟是现实，路还得一步步走，他决定从摆夜市摊开始。强生相信自己一定能成功，华人首富李嘉诚不也是从当推销员开始的吗？

强生到批发市场进了些儿童玩具，用一张旧窗帘兜了回来。在晚上八点二十分左右扛到南站广场。可能是周末的原因吧，这时已经来了好多人，有溜冰的、看小孩的，更多的是跳广场舞的，还有看跳舞的。强生就搞不懂了，那么多人吃了饭怕消化不掉吗？跟着音乐跳着什么《江南Style》，有的动作不规范像发母猪疯一样抽筋，有的没跟上音乐节奏像患了老年痴呆在强行运动。

他提着东西往东门走，那里还有些空地，很多小孩在那儿悠转。可怎么没见一个摆摊的呢？强生猜想，应该是有威武的城管同志在管控吧。转了转，看见一位卖充气玩具的大叔，问他，说以往在晚上十点钟城管都会来赶了，今天也难说。强生心想，先不管了，摆一会儿再说。他把窗帘往地上一铺算是开张营业，摆到差不多十点吧，发现看的比玩的多，玩的比买的多。有几个老大娘带着孙子玩了半天，孙子都喜欢得不肯走了。强生叫她们给孙子买一个，老大娘就一句话"有钱哒"。只有那些带小孩的年轻父母舍得买。

强生因为第一次没经验，又怕城管来，所以东西都随便摆着。收摊时清点才发现丢了一个闪光球，进价是三块钱。但是运气还好，没遇见威武的城管，卖了七十块，赚了大概有二十来块钱吧。他总结出了经验，下次带东西不能太杂，不然卖的没坏的多。

回家庭宾馆后，强生给何德男打电话说起了摆地摊的事，何德男不相信强生流落到摆地摊的地步。要搁别人，强生也不相信，但事实就是事实。

由于晚上睡得晚，强生起来时已近中午，吃饭后他去南站广场摆摊。可能是双休日的缘故吧，下午也有很多人。因为怕有城管赶，所以下午摆在广场旁边的一个绿化带旁，这地方不太引人注意，虽然只卖了四五十块钱，但没遇到威武的城管。回来的路上遇到一个踩三轮车卖烤红薯的，和他聊了聊，问他一天能卖多少钱。"至少要卖一百斤吧！"那家伙答非所问。强生猜想应该能卖那么多，又不是什么商业秘密，他可能是怕被抢生意。强生本想跟他买个红薯当晚饭，五块钱，想想算了，不吃不会死。小时候天天吃红薯，不照顾他的生意！

晚上八点多钟又去南站广场，刚把窗帘铺开就过来一位大叔，正准备忽悠他给孙子买个玩具，城管来了。城管很威武地骑着摩托，到了强生身边也没减速，"吱——"的一声刹车，强生猜想完了，急急忙忙收摊。他把窗帘四个角一拉，往肩上一扛，假装要走，城管一看这人这么明事理，加大油门松了刹车走了。见城管往旁边走，旁边二十米处两个卖充气玩具的年轻人也赶紧闪了。

强生在广场上逗留了十几分钟，想着晚上一件玩具也没有卖出去，但又怕城管折回来，还是试着从窗帘里连盒子一起拿出几样玩具，就摆在脚跟前。他将两个小飞机装上电池，闪光的那种，让它在自己头上飞一圈，结果都卖出去了。是一个年轻小伙子买的，应该还没结婚，说是买了送侄儿什么的。

那家伙问强生："还有高级的不？"强生说："高级的没带来，那要几百块，现在几十块的你们都说贵，哪还敢拿来。"强生又接着说，"你先买这个飞机吧，能够在空中飞，才五十块钱。"强生说进价四十八，骗你不是人。实际进价是三十，为了能够将东西卖出去，他已经说了不少自己"绝不是人""骗你不得好死"的话，看来说这样的话对自己是没什么影响的。

小伙子犹豫之时，强生问："小孩子多大了？"他说："两岁多。"强生赶紧说："这正好，这东西帮助启发大脑发育。"他的玩具没有哪一件不是帮助小孩子促进大脑发育的，一天下来，讲了不少这方面的话，都是临时学来的。小伙子被说动了，掏钱买了一个。强生心想，下次喊八十，再慢慢让点价，到最后显得不耐烦地说"算了算了，给你带一个，赚你一分钱不是人……"

一下午加晚上，卖了两百块，饭钱和烟钱都挣到了，但住房钱还没挣到。强生打算以后租个房子，算起来比住家庭宾馆便宜些。

3

正当强生慢慢熟悉地摊生意的时候，接到了生物科技公司的电话，那边说："怎么几天了还不去上班？"强生说："你们没通知我啊！"

对方说："现在不是在通知你吗？"

强生打算白天去上班，晚上继续摆地摊，这样就会有双倍的收入。

他在生物科技公司的工作就是打电话，好在普通话还行，工作的第一天就像老员工一样，电话打得很自然。公司有很多老年人的电话号码，打过去主要话语是这样的："某某叔叔（阿姨）您好，我是某某生物科技公司的工作人员小钱，今天给您打电话主要是告诉您一个好消息，我们这次联合某某老年健康协会将在某月某日在某某酒店举行一场健康科普活动，届时我们将邀请某某专家到场，为大家讲授如何保健的心得，不知道您有没有时间参加？"说得挺有礼貌的，一句一个"您"，使对方不答应都不行！

如果对方同意就马上要求上门见面："叔叔（阿姨），这次我们邀请的人比较多，为了确保您能顺利参加，我们想先给您送一份邀请函，凭这份邀请函，您可以到现场领取价值多少的精美礼品一份。而且小钱想顺便认识您一下，这样等到活动那天您去了我好做好您的接待工作。"其实电话与上门的目的就是为了认识顾客，了解该顾客的疾病、经济收入、家人是否会反对等情况，好促成在会议那天的销售速度与数量。电话中反复强调的精美礼品，也就是肥皂、牙膏、洗衣粉这些值不了几个钱的东西。

那些口齿木讷的，或者不善于沟通的，一般会到小区去做科学普及或公司的器械体验。所谓科学普及就是两个人带一张桌子、几把椅子到小区或农贸市场附近给老人家量血压，跟他们讲公司的抽奖活动。虽然目的是为了赚钱，但此时不能提钱，提钱人家就不会来了，钱的事情得以后慢慢来。只提抽奖、送礼品什么的，反正都是给他们好处的事。然后就留下电话、地址，为的是一旦中了奖就好通知他们，要地址就是为了防止电话打不通还可以送挂号信。最终目的就是收集顾客数据，邀请参会。

体验公司器械的一组有五六个人，他们带着公司的体验机在住宅小区的院落里支一把遮阳伞，摆一个小摊，给进进出出的老人家免费量血压、血糖，让他们一个礼拜内天天过来做体验，然后再邀请他们参加会议买产品。这种方法虽然费时费力，但是成单率高。

买保健品的老人不少，但卖的公司也不少。由于顾客资源的同质化，所以很容易出现"碰场"的情况。常常出现一家酒店四楼和五楼会议室同时卖保健品的局面。因此，公司要求员工要对顾客亲热。怎么亲热呢？那就是嘘寒问暖，再就是细心听顾客唠叨，听他们重复讲他们的不幸。因为员工热情，有的顾客本来是参加五楼的会议，走错路到了四楼，也就被四楼热情的销售员给留住了。

公司对强生他们还有一项要求，就是狠，让别的公司员工不敢跟你抢顾客。反正抢顾客的事情屡见不鲜。强生曾看见过一家保健品公司做周年活动，外面好几个公司的人等着散会给顾客发传单。有时候遇到脾气大的爷们儿还会打起来。这一点是强生最痛苦的，他做不到，他的心软，莫说去拉客，就是骗别人也开不了口。因此，他只能在公司里打电话，别的都让其他人去干。

人上了年纪总有点这样那样的小毛病，遇上那些肥胖的，你就说他有"三高"，千真万确的；如果看上去健健康康的，你就说他脑血管堵塞或是心血管不畅通，主要都是心脑血管病为主，反正你往这方面说十有八九没错。总之，强生他们公司的药就是治想健康的人身上有的病，把他们公司的药买去都吃了，今后会一点问题都没有。

强生观察，公司每发展一个新顾客，基本上就是邀来一位老人家，卖给他一个四千块钱的器械，老人家拿去用一段时间后，公司就会派人上门维护，一来二去就会和这老人家混得很熟，建立了感情后再卖保健品，反正保健品吃了没坏处。有多大好处这还真不敢说，就像吃饭一样不吃不行，隔一两餐不吃或者多吃两餐也没见给身体带来什么影响。那些保健品最小的单是五千。就这样左一试右一试，一年下来最少也要在他们公司花费两万元左右。两万啊，对于一个老人来说，一年的伙食费都用不完。

现在市场上保健品多如牛毛，像生活用品一样都进了超市，按科学的说法是能补这补那的，但是这些保健品中元素的真实含量是多少呢？连厂家都不敢标出来，或者说标出一些模糊概念，或者标一些假的。反正人体的摄入量与保健品的含量是极不匹配的，吃了也只是吃个安慰。特别是那些子女在外地工作，家庭条件好，而且自己又想长寿的老人，都是容易上当的对象。

当然，强生他们公司每天遭受的投诉也不少：有人说无效，直接来公司要求退钱的；有儿女来公司吵闹的；有工商局来了解情况的……当然，也有说好的，有的儿女还与老人一起服用。总之，公司的麻烦事不少，但效益不差。

这天，强生接了一个大单，一位顾客买了公司的器械，又买了公司的保健品，成交额上了万元。况且这还不是强生的主业，他的主业是打电话。公司老总特别高兴，要亲自接见他。他一蹦一跳往老总办公室去，整理好领带，轻轻敲了两下门，传来一个女人温柔的声音："请进！"

强生傻了，怎么会是你呢？世界很大有时又很小，前几天在红门大酒楼才遇上孟小书，怎么在这里突然又遇上了戴露？他们对视那一瞬间，强生发现她有些紧张，或者说是不自在吧。戴露看上去比以前年轻了许多，虽然化了浓妆，但也很难掩饰眼角那细细的鱼尾纹。看来，还是岁月不饶人啊！

戴露说："你跟我来吧。"说完领强生往里间走。戴露上身穿着深蓝色的小西装，里面是白衬衣，下身穿着一步短裙。强生跟在她的身后，发现她身材没变多少，只是那脸上多了一些沧桑的皱纹。

经理对强生说："小钱，你干得不错啊！"说完随手从桌上拿起一个红包递了过来说："这是对你这次业绩的奖励，今后继续努力。"说完挥了挥手，"你去忙你的吧！"经理的年纪应该不在强生之上，或者说与他差不多，因为强生是他的员工，所以他叫强生小钱，强生也答应得很自然。

强生很感激地接过红包，连续说了好几个"谢谢"，才退出经理的办公室。经理对强生的谦恭没有做出任何反应，因为他早已埋头看桌上的文件，或者说在员工面前表现出他很忙的样子。

出来经过戴露的办公室时，戴露邀强生坐一会儿。强生坐下来喝了一杯茶，他一边喝着茶，一边与戴露叙旧。戴露说，她和老公离婚后就从县医院辞职了。由于自己文化程度不高，也不懂什么技术，工作不好找，先是在药店卖药，之后又到一家私人诊所负责打针，还给人家做过美容保健，这个公司算是待得最久的了，有两年多时间，也先是在外面搞推销，慢慢地才到总经理办公室来了……

"你怎么也到这里来了？"戴露突然问强生。强生说："想到外面来发大财呗！"戴露还想问些别的，这时，里间的老总在叫她，强生趁机走了。

他不想让戴露知道更多的东西，不为别的，为的是面子。最终，他还是离开了这家公司，也说不清楚是什么原因。看不惯这些骗人的把戏？不是，这个社会到处都在骗人，自己没必要这么纯洁，摆地摊时也尽讲假话。因为有戴露在公司里，不好意思见她？觉得这个理由也不应该成立，他们现在只是普通的朋友。

不管老总怎么挽留，强生还是义无反顾地走了。

4

尽管强生在生物科技公司待的时间不长，却领了四千多块钱工资，想着再去摆地摊，又有些感觉不适应，于是，就给蓉蓉打电话。蓉蓉说："你怎么又跑来了？"强生说："我一直在省城啊。"蓉蓉说："正好，金太阳夜总会刚有几个股东退股搞别的去了！"她要强生入股到他们金太阳夜总会去。强生说："我没钱。"蓉蓉说："入技术股吧！"强生想，这回他不再是给蓉蓉打工，自己也是里面的股东，和她是平等的身份。再说，搞主持是他的本行，便满口答应了。

夜总会的主持和强生以前在电视台的主持不一样，这里的主持对普通话的要求不高，但必须带动现场的气氛。主持人有时还要参与到节目之中去，还要会唱会跳。强生知道许多大牌主持人都有过夜总会的主持经历，说实话，他还是铆足了劲儿的。蓉蓉为了让强生一举成功，要求他先观摩一段时间。二十来天的时间里，强生不光看他们夜总会的节目，还看了省城许多夜总会的节目，发现有一个共同的特点，就是要记住许多段子和笑话。因此，他还收集了许多笑话和段子，记在一个本子上随时翻开来温习。

一个月之后，强生跟蓉蓉说，自己应该可以上台试试了。但蓉蓉没有直接回答他，说："这样吧，你和现在的主持人一块儿主持，多一个主持人气氛会更好。"强生知道，蓉蓉是对他不放心，但她是大股东，又管着节目这块儿，自己又有什么办法呢？

由于夜总会的节目内容变化不大，而且强生是用心准备了的，因此，和原主持人的配合还算默契，观众不怎么反感。他怎么也没有想到，在这里会遇上当年一起在"流动记者站"工作的夏叶枫。夏叶枫现在是金太阳的一名吉他手兼主唱。

自从当年在电视台分开后，他们就没有再联系过，没想到这世界有时真小。夏叶枫紧紧握着强生的手说："你小子怎么到这儿来了？"

强生说："我正要问你呢！"

夏叶枫有些自豪，也有些得意地说："自从我们在电视台分开后，我就到这里来了。"

"一直在这里？"

"一直在这里。"

……

这一晚，强生和夏叶枫喝到天亮，两人都醉了。

大概在一个星期之后吧，蓉蓉请强生吃夜宵，道出强生在主持中存在的问题。蓉蓉可谓是老江湖了，看问题真是一针见血。她说："夜总会这样的地方，是鱼龙混杂的地方，那些正人君子一般来得少，因此，你的主持不是在电视台，也不是政府举办的文艺晚会，要适合大众的胃口……"

强生觉得她说得很有道理，便接纳了她的意见，慢慢改变。就这样，一个月后，他当上了金太阳夜总会的独立主持人，真正过上了黑白颠倒的日子。

在夜总会工作三个月后的一天，散场的时候，蓉蓉打电话给强生，要请他吃夜宵。强生赶到了吃夜宵的地点，才发现来了好几个同学。说实在的，在省城混了快半年，和同学们基本上没怎么联系。白天人家上班强生在睡大觉，晚上人家有空他却没空。

在蓉蓉的介绍下，大家才知道强生在金太阳夜总会当主持，随后又是一阵夸奖与奉承。其实，同学们都混得比他好，大都是电台、电视台的台柱子，有的还在台里当上了领导，有的同学曾到夜总会当过兼职主持人，只是现在有地位不再搞兼职了。强生没他们那么兴奋，又是唱又是吼的，他只是默默地喝着啤酒，蓉蓉看出了他的落寞，主动坐过来向他敬酒。强生一口就喝了一大杯，这是到省城来喝得最多的一次。他醉了。回到出租屋已近天明，好在白天没什么事，关了手机便美美地睡觉。

过了两天，强生与往常一样还在蒙头大睡，一阵急促的敲门声把他惊醒了。怎么会有人敲门？是不是搞错了，他还穿着睡衣，睡眼蒙眬地揉着眼去开门，正准备骂人，发现是蓉蓉。强生还在发愣，蓉蓉说："走，玩去！"

强生问："去哪儿？"

"跟我走，怎么那么多废话！"蓉蓉说完就闪进了强生的房间，还把门关上。

强生故意装着还没睡醒的样子，说："孤男寡女的关着门像什么样儿？"蓉蓉在强生的鼻梁上刮了一下，说："瞧你那点德行！"

那时候保龄球还很流行，蓉蓉开着她的轿车带着强生来到新世纪俱乐部楼下的保龄球馆。

蓉蓉很有气场地说："服务生，给这位先生拿一身行头，好一点的！"

强生说："不用，打保龄又不是游泳，换什么衣服！"

蓉蓉说："听我的，别土老帽，运动衣舒服。"

强生上楼换衣服去了，他不是那种知恩不报的人，现在混得稍微有点起色，纯粹是得到蓉蓉的帮助，心想也应该好好地请她一次，他把信用卡给服务生说："一会埋单刷这个！"

服务生说："先生，这位小姐在这里是会员，直接签单的，还有折扣！"

强生说："不用，就刷这个，少废话！"服务生感觉纳闷，但还是把卡拿走了！

服务生说："先生，您要什么价位的衣服？"

强生说："白色，随意！"

蓉蓉换了一身运动装，立即变成了迷人的妖精！强生从没发现她身材那么好，修长的美腿，不知道拿什么辞藻来修饰……女人，身材好的女人穿上运动装绝对性感，真的迷人！强生发现好多男人的眼光都聚了过来。

有这样一位美女和强生一起打球，强生感到特满足。其实，蓉蓉并不是强生的什么人，但是男人也有虚荣心啊！

蓉蓉的保龄球水平在一百五十多分，强生一百分左右，看来她和强生一样都不怎么样，打了几局，强生都输了。蓉蓉提议，让强生三十分，赌一把！强生说："赌什么呢？"因为运动的原因，蓉蓉脸上闪现着葡萄红的热气，真是美死人了。

强生抢先说道："如果我输了，我要当着众人面亲你一下；如果你输了，你要当着众人面亲我一下！"

对于他这样的无理要求，蓉蓉只是笑了笑，没有吱声。结果，强生输了！在光天化日之下，在保龄球馆，当着众位看客的面，他亲了蓉蓉一下！蓉蓉显得有些无所谓，笑了笑。

蓉蓉甩了甩头，把长发理到脑后，很潇洒地挥手说："好了，不玩了，服务生签单！"

服务生走过来小鞠躬，说："这位先生结了！"

蓉蓉一边走出保龄球馆，一边说："你至于吗？"

强生没说什么，心想，管他至于不至于，反正你是金太阳夜总会的股东，我也是，我不能在美女面前一副穷酸相。他觉得在蓉蓉面前露了脸，而且还亲了她，心里一高兴，便不自觉地哼起了一首老家的山歌：

　　一对鸳鸯半天飞，
　　一个高来一个低；
　　不怕两头长点点，
　　只要中间对得齐。
　　……

蓉蓉听不懂强生在唱什么，笑着看他，嗔怪地骂了一句："土老帽！"

强生自个儿也笑了起来，心中打起了小算盘……

5

金太阳夜总会的俊男靓女在一个包厢里为蓉蓉吹灭了三十三根蜡烛，还唱了《生日快乐》歌。

蓉蓉一直问强生一个问题，自己过三十三岁生日时，强生要送她什么礼物。对于一个大龄未婚女人来说，最在意的就是在过生日的时候，什么样的人送她什么样的礼物。

强生说："我将我三十五年来的积蓄全部送给你。"蓉蓉一拳打过来，骂道："你想得美！"说这话是有出处的，来自一个段子，蓉蓉肯定听过，要不她不会有这样的举动。

有一位男子五十岁娶妻，妻子年轻貌美。次日清晨，邻居看见新娘披头散发，扶着墙根艰难地从屋里一边走出来一边骂："骗子！骗子！婚前还跟我说有三十年的积蓄，我还以为是钱呢！"

蓉蓉生日这天晚上喝了不少酒，也许是人生失意吧，有钱了，生活也不一定过得幸福。强生理解她，所以一直陪在她身边。大伙散的时候，蓉蓉提出要强生送她回去。

到她家楼下时，强生把她从车上扶到电梯里。他有些得意，心想深更半夜孤男寡女，而且女子还喝高了……哪曾想到，电梯到了蓉蓉家门口时，她突然醒了，她说："进屋喝一杯吧！"强生说："你都醉成这样了还喝？"但还是一起进了她家。

蓉蓉是一个能干的女人，三室两厅的套房，被摆弄得干干净净，墙上的剪贴画给整个房间增添了温馨感！让强生感到意外的是那个大书柜上，还错落有致地摆放着中外名著，竟然有英文原版的。

"这么多年来，你一直在学英文？"

蓉蓉倒来两杯红酒，递了一杯给强生，说："那天也是我的生日，一帮朋友来为我过生日，来了一位老外，是一名外教，很逗。相识后，跟他学英语，慢慢地就发生到了那种关系，在日常的交流中都讲英语。"

蓉蓉说，那段时光，她过得很快乐，认为全世界只有她最幸福。只要有空，就在屋子里大声地朗读英文，或者唱英文歌。可是好景不长，一年后，那小子回了美国，跟死了一样，再也没有出现过。一晃五年就过去了。

她说得很伤感，泪水涌了出来。强生替她擦掉泪水。他俩就这样边聊边喝，慢慢地强生也醉了……

他俩之前并没有这方面的打算，所以第二天强生醒来对蓉蓉说的第一句话就是："万一怀孕了怎么办？"她有些得意地骂道："乌鸦嘴！"然后又不以为意地说，"三十多岁的人了，怀孕有什么不好？"强生乐了，在她的脸上亲了一口，内心充满感激。

从这以后，强生就住在蓉蓉的这个家里。蓉蓉不是一个贪婪的女人，起码在强生身上没有。她花在强生身上的钱，远比强生花在她身上的多！

也许这就是爱的代价！

强生曾经爱过她吗？扪心自问，在一起上大学的时候，蓉蓉对强生有过意思，那时他不是不解风情，只是心比天高，想得到更多。目前，强生对蓉蓉来说，只能算是喜欢吧，说爱就奢侈了！不过比起戴露、尹小雪、梁红、陈剑美，还有那个胖子丁香玉，蓉蓉的排名应该在前面吧！他知道蓉蓉是认真的，对于一个女人来说，上了她的床，必然要成为她的人！

后来，每个晚上蓉蓉都等强生在金太阳夜总会主持完节目一起回家，准确说是蓉蓉的家。这时，强生已将他租的房子退了。蓉蓉总是半开玩笑半认真地对夜总会的姐妹们说："你们可以瞎搞，但不能朝我老公下手，否则别怪我不客气！"强生也知道，爱是自私的。

蓉蓉住的小区是一个不太成熟的小区，估计也是因为经济条件的限制吧，因为那些成熟的小区要贵得多。不太成熟主要体现在周边环境上，本来应该安装健身器材和绿化的地方，因一直闲置，被一些业主当作自留地种了蔬菜。强生跟蓉蓉开玩笑说："这个小区建在文化遗址上你也敢买？"蓉蓉不解地看着他。他指着业主开垦出来的、四周用细碎的石头和砖瓦分隔着的菜地，呈零星棋盘样，远远看去很有些文化遗址的韵味。蓉蓉说："难怪住在这里的人都快成古董了。"

春节临近的一天，蓉蓉突然带回来很多萝卜、白菜。强生说："你准备窖藏过冬啊？"蓉蓉说："不是的，小区要绿化，那些菜地都被挖了。"

果然，第二天就有大车子拉着古老的树来了，树比较大，一车只能拉一到两棵，成本应该挺高的，枝枝丫丫都被砍了，树兜用稻草包着。下车和移坑用的是吊车，如果用人工的话，怕要十多个人都还扛不起来呢！

强生想，这些树也挺有福气的，在大山中待了几十年了，无人过问、无人关心，突然被移到城里来过热闹日子，而且还像尊重太公一样被人供着。"三十年河东，三十年河西"，原本是说人的，这年头树也适应了。强生发现，在他们房间窗前的一棵银杏树很像老家天井寨的那棵，现在枝丫被砍剔后，两大枝主干立在那儿，更像一枝巨型弹弓。蓉蓉说："老话讲：'离不得爹娘，吃不得饱饭。出不得远门，当不了好汉。'瞧你那点出息，你是不是想你们天井寨想疯了？"听到她这么说，从那以后，强生不再说树的事了。

他们同居三个月后，一天早上，蓉蓉把强生从梦中叫醒，说要陪她上医院检查。强生闭着眼问怎么了。蓉蓉说："大姨妈没来，是不是怀上了？"强生没有睁开眼睛，说："不可能吧，哪有这么轻松就当爹的！"蓉蓉见他还赖在床上不起来，就把他的耳朵扯了扯，催快点起来。强生说，"你上网查查，到医院还不是化验一下尿啊血啊什么的。"蓉蓉果真上网去了，一会儿出门了。强生正准备穿衣服起床，蓉蓉又回来了，说买了两个试纸。她到厕所里待了一会儿出来，说："是两道杠，真的是怀孕了。"强生内心高兴，但嘴上仍说："是真的还是假的哦？"蓉蓉把试纸丢到强生眼前说："你自己看吧！"强生完全理解蓉蓉的心情，毕竟是三十多岁的人了，这时候生孩子正是时候。

蓉蓉又躺到床上，畅想着有了孩子后的种种生活，如上哪个小学，学什么特长，大学专业学什么，找工作能不能给疏通……一会儿便传来了她均匀的鼾声。强生悄悄起床出门买菜，即将当爹，就要承担父亲与丈夫的责任。他亲自下厨做好了饭菜，才把蓉蓉叫起来吃。第一次吃强生亲手做的饭菜，蓉蓉很感动，说水平不差。还说我们是同学，再怎么也是知根知底的人，和强生这样的人结合还是不怕的。强生很激动，说今后"做饭做菜的事你就别管了……"感动得蓉蓉泪水都要出来了。

强生发现，蓉蓉近来特别能吃，酒桌上一起吃饭时，她从开席吃到最后，那些喝酒的都吃完饭了，她还在吃。走的时候，还将没吃完的打包回家继续吃。开始有些不好意思，想想也就释怀了——这有什么丢脸的，能吃是好事啊！

强生给蓉蓉买来了防辐射服和平底靴子。他每天还换着法子给蓉蓉做好吃的，还在网上买来了好多书，有胎教的、育婴的、产前产后护理的……书上说四到五周肚子里的孩子就有了心跳。蓉蓉也说有时仿佛能够感觉到肚子里有另外的心跳了，也许是幻觉吧，抚摸肚子就有一种抚摸心爱的宝宝的那种感觉。

蓉蓉怀孕两个月后，就不到金太阳夜总会去工作了，由强生代管。那天强生从夜总会回来，已是深更半夜了，但蓉蓉很兴奋，她说宝宝已经有心跳了。强生当然很高兴，非要听听不可，可他趴在她肚子上三分钟后，便打着哈欠睡着了……

一天下午，钱列为给强生打来电话，又和以往一样，还没说清楚是什么事，就急着说一定要办。这次是屋坎下的钱文富的户口要迁移回天井寨，还说整个天井寨每家每户都签了字表示接收，可派出所硬是不肯办。

强生说："这得按政策办吧，这事已经到公安局问过了。"

可钱列为听到这话，在电话那头就火了，大声说："什么政策不政策？老百姓都同意接收了，还有什么政策不可以办的？"

强生问："是不是家家户户都签了字？"

钱列为大声说："当然是家家户户都签字画押了！"在天井寨，像钱文富这样买了蓝印户口，也就是城市户口的人家有好多户。如果解决了钱文富的问题，那些人家的问题也得一并解决，否则，那是要得罪人的。

钱列为说："当初买户口时，并没有把钱文富的田土收归集体。现在迁回天井寨，那也是理所当然的。"停了一下，又说，"买货都能退！户口就不能退？何况人家又没有什么损坏，而且不要退钱的！"其实，按钱列为的理解，接收的村组家家户户签了字，而且田土一直现成地摆在那儿，不增加村组任何负担和麻烦，只要在户口簿上将"非农"改为"农业"就行了，仅仅两个字，是一件再也简单不过的事。

可他完全想错了，这是根本不可能的，因为国家有政策，明明白白地规定着，把农村户口变成城市户口是可以的，也是比较简单的。比如在城市买了房，或者是父亲或母亲是城市户口的，就可随父或随母把户口落在城市。可是把城市户口变为农村户口却没有这个政策，是怎么也不可能办到的。他不好这样直接告诉钱列为，只推说想办法去办。也许是钱列为得到了一点安慰吧，口气比刚通话时要缓和得多，说："亲不亲故乡人，一定要办好。"强生说："我马上就要当爹了。"钱列为以为是强生和那个叫丁香玉的胖女人的孩子，有些不以为然地说道："当就当吧，作为一个男人，当爹是一件很正常的事。"

第七章

第八章

1

强生虽然每天晚上从夜总会回到家都凌晨一两点了,但没有"早九晚五"的限制,白天可以自由地睡到太阳正顶再起床,然后慢慢悠悠地去吃早餐兼中餐。时间对他没有任何约束,日子过得自由自在。收入也不错,在金太阳夜总会,除了蓉蓉有股份收入外,强生也有股份收入。虽然他的股份没有蓉蓉多,但每个月还是有三千多的现金收入。单从收入这块来看,比在县电视台当播音员强多了。

自从蓉蓉当了母亲后,也改掉了阔小姐的习惯,每天协助保姆处理好家庭事务,小日子过得安逸而稳定。儿子朋朋一天天长大,这时正是他喜欢模仿大人的时候,在家里喜欢拿着一个破话筒站在沙发上学强生:"各位来宾,各位朋友,欢迎光临金太阳夜总会,希望大家玩得开心,玩得尽兴,扎西德勒……"

强生上台主持节目前都要化妆。怎么画,这得根据节目的需要,有时要客串各种各样的角色,当然,这样的客串也不是什么好角色,常常是一些小丑之类的,脸也就画得有些缺少正能量。一天上午,强生还在睡觉,朋朋在身边玩,他先找出颜料、笔和水,在强生的额头上小心翼翼地画上了三大杠,再用土黄色在脸的四周画上一堆金灿灿的皱纹。画完之后在强生身边又唱又跳,又是学着主持。正当他高兴地看着自己"杰作"的时候,强生突然醒了过来。

看着强生一脸茫然的样子,朋朋哈哈大笑。强生莫名其妙地看着他,当看到满地的水彩颜料和水的时候,猜到有问题了,连忙跑到卫生间去照镜子,这才发现自己成了大花猫……下午,他带着朋朋去超市,人多拥挤,朋朋脱口而出"劳驾""借过",被他催的叔叔回头看见赶忙靠边,还一个劲儿地乐他。强生和蓉蓉可是从没教过朋朋"劳驾"啊!想着保姆每天带他到超市去买菜，有可能是她教的。

　　强生只要有空都会逗朋朋玩，教他念"小白兔，白又白"，可朋朋老是念成"小白库，白又白"；再教他 Tu（兔），他一定要念成 Ku（库）。而且念 Ku（库）的时候，口水都喷到了强生的脸上。有时强生心血来潮干脆教他一两句侗语，如，Bai，侗语里是"再见"的意思。蓉蓉骂强生，不要骗小孩，那是英语，强生说侗语也是这样说的。强生教他 Lai，侗语里是"好"的意思。这下蓉蓉没说的了。朋朋得意地羞他妈，说他妈妈没他聪明。一会儿，蓉蓉给他削苹果，还没削好，朋朋却喊"lai、lai"，蓉蓉一头雾水。强生说："儿子是在讲侗语'好、好'。"他得意地说，"朋朋像我，有语言天赋。"蓉蓉一脸嗔怒地说："别忘了，他妈也是学播音的。"朋朋的天真逗得他们很是开心。他们心中的那个美啊，如果能留着，那是一辈子都享受不完的。

　　转眼就到了春节，夜总会内部员工们要搞个联欢，年年如此。联欢开始前，三哥（夜总会老大）先是讲这一年工作取得的成绩和存在的困难问题，开始朋朋还算配合，全场十分安静，听着三哥热情洋溢的讲话。可是没过多长时间，朋朋就开始左摇右摆，嘴里开始咕噜了，然后他就毫无忌讳地"他怎么还在说话，怎么还不唱歌"，全场寂然，大家都朝强生这边观望。强生尽力给朋朋做思想工作，结果朋朋一点不领情，说的声音更高了。

　　强生想想，不过是联欢活动，没必要这么认真，只好随便些。结果三哥拉着朋朋的手说："我刚才在上面大声讲，你在下面小声讲。"全场大笑，朋朋却一点都不紧张，看大家笑，他也跟着笑。表演节目时，强生开始还担心朋朋从没上过台，怕他紧张，哪想他的儿歌表演轻松自然，一点儿也没有怯场：

　　　　小老鼠到处跑，
　　　　到处跑呀到处找，
　　　　找到一个大鸡蛋，
　　　　喜得蹦蹦跳，
　　　　急忙跑回洞。
　　　　吃吧碰翻着，

找来大老鼠。
大老鼠把头摇，
小老鼠想得妙，
抱着鸡蛋就睡倒，
尾巴伸给大老鼠，
叫它抱着跑。
……

  有模有样，一字一板，还做了动作，然后欣然接受大家的鼓掌。强生都有些惊奇，儿子比他想象的要自然老练得多。不过，再想想也难怪，"初生牛犊不怕虎"嘛。

  那天也是在下午，强生带儿子去吃肯德基，看到一个穿着时髦的女人带着和朋朋差不多大小的一个女孩子也在吃肯德基。朋朋坐到小女孩的旁边，强生只能挨着。强生突然发现这女人有些面熟，但一下子想不起来了。这女人大概也认识强生，却有意回避强生的目光。强生换了一下位子，正好和那女人面对面。女人猛然抬头，他俩四目相对，女人的脸突然红了。强生认出来了，内心还有一丝冲动，随即脱口而出，"梁红"。女人没有回答。强生喊了第二声，女人淡淡地说："你认错人了吧！"

  呵呵，强生心想：我能认错？咱俩在一起时，你左下腭那个痣还被我咬过，你烧成灰我都能认得出！但只能说："没有吧，你和梁红太像了，要不你就是梁红的姐或妹？"女人生气地说："你这人怎么这么无聊？"一扭头牵着小女孩走了，小女孩桌上的肯德基还没吃完。强生埋下了头，心想，形同陌路也未必是仇人。这时，听到女人牵着的小女孩轻轻地对那女人说："妈妈，刚才，那个叔叔在叫你！"

  "多嘴！"随即强生听到了小女孩的哭声。强生抬起头，她们已走到了店门外！他想追出去，可犹豫了几秒钟，还是没去。这么多年过去了，大家都过着平静的生活，何必去打扰呢！可老话说，"一日夫妻百日恩"，说两句话又未尝不可。但强生追到门边的时候，梁红已消失在茫茫人海。

2

朋朋三岁的时候,强生和蓉蓉带着他回了趟天井寨。强生离开天井寨足足有四年多了。

在县城还好,回家没几步,来去都比较方便自由。如今到了省城,就不能那么简简单单地回去了。虽然他和天井寨那些普普通通的打工仔没什么区别,可天井寨的人就认强生上过大学这个死理,注定要比那些打工仔强。

那些打工的回去都会给寨子里的人送东西,强生回去一趟更不能空手,总得给左邻右舍买点礼品。即使是每家两包大白兔奶糖,就得三十几块钱,总共得买几百包吧,还要给侄子、外甥等不少小孩子红包,每人一百块,最少也要两千块。老爹钱列为一个人辛辛苦苦在家,也得给个两千块钱的红包吧,还要给两个姐姐、姐夫买件衣服。机关里做事的一些朋友、当地的一些官员,还有族里的长辈、邻居,大家都会来看看他,一起聊聊天,说说国家大事。大家在一起,弄几个小菜,还要喝上几杯,抽几支好烟。六七百的中华至少要一两条,茅台喝不起,但几百块钱的酒还得要准备七八瓶!还有车费,飞机坐不起,卧铺总还得要坐吧,总共算下来,每回一趟家,没有两万块钱是下不来的。

然而,普通公务员每个月的工资还不到一千两百块钱,除了伙食费,还有一些三朋四友的人情开支,一年要攒个一万块,那真得如铁公鸡一样生活才行。比如每天的生活费不能超过二十块钱,每年不能添一件新衣服,租的房子绝对不能坐北朝南,更别说带个阳台了。最不能的是生病,连个喷嚏也不能,如果真感冒了只能扛着。一进医院,一个月的工资基本就花光了。

想正正经经谈一次恋爱吧,如今的女人不再对"月上柳梢头,人约黄昏后"感兴趣,她们把见面的地方选在酒吧、饭店,甚至直接放在百货大楼。哪怕接个吻吧,你得先给她买一支口红,最便宜也要美宝莲的,让她涂涂暗淡的嘴唇。不花钱的浪漫现在已经绝种了,所以现在的爱情很容易被说成用钱砸出来的,带着金子的色调与铜臭的气息。在一个爱情都谈不起的时代,还有何心情谈婚姻与家庭呢?这下你们应该明白大城市里为什么会有那么多剩男剩女了吧!

幸好强生是在歌厅里做事,虽然辛苦,但收入比公务员还算好,两万块钱还算花得起。可往往这两万块钱砸下去,人家还说三道四的,认为你在他们面前摆阔,所以很多人选择不回去。

见火车进入县城,强生有些紧张起来,心跳和车速一样快了,眼睛不由自主地朝那个给他免费提供了两年多食宿的地方张望。楼房还是那栋楼房,樟树还郁郁葱葱地立在那儿,一点变化也没有。强生想丁香玉也应该还是那样,一身肥肉支撑着一个肥硕的脑袋,每时每刻都嗑着瓜子,吐出的瓜子壳弹在一米开外的某个点上准确无误。

当走出站台的时候,强生傻了——丁香玉的房子边怎么打敞?她的父母早已过世,难道……他不敢往下想。

打敞是侗家人的一种习俗,只要哪家死了人,都会在屋前用帆布或者晒席盖一个棚子,起遮风挡雨的作用,既方便前来帮忙的人们做事,又是在诏告这家人发生了"大事"。孟子曰:"养生者不足以当大事,唯送死可以当大事。"有儿子和蓉蓉在身边,他不好离开他们去看,急急把母子俩送到县城西街的岳母娘家。强生马上折回去看个究竟。

强生进入灵堂,丁香玉那张肥胖的脸就定格在他眼前的镜框里。是她,真的是她,怎么会是她?强生左右看了看,没有发现一张熟悉的面孔,那些人好像看一个外星人一样看着他。强生点燃一炷香,烧了一会儿纸,作了三个揖后退了出来。强生打算去找丁香玉的那几位牌友,她们一定知道是怎么回事。

强生转了两圈才找到丁香玉的牌友张阿姨,她正忙着招待客人。张阿姨看到强生,把他拉到一边有些奇怪地问:"怎么知道的?"

强生说:"回来刚好遇上。"

张阿姨把强生拉到一个僻静地方说:"自从你走后,丁香玉就开始想办法减肥,怀疑你离开她是因为她长得太胖了。"

强生有些急不可待地问:"安安现在怎么样?"

张阿姨叹了口气说:"快莫说那个安安了,几年了,杳无音讯,没想到——你听我慢慢跟你说。"

张阿姨接着说:"这还得怪那许大炮。"

强生追问:"是不是你们天天一起打牌那个许大炮?"

张阿姨说:"不是她还有哪个!丁香玉想减肥,许大炮就说她那儿有减肥药,说吃几次就能瘦,让丁香玉也试试。其实,我们根本没觉得许大炮怎么瘦,你是见过的,她是那种筋骨人,一直都是那样子,反倒觉得她看起来憔悴多了。后来许大炮多次推荐,丁香玉就抱着试试的心态,给了许大炮五十块钱。丁香玉给完钱后,许大炮便打了个电话,一个光头男子便将一包减肥药送到我们打牌那地方来。许大炮给了那光头男子五十块钱,光头男子便把减肥药给了她。什么减肥药啊,是那个!"说到这,张阿姨放低了声音,将嘴巴往强生耳朵边凑了凑说,"是白粉。"后来说是因为吸毒过量而死的。

强生的心情很难平静,即使如此,他还是默默地走了。

3

强生一家三口回到天井寨时是上午十点来钟,天井寨人这时正在吃早饭。这里秋天里只吃两餐,不是为了节约粮食,而是为了节约时间,觉得白天的日子短了,一天一晃就过了,没那么多时间耽误在吃饭上。

吃饭对于天井寨人来说不重要,那只是个附带活儿,干活儿才是正事。新中国成立这么多年了,天井寨人一直没有改变蹲在家门口吃饭的习惯。特别是村头的那棵银杏树,一直是孩子们吃饭的"餐厅",孩子们在那儿吃饭,猪、狗、鸡在碗下面窜来窜去的。现在那棵树不见了,但人们还习惯待在那儿。见有熟人来了,那些女人、孩子都会自觉地站起来,招呼几句,或者留到家中吃一碗家常便饭。男人们不站起来,但嘴里与他家女人说一样客气的话,这是为了维护自己的尊严。

四年来,岁月蚕食了天井寨人的健康,最明显的就是许多人掉了牙齿。人一旦掉了牙齿,明显地感觉到他们老了。钱列坤、钱光辉、钱志远,还有强生的父亲钱列为……一个个在漫长的寂寞中提前衰老。强生这时想起李冬菊那次在医院看病时的情景,医生都确诊为癌症了,现在怎么样了?强生问道:"婶冬菊呢?现在怎么样了?"

有人答道:"她现在好好的!"

钱列坤说:"那年都快要死了,老衣老木都置了,可能是老天不收她,她没去成。"说完,钱列坤又呵呵地笑。农村人对生死的豁达,城里人是无法想象的。接着，钱列坤又说，"从医院检查回来后，医生要我搞点好的给她吃，想吃什么就吃什么。这不都告诉我她活不久了吗？我也不能天天陪着她啊，她死了我还死不了啊，坡上的活儿还得去做。那阵子家里也没什么吃的，每天煮猪潲时就放两个屋里的土鸡蛋一块煮，让她吃。就这样一吃吃了三个月，身体一天天硬朗起来了。再到医院去检查，说她好了。为这事，县卫生局还下来调查，问猪潲里是些什么菜。那段时间我忙得团团转，只要是猪能吃的我都扯来喂，真不晓得是些什么菜了……"强生为婶冬菊的奇迹暗自惊叹。

强生那些儿时的伙伴没看到几个，他们水土流失一样到了城市，在输出劳动力的同时，把村庄里的活力也输出了。他们留在家里的孩子，从长相上还能猜出十之八九：小弟王的孩子与小弟王一样流着鼻涕，裤子只到脚腕处，那是长高了还来不及去买新的；才狗的儿子与才狗一样右手食指每时每刻都在嘴里吮着，这里望望那里瞧瞧，觉得满世界都是新鲜的；招娣的女儿与招娣一样快手快脚的，十几岁就提着篮子到园子里扯猪菜……古井旁失去了喧闹，因为家家都用上了自来水，村后的水田在野草的包围下荒废。偶尔的鸡鸣狗吠，给这个沉寂的山村增加了一点音乐元素。

村子里第一个会讲普通话的是强生，他带回了一个会讲普通话的老婆。村子里那些不会讲普通话的年轻人，带回的老婆也大都有一点普通话的腔调，但地方话的尾音很重，有四川的、广东的、安徽的等。到了天井寨，媳妇们都得"入乡随俗"，学讲天井寨的方言，使得天井寨的口音少了那份纯正。

虽然，现在全国上下都在推行普通话，但强生回到天井寨时也只用天井寨的方言与大家交流。牧瞎子把那个讲本地话的老婆休掉后，也带回了一个会讲普通话但是四川尾音重的老婆。听说，牧瞎子这个讲普通话带四川尾音的老婆与一个外来打工的私奔了三次，牧瞎子还是原谅了她。

钱列为把强生回天井寨这事弄得很隆重，不仅把在风雨中飘摇多年的吊脚楼用桐油油了一遍，还把门口的院坝也用水泥硬化了一层。他决定大摆二十桌酒宴庆祝，不是庆祝强生的回来，是庆祝他孙儿的到来。这么多年来，家里没有置办过什么酒宴，他要大搞一场。城里把办酒宴作为敛财的一种手段，结婚办酒宴、儿女出生办酒宴、搬新家办酒宴、过生日办酒宴……每办一次酒宴总要收上几万或十几万元的礼金，逼得纪委出面干涉。农村办酒宴是要亏本的，除了几个正经亲戚的礼金送得多点外，其余的都是平伙人情凑个热闹罢了。酒宴办得一般还不会大亏，办得风光了那是要大亏的。

但钱列为就是这样的性格，何况他在当地还是讲得起话的人，无论怎么大亏他都要搞的，为的就是面子。其实，天井寨人大都外出打工去了，整个天井寨大娃细崽全部加起来不超过四十人，强生家的正亲戚、歪亲戚、三朋四友也不过两三桌，满打满算，十桌足够了，钱列为则要摆二十桌。这由不得强生，只能听从钱列为的。他的理由简单得有些质朴，说强生和蓉蓉结婚时没有办酒宴，儿子出生也没有办酒宴，儿子三岁了一定要大办一场。

钱列为下了公贴。以往村子里哪家有什么喜事，或者是通知一声，或者是将请柬一张张发到户宅。这次，钱列为用大红纸写了一张请柬贴在村口的古树上，说"某年某月某日，在家中为孙儿举行三岁志庆，请各位嘉宾光临。特邀七十岁以上的老人上席落座，不用随礼……"下公贴在天井寨是头一回，请村子里七十岁以上的老人不随礼坐上席也是头一回。钱列为的威信在天井寨再次得到提升，虚荣心得到极大的满足。他的嘴边又飘出了他那句口头禅，"亲不亲故乡人"。

强生前脚刚进屋，肖竹仙后脚就跟了进来。她信息怎么这么灵通？强生正在纳闷，肖竹仙开口了，说："强生你回来得正好，刚好一起去评评理。"强生这才明白，肖竹仙本来不是来找他的，是来找他父亲的，遇上强生，顺口邀请罢了。

在天井寨，钱列为的威望比强生大，寨子里有什么大凡小事都要来找他，他办不了的就会扯上强生。强生说："纠纷问题应该由村干部来解决，都干什么去了？"说到村干部，肖竹仙更加气愤了。她说："就是仗着自己是村干部才欺负人。"从这话中，强生听出肖竹仙是和村干部扯上皮了。他马上改口劝说："远亲不如近邻，都乡里乡亲的，过得去就行了，不必认真。"肖竹仙说："你们都这么讲，如果是你们遇到，看你们怎么想的。"肖竹仙转过身来对强生说，"你叔辉都被他打得住了院，事还不大，难道要死了人才大？"强生问肖竹仙："是为哪样事？"肖竹仙说："大石在村里一手遮天，哪个敢惹他？"强生这才知道，大石已继承了他爷爷的事业当上了天井寨的支书。

肖竹仙说:"大石在孙艳红的小卖部里喝了酒,出门和你叔辉碰了个满怀。你叔辉说,你走路是怎么走的?大石说,你是怎么走的?两人你一句我一言吵了起来,最后大石动手打了你叔辉。你叔辉这会儿还躺在医院里。"肖竹仙讲话不得要领,强生听了老半天才知道大概是怎么样一回事。

说着说着肖竹仙竟然哭了起来,说:"人家都欺到头上来了,你这当侄子的也不管管。这日子根本没法过下去!"

别人还好说,遇上大石这事,强生还真的不好怎么开口。他俩是一块儿长大的,从小学到高中都是一个班的,他老婆李丽芳也是他们高中的同班同学。虽然李丽芳现在人到中年了,但美人胚子还在,细腰、细眉、细脖子,笑起来迷死人。想当年,跟大石结婚还是很不错的。高中读书时,有同学说,只要能和李丽芳结婚,就是做一辈子农活儿也划得来。可想而知,李丽芳当年是何等美艳。

大石当上村支部副书记那年,强生正好回到县电视台播音。每年都是大石替他爷爷仲生到县城开三级干部会,强生都会采访采访大石,让他在全县露露脸。晚上,强生还会请大石吃夜宵,听他讲讲村里的事,还带他去找财政局长、交通局长、扶贫办主任等有实权的单位给村里"要"钱。一年下来,没少给天井寨捞好处。不过,大石也还厚道,过年的时候会给强生送一份礼。后来,因强生不再播音了,联系慢慢就少了。

4

天井寨门前的这条公路是通往阳中坡的,阳中坡是另一个村。当年允许阳中坡的人占天井寨的田修公路到他们村,全是看在亲戚的分上。那些年,农村人口流动较少,每日天亮出工天黑收工,一年到头看到的都是眼边的几个人。婚姻大事也基本都是与近处往来,你嫁到我这个村,我嫁到你那个村,就这样亲上加亲。比如,强生的大姐就嫁到了阳中坡。天井寨与阳中坡有了姻亲这层关系,天井寨就大度了许多,不要任何报酬就让了些田,使通往天井寨的公路又延伸到了阳中坡。

这几年,阳中坡在山里发现了重晶石矿,卖给广东老板来开采。人要发财那是挡都挡不住的,阳中坡家家户户不费力费神每年都能分到几万块钱的红利，使隔壁天井寨的老百姓眼红了。眼红也没有办法啊，那是人家的财运。但是，拉矿的车整天呜呜地从天井寨经过，公路被压得坑坑洼洼不说，还使以前宁静的村子一下子变得灰尘仆仆，特别是下雨天，泥浆翻满脚背，根本走不了。不收点钱来维修能行吗？大石就代表村里和老板交涉，要他们出点钱来修路。

老板想了想，觉得这也花不了多少钱，就答应了。经过讨价还价，最后达成每吨矿收两块钱。可过了一段时间后，老板又失约了。算算一车至少要拉到二十吨，就要收四十块钱，一天总有二十多辆车，天井寨每天就有近千元的收入。老板心痛了就开始撒痞，说生意不好，做亏了账，今后有钱再给！再加上县里乡里那些头头脑脑都给大石打招呼说企业艰难，缓缓再收！大石左右为难，不收对天井寨的老百姓无法交代，收了对上面的领导又无法交代。

正当大石无所适从之时，遇上了一件事，使他下定了决心。某天一辆矿车在大石家门口的公路上打滑，司机可能是个生脚子，不晓得匀速，猛一加油车子便歪到了路外坎，幸好坎子不高，只是将重晶石泼下了坎，人和车都无大碍。司机急了，随口就骂道："怎么你们村支书家也只知道光收钱不修路，这样的路怎么走？"这话刚好被蹲在屋门口抽闷烟的大石听到了，大石把手中的烟屁股一摔，回骂道："你小子出了多少钱？有钱我们不晓得修，哪个爱这样！"边说边过去要揍那司机，司机只得加大油门。大石不但没有揍到司机，反而被后轮转起的泥水溅了一身。

当天下午，大石把村子里的老头老太太召集起来，每人发二十块钱的补助，任务就是每人拿一个四脚板凳到公路上晒太阳，不交钱就不让车过路。此时，矿老板已在火车站订了三个火车皮，正忙着往火车皮里运矿石，一个火车皮一天要交几千块钱的场租费，耽搁一天就要损失上万啊！

矿老板急了，见了老头就敬烟，见了老太就发糖，赔着笑脸问："这是为了哪样啊？"老头老太嘻嘻哈哈说："晒太阳啊，电视上说晒太阳可补钙，老年人要多补钙啊！"

矿老板明知故问，说："麻烦往边上走点，省得车上的泥浆溅着你们。"

老头老太们这才说："哦，晒了太阳还忘了呢，我们随便收点震动费。"

"震动费？"矿老板故意装糊涂问，"什么叫震动费？"

老头老太们七嘴八舌说："我们坐在这儿，你们的车从我们这里过，过一次,我们的房屋就要被震动得一晃一晃的,像是快要发生地震一样,瓦都震掉了,坤瘸子家去年才盖的瓦,一年多点就又被震得看不见了,还有……"人多口杂,再等老头老太们讲下去,问题会越弄越复杂,矿老板一摆屁股就往大石家去。

此时,大石正在屋上盖瓦,他老婆李丽芳给他递瓦。那是三年前他们从隔壁村买来的旧瓦,堆在家门口快长青苔了。矿老板喊了几声,他在屋上才假装听到,并唉声叹气,说:"这房子才盖没多久怎么又漏了,只得再加些瓦。"

矿老板可是开门见山,说:"支书啊,要多少你直说吧,别装模作样了。"

大石故意问:"你讲哪样?"

矿老板有些不耐烦地说:"钱!钱!钱!"

大石此时慢慢从屋上下来,拍了拍身上的灰尘笑着说:"你开口闭口都是钱,是什么意思?我姓钱的都没像你这样天天讲钱!"

矿老板更急了,说:"你别这样了好不好?你肚子里那几根花花肠子我还不清楚。多少?你说个数吧!"一边说一边把大石往老头老太那边拉,"给你这个数,每个人的,马上把老头老太喊走!"他在大石面前张开五个指头,那意思是五千。

大石把老头老太喊走了,突然眉头一皱对矿老板说:"我虽然没钱,但君子爱财取之有道,想用这点钱打发我?做不到!"

矿老板眼一横,说:"那你要多少?"

大石说:"要么就按以前的一吨矿石收两块钱,要么就帮我们把村道硬化了,免收你一年的费用。你自己看,这也叫路!"指了指地上,继续说,"你说这是路吗?能走吗?"

硬化村道这不是一两个钱能解决的,这样的事矿老板肯定不答应。他以为自己和县长私交深,把状纸直接递给县长。县长见多识广,知道牵涉老百姓的事不是那么好办的,但不理不睬是不行的,只能和稀泥,批示"请乡政府协调"。税收全被县里收走了,乡里想收点管理费,可又没有政策,"没得羊肉吃,还惹一身臊",乡政府本来心里就烦,遇上这样的麻烦事心里就更烦了,便把板子直接打在了矿老板身上,说我们也没有办法,老百姓要修路你们就得修,反正路修了也是你们的车跑。矿老板没有办法,只得请修路公司来硬化"水泥路"。

钱列坤说:"这么多届村干部,我最佩服的还是大石,做起事来有板有眼,一套一套的。"

强生觉得叔二坤说得有道理,哪里又冒出"震动费"这一项目,天底下怕也只有大石想得出来。其实,矿车经过天井寨是在仲生当书记时就有的,那时也没提出要硬化村道什么的,大石当书记后不但硬化了村道,还提出"震动费"这个词。

5

强生随肖竹仙去了大石家。大石的房子和天井寨众多房子一样——七柱吊脚楼。杉板有些陈旧,虽然用桐油油过,但风雨洗刷的痕迹还清晰可见,那是岁月留下的印记。在墙角处用木灰写有:7月15日买猪肉43斤、姨妈的电话号码等。这是随手记下的,在天井寨没有什么秘密可言。查看随手写在那里的文字,就能找到这个村子的历史,也能找到这个村子的变化。这房子是大石的父亲建的,是强生的爹做的撑墨师,整个房子全是强生的爹一手设计主持的。在侗家建房,是"心中有乾坤,不用设计图"的。建房时,强生和大石还在上小学。强生依稀记得梁上挂有红纸写的"上梁大吉""华堂生辉"的字幅。

当年,强生很羡慕大石家有这么漂亮的一栋房子。他们那儿有句老话叫"木匠家里无凳坐,篾匠家里被晒谷",说的就是做手艺的人都忙于给别人家做事,自家顾不过来。木匠家里凳子都没有,篾匠家里晒席也没有。可想而知了,强生家的房子是不成样子的,后来因一场大火才起了新房。可眼下,大石这房子已不再是当年了,像个风烛残年的老头,灰头土脸地蹲在水泥楼房的夹缝间,又像喝醉了酒的老头歪歪斜斜地立在孤风苦雨中,有些可怜。

正当强生要进门时,李丽芳正好扛着一把锄头开门出来,强生还没开口,她先"呀"的一声放下肩上的锄头,假装没有看到肖竹仙,说:"稀客!稀客!"然后,快言快语地说,"进屋坐!进屋坐!领导来了,蓬荜生辉啊!"见强生站着不动。她接着说,"我家的板凳有刺,是吧?"

强生说:"讲哪样话,巴结还来不及呢!怎么说也是一级领导人,管着全村上千人啊!"

见强生说话有些生硬，肖竹仙也在身边，李丽芳就知道是怎么回事了。突然间，脸色就有些暗下来！她说："狗仗人势，来兴师问罪了？芝麻大点事当西瓜来砍啊？把你这领导也请来了！说吧，大石一大早就到乡政府去了，要怎么着？我替他顶着。"

强生说："既然你这么讲了，我也就不含糊了。大石作为一村的村支书，为什么要打人？"

"话不要说得这么难听，什么打不打，不就是多喝了几杯酒，互相拉扯了几下吗？再说，我家大石昨天酒一醒，不买了一箱苹果去看了他吗？"

肖竹仙说："这不是钱不钱的问题，是一个理字。"

李丽芳有些不耐烦了，说："好大个事，还能把他关起来？这村支书早就不想当了，收入没几个，得罪的人却多得不得了。"接下来，她的嘴巴像放炮一样，噼噼啪啪讲个不停，说村里人为了报复大石，什么缺德的事都做得出来。大过年往他家大门口送花圈，清早起来发现有人在他家门口拉了一堆屎，家里十多只活蹦乱跳的土鸡一夜间被别人放了毒。"我曾到乡派出所报过案，他们也答应来查查。可大石却不让他们查，说万一查出来是谁做的，都是天井寨的人，抬头不见低头见，今后又怎么好见面。"

强生问李丽芳："你是说大石知道是谁干的？"李丽芳说："怎么不知道？屁股大的地方，就那几个人，还有不知道的？"

李丽芳正和强生说着话，钱文富扛着一块寸枋气势汹汹地来了。

"大书记在不？"李丽芳知道没好事，连忙让座请进屋喝凉水。天井寨人把甜酒说成是凉水，经过家门口的客人，不管认得不认得，都要邀进屋喝上一碗，如果遇上冷天，还会烧开来喝。

其实，李丽芳讨好钱文富的做法无形中得罪了强生。因为强生来了那么久，她也没喊进屋喝凉水。但此时，强生没想那么多，觉得李丽芳两口子挺不容易的。李丽芳赔着笑脸问："你有什么事？大石他到乡里去了，还没回来的。"钱文富就开口了，说："大支书欺负人也不是这么欺负的，我们不在家，就分得这样一块寸枋？"李丽芳说："当时你爷爷在场，他摸的阄。"钱文富说："我爷爷老得自己都不能大小便了，还能摸阄？不算！"

李丽芳急了，声音也大了起来，说："全村个个都算，就只你家不算，哪个叫你们不来？老话讲，好汉阄下死，你爷爷既然参加摸阄了，就得认账！"

钱文富有些地痞的味道，说："我说不算数又怎么的？"

李丽芳说："你怎么不早说，过了半个月了，有的都拿来做家具了。"

钱文富说："我只要不满意，我想什么时候来就什么时候来。"

李丽芳说："那你到上头告状去！"

"我才不去上头告状，我就拿你家这块。"说完硬是将李丽芳家放在堂屋门口的那块没錾边的寸枋扛走了。

强生上去阻拦，钱文富稍停了一下。为什么这时候钱文富要来找大石？强生明白他的用意。在农村，帮帮派派还是有的。上次他帮了钱文富使他免受牢狱之灾，他心里还是很感激的，看到强生和肖竹仙来找大石的麻烦，他就利用这个时候特意来找茬儿的，目的是为强生壮胆助威。

强生说："既然大石不在，就等他回来再说吧。"说完，就拉着肖竹仙和钱文富回去了。等他们走后，李丽芳一屁股坐到地上边哭边骂起来，骂钱文富不是个东西，跑到她家里撒野；骂大石当这个村干部不如去给人家打工，弄得家不成家，日子没法过……强生又回去劝李丽芳，毕竟同学一场。

见强生回来，李丽芳有些不好意思，不哭了。抹了一把眼泪后，狠狠地骂道："还有三个月就要换届了，如果大石要是再当这个村支书，我就和他离婚！"

强生安慰李丽芳说："算啦，算啦，说说气话可以，离婚这话不能随便挂在嘴边。你俩在学校就那么好了，现在你舍得？"李丽芳说："怎么不舍得？跟着他没享一天福，整天担惊受怕的。"

强生说："那好，离了跟我去，我俩钻草堆树去，气死大石！"李丽芳被逗笑了，带着泪眼推强生一把："去你的！"

这一嗔一笑，还真有点当年校花的味道。

6

强生随肖竹仙到她家时快晚上七点了。电视里播的是本县新闻，画面上是领导们在开会，研究县里建五星级酒店的事，那播音员字正腔圆的，只是录音设备差一点，少了一分厚重感。肖竹仙说强生来了，躺在沙发上看电视的钱光辉这才站起来，说："你回来了？"

强生笑着说:"你出了这样大的事,我不回来看看怎么对得住你啊!"

钱光辉说:"开始挺气愤的,过后想了想也没多大事。再说了,他主动承认了错,还扛着一箱苹果来看我。"他有些不好意思,习惯性地用右手在脑袋上摸摸,"就这么几个人,抬头不见低头见,认真不得!"

强生递了一支烟给钱光辉,缓了缓气氛说:"想通了就好,想通了就好。"

钱光辉点燃烟后说:"这事也怨我,大石这段时间可能是矿上的事烦着,想到孙艳红的小卖部说说心里的委屈,也怪我心眼太小,在孙艳红的小卖部门口我故意和他撞了一下!"

强生说:"是你故意的哦?"

钱光辉说:"他和孙艳红的那些事,他老婆李丽芳都没意见,我们没必要这么认真!"说完哈哈地笑了起来。

强生说:"那他当村支书搞工作怎么样?"

钱光辉说:"不知道怎么说他,说他坏,又拿不出什么证据;说他好,也没好到哪儿去!"肖竹仙这时插话道:"大石好不好我们不敢说,但比他爷爷要强,他爷爷仲生当了几十年的村支书做了哪样事?除了'这个问题的话呢'讲官话,什么事也做不了。人家大石才当几年,你看,村里的水泥路修了,自来水通了。"

钱光辉打了肖竹仙的岔儿说:"那水泥路怎么是他修的呢?明明是矿老板出钱修的。"

肖竹仙有些不服气了,说:"没有大石去讲理,那矿老板会来给你修水泥路?怕你是起早撞到鬼了,今年又领着党员去上海那个什么地方参观。"肖竹仙说到这,钱光辉气就来了,说:"这也算功劳?拿村里的钱去游山玩水。"

肖竹仙说:"那是开眼界。"强生补充道:"是不是上海的华西村?"钱光辉肯定道:"对对对,上海华西村。一回来就要学人家搞什么观光农业。他在会上说,把观光农业搞起来了,把人家弄到我们村来参观,要到我们村吃住,到那时家家都开饭店,那就能富得流油。"

钱光辉说:"今年春上,政府整治乱砍滥伐,大石家满叔取了一个立方的木材指标却砍了四方木,村里也没哪个告。可上面来调查的时候,他硬是揭发他满叔呢,害得他满叔被罚了五千多啊!你想想,树又不是你的，你去告这个状做哪样？又不砍你家的，关你什么事。"

正和钱光辉说着话，外面突然热闹起来，吵吵嚷嚷像是出了什么事。肖竹仙便出门去看个究竟，一会儿回来说："怕是有几十号人要往乡里去，说是大石贪污了村里的钱款让乡里关起来了。"

强生说："你们这下正好出气了。"钱光辉却说："不会吧，说大石别的我信，说他贪污，打死我也不信，村里的账目每月都公布在村口那根枫木树上，一清二楚，他怎么会贪污呢？再说了，村子里除了矿车过路每吨收两块钱的管理费外，哪还有什么收入。"

强生想了想，觉得他参与这样的事有些不妥，到村口的时候便拐进孙艳红的小卖部。小卖部就在公路边，房屋成"丁"字形，共三间屋。一间用来卖货，一间做饭，一间是住房。孙艳红三十岁出头，老公做木材生意，三年前从木头堆子上滚下来，脑壳撞到一个尖岩石上，破了个洞，死了。

大石看孙艳红的日子过得艰难，操持着把她家房子改造了一番，开了小卖部。钱不缺了，可麻烦跟着来了，村子里有几个光棍半夜老去敲她的门，说是要买东西，等她把门打开了，他们又不讲买什么，弄得她哭笑不得。

大石把几个光棍喊起来训话："一个娘们带着两个孩子过日子不容易，经得起你们这么折腾？要买东西就正儿八经买，想讨她做老婆就向人家表明，不要不知轻重！老话讲'坐在一块土便是一家人'，你们再这样的话，不要怪我手下不留情了！"大石到孙艳红那儿去得多了，闲话就出来了，说他们之间有特殊的关系，要不怎么天天往那儿跑。这话传出去以后，村子里的几个光棍知道孙艳红是村支书的相好，再也不敢打她的主意了。

那是在一次酒后，强生借着酒兴问大石："听说你和孙艳红有一腿，是真是假？"大石笑了笑说："天井寨的话，你哪样没听说过，真假你自己判断！"

大石叹了口气说："我下不了手的，不错，孙艳红还年轻，没了男人，谁都想打她的主意。我不是担心李丽芳怎么的，真的是不忍心，年纪轻轻死了男人够她受了，我再趁火打劫，还是人吗？"

强生说："既然你是好人，为何不证明给大家看看？"

他说："说得清楚吗？人家说，如果孙艳红不和我有那种关系，我会给她改造房子吗？我会这样照顾她吗？再说了，总有些不三不四的人想打她的主意。干脆我也就默认和她有那种关系算了，后来，仗着我的势力也就没哪个敢欺负她了。"大石又反问道，"为何整个天井寨的人都这么说了，我家李丽芳却无动于衷呢？如果真有那么一回事，你当她是傻子，你和她也是同学，你还不了解吗？"

强生在外面喊买东西，喊了好几声，孙艳红在里间应了，可是好一会儿才到货架边来，脸上红扑扑的，见是强生，赶忙邀进屋坐，说他是稀客。强生不打算进屋，孤男寡女的免得别人讲闲话。但也想和她说会儿话，想了解一下她和大石的关系究竟是怎么一回事。

孙艳红问他回来几天了，强生没有正面回答孙艳红，却说："大家都去乡里为大石请愿，你怎么没去？他可是你的恩人啊！"孙艳红的脸更加红了，露出一排白白的牙齿说："我去了不是证明我对他很在意，正中那些人的口舌吗？"

7

钱列为不愧是天井寨公推的当家人，遇上哪家红白喜事，农村的各色礼数都在他的脑子里打转转，谁谁做文的，谁谁做武的，因才施用，井井有条。哪个地方还没到位出现空缺了，他只要翻翻手中的记事簿，马上就会有人去行动。由于准备充分，孙子朋朋三岁生日宴可谓是办得妥妥当当，没有一个人不夸奖钱列为的指挥才能。

农村没有酒店，操办一次酒宴花钱是次要的，最主要的是没人操办，因为村子里的年轻人大都外出打工去了，没人帮工，比如下单、买菜、洗碗等，那么多人吃饭没人服侍怎么行呢？"尿怎么能胀死活人。""宴席上门服务"，这种针对农村劳动力有限的新生事物诞生了。"宴席上门服务"和在城里大酒店办酒宴一样，只要确定好桌数，明确好菜数，桌凳、餐具一应俱全，客人来了只管坐席喝酒就是，别的一概不管，还有专门录像和照相的。

可钱列为不请宴席上门服务队，哪怕就是吃味没人家的好，也要找村上的人自己办。他说："都责任制下户这么多年了，哪家还缺少吃的？大家在一起图的就是一个热闹，把这些活儿都包给别人了，大家没了过程，在一起只讲吃吃喝喝，就少了那份热闹。"他坚持请乡邻们按老规矩搞，一家来两个帮忙的，有杀猪宰羊的、借碗筷桌凳的、掌勺洗菜的、上汤沏茶的、迎宾送客的、记账收礼的……都要一一落实到人。

"讨者为大"是天井寨的规矩，钱列为讨村里的人帮忙，没有不来的。这与他过去的为人处世有很大关系，过去人家有事你帮了，今天你家有事人家也会热心帮助的。村里人再丢不开的活儿也要丢开，几乎都行动起来了。如果是自家堂屋摆不下，就到邻居家借场地摆，再摆不下就摆在院子里。天气晴朗的话，沐浴着山野之风就餐，亲情交融，别有一番情趣。

钱光辉是主厨，以往天井寨的酒宴基本上都是他的主厨，做厨的刀、勺、肉、叉、蒸、笼、盆、瓢等各种家什他都备着。后来像强生这般年纪的年轻人出道后，他就歇了让年轻人搞，现在年轻人又外出打工了，他这把老刀又派上了用场。帮手为屋上坎下的，尽管他们不在行，但在钱光辉的指挥下，工作进展得井然有序。一桌酒席要上二十四个碗和盘子，代表一年十二个月，月月都是双的。且菜的搭配很有讲究，比如多少个凉菜，多少个蒸菜，多少个炒菜，还有汤菜什么的。钱光辉的菜单下得实诚，基本上都是荤菜，唯一一个汤菜还是瘦肉粉丝白菜汤。

强生看了菜单后，给钱光辉建议说："叔辉你也要准备两道下饭的素菜！"钱光辉给强生讲："荤菜吃剩还可以收回再用，素菜吃剩了就只能丢。别看着素菜比荤菜便宜，其实浪费更大。再说了，你这样的家庭酒席上素菜，人家也要笑话的。不是下不下饭的问题，而是面子的问题。"真是蛇有蛇道鼠有鼠路，各有各的算法。听他这么说，强生真是佩服得不得了。

大家按分工各自忙碌着，在忙碌之时也不忘叽叽喳喳开些乡野间的玩笑。伴随着灶膛里噼里啪啦的火声，浓烈的乡风乡情扑面而来。

按确定的时间，寨子里男女老少衣着光鲜地、喜滋滋地从四面八方赶来，好不热闹。强生一直站在院子里向来客打招呼、敬烟，一上午都在重复着那几句话："谢谢赏光！""你们辛苦了！""你们费心了！"

钱志远是退休干部，在村子里称得上是文人，所以负责写对联、记礼簿。以往农村的礼只是一个平伙人情一斤猪肉的钱，现在物价上涨了，送礼也水涨船高，一般的都送到了五十到两百。强生随手翻看了一下礼簿，寨子上基本上是送五十元的，钱志远却送了两百。

强生知道是为了他孙子钱文富想把户口迁回天井寨的问题，钱志远还要他帮忙。他几次想开口给钱志远说这个事是办不成的，因为政策卡死了，只能农村户口转城市，城市户口不能转农村了，但欲言又止，一下子说不清楚，怕被误认为自己不肯帮忙。

可钱志远还是忍不住问强生，说："我家钱文富那户口问题……"

强生说："反正农村没一样少他的，今后他生了儿子再上农村的户就是，莫去求人家了，这年头求人难。"

钱志远说："花点钱吧，把户口迁回到天井寨来踏实点。"

强生笑了笑说："当年花了大半生积蓄把户口迁出天井寨，现在又花钱把户口迁回天井寨，不过就一纸户口，真够操劳的了！"

钱志远正色道："看要花多少钱才能办，你帮老实打听一下吧。"

强生只得认真地对他说："公安局管户口的副局长我熟悉，下次我俩一起去找他吧。"钱志远马上问强生哪天回去，问清楚便开始筹划一起去见公安局的副局长。看来，这事是他目前的头等大事。

办酒水的桌子是统一的八仙桌，那是以前一桌坐八个人用的，现在学城里坐十个人。在中国这个礼仪之邦，方方面面都有着规矩，用桌有规矩、座次有规矩、斟酒也有规矩……每当大家为某个"规矩"而争论不休时就搬出长者裁定，往往这种争论只是为了谦让，并不是什么利益之争。可能考虑到大家太谦虚吧，钱列为此事先明确了钱列坤负责安席，给他封了个"官"，叫掌席公，就是负责安排哪个人坐哪个位子的。这样一来，那些年轻人不敢乱坐了，看某个位子实在是没人坐了，才左顾右盼地去坐下。

因为场地和桌椅板凳有限，每次只开六桌，六桌吃完了又开六桌，直至所有客人全部坐过席为止。每次开席了，钱列坤便在院子里扯着嗓子喊话："主人家好，客席位少，请各位客人客让客，客陪客呀！吃好喝好！"这就是钱列坤的老道，这样说既不得罪客人，使客人听了心里舒服，又把气氛烘托得十分热闹。

如果超出了预算，那是要临时增补的，不能客人来了没饭吃。农村不是城里，一时半会儿准备不来的。因此，主人家在计划时都会"抛"上几桌，宁愿浪费也不能不够。围桌而坐的客人，多是朴实豪爽的农家人。几杯火辣辣的"土茅台"下肚，乡亲们的话匣子也打开了。年长者谈古论今评三皇五帝。在附近做事的一些年轻人赶回来,也懒得和老人坐一桌,他们谈论上网、买车、炒股……大家边吃菜边喝酒,边聊天边笑骂,图的是个热闹,看重的是那份情谊。

当人们尽情喝酒时,上来一大碗香喷喷的瘦肉粉丝白菜汤,肉质鲜嫩,清香不清淡,谁也抵挡不住它的诱惑。这是最后一道菜,意味着菜上完了。这时,那些爱酒的客人,便推杯换盏,猜拳行令,说说笑笑,"五魁首""六六顺"地划拳赛酒,酒宴达到高潮……

那些不善喝酒的年轻人在门前的桃树下支起凳子打起跑胡子、麻将、扑克,喝酒他们没什么兴趣,他们要玩点刺激的。

当年在歌堂称雄的肖竹仙、李冬菊等几位大婶唱起了酒歌:

你孙长得好模样,
生来体强像金刚。
学武必定成良将,
学文必做尚书郎。
……
今朝同吃周岁酒,
同唱酒歌乐悠悠。
唱歌不好不怕丑,
主东仁义记心头。
……

几位年轻媳妇想学唱,但缺了一份胆量,有些害羞。年长的便骂:"唱啊,你们不学,等这班老的死了,就要失传的!"年轻媳妇试了试,还是不敢开腔。几位大婶唱了几首,没人回应也就算了。

那些喝酒的,正如钱列坤说的,客劝客,那种相互问好、相互敬酒的席间话语表达得淋漓尽致,纯朴的乡情全表达在那浓浓的酒意中。

一场宴席,一处风情,呈现的是一种独特的古韵。酒喝得越多,场面越热闹,主人家越高兴。真的是酒不醉人,人自醉呀!

8

办完儿子朋朋三岁酒宴的第二天,强生带着蓉蓉母子俩去赶了趟天堂坳。强生曾经在蓉蓉面前吹嘘过他们侗家坳会的盛大,这使蓉蓉比强生更激动,老早就催着一定要带她去看一次,恰好这次遇上了。强生已好多年不赶坳了,对于坳会的印象也已略显模糊,更多的是一种憧憬。

坳会是侗乡人的传统节日,村民们放下手中的活儿,周围数十里上百里的群众几千人上万人不等,身着盛装,相邀而至,欢聚一堂,一起聚餐、拉呱、嬉笑,比过年还热闹。年轻的阿哥阿妹会以歌传情,互诉衷肠。通过对歌互相了解增进友情,这就是情歌的起点,恋爱的开始。地点一般选择在山坳边,因此,称之为坳会。

坳场上除赛歌外,还有斗画眉、斗鸡等项目。坳场四周,还设有饮食、小商品等服务。著名的坳会有丫杈坳、磨寨坳、天堂坳、禾梨坳、两岔河坳、天雷坳等。一年之内,像这样的坳会有七八次,如"三月三""四月八""六月六""七月十四"等。坳会高峰时,台上赛歌、场边对歌,数十对上百对男女的歌喉纵情歌唱,歌声震荡山谷、响彻云霄。

从强生家到天堂坳开车也就十二三公里,走小路更近,散步走着去经过几个自然村寨就到了。强生沿着花阶路走走停停,像古代的采诗官,一会儿在这个村寨前坐坐,一会儿又在樟树乌云般的身影下小憩,对每个站在清凉的屋檐下张望的陌生人甚至是狗都报以微笑。他们对强生是陌生的,而强生对他们却是熟悉的,至少他们那种姿态是熟悉的。强生并不是从城市流窜到民间的肤浅的猎奇者,他对于农村背阴处的苦与痛都清清楚楚。不慌不忙不去赶路,不是过客,行走就是他的日子。

每一个村寨都和天井寨一样,属于老人、儿童、狗和山雀。儿童坐在门槛上玩泥巴,老人零星地散布在静默的山野间,脊背被日子压弯了。秋日的暖流还驻泊在村寨之中,柴草煮出米饭的芳香还飘浮在村寨的上空,强生把自己对于时代的失望摊开在田野上去翻晒。满以为一路上会碰到热热闹闹许多人去赶坳会,或者是一路歌声一路情地飞到坳场。但他错了,走了一路没见到一个人,偶尔碰到一个老人,她却热情地问强生:"你这个客舍得走啊?到哪儿去?"强生说:"赶天堂坳!"老人有些诧异,说:

"赶天堂坳?"然后停了几秒才突然想起,"哦,哦,哦"几声后说好多年都不赶了,不晓得今天赶不赶。

到了坳场更让强生失望,虽然时近中午,坳场上却只有三三两两的人群在游荡,听不到一句山歌声。天堂坳并不在山坳间,是在一个水库的外坝上。虽然是斜面,但不是很陡,不影响人们在上面行走。坝的下面有七八米宽的一条公路,演出的舞台车就横在公路的一头,看样子今年是不允许过车了。

以前赶坳是不演出的,近年来县文化部门因势利导,在坳会时演出文艺节目,宣传法律政策。堤坝被装扮成一条彩带。做生意的在公路的两边临时搭起红红绿绿的篷子,卖一些烟嘴、小剪子、顶针、锥子、挖耳勺等。大的物品如铁锹、耙子、斧头、镰刀、锅盖等。吃喝、穿戴、日用百货、针头线脑……应有尽有,嫌篷子小了,商家把货物摆到了公路上,使不宽的道路更窄了,害苦了推自行车的人和进进出出的送货小三轮。

闲散的人群总要在一个个小摊前,拿起一件东西看看,问问价,并不买,一看便知是懂得"货比三家"的当家人。也有匆匆忙忙的,似乎事先想好、看好了,也不讨价还价,拿起付钱就走,这类人大多是"七站八所"或乡政府的。还有一部分妇女带着小孩边看边玩,一旦路过好吃的好玩的摊点,便牵着小孩疾走如飞,生怕小孩撒娇硬要。

最忙碌的是大妈们,她们用断砖碎石"画"出自己的地盘开始摆摊营业,卖自酿的甜酒、自煮的苕粑、自做的凉粉……想借这个商机赚上一把。可她们也被这个时代戏弄了,因为来人和她们一样,都是大爷大妈,这些东西他们家也产,还不知拿去卖给谁!

强生是才咿呀学语就接触了山歌,长辈们教的不是儿歌,而是山歌,至今还记得的是那首年代感很强的山歌:

> 妹莫恶,妹莫恶,
> 哥是跳蚤三只脚;
> 要是钻进妹被窝,
> 要妹一夜睡不着。
> ……

强生对于爱情的最初印象,也是从这些山歌中感知的。大人们劳动累了或者是干活儿久了,总要扯着嗓子喊一曲,一身的疲惫就这么过去了,或者说一天就这么过去了。

关于侗家人的恋爱还有很多规矩,谈恋爱的"行歌坐夜",怀孕时的"不落夫家"……故事在生活中比田地里的作物还丰富。如今,年轻人涌向城市,可老人还在,只要拥有木屋、炊烟,就还是一个村寨。上级给天井寨评了一个中国最美村寨。遗憾的是,在最美村寨中没有了山歌、情歌,连词曲风格低俗点的《流浪歌》都没有人唱了,因为没有年轻人了。

强生上一次参加坳会是在十多年前读高中时,当时交通还不是很方便,很多人都是走几十里山路来。那时漂亮的衣服一般是白色的确良,裤子是蓝色或者黑色的绵绸或者的确卡。老人一般戴着一个遮阳斗笠,小伙戴一个草帽,爱美的姑娘打一把伞,伞大都是黑色的,也有那么几把纸伞。老人去坳会一般是喝喝酒,看到熟悉的叙叙旧;小孩一般是去买点玩具和糖果;姑娘、小伙用歌声尽情表达情感。唱着唱着感情就会靠近,共撑一把伞走进树林互换信物,女孩一般给小伙一张手帕,小伙给姑娘一根腰带,似乎就情深意笃了。

太阳落山,坳会渐散,蜿蜒的山路被的确良织成白色,留下一路留恋的山歌,期待下一次坳会……

正当强生失望之时,一个人叫了他一声:"强生,怎么跑到这里来了?"强生愣了几秒钟后才想起是高中同学,但一时想不起叫什么名字了,笑了笑说:"来赶坳,今天不是赶天堂坳吗?"

"是是是,还早得很哩!"尽管强生记不起同学的名字了,但同学仍旧很热情,要他到政府吃了中饭再回去。强生这才知道,同学是政府的官员。稍后从身旁的人群中了解到,他是天堂乡的乡长。记忆深处,强生真的想不起他们一起同学的时光了。

当乡长的同学告诉强生,政府张贴了告示,等会儿县里"六下乡"的也要来。"'六下乡'?以前不只是有'三下乡'吗?"

"现在还有计生、政策、理论多着呢!"

考虑到县里来那么多部门,乡长同学比较忙,强生推辞说:"你忙你的,我随便走走。"乡长同学转过头去忙他的了,但仍叮嘱强生一定要到乡政府去吃中饭。

中午十二点,强生的乡长同学站在舞台车上宣布活动开始,先是乡党委书记讲话,还有县里领导讲话。一系列讲话之后,县文工团的演出才开始。看戏的村民们不是看表演水平的高低、节目排得好不好,他们看的是哪个姑娘长得好,哪个小伙长得帅。就这样,一台个把小时的节目演完了,人们还围在那不肯离去。

在一株大树下,几个养画眉鸟的人在那儿谈着生意,一只画眉鸟最高价出到了八千,可鸟主还舍不得卖。有的在旁边冲干壳子,要鸟主放出来打一架试试。鸟主没有上当,没肯放出来打架。八千元一只小小的画眉鸟,其实,鸟主早想卖了,故意在那儿犹豫,怕答应得干脆了,买主看出什么破绽不肯要。

一丘荒芜的稻田里,一圈人在那儿看斗鸡打架,那是窖了彩的,都希望自己买彩的那只能赢。在那干号,场面有些混乱,又引得一些人去围观。

"怎么没人唱山歌?"强生问乡长同学。乡长同学说,政府每年都要举办"法制山歌赛""计生山歌赛""环保山歌赛"等各种形式的山歌大赛。但没有强生他们想象的那么踊跃,而且参赛选手年龄普遍偏大,像这种没有比赛,唱情歌的少了。

"主要是哪些人还在唱?"

"年轻人纷纷外出打工,后继无人。还有就是西洋文化、流行音乐正在渗透、取代传统文化,使唱山歌的年轻人越来越少。最主要的是以前山歌作为生产、生活的交流手段,在现代社会缺乏了存在的土壤,只剩些中老年人唱着玩了。"

强生有些忧伤地说:"现在很多年轻人都不会唱,或者说根本不愿意唱,也许有一天,没人再会唱山歌了。"

乡长同学神色暗淡地说:"很担忧啊!我们的山歌文化内涵丰富,却越来越少的人在传承。我们的生活水平在不断提高,但我们自己的文化在不断地流失,这是很令人痛心的一件事。"

强生说:"你当乡长的能看到这一点是好事,出台一个措施抓一抓。"

"随着国家和各级地方政府对原生态文化越来越重视,投入和宣传不断加大,我相信会有越来越多的人,特别是年轻人来关注和传承我们的民族文化。"

强生点了点头说:"但愿如此。"

往回走时，他们路过一个小溪边，听到了山歌声：

　　在世为人要根本，
　　结交朋友要做两人一条心；
　　五行八字命注定，
　　红尘世界为妹只爱哥一人。
　　……

一位瘦小的女孩蹲在溪边，边洗衣边唱，她麻利地搓衣服，不时用手指撩开前额遮蔽双眸的刘海。小女孩说，爸爸妈妈都打工去了，她和爷爷、奶奶在家，这歌是爷爷教她的。

9

强生在天井寨待了一个星期，这是他离开天井寨去上大学后，回天井寨待得最久的一次。他们要返回省城去了，虽然这里是生他养他的胞衣地，但现在却无法让他在这里久待，事务缠身，金太阳夜总会那里离不开他。

强生虽然熟悉这里的山山水水，但却适应不了了，特别是儿子朋朋，双脚上长出了许多水泡。钱列为怀疑是被子没洗干净，但换了新被子还是没有效果。用盐水给他洗也没有效果。村民们说，那是野草释放的一种毒气，小孩子的皮肤嫩，适应不了。强生说："我在这里出生长大一点事也没有。"村民们却说："那是适应了。"强生说："我能适应，我的崽却不能适应？"村民们无话回答。

钱列为没有挽留他们，而是催他们快点走，快点到省城去，快点带朋朋到医院去看脚上的水泡。

正当要离开村子的时候，遇到了县法院的来开庭。听说县法院在村委会开庭，许多人堆在那儿看热闹。强生也滞留了一会儿，他猜想可能是现在上级部门在转变工作作风，方便人民群众吧。到村子里来开庭，还可起到宣传教育的作用。如果他还在电视台工作的话，新闻标题应该是"用身边人说身边事"吧，不知道跟着来的电视台那小子怎么个报道法。但也只是猜猜罢了，这已不关他的事。

"法庭"很简易，设在村委会门口，桌子上放着一个蓝色塑料牌子，牌子上印有两个白字"法庭"。法官身后的墙上挂着一面国徽。"法庭"后面的椅子上坐着两个人，一个是制服男人，他是法官；另一位是制服女人，正拿笔记着什么，看样子像是书记员。

　　"为何要挂了国徽才叫法庭呢？"强生给法官递了一支烟。法官笑了笑没有回答。身旁的钱列坤倒是给出了答案，钱列坤说："我们搞什么祭拜仪式的时候，不是也要摆个猪头、雄鸡什么的，道理可能是一样的吧！"强生想笑但忍住了，觉得这么严肃的事情不能用这么庸俗的比喻。但两个法官听到这样的解释反而哈哈地大笑起来，说他们这样的流动法庭到过很多地方，还是第一次听到这样的解释。

　　"法庭"前面，明炳一脸愁苦地蹲着，半截燃着的烟沾在他焦黄的嘴唇上。他的身边依偎着一男一女两个孩子，小的五六岁的样子，大的七八岁。按辈分，强生该叫他大哥炳，他们已是五服外的旁系亲戚。

　　另一个也是男人。头发往后梳得光光的，很整齐。穿着西装，打着银色领带，右手拿着手包。看了一会儿才明白，他是从大城市来的律师——女方的代理人。

　　在院落的旁边，站了六七个七八十岁的老太婆，她们一辈子不知道什么叫法庭，也不知道什么叫官司，对法庭上讲什么不关心。她们在那儿小声地议论着牛肚子的事，也许是受到法庭的影响，她们才想起这事吧。

　　牛肚子是强生的发小，只读过小学，在深圳一家服装厂的食堂当厨师，只有一米四的个头，但拳脚灵敏，打起架来动作快，不知怎么的就迷住了家住河南郑州的一个大学毕业的漂亮女孩。牛肚子后来参加走私被判了八年刑，女孩未婚先孕怀着他的孩子，跋涉千里找到天井寨生下儿子，并在天井寨等牛肚子刑满释放。牛肚子还没有放出来，天井寨的贫瘠和陌生就已摧毁了女孩的执着。女孩留下那个没见过爹的儿子，回到了南方的城市。

　　那律师不像电视中的律师那么口若悬河、盛气凌人，他半弯下腰，拍拍蹲在地上的明炳，说："老炳，话都到这个分上了，该说的都说了……签了吧！"

　　法官竟然也跟着说："老炳，这样的条件也不错，拖着也没什么意思了，签了吧！"

明炳蹲在地上说："她为什么不回来？有话当面讲啊，莫非我会吃了她！"

律师紧接着说："是，吴晓云不敢回来见你，她有愧，没脸见你和孩子！还说，请你和孩子原谅她。"

明炳猛地站起来，又蹲了下去说："怎么？把名都改了，她叫吴仙妹。改了名莫过就能漂亮起来？呸！不回来我就是不签！"

律师愣了一下，马上回过神来，说："对对对，吴仙妹，吴仙妹。老炳啊，你提的条件她都答应了，你还有什么说的呢？如果她能回来肯定回来，还用得着请我这个律师吗？退一万步讲，就是你留住了人，未必留得住人的心，还是签了吧！唉——"长长的一声唉，感叹这个世界很无奈，又像是在哄孩子。

明炳眼一红，说："我签不签有什么要紧？就是怎么向孩子交代？"明炳站了起来。

律师轻言细语地说道："那你，对不对……孩子的妈永远是妈，今后等孩子长大了可以去找他妈啊！再说了，这些年来，吴晓云，哦对了，吴仙妹也没少给家里寄钱啊，家里建了二层楼房，如果吴仙妹不寄钱，你建得起来吗？离婚你提出要孩子的抚养费，吴仙妹没说二话；你讲十万就十万，也算是有情有义了吧？你想怎么办啊？法官也在这，人家说判就判，判下来你还得不到那么多呢！"

明炳仍恨恨地说道："为什么她不回来？不回来见见孩子？"

强生觉得，法庭都搬到村子里来了，也算服务到家了。只是家家有本难念的经，清官难断家务事呀！

第九章

1

强生上小学一年级那一年，没事时喜欢到知青点去玩，因为他爹钱列为被抽到知青点做木工。知青们都喜欢逗强生。特别是曹满娥看到他特别亲热，也许是因为她家也有一个小弟弟与强生一样大小吧！

二十岁出头的知青曹满娥是人见人爱，更莫说天井寨的单身汉了。有的在心里偷偷喜欢，这按现在的说法叫暗恋；有的天天挂在嘴上说"曹满娥我喜欢你"，这种人图的是嘴巴快活。有时，村民们在打赌的时候也把曹满娥搬出来，说你如果能把这一根树扛起来，那曹满娥就会跟你在一起。可见曹满娥应该算得上天井寨的大众情人，这对她的美丽也是一种肯定。

见强生和曹满娥关系好，强生的老师铁牛托他给曹满娥送了一双高跟鞋。强生怀着对老师的无比崇敬，替他送了。大队长的儿子也要强生替他给曹满娥送一件花衣裳。大队长的儿子是退伍军人，强生看到过他穿着军装挑水，那军装是雷锋叔叔洗汽车时穿的那种，他很羡慕。后来听人讲，大队长的儿子在部队是专门喂猪的，他就不怎么佩服了，特别是大队长的老婆也在生产队的饲养场喂猪。强生心想，你跑去天远地远的地方喂猪，还不如和你妈一起喂。他觉得大队长的儿子有损军人的形象，过了两天将花衣服退了回来，说曹满娥不接受。那些没有经过强生直接就将东西送到曹满娥手里的，他知道了，会在天黑的时候用墨水瓶子装一点煤油倒在他家的棕树芯里，让他家的棕树慢慢死去。曹满娥当然不知道强生为她做了这些。

那时每个生产队有文艺宣传队，不光天井寨有，别的生产队也有。排演的主要节目是《沙家浜》《智取威虎山》《红灯记》等革命样板戏的选段。强生不懂，以为这些戏只有这么长，长大后才知道他们只演其中的一节。当然,也排练一些自编自演的小节目,比如歌舞《社会主义好》、快板书《生产队里喜事多》等。演员的服装大都是清一色的蓝青色或黄军装,舞台布景也就是一块大红布。

生产队没有通电,谈不上什么灯光音响了,条件好点的村有一盏煤气灯,就是往灯里倒煤油后,再在灯盏边的气筒里打气进去。点亮后挺亮的,和现在三百瓦的白炽灯一般。台前没有遮挡的布帘子,煤气灯挂在舞台前面,既照台上也照台下。一个节目演完了,演员走下台,报幕员上台。报幕员永远只是一句:"下面请欣赏×××!"然后下一个节目就开始了。报幕员不会多说一句话,按现在的欣赏标准,那戏没什么看头。可那个时代没有电视,也没有互联网,还是挺受欢迎的。

宣传队在本村演,也到邻村演,也到水利工地演,有的自排节目还被县里调演。到城里去演出,生产队又给工分,又还好玩,有的知青甚至还能借此机会回一次家,这是一件两全其美的事。各个生产队的都下着暗劲儿把节目排好,争取能到县里演出。

不管你有没有艺术天分,表演动作到不到位,只要长得漂亮点的大姑娘、小伙子都能上台演出。曹满娥这么漂亮的姑娘自然成了文艺宣传队里的骨干,早在学校读书的时候,曹满娥就是文艺骨干,能说会唱,本来她想报考艺校的,可是"文化大革命"一来,她的梦想就破灭了。她成了造反派广播站的播音员,成天喊"红卫兵同志们,革命造反派的战友们",然后就是"最高指示"和这个"勒令"、那个"禁令"的。

那时尽管是大集体,但为了不影响革命生产,排戏还得利用晚上。宣传队吃过晚饭就去大队部的小学排练。那时生产队还没通公路,走的是花阶路,经常有蛇、癞蛤蟆在花阶路上歇凉,挺吓人的。

强生家条件还算好,有一支手电筒,有的人家连电筒都没一支,用的还是枞膏照路。强生的大姐也是文艺骨干,与曹满娥一起演的主角,如果哪天晚上强生的大姐没空去村小排练,文艺宣传队就到他家的堂屋里来排练。到家来排练时,钱列为也会上去唱几句《智取威虎山》,唱的时候还像电影里的杨子荣那样做动作。大家都恭维他为唱得好,但他只是唱两句好玩,并没有参加宣传队的演出。

排《小二黑结婚》的时候,让铁牛演二黑,曹满娥演小琴。曹满娥不干,说:"那都是什么年代的事了,现在都'文化大革命'了,婚姻早都自己做主了。"排《红灯记》时，曹满娥演李铁梅，铁牛演李玉和。曹满娥又一想，不行不行，那铁牛不成我爹了。铁牛嬉皮笑脸地凑上来，说："行，别说演你爹，就是演你老公我也乐意。"曹满娥就当胸给了他一拳，半嗔半怪地说："去去，别跑我这儿捡便宜。"

最后商定演《白毛女》，这是那个时代特流行的舞剧。曹满娥演喜儿，铁牛演大春。大伙都说："行，铁牛演大春准行。"可排起来犯难了，那舞剧大跳、平转、前鹤式、后鹤式的，得有点真功夫。曹满娥勉强还能比画两下，铁牛一下也比画不了。铁牛说什么也不干了，说要不你跳独舞得了。曹满娥一看，跳独舞她也不是那料呀，就说连唱带比画，来那段"北风吹，扎红头绳"。铁牛乐了，说："这段行，我还得演你爹。"曹满娥就笑着朝他挥挥拳头，说："我叫你爹你愿意呵？"铁牛就笑笑低下头说："我不愿意当爹，我只愿意当你的那个！"

一来二去，俩人便有了那么一点意思。

2

那时，知青们除了劳动改造，唱革命样板戏，还有就是开群众大会。可不是什么"诉苦把冤伸"，而是在斗人。

钱列坤又被斗了，会场设在村小的操场上。靠墙并排摆着两张八仙桌，算是"主席台"，桌上放着两盏马灯，"主席台"后面坐着生产队的领导。台前立起几根毛竹，扯着白纸黑字的大幅标语，上有"批判钱列坤大会"的大字。毛竹上挂有高音喇叭，台后墙上挂着大幅毛主席像，社员呈半月形，在"主席台"前或站或坐。

仲生是民兵营长，负责整个批斗会。他大喊一声："把反革命分子钱列坤押上台来！"

五花大绑的钱列坤被持枪的两个民兵押上了主席台，他的胸前挂着牌子，牌子上写着他的姓名，还打上红叉。

仲生先是喝令"反革命分子向毛主席请罪"，钱列坤刚转过身，他身后持枪的民兵便照他的腿弯狠踹一脚，钱列坤便扑通跪下。等他口中念念有词地请完了罪，仲生便喝令他面向会场跪下。随后是仲生宣读批判稿，声音高亢，咄咄逼人，说的虽是天井寨的土话，但其气势、韵味，却颇似广播里的大批判腔。

仲生读上一段,便有嗓音洪亮的人带领群众喊口号,先是喊"无产阶级革命路线胜利万岁""战无不胜的毛泽东思想万岁",然后是喊"打倒反革命分子钱列坤""钱列坤不投降,就叫他灭亡",会场上的群众跟着振臂高呼,吼声如雷。众人每喊一句,钱列坤也跟着喊一句。

开这样的会,基本上少不了强生的爷爷。因为强生的爷爷是地主。但他年纪大了,他们对他还算文明,没有捆他。

会议结束的时候,人们看到了另一个场景——木银打拳。

木银不知跟哪个学了几个套路,样子还一招一式的,但他动作缓慢,像打太极,可那的确是散打拳。现在回想起来,如果他真的和别人打起来,他的进攻和防守都起不到任何作用。

天井寨人崇尚武术是有历史的,早在四百多年前,就出了一位武举人,至此,方圆数里的民众习武逐渐成风。

一百多年前,天井寨祖上一位太公将武术发扬光大,把所有的拳术归类提炼。相传,当时各个类别的武者经常切磋武艺,习武成风。这里的类别对决,绝不像影视作品里的血雨腥风,而讲究的是修身养性、强身健体、保家卫国。

大家继承了祖辈习武的风气,上至耄耋老人、下至牙牙学语的幼童,随便找一个人,都会有模有样比画记下。但他们掌握的只是一些庄稼汉的把式,打猎捕兽、防身,如果遇到一些武艺高的江湖人,就只有被打的份儿。

村民们日出而作日落而息,过着自给自足的生活,和平、安定,无官府山贼的骚扰,无苛捐掠夺的担心。村中最厉害的人是流泉,他先后拜过八个师傅,尤其掌握了一些修炼内功的技巧,内力也比较雄厚,他的金刚掌练到三层境界,防身杀敌都能说得过去。在这样的环境熏陶下,年轻人自然也喜欢上了武术。强生和大石也学过几招,还会后空翻。师傅教拳时先教规矩,入门口诀:学如囚人、坐如病鬼、爱国爱民,对付凶猛敌人如虎狼之师!

俗话说得好,"拳不离手,曲不离口,不练会生疏"。看到木银在打拳,几个性子急的也想表现表现。有的在谈论木银的拳还打得不到位,在指挥着:"右脚退半步,左脚退半步,左脚后退即进……"木银之所以要表现他会打拳,是因为他是随母到天井寨来的,想体现自己的实力,生怕别人欺负他。可他并不知道,看了他的表演后,大家反而知道了他的老底,觉得他水平不行。

天井寨的拳法讲究的是守,步伐不是很大,可是木银满场子跑,这是犯了大忌的。这时,正在看热闹的一条黄狗跑进打拳的场子,可能是看到木银边打拳边喊,黄狗可能认为是要打它,便扑了上去。木银猝不及防,裤脚被黄狗扯去了一大块。围观的人笑弯了腰。大家都为黄狗加油,黄狗像听得懂大家的意思一样,一退一攻,把木银搞得十分狼狈。

刚才还五花大绑被批斗的钱列坤,看到这场景,把刚才的批斗忘到了脑后,立马就来了精神,"唆——唆——"地给黄狗加油。

看热闹的仲生也与钱列坤一样,给黄狗鼓劲加油。刚才还一个批斗一个被批斗的两人,现在都站在了一个立场上。

3

知青们开始一批批回城,先前四十多人的知青点只剩下二十多人,而且这个月三五人、下个月五六人地分批回城。

铁牛和曹满娥谈恋爱的事,已经不是什么秘密。和曹满娥一起来的知青试着做曹满娥的工作:"和农村的结了婚,那不一辈子留农村?一辈子在天井寨捡红薯吃,有什么出息呀?饿不死也活不好,那得遭多大罪呀。日晒雨淋,高山上的风把嘴都要吹歪,一脸皱褶就是这样刮出来的,雪花膏也没地方买!"那些喜欢曹满娥的,更是公开反对:"你这么聪明漂亮的人,怎么能干这傻事,一辈子的事啊,可要想好了!今后能受得了,你家里也不可能同意呀!"

一天下午,知青们收工回来,邻队有照相机的一位知青给曹满娥来送照片,是他之前到天井寨来的时候照的。刚好,曹满娥不在,知青们就替她收了。出于好奇,再加上照片这东西又不是信件,装相片的信封是敞开着的,大家就从信封里抽出来看。第一张还行,是曹满娥和铁牛在村头大银杏树下照的,两个人分别站在大银杏树两旁,身体朝两边斜着,两个人的一只手都在银杏树后边藏着,是拉着还是搂着银杏树就说不清了。另一张照片挺出格,曹满娥坐在铁牛怀里,头朝上仰着,铁牛头朝下,一边搂着曹满娥,一边亲吻着她。

那时候电影里也没这镜头啊,暗恋曹满娥的知青就想,她敢照这种照片,纯粹是小资产阶级的思想在作怪。照这么出格的照片,这叫别人看见怎么解释,说你复辟资本主义你都得受着。

听到这一惊一乍的,所有知青全都围拢来了。这一看立刻炸了窝,说这叫什么照片呀,人脑袋那么大,还搂搂抱抱的,不知羞耻!这不纯是小资产阶级情调吗?这哪像咱知青干的事呀?

现在只剩下十来个知青了,该谁先回呢?自然是那些表现好的了。有的女知青知道曹满娥人缘好,在生产队受欢迎,投票的话可能占多数,生怕自己争不赢她,就说:"照这么亲密的照片可得好好反省反省了。我们到这儿来也接受贫下中农再教育五六年了,思想觉悟怎么还这么低?这明显是没有教育好,要认真写检查,还得留在农村继续改造改造!"男知青中也有存在这样心理的,马上接着说:"光检查还不行,得召开批斗会,要斗私批修,要在灵魂深处闹革命嘛!"还有人提出要把照片贴出来展览……

郭跃明及几个和曹满娥关系还不错的知青,他们在知青队里是说得上话的,见事情越闹越大,就说:"你们还有点革命立场不?接受贫下中农教育这么多年,怎么一点都不进步?这是曹满娥私人的事,照两张相算什么?虽然出点格,也没什么大影响。怎么地?你们就是嫉妒曹满娥!挑明了说吧,你们心里的小九九大家都清楚,看见没有?"说到这,郭跃明走过去把曹满娥与铁牛的合影拿到手里,然后继续说,"曹满娥要在农村扎根……不会和你们争回城的指标了,你们都把话放肚子里去吧。这事谁也不准出去说,谁要出去说,我可饶不了他!"

大家也就不再说什么了,更何况那照片被郭跃明拿着。没了证据,他们想说什么也不可能了。

那时候农民都很穷,村里的汉子要娶妻不要什么聘礼,也不要什么家电,顶多是买几套衣服、几床被子,或者是打两套家具。家具也就是三开柜、两开柜、揭柜什么的。富裕点的人家会做一铺花床,花床是用柏杨木做的,木质紧密容易雕刻花纹。更何况曹满娥不能等了,因为肚子里的孩子在一天天长大了,她得和铁牛马上举行婚礼。

迎花轿、拜天地、入洞房这种传统形式在那个特殊的时代是没有的。

结婚仪式在堂屋里举行，墙上挂一张毛主席画像，前面放一张桌子，桌上放几小碟瓜子、糖块、花生之类。新郎新娘双双对着毛主席像站立，新郎新娘穿的也是一色的绿军装，还捆着腰带。主婚人，一般是寨子里德高望重的老者。主婚人又是证婚人，他们站在桌子的一边，新郎的父母站立在桌子的另一边，新娘的父母是不能来参加女儿的婚礼的，这是习俗。亲朋好友和来看热闹的围成一圈，小孩特别来劲，跑来跑去，忙个不停。

主婚人宣布婚礼开始，由新郎新娘向毛主席像三鞠躬，这三鞠躬也对着新郎的父母和主婚人，他们也就跟着毛主席沾光了。主婚人要求新郎新娘念《毛主席语录》，新郎新娘念得津津有味，大家也听得津津有味，不敢往别的方面去想。

有的人将"连续作战与新婚燕尔"放在一起去想就想笑，但只能在心里笑，不敢笑出声来。接下来主婚人就要宣布婚礼结束了。在宣布之前，一帮小孩使劲儿往桌子跟前凑，眼睛盯着瓜子、糖块和花生。一听到宣布婚礼结束，桌上"贡品"立刻抢了个精光，这时才引来一阵狂笑。

喜宴开始，新郎新娘立刻就成了招待员，招呼亲朋好友入座喝酒吃菜、敬酒点烟，忙得不亦乐乎。酒也没有什么好酒，菜也没有什么好菜，没人讲究这些，能够坐下吃就是荣幸。

结婚图的是热闹，就是要新郎新娘开心，在天井寨有三天不分大小闹新房的习俗。如果夫妻双方都是知青就没这场面了，曹满娥是嫁到天井寨的，有这样的场面是沾了铁牛的光。天井寨在这方面的节目很多，笑话也很多。这样的事一来，长辈不像长辈，晚辈也没了规矩，怎么开心就怎么闹。只是经历"文化大革命"这样的年代，人们的嘴巴紧了很多，不敢随便乱讲。当然，也有那不怕死的，比如钱列坤，那时他腿还没瘸，还没人喊他坤瘸子。一次，钱列坤在新房的被子里藏了只麻雀，等到新郎新娘进来要睡觉的时候，一掀开被子麻雀飞出来，吓得新娘一个劲地往新郎的怀里钻。

仲生盯着曹满娥的肚子看，觉得有些不对劲，说："这个问题的话呢，我看是显怀了吧？"

李冬菊马上说："一个男子汉怎么晓得人家女人的事？莫乱讲！人家那是劳动锻炼出来了，身子骨壮实，接受贫下中贫再教育效果显著啊。你们这些当领导的有功劳！"李冬菊是钱列坤的老婆，也是一个热心人，哪家有什么事,她来帮忙都是最上心的一个。

仲生一脸坏笑地说:"这个问题的话呢,我有什么功劳,那是铁牛的功劳。"

李冬菊里里外外帮着张罗铁牛和曹满娥的婚事。那时仲生还没当支书,但在生产队里是民兵营长。李冬菊对他说话肯定是嘴巴和舌子商量着的,不敢得罪他,但又想护着曹满娥。

仲生说:"怎么别的地方不壮,只腰那儿壮呢?"听说好像怀上了,那些来喝喜酒的都朝曹满娥看。

李冬菊就说:"喝酒就好好喝酒,人家可是黄花大姑娘!"

仲生正儿八经地说:"怀了就怀了嘛,这个问题的话呢,有什么大惊小怪,证明我们天井寨的人有本事嘛!"说完,他们几个一起喝酒的哈哈地笑起来。

李冬菊也笑了,说:"快喝,拿酒把你们的嘴巴堵起来!"

几杯酒下肚,头就有些晕头转向,也就忘记了曹满娥怀还是不怀的事了,反正结了婚肯定是要生孩子的。

4

这天,曹满娥又回天井寨来看她的儿子,这已不是什么新鲜事了。曹满娥是最后一批回城的知青。许多人都担心她和铁牛会离婚,因为有好多知青和农村的结了婚,不管男方还是女方,回城后都离了。但五年来,他们一直恩恩爱爱,仍然坚守那份纯洁的爱情,没有给村里人落下口舌。

曹满娥曾要求铁牛和她一起到城里去,但铁牛舍不得他的民办老师这个工作。他说宁愿自己辛苦也不愿放弃,他在民办教师这个岗位上坚守了十多年,眼看就要转正了。

时间还早,铁牛放学还没有回来,曹满娥便开始打扫屋子。家里没有女人照料,乱糟糟的,什么都乱摆,一大堆脏衣服泡在脚盆里,如果曹满娥不回来,应该要摆到星期天,铁牛才有空洗。儿子随铁牛在村小读二年级。本来曹满娥要带儿子到城里上学的,铁牛不同意,说自家的孩子自己教,放得下心。再说了,曹满娥回城也只是在县招待所当一名普通服务员,还和父母挤在六十平方米的平房里,儿子进城既没人照顾,也没地方住。

曹满娥正在打扫院子的时候,儿子回来了。乡下的孩子没有城里的娇贵,像牛羊一样放养,早上出去晚上回来,或者说吃饱了出去饿了自己回来。儿子是一路小跑回来的,比铁牛先到,脸黑一块白一块的,裤脚处被撕开了五六寸长的一个大口子。但儿子全然不顾这些,看到妈妈在打扫院子,高兴地叫一声妈,接着说饿了。曹满娥说去热饭,儿子却说不要热。曹满娥下放这么多年,已经适应了天井寨人的生活,冷饭冷菜只要能进肚的,孩子们都能吃。儿子舀了一大碗饭,淋了点酱油便端到村头的银杏树下面去了。

村头的这棵银杏树有几百上千年了,天井寨年纪最大的老人也说自己小时候就看到这么大的银杏树长在这里了,还说几十年了就没见它长大过。银杏树从离地一米高的地方分岔成两枝,像一把巨大的弹弓插在地上一样。强生他们一大群孩子曾畅想,如果在上面安上橡皮筋,在橡皮筋里安一粒火镰岩,大家一起拉橡皮筋,可以射到那些有高鼻子黄头发人的美国去。

那时,他们经常挂到嘴边的就是打倒美帝国主义。他们就只知道一个美国,根本不知美国在什么方向,也不知离他们有多远。一天,小弟王爬到树上去寻找挂橡皮筋的地方,差点摔下来,他说:"美帝国主义太厉害,我们才有这想法,美国佬就开始反攻了,肯定是他们使了法术。"从那以后,他们就再也不敢有这想法了。小弟王还在树干上用削笔刀歪歪斜斜地刻下了"喜春我喜欢你"这几个字,虽然那时还不懂得什么叫爱情,但对一个人的喜欢和好感还是能分辨出来的。

银杏树下有凳子,那凳子的脚是钉在地上不能搬动的,有的凳子是银杏树冒出来的根。树下还摆放有几个平整的大石头,人们已把石头坐得很光滑,时间应该很久了,那石头上面用火炭子画有"打三"棋盘,被雨水冲刷过,印痕还在。银杏树大腿粗的一根枝丫上套着一根绳索,那是孩子们用来荡秋千的。树下是村民们聊天的地方,天热的时候,村民大会也放在这里开。

一到吃饭的时候,大家就自觉地聚在这里,东家长西家短地闲聊。有的碗里的菜吃光了,也懒得回家夹菜,光吃米饭;有的故意将一块肉放在碗里舍不得吃,为的是显示自己的生活过得好,有肉吃;有的本来没吃饱还要再吃一碗的,懒得回家去添,一餐饭吃个半饱也就算了。孩子们则把这儿当作玩乐的场所,有时玩过了头,忘了吃饭,摆在石头上的饭菜,被狗啊鸡啊当了美食是常事。尽管如此,孩子们并没有被鸡和狗传染过什么疾病,如野牛般快乐地成长着。

曹满娥见距离煮夜饭的时间还早,便到强生家来转转。她每次回天井寨都如此,总要带点水果、糖什么的小礼品来看强生。这次她还给强生带来了几本学习辅导资料。

强生的妈算得上是曹满娥到天井寨来结交的第一个朋友。那天,曹满娥和一大帮知青收苞谷。这活儿简单,挎个竹篮钻进苞谷地里,掰下一篮苞谷提到地边,那些男劳动力负责挑回仓库。这天的天阴沉沉的,男劳动力刚打一个来回,突然下起了大雨,大雨点子铜钱般大小,砸在苞谷叶子上噼里啪啦地响。苞谷地里根本没有地方躲雨,只一会儿,衣服就湿透了。看样子这雨一时半会儿停不了,队长在地的那一头喊了一声"收工",大家鸟兽般四散,落在后面的只剩下曹满娥,因为她没带任何遮风挡雨的工具,只得任凭雨水顺头而下,慢慢地在越来越湿滑的黄泥路上迈碎步。

突然觉得一个黑东西蒙到她的头顶,随后她的身边又靠上一个人。曹满娥抹了一把脸上的雨水才看清楚,原来一个大着肚子的妇女正把一块不大的油布分出一半披在自己的身上,让在冷风冷雨里瑟瑟发抖的她有了遮挡。这个大肚子的妇女就是强生的妈,那时她正怀着强生的二姐,不能像别的妇女那样飞跑。雨越下越大,脚下是又黏又滑的胶泥,把两只鞋沾成两个大泥疙瘩,又湿又重迈不开腿。强生妈便叫曹满娥把鞋子脱掉光着脚,她们把鞋子脱下来拎在手上,就这样互相搀扶着一步一滑地走回家。从此,曹满娥与强生妈成了好朋友。

虽然那时强生家的负担重,但农村人知足,只要能填饱肚子,什么东西都吃。再加上强生的妈会持家,还炒得一手好菜,一些别人都不吃的菜叶经她处理炒出来后,成了人人争抢的美味。曹满娥三天两头到他家蹭饭吃,强生家也不见哪天少了一餐。以至于后来,钱列为硬要送两个女儿上学,可能与曹满娥常到他家,受到她的影响有关吧。

一次,曹满娥发高烧,当时正处于给苞谷扯草的关键时期,为了不耽误农活,曹满娥一大早就跑到地里干活,最后中暑晕倒在了地里。乡亲们发现后,赶紧把她背回去救治。强生妈拿出了自己一直舍不得喝的葡萄糖，一滴滴地喂给曹满娥。为了让曹满娥尽快恢复，强生的妈还拿出家里仅有的五个鸡蛋送给她补身子。强生妈关照曹满娥的事情数不胜数，使二人结下了深厚的感情。

这回，曹满娥给强生带了一套复习资料，强生拿着高兴得一蹦一跳地去玩去了。曹满娥和强生的两个姐姐还在说体己话。

5

铁牛上课时说的话是普通话，可是村上的人说他阴阳怪气的，洋不洋土不土，才当个民办老师都这样，如果当官还了得！天井寨人说的是侗话，老的和小的听不懂汉语。当然，铁牛的普通话也不是很标准，如果说得像广播里的一样，村民们就不会这么议论了。因此，他教学时，先讲侗话，然后再讲天井寨的土话，再讲普通话。按时髦的说法叫"双语教学"，铁牛这应该叫"三语教学"了。这里的教学要比别的地方的教学任务要繁重得多，可以说那些不懂侗话的教师在天井寨是无法教书的。

就这样，经过一个学期的磨合，学生们才能用普通话和铁牛交流，但说话的语速不能快，否则学生还是听不懂。比如说"水稻"，学生们说"许稻"；"园地"，学生们说"盐地"等。

可以说，铁牛的教学是全能的，他除了教学生们语文、数学这些文化课以外，还上音乐课、体育课。铁牛不会识谱，教音乐课也不外乎街头听来的一些流行音乐，不管对不对、准不准，学生们会唱就行了。因为没有球场，更没有体育设施，体育课只是做操、赛跑、拔河、跳皮筋、跳房子等。

天井寨人不重视女孩儿的教育，认为女孩子长大了总是要嫁人的，有没有文化无所谓。认得字也是为了婆家好，跟自家没什么关系。再说，女人家干不了什么大事，只要认识"男女"两个字和布票、粮票就行了。于是铁牛就挨家挨户去做工作，其实，那些小女孩都挺想上学的，小眼巴巴地看着挺可怜的，只是家长不给交学费。

铁牛说不交学费没关系，只要来就行，强生的两个姐姐就是这样到村小去上课的。只要连续上了几天学，家长拦都拦不住。上了几天课以后，家长们觉得不好意思，都乖乖地把钱送到了学校。自家的孩子学认字，哪能让老师交钱呢！村民们其实是很懂道理的。那时一个学期，一人一块五毛钱的学费。村民不是出不起这一块五毛钱，而是觉得女孩儿天生就没必要上学。

村小只教到三年级，三年级之后要到片区学校上学，没有老师上门来做工作，大多数女孩子就不再去上学了。只有强生的两个姐姐一直读下去了。强生的爷爷说，连自己都看不起自己，别人哪还看得起你。而且强生的两个姐姐知道上学的机会来之不易，所以特别认真，学习成绩很好。

一个教室里十六位孩子分三个年级。铁牛先教一年级的六位学生生字读写，然后让他们练习；再为二年级的八位学生上数学课，并布置三道数学题后；再为三年级的两位学生上语文课。

在上《为中华之崛起而读书》这一课时，铁牛用不是很标准的普通话提问："你们长大了想干什么？"

两个学生回答："当医生！"另一个学生回答："当军人！"

这时二年级的一个女孩站起来："当老师！"铁牛没有批评她"管闲事"，问她："要当一个什么样的老师啊？"女孩说："要当一个和您一样的老师。"听到这句话，铁牛的泪水夺眶而出。

铁牛每个月只有四十元的工资，好在他就在村里，放学后还能帮家里干些农活，在家里汤汤水水吃些杂粮也能过一天。他心中只有一个信念：把学生教好，用实际行动证明自己还行！

当然，他的付出不一定能给自己带来好处。有一次期中考试，他教的二年级语文成绩比乡上中心学校的高出一大截，那位中心学校的公办教师很不服气，当着他的面说："不就是个代课教师，有什么了不起，有本事你转正给我看看！"铁牛当时委屈得流泪，但有什么办法呢，现在只有好好把书教好，争取有一天能转正。只要有机会能转正，什么委屈都能忍受。

妻子曹满娥来信说，城里现在新办的厂子多，需要很多人做事，而且工资也不会比他当民办老师少。铁牛也不是没想过，儿子如今已随妻子在县城读五年级了，他去的话，工资应该是现在的几倍，一家人还能团聚。但想着过春节时，乡中心学校的校长从极其贫乏的办公经费中挤出钱，买了五十斤大米来找他，说人的一生要做点有意义的事！做什么有意义的事他没考虑过，但校长的举动打动了他。校长也是费尽心机，为了动员代课教师能够在开学时回到学校，年前就买上礼品挨家挨户去拜年。他对铁牛说："你是土生土长的天井寨人，是支撑村小的灵魂，请你再坚持一年以作缓冲，一年之后，再派老师来。"

铁牛的心又软了，咬着牙留了下来。上个月他参加了县里中等师范学校招民办教师的考试。按国家规定，今后将彻底解决民办教师问题，只是县里民办教师转公办的方案还没出台，但这次考试很关键，如果考分过线，将被县里的中等师范学校录取，学习两年，出来就能转为公办教师。哪一位民办教师不盼着转为公家人？为这次考试，铁牛的功夫没少下，特别是数学。

考试结果出来了，他考过了。这意味着，他不久将成为一名准公办教师。多年的梦想将变为现实，别提有多高兴了。可拿到录取通知书，他兴奋的心情却陡然降了温，让他发愁的是这样一行字："入学时带如下费用：培养费4600元，公寓用品300元，住宿费1000元，书费作业本及文印费400元……共计6420元。"

读，一定要读，哪怕砸锅卖铁也要读！听到这个消息，铁牛七十岁的老父亲态度比铁牛还坚决。

曹满娥听到这个消息后，马上从城里跑到天井寨，看了那张红色的录取通知书后，激动得双手发抖："读，一定要读！"想着当初嫁给铁牛时，很多人对她的冷嘲热讽，连家人、亲戚、朋友也没一个人支持。现在好了，现在铁牛也终于成了吃国家粮的人！

父亲是父亲的想法，妻子是妻子的想法，他们的想法都没有错。可自己的家底，铁牛是很清楚的，就是砸锅卖铁也凑不起这么多钱啊！十年前起的吊脚楼如今已残破不堪，没有一件像样的家具……墙上贴的还是很久前曾经很流行的毛主席的挂像，家里唯一机械化的就是墙壁上的挂钟，还是好的——因为铁牛每天去上课还得靠它。

说实在的，十几年来屋内的情景没有发生太多变化。每天变化的就是书桌上一摞摞的学生作业本和墙上一张醒目的课程表。

早些年，有父亲撑着，铁牛的这个家还像个家，比上不足比下有余。可这几年父亲的身体差了，田地里的重活吃不消了，曹满娥也回了城，自己每个月的收入虽然增加到一百二十元了，但物价也涨了，家也就越来越不及人家了。原指望哪天自己转为公办教师就好了，哪曾想到，上面突然来这么一招，这可害苦了铁牛。

灯下，铁牛望着天花板，抽着自制的"喇叭筒"，深深地吸一口，再悠悠地吐出。那烟圈儿不断扩散，扩散，最后就同空气一样看不见摸不着了。"秋老虎"还没有走，他不紧不慢地摇着蒲扇，他这只是一种姿势，并没有带来多少凉爽……

"我打算不去读！"铁牛沉默好久终于开口了。房间里他和妻子曹满娥相向而坐。说出这句话是需要何等的勇气啊，但他说了！

铁牛把烟头掐灭，丢到那个断把的茶杯里，又静静地躺在靠椅上，思绪万千……这是人生的一个转折，如果不去读书，他就与父亲一样一辈子当农夫了，就得到黄土地上就业。他觉得被什么东西噎着胸口，摇了摇头，眼前却又蓦地浮现出学生们的脸来……

这时，全国各地的打工潮兴起，听村上打工回来的年轻妹子讲，一年少说也能搞个三四千元。

铁牛心想，一个小姑娘一个月就能挣这么多，我一个男子汉还做不到？家里完全可以富裕起来！铁牛卖掉了圈里唯一的那头肥猪，得到四百六十块钱，留下二百六十块钱给老父老母亲用，带着余下的两百元钱义无反顾地选择了南下打工。

6

铁牛坐了一天一夜的火车，到了龙岗的一个工地找到祖厚。祖厚的家就在铁牛他们乡的集市上，和铁牛是同班同学，当年两人一起当民办老师，祖厚受不了清贫，三年前离开民办教师队伍到龙岗打工，现在当上了包工头。祖厚带着铁牛走进工棚，指着一大片木板说："工地不比家里，随便找一地方安个窝，将就一点吧！"又突然想起什么似的说："对了，男的睡上层，下层是女的睡的。"

这个大工棚，光是木板就有篮球场那么宽，木板上面的被子东一块西一窝丢在那儿，工友们称之为"览摊铺"。工棚是用无数竹子扎成的，棚顶是石棉瓦。木板就铺在竹子捆成的架子上。下层的女同志睡的地方又用花布隔成几个小间，那是夫妻俩住的，工友们称为"蒙古包"。看来夫妻俩一起在这个工地的也有不少。祖厚说："顺便买点日用品，冲个凉先休息吧，明天再出工！"说完就自个忙去了，他是小包工头，当然有忙不完的事。

铁牛从内裤兜里掏出了一百元去买日用品。为了确保现金的存放安全，他特意在内裤上缝了个兜，将一百块钱放在内裤里，还有一百是路费和在路上的花销。他很少出门，但"财不外露，穷家富路"的道理还是明白的。

铁牛买了席子、提桶和一些洗漱用品，再回工棚时，才真正感受到什么是"脏、乱、差"。袜子味、脚气味、汗味、霉味一股脑儿扑向他的鼻孔，烂鞋子、烂袜子、破衣服、脏衣物处处映入他的眼帘。那句"在家千日好，出门时时难"的古训，立马就在脑子里闪现。如今也只能忍着了。中午下工的时候，本乡枫木寨的福培、大树湾的沅和，几个铁牛不认识的来了。福培和沅和是初中同学，听说铁牛来了，特意来看他。好多年不见，印象模糊，但讲起来还算认得，还有几个都是附近村寨的，年纪都差不多，大家一讲也就熟悉了。

在以往，铁牛吃过晚饭，要备备课，改改学生们的作业什么的。如今轻松了，什么事都不要想了，"吃饱喝足，快活到头"。加上路途的劳累，倒在床上就睡着了。

工友们最开心的时间是在晚上，三个一群，五个一堆，或赌点零钱，或喝点小酒，或侃大山，不时又欢笑一阵。十点过后，大家开始睡觉，夫妻的各自钻进自己的"蒙古包"。那些嘴巴邪恶的男子邀单身女人临时将就一下，胆小的女人没有吱声，胆大的女人回答说"来啊，我拿翻你"，就这样在一片笑声中睡去。图的就是嘴巴快活，谁也没有当真。半小时后，呼噜声此起彼伏。

第二天清早，在工地煮饭的祖厚老婆扯着嗓子喊："吃饭，出工！"听到喊声，工友们一骨碌爬了起来，洗把脸，急急走进厨房。早餐就一碗稀饭、两个馒头或是几根油条，外加一点咸菜或花生米。铁牛觉得做工吃这些可能撑不住。不是曾有人说"闲时吃稀，忙时吃干"吗，难道这工地这么闲？这东西有点像干部吃的。

据说一村民到县里去上访，见干部的早餐是一碗稀饭，心想我们老百姓都能吃上干饭了，这干部还吃稀饭，也真是太难了，自家这点小事就不麻烦领导了，就回家去了。

吃完饭，祖厚给了铁牛一把铁锹，安排他和福培一起填土。这活儿相对轻松,再说铁牛在家也经常砍柴挖土,干起来得心应手。说话间,又到中午开饭的时候了。建筑工地的生活可比农村强多了,餐餐有鱼、肉,虽说肉大都是猪头皮、鱼也是广东有名的臭鱼——塘虱鱼,但这对于过惯了苦日子的铁牛来说已经算是小康了。只是饿得快,可能是油水少又干体力活的原因吧。

  工地上一片火热,搅拌机轰隆轰隆地开着,铲石子的、铲河沙的、放水泥的、拉砂浆的、打震动棒的,各司其职。铁牛和福培用斗车把搅拌机和好的水泥浆拉到刚扎好钢筋的桩柱内。他俩先用铁皮铺好通往各桩柱的道路,然后拉着斗车来到搅拌机前。哗啦啦,开机师傅放下了一斗车砂浆,铁牛两手握着斗车扶手,身子朝前着弓箭步用力拉,拉到了桩柱旁时,转身倒推着进去。哗,砂浆注入桩柱内,接着就是震动棒嗡嗡地震动。打混凝土的砂浆得震实,要不会有蜂窝眼的。之前,铁牛看到一则报道说,一个人不小心掉到了桩柱里,立马就被水泥浆陷住了。想到这,他的腿就有些发抖,不敢想。就这样,一车车一步步地朝前拉,脚后跟一次次碰到斗车碰得生痛。耳边是搅拌机和震动棒的轰隆声,豆大的汗水往外冒,一天下来,衣服都能拧出水来。

  混凝土打完了,这算是最累的活,之后的递递砖头、铲铲砂灰,也就不难了。

  铁牛这样的民工,老板们还是非常喜欢的,不光人勤快,还会干事,干什么都井井有条,更重要的是有文化,爱动脑筋。建筑工地的活儿都是粗活儿,只要人肯使力气,没有什么不会的。不到两个月时间,铁牛不仅从祖厚那儿跳槽到了一个大老板的手下,还成了管理层人员。当然,这个管理还称不上白领,但至少不要肩挑日晒了。

  铁牛的管理其实是监工,每天拿着本子登记人头,哪个来了哪个没来,哪个迟到哪个早退。手里有了权,来求的人就多了起来,至少铁牛抽烟不要自己掏钱了,很多民工怕他乱记,都"小意思"一下。"拿人家的手短,吃人家的嘴软",铁牛自然会"看着办"的。但让他更为眼红的是工地上那位王监理。一个星期没来两次不说,每次来还打着领带、穿着西装,趾高气扬的,像当了好大官似的,那些施工的人对他还低三下四的。

  铁牛便巴结王监理,把工友们孝敬的烟啊酒啊转送给他,还时不时请他喝点小酒。久而久之,他们就成了无话不说的好朋友。一次王监理酒后吐真言，说要想像他那样当监理，得有监理证。监理证是要参加监理员资格考试才能取得的。

王监理的话深深刺痛了铁牛，他想，自己一定要努力学习通过考试。当上监理，收入就轻松了……

经过努力，铁牛最终拿到了《监理工程师资格证书》。

铁牛再次跳槽到另一个工地的时候，他便成了工程的监理员，和之前的那个王监理一样。他成了实实在在的白领，工资也由过去的两千变成了现在的四千五。当然，铁牛也不是什么也不知道的工程监理，至少他买了几本相关书籍翻了翻。那些专有名词他用心记住了，即使从没听说过，在第一次听别人说后，他也会在当天晚上翻书看看，知道个大概。

收入增加了，他特别兴奋，打电话给曹满娥，要她别上班了，说你一个月的工资还抵不上别人孝敬他的烟钱。确实，铁牛和王监理一样，只要在工地上转转，那些施工的会给他丢上两包烟，大方的会给上一整条，整条的他舍不得拆，拿到烟摊上换钱，一个月下来也有好几百元。那时工资不高，一个公办教师一个月也就四五百元，曹满娥在县城宾馆当服务员，一个月也就三四百元。如果不出事，铁牛这么混下去那将是相当不错的，可现实就是现实。他监管的那个工地出事了——一栋快封顶的十二层大楼突然垮了，还砸死了十三个人……

上级一路查下来，说是不按要求施工，撤了一批官员不说，还抓了一批组织施工的人员。铁牛是监理，有不可推卸的责任，被判有期徒刑八年。

7

曹满娥回城后，所在的县政府招待所面临很大的挑战。因为一系列私人的大酒店相继问世，给他们这个国营老店带来了生存的危机。如果这时实行转企改制，企业可能会获得很好的发展机遇。但这时这些企业既没有政策帮扶，自己又没资金。等到一大批设备一新的大酒店建成后，就没有人来住政府招待所了，他们这才急起来，但为时已晚，只有选择将其一卖了之。就这样，曹满娥在政府招待所上班的第三年下岗了。

这时，大批农民进城谋生，城里的饮食小店如雨后春笋般冒出来。要强的曹满娥下岗后开了一家米粉馆。她每天早上六点打开店铺，把能拆能装的写有"一二三四"的四块木板门拆下，生燃炉火开始一天的营业。凭着下放在天井寨时跟着婆婆学来的手艺，把锅巴粉切成长条，再把臊子、酸豆角、香菜、折耳根、花生米准备好，端一张凳子坐到门口，等那因起床晚了来不及做早餐的年轻人或懒得做早餐的年轻夫妻吃米粉，反正老年人是舍不得花钱来吃的。

老话说"有赚无赚常开店"，生意就这样经营着。过过苦日子的人知道生活的不易，曹满娥不会乱丢一丁点儿食物，卖不掉的米粉煮熟送给房东的孩子，偶尔也送一碗给逃难的叫花子，经营一个月下来，精打细算，总共赚了不到二十块钱。那时一个大学毕业生的月工资也才三十几块钱，按理说这收入也该满足了。

从铁桶厂退休的父亲对曹满娥说："交了水电房租费，你就没什么赚的了。"

曹满娥说："至少可以顾住了我的这张嘴，养活我自己。"这时，铁牛正好出事，她没想别的，只想过一天算一天。当听到铁牛的判决下来后，她的心更是凉了，八年啊，大好青春年华就这么浪费了。她没有怨恨铁牛，她知道铁牛是为了她，是为了这个家才走到这一步。但铁牛好像铁了心一样非要跟她离婚，加上家人劝说她："很多回城的都和农村的离了，何况铁牛还被关在牢里！"曹满娥就这样与铁牛离了婚。

就在铁牛与曹满娥离婚那一年，随着周围酱醋厂、烟嘴厂、豆腐厂等一系列厂子的倒闭，来她店里吃米粉的人越来越少了。加上房租、水费、电费、煤气费等一系列的开支，基本上没什么赚的了。

这时，和她一起下放在天井寨的郭跃明出现了。自从回城以来，郭跃明像是从人间蒸发了一样，几年来没看到过，这天突然冒出来了。曹满娥煮了一碗米粉给他，他三下五除二就吃掉了，像是多年没有吃过饭一样。曹满娥问他要不要再来一碗。他说随便。曹满娥又煮了一碗，郭跃明的速度放慢了一些，看样子没有刚才那样饿了。吃完后，他点燃一支烟深深地吸了一口，然后若有所思地说："你这样经营是赚不到钱的。"

曹满娥心灰意冷地说："能养活我就行了，没更大的奢望。"

郭跃明吐了一个烟圈说："你要再卖包子、油条，准赚！"

曹满娥忧忧地说："我不会做。"

郭跃明站了起来，又重重地坐了下去，说："我会！如果你早上卖包子、馒头，再加油条，很多从这里过的学生，自然就会买着边走边吃；中午再卖便饭，那些做工的会跑到你这里来。你的生意慢慢地由小变大，今后还可以在这儿开个餐馆，卖酒和炒菜。接着开个酒楼，到时自己就是老板了。"

几年不见，郭跃明瘦了，脸上冰着一层浅青，非乡村也非城镇的衣着打扮，使他成为一个标准的城市闲人，是劳动力市场上那种不受欢迎的陈旧商品。郭跃明的话可能有理，但曹满娥此时刚刚和铁牛离了婚，没有心情往那方面去想。

一晃三个月过去了。原本可以要铁牛给儿子付生活费的，可如今他还在牢里，就是杀了他也没有办法。生活不能凭着心情来，还得老老实实过下去。这天，郭跃明又幽灵般窜进曹满娥的店子。

曹满娥问他："你真会做包子、油条？"

"我几时讲过假话？"

"我请你一个月要多少工钱？"

"不要多少，给我一碗饭吃，一个地方住就行了。"当时就议定，给他净收益的百分之二十，吃住在馆子。

因为年龄相当，又是一起下放的战友，一个单身男人与一个离异女人一起开店，不消说多有不便，各种猜疑和流言蜚语也如秋风扑面，有些寒碜，又有些不自在。

郭跃明在馆子门口的墙上用红油漆刷了"米粉、油条、包子、馒头"几个黑体字，又到几个十字路口贴了宣传广告。正如他说的那样，生意一天天热闹起来。拇指粗的一根油面，经郭跃明扯拉捏拽，在油锅几个翻身，红艳艳膨胀起来，仿佛孩子的胳膊，又像棉花一样温暖。那些早上急着上班、上学的人基本上是两根油条、一碗豆浆。那些机关干部大多是一碗米粉。那些一家三口都上班的，干脆全家人到馆里来，吃完了上学的上学，上班的上班，交钱擦手，落一个干净利落。

就这样，每天黎明时分，郭跃明要起来和面热油，至夜间十二点后，才能收拾床铺躺下歇息。月底了，只拿馆子全部收入的百分之二十，有时一百元，有时两百元。生意红火，他也有拿三四百元的时候。但他若拿到三四百，曹满娥的净收入就已经猛增到两三千元以上了。在那个年代，这样的收入已不少了。曹满娥不是那种见利忘义的女人，生意好起来后，给郭跃明付的工资也已超出了规定的百分之二十，慢慢地增到百分之三十。可郭跃明却说："我说话算数的，不会多要。"

为了证明谁是主人谁是仆人，曹满娥的口气是命令式的，这为了让更多的人相信他们只是合作伙伴，而不是夫妻关系。收入开支每天都处理得清清楚楚，有时还当着客人的面结算郭跃明的工资。一天，因店面门口修路，影响通行，客人少，曹满娥正好要去喝一位朋友的乔迁喜酒。等她回来时，发现门口多了一把遮阳伞，伞下还有两张小方桌和几把胶凳子。其实，她早想买了，只是还没空。当她看到客人们在遮阳伞下慢慢品味他们的米粉时，开心地笑了。

曹满娥说："多少钱？我给你！"

郭跃明说："我有了股份就该投入。"

曹满娥说："投入也只能出百分之二十。"

郭跃明说："你已经给我加薪了，远超过了我的预期。我买一个遮阳伞，只能算是表达我的感激之情。"

最后曹满娥还是如数付清了买遮阳伞的钱，这就证明她把郭跃明当外人。如果曹满娥不给钱，就证明她答应了他的要求，委身于他，把自己的后半生押给了郭跃明。

8

曹满娥的发迹确实离不开郭跃明的帮助，特别和各路人员的交往，如果没有郭跃明的参与，那是搞不好的。那时候，税是依照法律和做人的原则，每个月底按时交的，叫包税。

当时的社会风气，凡与个体户有交往的税征人员，到个体户的馆子吃饭一律不收钱，并备有好烟好酒奉承。硬要付钱的，也只是象征性地收回成本而已。

可有一天，专管他们这一带的税务所长换成了一个光头，应该是下半年才到位的吧。光头所长是秋后才到店里来调查的，因为曹满娥他们不认识，光头所长在店里吃了三天后才暴露自己的身份，所长一项一项地给他们算账，要他们补交税款，加上罚款，一共要交一万八千多元。

就一个卖早餐的店要交这么多税，曹满娥根本算不过税务所长，只得讲好话求情了，她几乎带着哭腔说："所长，我们是返城知青，做点小本生意糊口。"

光头所长摸了摸光光的脑袋说："国家没有政策规定说知青开店可免税啊。"

按以往的套路，曹满娥买来数百元烟酒之类的，在夜间提到光头所长的家里。没想到那光头所长还是一个光明磊落的人，将送去的东西提到了门外，说："漏税加罚款一万八千元，一分不能少！必须明天交清，否则，还要加滞纳金！"

曹满娥说："我们真的困难，我返城后与农村的老公离了婚……"

"好了，"光头所长有些不耐烦地挥了挥手说，"你把你讲的这些写个材料，明天交到我办公室来吧。你亲自送来！"

光头所长的举动使曹满娥感到惘然，也使她松了一口气。第二天一大早，郭跃明将材料交给曹满娥，要她送去给光头所长。因为郭跃明对曹满娥太知根知底了，材料也就写得饱满实在。

光头所长随手把办公室的门关了，办公室里有一个长沙发，他很客气地给曹满娥倒了一杯水送过来，然后指了指沙发说："你请坐！"

他看着曹满娥露出一脸的笑："其实，不交也行！"说着将一只手搭在曹满娥的肩上，曹满娥推了他一把说："所长，你看错人了！"光头所长依然动手动脚，并说："我不会看错人的，都离了婚的人，别假正经了！"曹满娥顺势将光头所长的手咬了一口，同时举起右手抽了他一耳光："你以为个体户的女人都是贱货？！"

曹满娥顾不了那么多了，人一急起来就没那么理性了。虽然她可以选择到法庭上去告光头所长，但那中间有太多的环节。响亮的耳光，使光头所长的半边脸留下五个红指印。他像是受了天大的屈辱，一边摸着被打的脸，一边指着曹满娥，在屋里走来走去恶狠狠地说："你竟敢打我？你明天上午不把税款一分不少送过来，你走着瞧，你只要晚半个小时，我翻倍地罚，罚死你！"

曹满娥甩门离去，郭跃明就闪了进去，只听到他大声说："好，我给你翻倍。"随即就有沉闷和清脆的响声不间断地传来，还夹杂着男人哀求的哭叫。曹满娥慌忙折身回去，只见光头所长被郭跃明按在地上，满脸是郭跃明拳头和耳光的印痕。郭跃明走的时候，还不忘告诉光头所长说：

"我是刚从监狱出来的人，不怕死你就再把我送进监狱里。"

曹满娥有些替郭跃明担心，说："你是不是太过了点？"

郭跃明沉默一阵："不下死手，他会整死我们的。"

曹满娥说："我们的馆子今后还要营业呢！"

郭跃明说："正因为馆子要营业才打。"

曹满娥说："他会把馆子封掉的！"

郭跃明说："不会，他没那个胆。如果有什么事全由我郭跃明担着，没你的事。反正我坐过牢。"

曹满娥说："怎么？你坐过牢？"

郭跃明说："回城后，安排在机械厂上班，负责推销，到河南收货款，人家有钱不肯给，我就将那老板打了。牙齿打掉了五颗，肋骨断了三根。我被判了三年，真正被关了两年。我在监狱里的时候，老婆和我离婚再嫁他人了。在监狱里，我学会烧饭、炸油条、做面食、炒川菜……如果开一个饭馆，我们一定会发起米。"

曹满娥他们的馆子歇业三天，他们等着警方的传讯和税务方面的巨额罚款。然而，三天之后，曹满娥从家里走出来，得到的消息却是，光头所长骑车摔倒了，鼻青脸肿，肋骨也断了四根，住进了县医院。更令人不解的是，他出院之后，默默地调走了。上任还不到一个月又调走了，内中原因可能只有他自己最清楚。

如果郭跃明没有说明他这几年到哪里去了，曹满娥可能会对他动心，郭跃明说出来了后更加坚定了她的想法：铁牛不能像郭跃明一样，等自己从牢里出来了，老婆已改嫁他人。不就八年，只要改造得好，像郭跃明那样还能提前释放。春去秋来，光阴如斯，之前回城的五年时间不也过来了！

后来，也许怕耽误曹满娥，铁牛坚持离婚，这让曹满娥不得不重新做出选择。

9

曹满娥听了郭跃明的意见，把馆子左右两边的房子租了下来，左边的改为饭馆，除了经营米粉、油条、包子、馒头外，还炒菜承包筵席。右边的改为宾馆，以住宿为主。她还聘请了四名服务员，天井寨来娣的两个女儿喜春和迎春都被招到店里来当服务员了。

曹满娥没少关心来娣姐妹俩，特别是在生意红火后，给了喜春和迎春许多资助。曹满娥说："迎春上过职校学过会计，就负责酒店的会计吧；喜春负责采买，酒店每天的食材全部由喜春负责。"郭跃明曾提醒曹满娥："农村妹子是老实，可是把这么重要的工作交给她们，是否放得下心？"曹满娥说："老实人不放心，狡猾人更放不下心。"

扩大了经营，还得要重新申请营业执照。从理论上讲，扩大经营是壮大民营经济发展，社会是应该支持的，但在那个时候还得找关系，要领导同意才行。于是，郭跃明跑这儿跑那儿，不是没人上班，就是上班又忘带抽屉钥匙了。终于在一个月后，办完了所有手续。在一个丹桂飘香的上午，两挂万响鞭炮点燃后，一个叫老地方的酒店开业了。

按郭跃明的意见，老地方酒店开张的第一桌酒宴要请在今后工作中有牵连的工商、税务、卫生检查方面的人员。曹满娥是个实在人，说："这样影响不好，都是国家培养的公务人员，人家怎么会来？"郭跃明说由他出面去请，果然，几方面的人都给面子，连局长都来了。在此后的经营中，一路顺风顺水，全由郭跃明操持。曹满娥也没有公开声称自己是经理，就这样，俩人配合默契地经营着酒店。到了月底，曹满娥以为他会拿着业务上的开支来报账，但是没有，他只领走属于他的百分之二十的那一部分，没多拿一分钱。这又使曹满娥开始考虑，兴许可以把后半生交付于他。

这天，曹满娥主动问郭跃明："你现在不再是过去了，是不是给孩子寄点钱去？"

郭跃明冷冷地说："早不是我的孩子了。"

曹满娥说："孩子是无辜的，你不能这样。"

郭跃明反驳道："就是把钱寄去了，孩子能用吗？去给那个女人不如给我自己。"

曹满娥试探着说："你就不想再成一个家吗？"

郭跃明突然睁大眼睛："成家？和谁成？"

曹满娥沉默了一会儿，把目光搁到别处，接着说："找个农村女人吧，可以到我们店里来做事，付她最高的工资。在农村找个女人不是难事。眼下只要有钱，没有办不成的事。"她说完了，静静地看着郭跃明。

郭跃明慢慢地站了起来，把手中的烟在烟灰缸摁灭说："我想和你结婚。"说完就走出了房间，在阳台上看着远方。

曹满娥觉得郭跃明说的话不像真的，尽管她也曾有过这一念头，但一会儿又闪过了。见郭跃明进来，她问道："你是看上了我的店，还是看上了我的人？"

郭跃明冷冷地说道："店和人我都看上了！和你一起共事那么多年，对你的脾性我还是了解的。你是一个善良的人，结合我这个脾气暴躁的人，共同经营这个酒店，不出三年，保证咱俩绝对是这个城市了不得的人，会有自己的房，会有自己的车。今后你管家，我管店，我们有享不完的荣华富贵。"

窗外一丝凉风吹过，曹满娥理了理被风吹乱的头发说："我们现在不是一起在经营这个店吗？不结婚不也一样经营得好好的吗？我说郭跃明，其实，我俩不是一条道上的人。我下放天井寨那么多年，那里没有对不起我的地方，我离婚不假，但那里还有我牵挂的人，我时刻都想着那地方。而你怨恨一切，感觉整个世界都与你有仇。我的要求不高，只想过着平平淡淡的日子。我开餐馆是被逼无奈，因为我要生存。而你是要赚大钱干大事的人，你可以去找比我更好的女人。城市这么大，年轻、漂亮、有大把钱的女人多得是！"

曹满娥说话的时候，郭跃明一直站着不动，双手撑着腰板挺直，似乎在人面前弯久了直起来就再也不愿弯下去。他扭了扭脖子，冷冷地笑了一声说："我知道现在年轻漂亮又有钱的女人有很多，你也别以为我找不到。可我眼下就只看上你，就是你曹满娥经理！"

曹满娥同郭跃明在婚姻上的谈判，最终结果不言而喻。这也导致他们经营上必须分手。从此以后，郭跃明开始迷上了彩票。这时，福利彩票、体育彩票等各种彩票应运而生。每天他总要买上十块钱的，十块钱是一个工人一天的工资。只要一有空，他便开始研究。

有一天晚上，郭跃明手舞足蹈地跑回店里，说要请客，请店里所有员工的客。很少有笑容的郭跃明今天笑弯了腰。原因是他买福利彩票中了二十万元大奖。大家玩得很高兴，吃饭吃到深夜两点，吃得几个员工都要喝苏打水助消化了。

第二天，晌午还没看到郭跃明来。这不是他的风格，是不是他……曹满娥不敢往下想。她派了一名员工去他住处找，发现房子里没人。到哪去了？那时没有手机，也没有 BP 机，要找人只能派人去找，可找来找去，郭跃明自己找到店里来了。他到店里把一纸合同拍在桌上说："我不能再协助你了，我有我自己的事业了。"那纸合同就是他刚签订的。他用买彩票中奖得来的钱，买下了飞云商场。

"什么？"郭跃明这一突如其来的举动让曹满娥有些不能接受。

见曹满娥这样，郭跃明接着说："有什么事我还是可以来帮忙，只是我也有自己的事业了。"

事到如今，曹满娥也没什么办法。如果当初和郭跃明结了婚，也许又是一种活法，如今"天要下雨娘要嫁人"，只能由他去了。曹满娥说："我这里也不是什么宝地，只希望你生意大了不要吃了我。"

"你放心，我不会开酒店的。"

在一个晴朗的早晨，那个叫飞云商场的百货店正式更名为飞云超市，并且挂牌营业，在这个城市超市还是第一家，这也意味着郭跃明与曹满娥正式分手。

10

曹满娥心里明白，酒店得有一个人来帮她，她一个人是支撑不下去的，单单应酬执法部门各方面的检查她都受不了，就莫说酒店的经营了。

这时，一个叫李嘉元的男人走进了她的视野。他在乡下有一个金矿，时不时来他们酒店住宿，不抽烟不喝酒，戴着一个无框眼镜，看上去斯斯文文的，很有学养。待在酒店时，大部分时间都在房间里看书写作。

曹满娥了解到，李嘉元是一位美籍华人，还是一位作家。据说，因为他妻子嫌他穷和他离了婚，他才下决心转向从事实业来湘西开采金矿的，他骨子里还有着文人的骨气，舍不得放弃作家梦。

曹满娥是受到美籍这个头衔吸引，无形中就产生了好感。那年头，大陆女子都想嫁到国外去，曹满娥心想，虽然嫁不了外国人，嫁个美籍华人也不错啊。更何况李嘉元的长相也不差，真正和一个外国人待在一起可能她还不愿意。李嘉元是属于那种生活自理能力一塌糊涂的人，生活过得不成样子。按他的理论，一个女人能把一个酒店办成这样，弄好一个家那是再简单不过了。就这样，曹满娥与李嘉元走在一起了。

曹满娥万万没有想到，快五十岁的自己还会怀孕，难怪天井寨人常说，"四十八生个满娃娃"，老话真的一点不错。曹满娥有些怀疑，心想每次都采取了避孕措施，怎么还会怀上呢？但诊断书上写得明明白白，不会有误。

要了孩子，对曹满娥这样的大龄产妇来说对身体是有影响的，不然与李嘉元的婚姻可能难走到头。她就在这样的犹犹豫豫之中度过了十一天，第十二天的早上，李嘉元一瘸一拐地回来了。

曹满娥睁着大眼睛问："你怎么了？"

李嘉元淡淡地说："遇上了一场官司，差点被别人打死。"曹满娥急忙倒水给李嘉元洗脸，并追问是怎么回事。

李嘉元说："在社会上遇到了一点麻烦，现在公安正在全力处理。"

她一边给李嘉元洗伤口一边关切地说道："你该打个电话告诉我一声啊。"

李嘉元说："店里一摊子事，告诉了你，你也不能走开，反正我有助手帮我。"

曹满娥说："那是另一回事。"她依在李嘉元身边，"我想告诉你一个好消息。"

李嘉元有些不以为然地说："有什么好消息？不就是生意怎么样好之类的吧？"曹满娥像小女孩一样在李嘉元的脸上亲了一下说："我怀孕了，开始我还以为是胃病……"那时候李嘉元正在洗脸，她把毛巾递给他。他接过毛巾，僵了一会儿，也不去擦脸。

曹满娥看到他的神情，没继续说下去了。李嘉元说："曹满娥，你别开这种玩笑。"

曹满娥说："真的，医生说的。"

李嘉元说："这不可能，每次我都很小心。"

曹满娥把人民医院诊断证明递给他。李嘉元看了一眼诊断单，神情凝固立在那儿，如同一尊木雕。突然用毛巾在脸上重重地搓了几下，随即丢在脸盆里，直起身来对曹满娥说："你打算咋办？"

"想听听你的意见。"

"拿掉!"

"四十多岁还能怀上,我想生下。"曹满娥态度有些坚决。

"你愿怎样就怎样吧,我可没这精力。"李嘉元说完拿上他的衣服又一瘸一拐出了门。

李嘉元的态度大出曹满娥所料,和他婚前的百依百顺判若两人。就是在他这趟出差前,还是那样体贴入微。早上起床,没等曹满娥睡醒,洗脸水倒进盆里,挤好牙膏。出门时,不是在她脸上亲吻一下,就是在床头留下一张纸条,写上令人肉麻的亲爱的什么什么,其亲热程度总使曹满娥感到是一种做作,似乎是一种佯装,或者是从西方影视节目中学的一套而已。然而话又说回来,在这样的年纪,审视再三才组织家庭的人,对家庭里的一切,自然比常人敏感,生怕因为言语有失在夫妻之间留下阴影。曹满娥也就由他亲昵罢了,看他到底能持续多久。这样一方面细心观察,一方面又自得其乐地沉溺在情爱之中。

一天晚上,李嘉元突然在曹满娥耳边长吁短叹,问他为什么,他说不为什么。再三逼问,才说湘西金矿资金有些紧张。

"需要多少资金?"

"反正我不用你酒楼的资金。"

"你这样是没有把我当成你的妻子。"

"我不能让你认为我娶你是为了你的钱。"

"我不这样认为啊!"

李嘉元说:"这是我做人的准则。"

……

11

一年前喜春和迎春到城里来,曹满娥给她姊妹俩在武装部的院子里租了个房间,既安全又方便。酒店里的水土养人,姊妹俩便渐渐丰满起来,加上女孩子天生爱打扮,越发显得漂亮。一个多月前,喜春却辞工不干了,要到省城去打工。曹满娥挽留不住,只得提醒她现在社会复杂,骗子太多,不要轻信别人。喜春说她到省城去找强生,曹满娥也就放心了。

后来,发生一件让曹满娥极其崩溃的事情,李嘉元通过非法手段转走了曹满娥酒店一百六十万元，并准备逃走。

这个时候，生气没有用，责怪也没有用，谁能帮自己？曹满娥想到了郭跃明，每次最困难的时候都是他出手帮助。当她拿起电话的时候，又犹豫了，她知道，依郭跃明的性格，李嘉元肯定是要被他打得半死的。但这样不仅解决不了问题，而且还要制造出矛盾。这时，她想到了法律，请一位律师给她出面解决。曹满娥便想到了强生，虽然他们之间少有联系，但还是互留了电话。

当曹满娥告诉强生她要和一个叫李嘉元的男人打官司时，强生突然来了精神。想着在天井寨时曹满娥的好，她的事自己肯定要出面帮忙的，哪怕自己只有一丁点儿的力量，也要尽全力去帮她。

曹满娥在电话里一字一句地重复了一遍："李是十八子李，嘉就是上面一个吉、中间两点一横、下面一个加法的加，元就是元角分的元。"强生兴奋得差点要跳起来了，说："是，正是他，他是不是在湘西开了一个金矿公司？"

曹满娥也感到奇怪，说："你怎么知道？"

强生说："这你就别管了。我明天就到你那里去。"

强生只得求助张伟，在司法界只认得他。当张伟知道强生就是被李嘉元逼得无路可走时，他带有一分江湖情意的激动，拍着胸部对强生说："你的事就是我的事，我一定尽最大努力。"

唉——事到如今，还有什么话说呢？强生只能一声叹息，特别是这个李嘉元竟然和曹满娥搞到一块儿去了，还真不敢相信。

强生没有告诉曹满娥他与李嘉元的过节，只说尽力帮她把事情办好，毕竟都曾是天井寨的人。曹满娥马上点头说："是的！"天井寨的老话讲，"坐在一块土便是一家人"。

有张伟出面，律师肯定是最好的，价格也是最优惠的。

律师三下五除二就把湘西金矿公司的股份搞了一半到曹满娥的头上，然后又协助曹满娥解除了与李嘉元的婚姻关系。考虑到金矿的股权曹满娥难以控制，便建议她降价出卖，就这样，曹满娥从湘西金矿那儿得到二百三十万元。

在强生的建议下，曹满娥又将老地方酒店两边租下来的房屋买了过来。为了使她能够更好经营，强生找到省城里他曾经的初恋孟小书。孟小书接到强生的电话时感到很惊讶:"你怎么知道我在开红门大酒楼啊?"强生说:"你孙猴子怎么能跳得出我如来佛的掌心?"

几句寒暄之后,强生给她说了正事,请她将曹满娥的老地方酒店纳入她的连锁。孟小书说:"你怎么知道我正要往县市发展连锁?"其实,这是歪打正着,但强生嘴巴不死,调侃她说:"知你者,你的初恋情人也。"

12

曹满娥的酒店并入孟小书的连锁后,起名"红门88连锁大酒店",按红门88连锁大酒店总店的要求进行装修,大门怎么做、做多大,酒店的标志是什么、怎么挂等,都有统一的要求。相当于现在的派出所、银行的门面一样,都有统一的标准。"红门88连锁大酒店"这个店名,强生开始还以为是孟小书将曹满娥的酒店纳入连锁后的一个名字,后来才知道那"88"是每个房间的价格为八十八元。

孟小书说:"这个价格在县市一级是最为可靠的,是大众消费。"

强生说:"都是这个价,是不是意味着客房的条件寒酸,建议是不是改为均价八十八元,应该有比这个低的,也应该有比这个高的,满足不同人群的消费。这是区别于大型或星级酒店的特点,还有就是连续住上多少日可送一个晚上什么的优惠。"这个建议孟小书也采纳了。

与此同时,酒店还使用了当时刚流行的酒店管理系统,既降低了管理成本,又显得比较时尚化。在硬件上达到二十四小时热水、独立卫生间等。在管理上实行了因事设岗,因岗定员,因员定酬,多劳多得,优劳优酬等管理制度。对旅客又搞了会员制,使酒店的管理进入一个全现代的模式。可以说,曹满娥不用操任何心,酒店都能照常营业。

重新开业那天很隆重,县里的几个重要领导都到场了。总经理曹满娥发表了热情洋溢的讲话,在讲话中她多次哽咽,特别是提到酒店起源于一个小粉馆的时候,她停下来擦了几次泪水。县长进行了致辞,并表示祝贺,还表示今后对该酒店予以支持。县委书记与董事长孟小书亲自为酒店揭幕,随后是八十八门礼花炮……

曹满娥还把县城几十位社会名流请来了,参加了揭牌仪式后共进晚餐。本来是不收礼金的,可是郭跃明第一个送了六千元的大礼后,场面难以控制，这一收就收了三十多万元。曹满娥不得不当着大家的面表态，这是酒店入住费用的预付款，并在今后的消费中打折。

一下子，红门88连锁大酒店在整个县城成为一个明星，在短短的半年时间里，由于准确的定位和不断创新的服务，让红门88连锁大酒店的业绩不断翻番，收入超过了县城的星级酒店。

曹满娥晚饭后喜欢一个人在酒店门口的大街上散步。每每这时，她的内心总感到辽阔的苍凉和清净。五颜六色的喧嚣，洪水一样滚滚而来，却被她七七八八的心事挡了回去。她没有心思去欣赏这闹腾的炫色街景。她总是在想，如果在天井寨，此时人们才拖着一身的疲惫，三三两两地从坡上收工回来，牛铃丁当作响，显得有些欢快，那是在享受着归家的幸福。圈里的猪儿开始咆哮，它们要吃饭了。那些顽皮的孩子还没归家，大人们站在村口，用手比作喇叭状放在嘴边喊开了："狗崽——你在哪里？回家了！""黑牛——再不回来，等下就不准进屋了！""虎壮——你在哪里？"声音传到对面的山上又折回天井寨来，使沉静的村寨异常热闹。喊的都是动物名，不知情的人还以为是在唤家畜，其实都是在喊人。怎么老想到天井寨呢？曹满娥自己也不知是怎么一回事。

曹满娥应该是这街上的土著，如果从出生来算，她已到这条街道生活了五十年。回到这条街上，从卖米粉开始，做买卖也已有十余年，回想起来，也就在转念之间。有些人也许昨天还是这条街上的主人，今天却退让到了某个角落，偷窥这条大街发迹的隐秘。或借助别人的发展也成了一个新的达贵，但这样的达贵显得有些苍白无力。周边的商户们有些耀武扬威，那都是讲外地话的，不是真正的这条街上的人，如美国移民似的新迁户、新贵人，也如当年下放到天井寨的知青一样，是外来人。如今这条街上的"外来人"越来越多了，并且慢慢地成为这座城市的主人。

这，也许就是生活；这，也许就是变迁吧！

第十章

1

金太阳摊上大事了。如果不牵涉到美籍华人,估计能摆平。可事到如今,也只能算强生他们运气差了。

刘厅长催着:"出牌,动作快点!牌反正就那样子,再怎么看也没用!"刘厅长原来是省财政厅的副厅长,今年五十八岁了,现在退居二线当巡视员,大家仍叫他刘厅长。刘厅长没事时喜欢到金太阳夜总会来玩,打点小麻将、吼两嗓子什么的,是金太阳夜总会的常客。

退居二线了,没什么事,这天上午才十点钟,刘厅长就跑到金太阳夜总会来玩。他官虽然做到正局级,但却有一口浓重的方言,似乎难融于这个城市。但他喜欢和强生他们这些平民百姓玩。当然,到金太阳夜总会这种地方来,也难免与小姐们打情骂俏的,毕竟人家官做得那么大,素质还是相当高的,也只是和她们开开玩笑,没见他做过什么见不得人的事。

小白摸出一个麻将准备打,却又放下了说:"你越催,我就越慢,急死你!"刘厅长每次来都邀小白一起玩。服务员小白学打麻将时间不是很长,有些生疏,显得笨手笨脚的。

喜春给正在打麻将的刘厅长他们端来几杯茶,说:"请喝茶!"刘厅长看了一眼喜春,眼睛一亮,问道:"你是刚来的吧?"

喜春有些不好意思地答道:"昨天才来的!"

喜春是强生介绍来的,但三哥并不知情。是否是农村人,一眼就能看得出来,黑黑的眉没有修剪过,黑里透红的脸还有几分稚嫩。如果强生把喜春的真实情况告诉三哥,可能就不会出事,但他没有说。而且喜春被打,他全然不知。

刘厅长打了一个响指,看了一眼一起打麻将的三哥说:"你还真会办事。"三哥意味深长地笑了笑,过了没几分钟,三哥喊喜春来加水,喜春乖巧地来添水。刘厅长从桌上扯起一张百元大钞扬起来说:"给,吃个红!"

喜春没有接,说:"不好意思,我不会打牌。"

三哥说:"接了!这与会不会打牌没有什么关系,吃红是看牌人的权利!"喜春怯怯地接过钱。三哥又说,"没事儿就坐在刘哥边上看他打吧!"在夜总会里是不喊行政职务的。要么喊老总,凡是来夜总会的都是叫老总;要么喊哥,大哥大哥的,叫得清甜。

喜春说:"我不会,看不懂!"

刘厅长说:"没事,我教你!"说完摸起一个两饼,在喜春面前晃了晃说,"这叫两饼,你看!"

小白有些吃醋,正好摸了个条子,放到刘厅长面前,搭了刘厅长的腔,说:"你身上不光有两饼,还有一条!"

刘厅长一边摸牌一边说:"我就打一条!"

"不是吧,是我那两饼吃你那一条!和了!"小白把牌摊在桌上说,"快交钱,说吃你的就吃你的!"

……

喜春不知他们在说些什么,傻傻地看着他们。

吃午饭的时候,三哥悄悄拉喜春到一边说话,要她陪刘厅长。先是说三千,喜春不同意;最后,三哥开价到六千,可喜春还是不肯。三哥火了:"再高的价格也就六千,你不要不知好歹!"可喜春就是不从,还一再声明,她就是一个端茶倒水的服务员,别的服务她不干,如果逼她,她就走人!

其实,这是三哥在拿刘厅长当幌子,他要搞别的勾当。强生知道刘厅长的为人的,他只是喜欢开开玩笑罢了。在他当厅长时,到金太阳来玩就没干过那方面的事,现在退下来了就更不可能。

三哥一气之下就把喜春关在夜总会包间,心想关她一夜,她可能会就范,还强制扣留了她的身份证,让她走不掉,还把她身上打得青一块紫一块的。可这喜春不但一点也不屈服,不知怎么还给外面报了信儿。

喜春的朋友,一位美籍华人到夜总会来找她,与三哥话不投机吵了起来。夜总会保安随即介入。随后,美籍华人报了警。三哥认为公安局的副局长在金太阳入有股,不会有多大事的,在那位美籍华人面前口出狂言:

"公安局长是我老弟,你能把我怎么样?"不想,这话被美籍华人录了音。确实,警察来了很给面子。美籍华人把事情经过向警察讲了一遍。警察问金太阳夜总会工作人员"是不是这么一回事",工作人员答"不是"。警察便装作若无其事的样子,让人将喜春的身份证还给了她,让她走人。很显然,警察在袒护金太阳!

可这位美籍华人却得寸进尺,纠缠着问喜春的浑身伤痕要怎么解释,为何要扣留她的身份证……

三哥火了,打了那美籍华人一耳光。美籍华人顿时就和三哥扭打起来,金太阳的三名保安一起上,美籍华人立刻就失去了知觉……当他醒来的时候,感觉有人在踢他的屁股,并说"叫你装死"。当时他因惧怕醒来再次被打,只好强忍着疼痛装昏迷。他的屁股和前胸连续被人踢了几脚后,听到最先来调查的警察说:"别在这里挡我眼睛,给我拖出门去!"最终他被拖到了马路上,好在周围有很多人在围观,使得他不至于在黑灯瞎火时被车轧死。此时,有好心人打了120急救电话。

事情发生后的第二天,公安机关取走了夜总会当时的监控。

随后,夜总会被查封,要求停业整顿。

2

三哥很快就了解到了美籍华人的情况,这位美籍华人名叫李嘉元,在湘西投资开发金矿。按他的理解,开矿的人和挑稻草过路的差不多,总会有这里扯那里拌,不可能没有问题。只有抓到李嘉元的把柄,和他交换条件,他才得对金太阳夜总会的问题松口。这样,李嘉元与金太阳夜总会的矛盾才好解决。

三哥是一个很讲体面的人,在什么场合穿什么衣讲什么话都很在意。比如和当官的人见面,或处理场面上的事,他基本上不亲自开车,还打领带穿西装,皮鞋亮得可以当镜子。一般情况下,他总是穿得松松垮垮的,冬天一件大棉衣裹着,一顶绳子帽勒在头上,全然一副老头样。夏天套个背心,穿个大裤衩,趿双拖鞋在夜总会里悠闲自得地转悠,没有一点大老板的派头。

他不知从哪弄了一台摄像机,还有一个×××电视台的台标套在话筒上。强生有些不解地看着三哥。三哥说:"你现在的身份是×××电视台的记者。"说完还递给强生一本贴有强生照片的×××电视台的记者证。强生身旁的保安接过话说:"我是你的司机。"穿着一新的三哥挥了挥手说:"一切听从我的指挥,我现在是你的助手,也是×××电视台的记者。"

经过五个多小时的艰难行驶,他们一行三人赶到了湘西,然后沿着山路走了两个多小时,来到了一个山坳间,一片白茫茫的矿石将山坳填得两个足球场那么大,靠山的那边是采矿排出来的水汇集的水池,水池边一台采矿的机器正在轰鸣着。强生看到在采矿点的周围有不少种植葡萄的棚架,有的被白色的矿石掩埋,没有被掩埋的棚架上,已经长好了的葡萄枝丫也出现了枯死。他扛起摄像机开始工作,也许是之前做过记者的原因吧,很快就进入了状态。

采矿点的工人告诉他,这些都是开金矿留下来的沙子。强生向周围村民咨询这些白色的沙地对葡萄的影响。村民告诉他,在这些沙石上重新填了土再种植作物也不能生长,可能还要采取什么措施才行。

一位村民告诉强生,这里原来是一湾水旱无忧的农田,现在因为开矿变成这样了。村民指了指裸露在那儿的沙石说:"如果遇到大风天气,灰尘满天飞,农村住的又是木房子,缝隙又大,真的叫作无处藏身啊。"他叹了口气接着说,"最近坡背那边又要设个开采点,那里可是村子的风厢口上,整天有风朝村子这边吹,如果真的开起来,整天的灰尘都朝村子里走,整个村子都无法住人,要全部搬迁。村民们闹了几次,但来开矿的人'很有势力',大家是敢怒不敢言。"

强生问:"是什么样的人这么有势力?"这位村民有所顾忌摇了摇头不愿细说,强生承诺为其身份保密后他才告诉强生,说:"是一位美籍华人,姓李。"

一位村民说:"我们不愿意把地租给他们,他们说不租就强行开挖……我们向乡里反映过很多次,没有效果后又向县里反映,但还是没用。幸好你们来采访,否则这个事情无法制止,而且还要越开越大。"

……

强生正在采访时,一位彪形大汉喘着粗气往他们这边赶来,一边赶来一边喊:"干什么?干什么?谁允许你们在这拍摄?"

强生将镜头推了出去对准这位彪形大汉时,强生的"保安"拉着他说:"三哥喊撒腿!"他们便往山下的公路上走。此时,三哥已发动车在那等着他们。彪形大汉撵来时,他们已上了车,三哥加大油门走了。

三哥一边开车一边问强生采访到了些什么,强生一一回答了。强生说:"还少了个印证材料,就是老百姓讲的非法开采。是不是非法开采得有政府方面的回应。"

三哥笑呵呵地答:"如果是正规开采,他们就不怕记者采访。"强生这才回过神来,他们是找别人的岔子,并不是电视台记者真的做新闻采访报道啊!拐过一个弯,强生发现后面有一辆越野车在追来,三哥的车速更快了。他们一会儿上高速,一会儿又下高速,越野车便被他们甩在了夜色中。

返回到省城,已是午夜,三哥说:"好好喝一杯吧,辛苦了!"

三哥很兴奋,一个劲儿地劝强生他们喝酒,一直喝到第二天早上八点。当着强生的面,他给美籍华人李嘉元打了个电话:"李老板啊!我们是不是好好谈一谈啊?"

李嘉元在电话那头十分气愤,说:"有什么好谈的?你们不坐牢,我决不罢休!"

"大家都不容易,得饶人处且饶人吧!"三哥停了几秒钟接着说,"在外面混,难免会有些闪失,请互相包容!"

李嘉元一点也不松口:"早知今日,何必当初!"

"没必要这样吧!比如,你在湘西开金矿,难道就没有一点需要关照的吗?"说完,他得意地笑了。

"哦!昨天是你们冒充×××电视台的记者哦?你们罪上加罪,我绝对不会放过你们的!"李嘉元说完便挂了电话。三哥冷笑了一声,也放下电话。明显看得出来,他没有了往日的底气。

过了两天,大概是上午十点钟的样子,强生还在睡觉,被敲门声惊醒了。他刚把门打开就被两位警察带走了。到了派出所强生才知道,是因为在湘西采访开金矿的事。强生矢口否认,最后,他们从他身上搜出那张假的×××电视台的记者证,强生不得不老实交代事情的来龙去脉。最终,强生在拘留所里待了十五天。出狱时,蓉蓉早已在外面焦急地等着了,此时的强生头发乱得像顶了个鸟窝,衣服已看不出原来的颜色,胡子拉碴,眼神呆滞，浑身上下散发着猪刚拉出来屎的味道，还冒着腾腾的热气。蓉蓉过来拉着强生的手，帮他拆掉鸟窝，闻着猪屎的味道，强生的眼泪唰地流了下来……

强生从拘留所出来，才知道三哥被刑事拘留了。虽然，兄弟们都在想法营救他，可效果不佳。

强生后来才弄明白，李嘉元的金矿公司相关证件全部齐全，同时，也是通过公开招投标的方式取得的采矿权，并不存在非法采矿。公司采矿所用的土地都是和村民们协商好的，并已经给予村民相应的补偿。有村民反映的强占耕地采矿的行为是因为现在的补偿标准比以前高了，那些村民心里不平衡。开采前公司还同相关农户协调处理好土地、麦苗补偿及采后填复问题，并签订《承包土地协议书》，因此说，李嘉元的金矿开采是合法的。

虽然给三哥请了律师，但三哥什么时候才能出来还不清楚。没了主心骨，强生他们有些不知所措。蓉蓉整天对强生指鼻子骂眼睛的，强生只能忍着。他知道，蓉蓉心里烦。遇上这样的事，谁的心情能好起来呢？夜总会被关了，他们的生活没了来源，何况还带着孩子。整天待在家里也不是个事，强生便四处找活儿。

3

在这节骨眼上，强生接到了父亲的电话，他突然感觉不对，父亲的声音怎么变得如此温柔？果然，父亲说他的左手、左脚、左半边无力。他立马就想到可能是中风。

他将父亲的一些临床迹象说给一位中医朋友听，中医朋友初步判定有可能是中风。在强生的记忆里，父亲从来都是健健康康的，虎虎生威的，以至于强生潜意识里认为父亲是永远不会生病的。强生猜想父亲应该只是得了一些老年常见病，他没有太在意，想到快要过春节了，决定过了春节再带父亲到医院去。于是，要大姐先到他的中医朋友那开了一些中药先煨给父亲喝。

春节回家，强生发现父亲比以往瘦了许多，他想着一句老话，叫"千金难买老来瘦"，又觉得是一件好事！但看着钱列为吃东西已大不如前了，他才真正感觉到父亲病得不轻。按农村的规矩，还没过正月十五都算还没过完年，不到万不得已，是不会在过年期间去医院的。强生认为父亲只是得了老年人的常见病，决定过了正月十五再到医院去。过了正月初八，强生就返回省城，打算处理一些事后再返回天井寨接父亲。哪想，才到正月十二，父亲就卧床不起了，他只得急急赶回来送父亲去医院。

县人民医院的医疗技术比县中医院的要好些，但强生选择了县中医院。不为别的，他不想在这种时候见到陈剑美。陈剑美现在是县人民医院的副院长了，她的许多同事都认得强生。钱列为曾经劝过强生，说找陈剑美可以，不为别的，今后三病两痛的时候方便就诊，而且他家所有亲戚当中没有一个是当医生的。那时，强生没想到那么多，没有想到有一天会需要陈剑美。如果那时和陈剑美结婚的话，如今父亲这事完全不用自己操心。当然，这只是他的一厢情愿，人家陈剑美并没有答应和他结婚。但现在没有后悔药吃了。

强生联系到县中医院给父亲开药的那位朋友，正好他在内科。如今人人都想长命，身体只要有丁点不适都要到医院检查，因此看病的人非常多，就好像人们都集中在这天生病似的。好在医院的朋友帮忙，使他省去了很多环节，立马就办好了住院手续，钱列为很快就住上了6号病床。从那以后，医生护士来，就直接喊："6号！"他们则急忙地回答："在这儿呢！在这儿呢！"在医生护士那里，钱列为的名字成了"6号"。每次打点滴换药时，她们都会问一句："6号，叫什么名字？"强生他们就像小学生回答老师问题似的，恭恭敬敬地回答："钱列为！"于是开始换药。

虽然有熟人帮忙，但钱列为还是得疲惫地做一系列的检查，一大早就开始做胸透、心电图、B超、CT。CT片子出来了，强生他们看不懂，问医生。年轻医生表情有些严肃，当着钱列为的面一言不发，然后开始打电话，最后联系了年纪大点的医生。年纪大点的医生也不说话，拿了片子对着光看了一两分钟，说了几个字："进一步检查。"

强生愣了，不就是脑梗死吗？有这么复杂吗？可现在不听医生的能成吗？强生突然感觉自己是那么的无助和无奈。父亲得的到底是什么病？问医生，医生讳莫如深，说要等报告单出来才能确定。好不容易熬到了下午上班，报告单出来了，直接送到钱列为的主治医生那里，强生跟着去看了。医生轻声对他说："看拍的片子，可能不大好，你要有思想准备。"

强生愣了愣问道："有这么严重吗？"然后是长久的沉默。后来走到走廊上，他心里沉甸甸的，头脑一片空白，不知怎么就突然想到了一句话："树欲静而风不止，子欲养而亲不待。"难道这句话真的会应验到自己的头上吗？他想到平时对父亲的种种言行，不耐烦、粗暴的时候多，极少主动关心，总觉得父亲身体好，里里外外一把手，根本不需要为他做什么，认为平时给父亲点钱，买几件衣服就够了。今天这一病，强生才发现父亲真的老了。如果父亲有什么……实在不敢想下去，他心痛难忍，眼眶不知道什么时候已全是泪水。整个下午强生不知做些什么，一个人闷在那儿不与任何人说话。

主治医生说："本来要做一个胃镜检查的，考虑到做这样的检查病人会很痛苦，不做了，保守治疗吧！给你父亲抽血进行化验，有一项关键指标还正常，暂时不考虑是癌症。"强生心存侥幸。医生又说："你父亲的蛋白指数有些低，补点白蛋白试试。这种药比较贵，除了癌症病人外，农村医疗是不能报销的。"强生说："不能报就自费吧。"一会儿医生反馈说，医院没有这种药，要强生到县人民医院去看看，找熟人可能买得到。县人民医院强生唯一熟悉的医生是陈剑美，还有就是和陈剑美恋爱那阵儿认识的几位陈剑美的朋友，去找她的朋友还不如直接找陈剑美。

为了父亲的身体，强生只得去求陈剑美。陈剑美是外科医生，虽然现在当了副院长，但名字还挂在科室里。陈剑美科里的同志说，陈院长只有星期一才到科室来，有事可以打她电话。

强生犹豫了一下，还是将电话拨了过去，强生说："我是钱弘裕。"

陈剑美很平静地答道："你好，有什么事？"

"我想见你一下。"

"有什么事在电话里说吧。"

"我父亲病了，想托你买两瓶白蛋白。"

陈剑美轻声道："你父亲病了？"顿了顿，接着问，"得的是什么病？"

"现在还没查清楚，只是白蛋白指数比较低。"

陈剑美又问："住在哪个科室？"

强生没有心理准备，直接说："在中医院。"如果不是受刚才情绪的影响，他会扯谎说在市里的医院。

"我们医院条件更好些。"

"先试试吧，我父亲喜欢那儿。"

陈剑美说："白蛋白紧张，我们医院的主任医生每个人每个月才有一瓶的指标，刚好我那一瓶还没用。"

强生拿到白蛋白才知道，要四百多块钱，小小一瓶只有二两的样子。而且没有关系还买不到。他很感激陈剑美，想请她吃顿饭。陈剑美没有拒绝，只是说时间紧改天吧。也许这就是拒绝，但强生总感觉陈剑美真的是很忙，没有拒绝自己的意思。

在给父亲吊白蛋白时，强生高兴地对父亲说："幸好这两瓶白蛋白是我们自己买，如果可以报销，你的病就麻烦了。"父亲问："为什么？"强生说："只有癌症病人用这种药可以报销。"钱列为听了，虽然没有说什么，但他脸上闪过的一丝欣慰还是被强生觉察到了。

先后通过陈剑美的关系买到的四瓶白蛋白都用完了，钱列为的蛋白量还是没有升上去，医生又采取了别的治疗办法。

接下来几天，只能一边打点滴，一边不安地等待蛋白升上去。强生这几天最难过了，他的心思真是百转千回。他希望父亲千万不要得不治之症。经过几天打点滴，父亲的脸上逐渐有了红晕，体重也增加了。因此，虽然担心着，但心里隐隐约约地总感到希望还在，也下意识地去排除种种不好的念头。

希望终归只是希望，现实还是现实。钱列为的蛋白指数还是升不上去。强生不得不带着父亲往省城做进一步的检查。

看着省人民医院的诊断书，强生呆了！诊断书上白纸黑字明明白白地写着"食道癌晚期"。他不相信自己的眼睛，还抱有一种侥幸心理，是误诊，是医生们搞错了，填错了化验单，一会儿他们准会跑来向自己道歉。可他们让强生失望了，一上午的时间，没有一个医护人员这样做，他们来来往往、忙忙碌碌，脸上都是郑重其事的样子，没有任何表情。

强生瘫了、傻了、呆了，他没有像电影演员那样抱头痛哭，因为此时他已万念俱灰，浑身没有一点儿力气，连迈一步和说一句话的力气都没有了。这一天，强生不吃不喝，连一口水都咽不下去。

4

　　转眼就到了清明节。"清明扫墓，中元祭祖"，这一传统习俗，天井寨人特别注重，不仅外出经商或打工的人纷纷回乡，就是定居在外地的人，只要有可能，也都要赶回来扫墓。有的还把下一代年轻人也带回来，让他们记住祖先的墓址，以便在自己走不动的时候，清明扫墓还能继续下去。

　　特别是正清明那天，家家户户扶老携幼，上山为祖先扫墓。天井寨人把墓地看成死者生活的场所，墓穴相当于房屋，坟墓如果长满了青草或者坟土流失，就相当于活人的房屋被毁坏了一样，因此必须除杂草填新土，等于是对死者房屋的修缮。扫墓往往是一族的人一起行动，因为他们有同一个祖先。一大群孩子一起登山，大一点的带着柴刀、锄头，协助大人们一起修整墓地；小一点的满山乱跑，相当于学校组织的春游。

　　清明理应是树木发青时节，可能是全球气候变暖的原因吧，清明节时树木都发了嫩叶，变绿了，漫山遍野如一泓碧波悠悠荡漾。举目观望，满眼都是绿色，都是蓬勃，都是希望。坟茔却是那么凄凉，在悠然起伏的绿色中露出孤寂的头颈。这底下躺着的就是亲人吗？多少年了，每当扫墓者站在墓碑前，脑子里就会闪现这样的疑问。去墓地的小路上堆满了枯枝败叶，证明这路少有人走。越过村子，走过田埂，浑身发热，累得气喘吁吁。

　　清明节，也是天堂里的节日，众亲人欢聚一堂，享受着儿女晚辈们给他们的礼物，他们也在以另一种形式生存着，甚至为人间的亲人祈祷祝福。鲜花、祭品、冥钱百万、碧草青青、蝴蝶飞舞……以往的供品都只是一个饭粑，一点儿煎好的豆腐，还有就是一点儿腊肉和一杯酒。现在人们生活水平提高了，供品也多了，五花八门的，连纸钱都有像人民币的样式了，也许这是对死去的亲人的哀思和敬重吧！

　　若遇上晴天，扫墓仪式结束后，大家还会不约而同地围坐在墓边，有的是预先约好了的，也有的是临时凑合的，开始饶有趣味的"野餐"，吃的喝的基本上是之前拜了先人的供品。每逢这时，村中德高望重的老人，就会向后生们讲述祖先的事迹和前辈们的创业精神，以及本姓家族的光荣历史和有趣的故事和传说。一阵风吹过，那些挂在坟茔上的纸帛便呼啦啦地飘动起来。也许，这就是先人们的笑声吧！

清明期间回老家扫墓的人比春节多，那些在春节期间没有回来的，清明节大都回来了。叔辉很高兴，儿子儿媳都回来了，看样子儿媳快要生了，大着肚子一棺坟一棺坟地作揖，祈求保佑。叔辉可能是怕儿媳伤了身子，在旁边一个劲地喊："做那么多可以了，先人们会保佑的。"

在钱家的一片墓地里，来了几位不认得的扫墓者，他们是专为牧瞎子家的先人们扫墓的。牧瞎子大半年没有归家了，据说到很远的地方做生意去了，因工作繁忙，没有时间回乡扫墓祭拜，请人代为扫墓。村人们有些看不惯，议论谩骂的不少。牧瞎子在天井寨遭不少人骂过，他无所谓，做出这些"出格"的事就更不足为奇了。

据说台湾早有这种"代为扫墓"的做法了。其实，强生对牧瞎子的做法很是敬佩的，也许哪天自己也会与他一样请人代为扫墓，所以认同他的做法。在强生看来，清明祭扫应该是精神化、内心化的，不应该体现在形式上。

古语说："凡善怕者，必身有所正，言有所规，行有所止，偶有逾矩，亦不出大格。"道家也讲："头顶三尺有神灵。"就是要人们常怀敬畏之心。因为敬畏，所以虔诚。所以，从这个意义上说，只要保有虔诚之心，无论何种形式的祭扫，人们都不应该过分指责，至少不能一棒子打死。可是天井寨人不能接受，传统不能破。

见到人们对牧瞎子的指责，钱文富说："这有什么稀奇的，人家现在还兴网上扫墓呢！"他爷爷志远听到这话，气不打一处来，骂道："你这不孝子孙，你往上扫还要往下扫啦，一点规矩都不懂。"有人便在旁边逗门子，说："你现在眼睛看得见你讲点，哪天你眼睛一闭（死了），还不是随他往上扫往下扫。"

听到别人这么一说，钱文富又来劲儿了："网上扫墓又干净又环保，像去年财狗烧纸的时候，把一片山都烧了，赔了三万多块钱，还差点坐牢。"有人在旁边补充道："判了缓刑，算起来也是坐牢了。"钱文富有些无奈地说："老家伙不同意，你有什么办法。"钱志远说："等我们这些老家伙都死完了，你们往上扫吧，扫到坡顶上去！"

第十章

5

　　强生不能看到父亲痛苦的样子，因为癌症病人在最后都是痛苦得很的！他把父亲从省城接回来后又送进了县中医院。他们都瞒着父亲，只告诉他食道里有一个疤痕，所以你吃东西噎，需要慢慢治疗。父亲对他们的话是半信半疑。

　　医生说："癌细胞已经扩散到全身了，没必要化疗。"但强生还是尽最大的努力对父亲进行吞食药物化疗，这样对身体的副作用小些。几个疗程下来，加上钱列为不吃东西，他的身体明显垮了，只是皮包骨头了。

　　钱列为很爱干净，很要面子，大小便从不在病床上，都坚持去卫生间。强生拿着卫生纸跟着他，扶着他的胳膊让他慢慢蹲下，等大便完了，强生用卫生纸给他擦干净，然后抱住腰让他站起来，再给他提裤子系住腰带。钱列为不想让强生帮他料理这些事，他有些过意不去。强生知道，自己的这种行为其实对父亲是一种侮辱，有一次强生给他擦屁股时，他竟然哭了，边哭边骂："我这是得的什么鬼病？人家住一段时间病就好了，我怎么就越来越严重呢？连上厕所都要人照顾，我怎么就这么没用呢！"

　　强生没有将真相告诉两个姐姐，两个姐姐也与父亲一样抱怨："人家几班人都出院了，爹怎么就出不了呢？"

　　钱列为喝水都越来越少了，就莫说吃东西了。他的身体越来越弱，基本上靠药物维持着。后来，似乎已经没有了丝毫的力气，坐在轮椅上就要往下滑去。再到后来，连轮椅也坐不了。大小便也不能再去厕所，整日在病床上躺着，连翻身都要人帮助了。由于吃的东西越来越少，大便次数也少了，所以形成了便秘。每次大便，都要使用开塞露才能排出一点点。瘦骨嶙峋的钱列为连屁股上也没有肉了，尾骨明显凸了出来。强生用卫生纸做成两个大大的纸团，在父亲的屁股两旁一边垫上一个，这样他的尾骨所受压力就小了，也不硌得生疼。可过不了几分钟又要翻身。

　　听说鹅血对食道癌有抑制作用，强生到农贸市场去买鹅，卖鹅的人二话不说将鹅血给留在一个保温杯里，还祝福他们说："希望你父亲早点好起来哦！"

　　"谢谢了，谢谢你们的祝福。"尽管父亲未能好转，但他们相信父亲哪一天去了天国会保佑这些好心人。钱列为还吃壁虎，据说这东西能治癌症。一天，强生给父亲开玩笑说："你吃的中药里有壁虎，那东西有毒，医生给你吃毒药。"没想到，住在隔壁床的一位退休老中医接过话说："壁虎可以治癌症。"

强生吓出了大汗，生怕父亲猜测到自己得的是癌症。没想到，父亲像没听到一样。也许，钱列为和强生他们一样，不相信自己得的是癌症。

医生每天只好大量往血管里输送营养液、白蛋白。医生说，输入营养越多，癌细胞转移生长就越快，现在已没有办法阻止癌细胞转移了。强生已经顾不得那么多了，只要钱列为不痛苦，只要他能多活一天，哪怕一小时，他们也会不惜一切代价的。

钱列为的胡子长了，头发也长了，强生买来了一把电推子给躺在床上的父亲理了个光头。事后，照顾"5号"床的一位阿姨对强生说："娃崽，你怎么给你爹在床上剃头，那样不好。"可他能有什么办法呢，父亲已不能坐起来了。强生多少懂得一些民俗，知道只有死人才在床上剃头。现在的他管不了那么多了，他知道父亲是一个无神论者，也是一个讲究面子的人，是一个需要尊严的人。他不相信给睡着的父亲剃一次头能给他带来什么不利。如果老天有眼，会被他的孝心打动，会保佑强生，也会保佑钱列为的。

由于天天输液，钱列为两条胳膊及腿上全是密密麻麻的针眼，只好再在脚脖子上扎针输液。躺在病床上的钱列为真是度日如年啊，常常自言自语："我这病还好得好不得啊，到底是怎么一回事哦？"但钱列为没有开口说要送他回老家，从这点可看出他对生命的渴望。

在钱列为病重的日子里，他的几个子女都尽了最大的努力，坚持每天给他洗脸、洗脚、擦身子。强生常常给父亲按摩，大姐从地摊上买来了一本印刷本，讲的是当年天井寨土匪的一本书，每天读给父亲听。这些故事，常常勾起钱列为的回忆，他纠正说，书中的张三应该是某某，李四应该是某某。强生发现，这时是父亲最开心的时候。

自从钱列为起不了床，他的心思都寄托在强生身上，可两个姐姐怕强生累着了，想让他晚上休息，她们陪在医院里，父亲便开口要姐姐们去睡。其实，强生相当瞌睡，只要头挨枕头就睡着了，一夜很难醒来。父亲要翻身甚至小便也没有叫醒他，为的是让他好好地睡上一觉。往往是第二天醒来，发现父亲已尿湿了裤子。

钱列为有时病得不耐烦了，一个人发着脾气："我这病到底还能不能治好？是不是癌症？"

有人来看望他，他们来时，他恰好睡着了，强生在父亲耳边轻声地叫："爹，有人来看你了。"钱列为睁开眼，看到他幼时的同学或是天井寨的乡亲，他激动万分，也忘了胳膊上还插着针管，挥着胳膊和大家打招呼："辛苦你们来看我，等我好了，一定去你们那儿玩……"

强生实在忍不住了，眼窝里有热热的泪向外涌，他急急地走出病房，长长地叹了一口气，心想：父亲，你什么时候能好啊？这世界上能有奇迹出现吗？你能绝处逢生吗？病魔能对你格外开恩吗？

天井寨除了牧瞎子外，所有的乡亲们都来看望了钱列为，这是钱列为为人的最好证明。强生问他："牧瞎子欠的钱都付了吗？"父亲点了点头轻声说："那天下午见牧瞎子回来，全村人都去了，说不付钱就把他的小车给烧了，今后钱也不要了。钱文富和几个小伙子还真的在稻草上浇了煤油准备点火。牧瞎子见状便全部付了。虽然嘴里骂骂咧咧的，但大家得了钱，不在乎他嘴上的功夫。"

钱列为渐渐预感到自己得的不是什么小病，他的情绪非常低落，终日默默无语，两眼直直地望着窗外，不知在想什么，别人和他说话，他也懒得搭腔。他的病越来越严重，说话的声音越来越小。转眼就要到八月十五，他可能感觉到了什么，晚上十点多对强生说："娃崽，送我回老家去，我这病没有药医了。"强生相信意志是最重要的，一直以来，他没有把病情的真相告诉父亲，强生猜想，父亲也可能猜到了一些。强生说："现在是晚上，要回去也要等到明天天亮啊！"

在父亲的再三要求下，八月十五前两天的上午九时八分离开了县中医院。见父亲上救护车的那一瞬间，强生哭出声来了，这是父亲生病住院以来，他当着父亲的面第一次大哭。回到天井寨，就意味着父亲在世的时间进入倒计时。在回家的救护车上，不知强生抓着父亲的手，还是父亲抓着强生的手，一路谁都没有松开。强生趴在父亲耳朵上轻声说:："爹，现在过了鱼市。""现在过了林冲。""现在过了枫木寨。""马上就要到屋了！"强生每说一处地址，他就睁开眼来看看。

强生说："爹，现在就到家了！"

"放我到火铺上，那里宽敞点。"钱列为说。按天井寨的习俗，人不能死在床上，如果死在床上，走到哪儿背上都背着一张床，就是到阴间负担也挺重。

强生说："爹，先到床上躺躺吧，你想到火铺上，我们再背你到火铺上来！"

钱列为躺到自己的床上，对来看他的乡亲们说："不行了，感谢你们来看强生。"这时，强生才告诉父亲，他得的是什么病。强生不能让父亲带着遗憾离开这个世界。听到自己的病因，钱列为只是感叹了一句："既然好不得了，你们应该早点送我回来。"他们没有满足父亲的要求，也相信任何人也满足不了这样的要求。

眼看父亲就要不行了，他们备好"落气钱"，又称"落气纸"。天井寨人把此事看得极为重要，认为人一断气就要进入阴间，冥钱要随身带走。老话说"生者无钱是孤人，死者无钱是孤鬼"，这里所要表达的意思是，死亡并不是生命的终结，而是在另一个世界的再生。所以当老人一断气，亲人马上烧落气钱，边烧边念着死者的生死年月日时和生于斯长于斯的地名，仿佛帮他去阴间报到。落气纸燃烧后的灰还要用口袋装着，等到埋葬时撒在"井坑"里。落气纸燃烧后，孝家才开始张罗丧事。钱列为是回到家当天的下午六点三十八分去世的，他离开得十分安详，享年七十六岁。

钱列为年纪过了古稀，走的是"顺头路"，称之为"白喜事"，要"热热闹闹送亡者，欢欢喜喜办丧事"。村里面比较能干、懂行，又有一些威信的能人都拢来帮忙，这是不需要请的，丧事是"今当大事"，"人死众人哀，不请自己来"。众人先是选出了内总管和外总管，他们会安排好所有的日程和后勤工作，包括酒席的操办，到出殡等。

6

钱列为走了，就是强生是千万富翁、有百万的孝心也无法挽回。唯一能做的就是请法师们来为他超度，让他早点投生。强生当即做出决定，拿出他们附近村寨的最高礼数为钱列为超度。按道师的要求，强生设孝堂、置道场、安灵位、挂挽幛，还要做斋。师父为了简化，要求买来馒头代替斋粑。因为强生妈死的时候没给她做过什么，这次也一并做了，其实也就是在灵位上多写了强生母亲的名字。

钱列为的灵柩设于中堂，经先生推定摆放三天，在时辰上占了四天，强生作为孝子是要天天坐夜的，道师们也要日日夜夜地做法事，强生也可以利用法事的间歇，简简单单地在灵堂附近的铺上睡一睡。

香烟缭绕之下，凄凉的唢呐和着哭声，不知道是受姐姐们的哭声影响，还是道人奇特的鼓乐打击感染，本来就伤心的强生情绪更加低落，心隐隐作痛。道师似乎仍不满足，沉重的鼓声震醒强生心头隐秘的情感，高尖清脆的钹声渗透五脏六腑。粗犷威猛的铙声夺人心魄之时，洪亮奔放的鼓声又来拯救，似一只友善的手欲把人从悲痛中救出来。抬头一望，灵堂悬挂的释迦、药师、弥陀、地藏、目莲、十殿阎王的画像，让强生感觉庄严肃穆，心生敬畏。目光投向灵堂外，随风飘扬的龙幡，欲挣脱绳索的束缚飞升入天，神秘诡异之感顿生。

丧事办理的高潮是钱列为停留在家中的最后一晚上。这个夜晚，是死者在家中停留的最后一夜，也是活着的人为死者送行仪式的大聚会。这一夜的一切统称为"坐夜"。坐夜，是"坐"整整的一个"夜"晚。但人们不可能全沉默地坐在那里，也不可能什么都不干地坐在那里。这一夜，通常是一个通宵的"表演"。锣鼓反复敲打着，鞭炮不时响着，丧歌不停地唱着，道师先生们不停地表演着。

坐夜的人们，大多数并不悲伤、痛苦。孝家经过亲人初逝时的深切悲痛后，到坐夜这一天也多多少少有点接受亲人去世的事实了。再加之，坐夜这一晚有许多孝家必须参与的"法事"活动，也没多少时间来悲伤了。

钱列为是土葬，那些新鲜的土，它们的颜色如煮熟的蛋黄。很快，那里将再次长满野草，牵牛花和野菊花将再次盛开，群蝶飞舞，好像一切都没有发生过。钱列为头枕青山，长眠于此。哦，爹啊，总有一天儿子会跟随你去的，可您却再也不能到儿子这里来了啊！

钱列为生病到过世，经历了八九个月的时间，蓉蓉带着儿子跟着强生陪伴钱列为走过最后的时光，这也是他们一家人团聚的时光。处理完钱列为的后事，强生有些急了，存款用了不少，几张嘴等着吃饭啊！他急忙赶回省城，处理他的事务，解决一家三口今后的生活。因为天井寨没有牵挂了，强生这一去不知何时才能回来！

钱志远还不死心他孙崽钱文富户口迁回天井寨的事，还要强生再做努力，强生只能点头，表示到省城再想办法。其实，那次他已经带着钱志远找到县公安局副局长，已亲口告诉他这事没有政策规定，不能办。钱列坤在钱列为的丧事中是最卖力的一个。

大石拿了份天井寨与邻村阳中坡山林纠纷的状子给强生，说这是集体的利益，一定要想法到上边找人，哪怕是家家户户凑钱也要把官司打赢。

强生只能承诺："强生永远是天井寨的人，你们的事就是我的事，我一定努力办好！"

三哥被判了三年，在钱列为生病时就有人打电话告诉了强生。强生没心思关心也无法关心这事。到了省城，强生第一件事是去了解金太阳的情况，只有在这里才能解决他们一家的生活问题，到了后才知道金太阳夜总会因拖欠租金，已被房东强行收回，里面的设备抵了先前欠的房租。现在，强生和蓉蓉算是一无所有了。好在蓉蓉在省城还买了一套房，要不然他们真是无安身之所。

强生看了几天晚报上的招聘启事，都高不成低不就的。没办法，他只得去找同学帮忙。人啊，遇到困难了，什么尊严啊、面子啊都无所谓了。尊严和面子都是富人的，对于穷人来说，尊严和面子当不了饭吃。再说，同学间帮忙也不是什么丢人的事。强生在省电视台的传达室坐了一上午，终于等到在这里当播音员的同学。也许这同学并没有真心想帮他，只是碍于面子体现自己的能耐，要不，怎么会让他等一上午呢？他立马就答应让强生到他的培训机构去工作。

7

青少年宫具有培训和活动两大块内容，原本是用来给少年儿童提供课外活动场所的，是公益性质的。现在许多城市都将这里搞成收费培训的场所。强生的同学就在这里开办了普通话培训班。

强生按同学提供的地址来到少年宫找老同学的主持人培训学校。少年宫里面的培训机构非常火热，招生简章和广告牌随处可见，培训种类也很多，有跆拳道、英语、数学、美术等，多达几十种，整个少年宫仿佛成了一座教学楼。

一楼和二楼的大部分教室办成幼儿园了，强生向一位老师打听普通话培训班在哪儿。老师想了半天也没有想起来，她说："这里十多间教室全是幼儿园，没有看到普通话培训班啊，你到楼上去找找。"

少年宫利用自己的教室和外来的投资者一起办学，收入按招生人数以一定比例分配。在青少年宫三至五楼，强生看到不少教室虽然挂有电子琴室、声乐室等牌子，可里面只有课桌、板凳，没有乐器。在走廊上，一些年轻老师还以为强生是来为小孩报名的，递给强生一张张培训信息资料，上面全是各种各样培训班的介绍，培训收费价格从800元到1500元不等。强生在一张培训信息栏里找到了主持人培训学校，在五楼。

他发现，在众多收费培训项目中，只有剪纸、毛笔、合唱等几种公益项目，有五间教室可供使用。强生开玩笑说："少年宫应该是免费培训，怎么全是收费的？"正在散发信息传单的一位老师说："少年宫的公益培训还在发展中。目前这块儿不是我们要做的，我们是被聘请来的，是要开工资的，不可能去做公益事业。"

强生一身正气地批评道："少年宫应全部免费向青少年开放！"散发信息传单的老师说："你不要站着说话不腰疼，我们也是没有办法的，因为我们是差额拨款的事业单位，财政只负担我们十个员工百分之七十的工资，其余的工资和场所维护费全部要靠我们自己去挣。"

他没再多嘴，快速跑向了五楼的主持人培训学校。强生知道，他没有理由指责他们，他还要依靠他们挣钱吃饭！

培训班的负责人告诉强生，要想赚人家的钱，不可能一天两天就把说普通话的玄机教给别人，得拖，拖得越久钱就得越多。再则，还要把学普通话的难度和好处先抛出来，让大学觉得想学、好学，又不是一天两天学得会的。

强生牢记负责人的话，并做好准备。上课第一天，强生先讲普通话的好处。他说："一口字正腔圆的标准普通话，能给人一种美感，给人一种无穷的享受。"接着他又说："学好普通话，说难不难，说不难还真有点儿难呢！小学一年级时，天天读a、o、e，对学好普通话极为重要，不然的话，就不能把你正确的意思通过语言表达出来。有这么一个故事，叫《乡村面馆》，说的是在一个偏僻的农村，一个游人路过，因为肚子很饿就走进这家面馆，说'有什么好吃的，快烧一点，我吃了要赶路'。可这家小面馆由于特殊原因那天不营业，所以回答说'咪'，意思是'没有'。而这个游客听成了是'面',他想,面也行,就点点头坐在那儿等了。过了好一会儿,游客不见有动静,就火了,说'面条,快,怕我不付钱吗'?店里人说本地方言'洞国咪',意思为'和你讲,没有'。客人说'冬瓜面也可以,为什么不给我去烧'?店家又说'咪就咪,吵啊咪',意思是'没有就是没有,争吵也没有'。游客说,'还有炒面,为什么不早说'?就这样,本来是很简单的几句话,后来越扯越远了。"

强生说完这个故事,大家哈哈大笑。然后,强生要大家作自我介绍,并谈谈自己对本次普通话培训有什么期望。在交流对话中,给他们纠出诸多的错误与缺陷,比如,说话时带有明显的方言语调、语速太快、口形不对、归韵不到位,导致发音存在一定的语音缺陷。强生说,要想改变现状,就必须改变说话的状态。这个环节是告诉大家,你们的普通话还存在许多问题,要坐下来好好学习。

接着,强生讲学习普通话的难度:"之所以这么说,就是让大家不要小看这个培训班,交钱来学习是值得的。"强生说,在日常生活中,许多简单的字、词都会读错,比如"因为""因而""尤其"……比如语气词"啊"的变读,再比如"挠、饶、扰"这三个字音的区别,还有关于儿化音……特别是一些送气不送气的声母,平舌和卷舌分不清楚,经常弄混,有时会把本来不送气的读成送气的,平舌的读成卷舌的……

最后,他又鼓励大家说,其实,学好普通话也不难,一是学好拼音,掌握好发音;二是多读文章,多查字典;三是借助一些多媒体软件来学习……

讲句老实话,学习普通话,没什么乐趣可言,张着嘴发言,什么前鼻音、后鼻音,什么舌尖前、舌尖后,然后到单音节字、双音节词语,再到朗读和说话练习。一天下来,使你口干舌燥,嘴巴变形,舌头打结。可是,一些学生看到电视里的主持人风光,为了能考上播音专业,还有一些老师为了过普通话二甲,好让自己的教师证稳妥,都选择来这里参加魔鬼训练。

作为老师,强生觉得这个钱好赚,他每天教一两个发音,只示范一两次,然后就要大家反复练习。几节课下来,培训班里便形成浓浓的氛围:厕所里传来"厕所"你没有读好,你的三声读得不到位;餐桌上飘来"盆子""大米""过油肉"的准确读法。

强生在播音培训班里任课虽然轻松,收入却远不如在金太阳夜总会高,而且全家只有他一个人有收入,三口人要开支,真是捉襟见肘啊!强生又想起去摆地摊,他想白天可以在播音班上课,利用晚上去摆地摊。心想,肚皮比脸皮重要,人遇到困难了,哪还顾得了那么多哦。

"骑马没有碰见亲家,骑牛却碰上亲家"。就在强生摆地摊的第一个晚上,就遇上一位学生家长。虽然是在晚上,灯光不是很亮,但人家还是认出他了,只是人家看不到他红着脸。强生也不讲什么款言了,直说现在经济上遇到困难,摆地摊多挣一点是一点。正好,这位学生家长是做动物养殖的,他手里有一个项目,如果强生愿意的话,他可以支持,该项目就是养殖猫科动物,这种动物叫三花脸。三花脸全身都是宝,市场价格很高,也好养,而且有项目资金支持。强生立马想到了他的故乡天井寨,寨子里许多人都外出打工,大片田土都荒芜了,那可是一个养殖的好地方啊!

第十一章

1

那年冬天,天井寨发生冰灾,大部分人家的水缸都冻裂了。就在这天,铁牛从牢里回到天井寨,差不多六年了,他离开时是这个样子,如今回来还是这个样子,只是吊脚楼更加陈旧和歪斜了。父亲的头发全变白了,牙齿也掉光了,脸膛深陷下去,躺在床上不停咳嗽,全靠屋坎上的李冬菊每餐送饭,要不早饿死了。

铁牛原来是不打算回来的,想着父母,还是先回来看看再继续打工。到了家才知道,母亲两年前就过世了。那时,他不能回来,但曹满娥知道后和儿子一起回来了。

大石他们只通知在城里上中学的铁牛的儿子回来看奶奶最后一眼,曹满娥还是跟着一起来了,还送了一个大大的白花圈。按天井寨的规矩,白花圈只能由儿子儿媳送,花圈的落款处写着"儿媳曹满娥敬挽"。

铁牛没有做饭,在屋子里傻站了一会儿便上床围着被子取暖。他离开的那年,黄狗只有一岁左右,如今已老了,虽然这么多年过去了,但还能认出铁牛,见到铁牛还一个劲儿地亲昵。见铁牛上了床,大黄只能坐在床前呆滞而忧伤地看着他,一动不动,像是绝望中看到希望。铁牛离开家的时候还是好端端的一个家,一个人人称羡的完整家庭,眨眼间,便妻离子散凋零破败了。

死的终归死了,去的终归去了,活的终归还要活下来了。"铁牛,你再成个家吧,找个女人烧烧饭也好。"村民们知道他回来了,三三两两地来看他,劝他找个女人把家重振起来。说实在的,铁牛也不想就这样过一辈子,他打算是要结婚的,日子还长,后半生还得好好过下去。

村民们的视野毕竟只有这么宽,见到的人也就是鼻子眼睛边几个人。想来想去,觉得村子里那个孙艳红还与铁牛有些般配,丈夫死了留下一崽一女，小铁牛十多岁。虽然，和铁牛比起来她有年龄优势，但拖着两个孩子也不是那么好嫁的。铁牛坐过牢，可他犯的事不是什么大不了的事。在天井寨人看来，只要不是杀人放火，不是抢劫偷盗，别的就不是什么事。

李冬菊就给孙艳红介绍了铁牛的情况，孙艳红嫁到天井寨那一年，铁牛正好外出打工，虽然还没见到铁牛，但知道当年最漂亮的知青愿意嫁给他，猜想肯定是不错的，她便欣然应允。李冬菊回来给铁牛说了，铁牛却说再想想。

李冬菊不知道铁牛的真实想法，心想你一个劳改犯，人家不嫌弃你就不错了，你还有什么想法。加重了口气说："就这样定了！"天井寨人实诚得有些让人难以理解，觉得婚姻和买卖一样，没有百分之百的满意，将就一点就算了。

"至少也要让我看看孙艳红是个什么模样。"

"我的话你还不信了？"李冬菊很自信，觉得孙艳红配铁牛是绝配。再说了，李冬菊是旧社会过来的人，觉得包办婚姻也没有什么不好。她和钱列坤也是包办的，不也过得好好的吗？

铁牛说："急也不急这一时吧？"

"女人家对男人都是相信的，只要你不打她不骂她就行了。都是半路上的二手货，哪还有这么多话说。"

铁牛说："毕竟是过日子，不是一天两天的事。"

"我已经给孙艳红说好了，过几天，你带她去赶个场买套新衣服，这事就可以定下来了！"李冬菊不容铁牛多说，就把这事给包办下来了。

也许都是过来人吧，铁牛和孙艳红见面没什么尴尬。他俩大大方方地一起赶场，一起进饭馆吃饭，一起买新衣。

铁牛和孙艳红的婚事，没有开始也无所谓结束。李冬菊说："铁牛是个呆子，这么年轻的孙艳红你还挑拣，你知道孙艳红存了多少钱吗？"天井寨人讨老婆不讲内心的东西，什么感情不感情无所谓，只要表面上看起来般配就行。

其实，铁牛另有想法，他不是嫌弃孙艳红，也不是性格合不来，都这么大年纪了，凑合过也就算了，但铁牛的想法别人是无法理解的。如果两人结婚了，没有自己的孩子，家庭是很难稳定的。如今，他自己的孩子随曹满娥到城里生活，今后要想儿子照顾自己，可能有些靠不住。孙艳红虽然带着一儿一女，但总感觉和自己隔一层，要她再生又不可能，一来她做绝育手术了，二来也不符合计划生育政策。如果两人没有一个小孩，这样组合在一起的家庭感觉空空的，少了一点什么似的。

当初，曹满娥并没有提出离婚，是铁牛提出的，也许就是人们常说的"爱得最深，伤得最痛"吧。铁牛觉得自己此生不能给曹满娥带来什么幸福，还不如让她自由自在的幸福，至少不能拖累她，便执意要离婚。

李冬菊说那天她去城里看眼睛，亲自看到曹满娥和人家举行婚礼，风光得很，仅山珍海味的酒宴都摆四五十桌，自己的红门大酒楼摆不下，又把隔壁的丰源路大酒店包了。凡参加婚礼的人，每个人送了一个红包，从红包的厚度来看应该是上千元的。以前下放到天井寨的那个叫郭跃明的，红包里竟有三千块钱，听说现在他当飞云商场的老板了，他曾经喜欢过曹满娥，可曹满娥看不上他，却找了个国外的……铁牛不想再听下去，说："谢谢婶冬菊的关心，我想好好睡一觉。"其实，李冬菊就是看到曹满娥结婚了，也未必知道得这么详细，肯定是添油加醋凭想象自由发挥的，为的是让铁牛死心，好重新再找一个。

三个月后的一个傍晚，红红的太阳像一个鸟蛋挂在山梁上，无论是屋檐上还是村前那棵银杏树上都痒酥酥地披着浅紫淡红。铁牛正在打扫院子，他准备第二天离开天井寨，去朋友推荐的一家广西私立学校当老师。日子总不能停留在真空里，要生活就得有生活来源，上还有近八十岁的父亲要养活，总不能让邻居长期施舍，人要活得有尊严。这时候，一个声音不知从哪儿传来，"铁牛，曹满娥回来了，你还不快去接她"。一直在那儿反复地说着。铁牛直起腰来却找不到一点影子。当他低头干活时，声音又传来了，如此反复。

铁牛将信将疑地停下手中的活东张西望之时，院子里跑进一个女人，满脸鲜红，二十五六岁的样子，脸上黑里透红，浓浓的眉毛，大大的眼睛，红色上衣，青布裤子，两条粗辫子垂在胸前。她应该走得很急，呼吸粗重，胸脯起伏。铁牛和她打招呼，她笑了笑做了一个媚眼。铁牛想起来了，是他一个学生的姐姐，是个哑巴。她比画着手势，告诉铁牛说：她爹要将她嫁给一个男人，但她不喜欢，要铁牛帮她。铁牛痴痴地看着眼前的女人，像读一本渴望已久的爱情小说，有点贪婪。

哑巴没有得到铁牛的同意就进了他的房间。和曹满娥当年一样，也是穿着红色的挽襟衣，也是青布裤子，坐在床沿上。铁牛进来，她的眼神无处躲藏，只得低下头。铁牛站在那儿不动，像看一位神仙一样，觉得自己已入人间仙境了，真是太美了。然而，这样的美是残缺的，老天太不公平了，这样的美女怎么不会说话呢？

她动手解自己的衣服，动作有些缓慢，先解脖子上的扣儿，一个一个朝下，很快就解完那排布扣子，露出乡下女人常见的红底白边的肚兜，端端正正地坐着等他过来。算起来，铁牛已经有六年没有碰过异性了，对女人的一切都已经开始陌生，甚至对那些男女之事似乎也快完全淡忘。然而就在这一刻，哑巴摆出自己的肚兜，肚兜上绣着的凤凰好像要飞起来了，现在就等着他走过去帮她把凤凰捉住。

他朝她瞟了一眼，想到的却是自己和曹满娥在一起的日日夜夜。可能是年纪大了，少了那一份冲动。他说："你别这样，我们不适合。"其实，他已如同口渴时冰水到嘴边，只等待喝下去那番模样。

她盯着他扭曲哆嗦的脸做了一个动作，表示你不收留我我就要嫁给别人了，那是一个她不喜欢的男人。

铁牛决定，和哑巴在村子里过着平平淡淡的日子，懒得理会那些人生的奔波，没什么大不了的，与其寄人篱下，倒不如在乡下了此残生。

2

日子再也简单不过了，一日三餐，只要不生病不遭灾，一年一晃就过去了。哑巴为铁牛生了一个儿子。对铁牛来说，生活又燃起希望了，他到祖厚的建筑工地谋了一份短工。

这时，祖厚已回到乡里的街上自己当包工头。有时一天有两百元的收入，少的时候也有几十元。铁牛买了辆二手摩托，早出晚归，既照顾家里又挣来收入，真是两全其美的好事啊。铁牛不是做死工作的人，凡事都爱动脑筋，慢慢地他对水泥活儿多多少少摸出些套路。他开始包下一些细小工程来做。他也不贪心，不想要赚多少钱，只要有点钱他都包，赚的钱大家平分。这样一来，揽到的活儿容易，跟他干事的人也多，不到两年时间，他就将天井寨吊脚楼旁的偏屋拆了盖成水泥的。有人建议他将吊脚楼拆了，但他不肯，他还留着。也许，那是一种情怀的象征吧。

铁牛搬新房那天，曹满娥来了。她觉得没有什么奇怪的，和铁牛不能做夫妻，还可以做朋友。曹满娥和天井寨的人相互聊天、问候，"婶冬菊你胖了，婶仙你也胖了，明炳你瘦了，叔二坤这怎么这么老了……"还是当年那口气，连称呼也没有变，都是跟铁牛在一起时的样子和大家打招呼。铁牛看见她时快走几步，可到人群边时他又收紧步伐。他想，她不是来看他的，她是来看天井寨的父老乡亲，这里是她的第二故乡，她有权利选择，包括他们一家。曹满娥给每家都带了两瓶酒、两包糖，都是双数，她一直遵守天井寨人的规矩——好事成双。

曹满娥穿着休闲的春装，朴素而大方。不仔细看还以为她随便套件衣服就来了，可仔细一看，才知道这是她刻意的打扮，从颜色的搭配到头发的修饰，都是用了一番心思的。等她和所有的人都打了招呼后，才看到铁牛。铁牛也一样，这时才看到她。彼此对望那一刻，是那样的安静，仿佛连落日的声音也能听到。片刻，铁牛先回过神来："你来了？"

曹满娥笑了笑说："我不可以来？"

铁牛说："回家洗个脸吧！"他用了个"回"字，这个家曾经是她的。

曹满娥说："没，没关系。"也许她听到了这个"回"字，心里有些紧张吧。

铁牛的砖房还没有完全收拾好，酒宴只能摆在院子里。春光明媚，在鸟雀的伴唱下饮酒，又是一种风味。那些不知内情的人，有点替铁牛鸣不平，觉得曹满娥和附近村寨的知青一样，都是女方回城后提出离婚。便故意在曹满娥的面前说奉承话："铁牛有骨气，盖出的房子就是不一般，你说是吧姐？"以前喊嫂的，现在改为喊姐了。曹满娥在院子里踱着方步，仰头看着房子，几条深纹嵌在她的额头上，尽管她留着刘海儿，但还是遮挡不住岁月的印痕。

曹满娥说："铁牛，你怎么不把老房子都拆了重建？"

铁牛没说更多的理由，只是淡淡地答："暂时不想。"

随着曹满娥进屋，屋里的人多了起来，话也多了起来。"听说你开了个可以住我们整个寨里人的大酒店？哪天我们一起去你那儿玩一回。""郭跃明的商场开展销会不，我们邀伴来买点便宜货"……这些又亲切又可笑的问话，曹满娥都很开心地一一回答。问到最后，忽然有个女人说："曹满娥，你怎么不带男人一起来？"

曹满娥平静地答:"我还是一个人。"

"听讲你嫁了个老板?"

曹满娥苦笑了一下说:"一般的朋友,不是我的什么男人。"

"应该成个家。"

"没有适合的。"

"可惜铁牛找了哑巴,其实铁牛蛮好的。"

铁牛这时为曹满娥递来一碗甜酒。这是天井寨过喜事时的规矩,进屋先要吃甜酒,然后再吃油茶,再上桌吃饭。

曹满娥接过甜酒问:"盖房欠了账吗?"

"没有!"铁牛笑了笑接着说,"不过还没完全搞好,做屋修屋慢慢来。"

"如果有困难就说一声吧!不要不好意思,毕竟我们夫妻一场。"

旁边的人替铁牛答道:"怎么没有,不好意思开口罢了。"

铁牛尴尬地笑了笑说:"真的没有。不过,我也挺惭愧的,孩子这么多年来我没出过一分钱,也没管过他,让你费心了。"

"没事,他挺听话的,学习也上进,这学期又拿到奖学金了。"

曹满娥觉得一切都是熟识的、温暖的,似乎觉得这个家就是她原来的家。特别是端上这个碗,大老远回来一次,也是值得的。

小黄,不,现在是大黄了,不知道什么时候窜到曹满娥的身边,用嘴舔她的脚,她才知道它卧在她身边。她抚摸着卧在身边的大黄,哭了,大黄也流下了老泪。这样把碗端在手里吃东西,已经六年没有过了。村旁那棵银杏树下,曹满娥端着碗和村上的妇女们一样,笑得放肆,笑得有些无所顾忌。

在城里,她除了早餐,中午和晚上两顿,不是你请我便是我请你,一个晚上要请好几次也极为正常,哪还允许你独自端着一个大碗逍遥自在地逗黄狗。

日落了,吃酒宴的人醉了,三三两两歪歪斜斜开始回家,村头一如既往地响起女人唤娃儿回家的声音。

曹满娥如今到铁牛这个家来看看可以,不能再住下了,这里已经不属于她了。她起身向大石家走去,大石的老婆李丽芳和曹满娥是好朋友,时不时李丽芳要到城里曹满娥那儿小住几日,天井寨的情况曹满娥也就知晓得一清二楚。

3

由于头天晚上多喝了几杯，到了中午十二点多铁牛还躺在床上，哑巴带着儿子玩去了。铁牛听见一声门响，还以为是她带着儿子回来了，但响过之后很长时间没动静，他这才睁开眼睛起床，发现曹满娥已经走进院子里。

午时的阳光，金灿灿的，她脸上现出了红润，一种年华方富的颜色。她看上去比实际的年龄小许多，也许这就是都市的本来特征。而乡土农村，这一点则恰恰相反。比如铁牛，一眼看去虽然不是十分老相，但绝对不会有人说他不到五十岁。最多，人家说他不算老的，和实际年龄一样。

堂屋是最神圣的地方，正堂中位的墙壁上供着祖先的牌位，这是按照辈分排的。针线筐儿永远有意无意地摆在桌上。墙上贴了老寿星的画像，里间屋里的木床床头是不朝窗的，这是天井寨人的习俗，为什么要这样，也没人能说出个道理。无论怎样，床头立的两个粮缸缸上放了板箱，床边又放了一张桌子，桌上有以备停电时用的煤油灯。这永远是天井寨人的摆设，家家一样，多年来还是一成不变。

大黄围着曹满娥转个不停，它不知道这个女人已不再是主人了，在它看来，只要在这个屋子里住过的都是主人。曹满娥轻轻地用脚晃了晃，它也跟着跑前跑后，不知那是恨还是爱。两只麻雀在墙角跳来跳去，不知道它们是不是找到吃的了，感觉很快乐的样子。

午时的阳光委实温暖得可以。铁牛的父亲坐在那儿晒太阳，他对曹满娥的来去真正是视而不见。大黄又回到老人身边坐下，把整个身子靠向老人。

铁牛说："院子里坐吧，院子里暖和些。"铁牛找来两条凳子，把一条递给曹满娥。昨天人多，他俩没好好说话，今天聊聊。再说，要到下午才有中巴进城。

铁牛先开口了，问："儿子现在怎么样？"从儿子开始说起，也是很好的突破口，也能免除许多尴尬。

曹满娥说："还好吧，他打算考研，我鼓励他考。今后大学毕业生不包分配了，就业形势也越来越紧张，没有一个研究生文凭，恐怕不好找工作。"

铁牛有些不好意思地说："也挺过意不去的，这么多年来没关心过他，对不住他，也难为你了。"

曹满娥说："过得好就行了，这么多年来，我得到好多好心人的帮助，过得还是挺好的。"

铁牛说："你的情况，李丽芳都给我说了，你也不容易啊！不过现在好了，要稳住啊！那个迎春现在怎么样了？"毕竟一个寨子的，铁牛还是很关心的。

曹满娥说："判了个缓刑，据说还和那个李嘉元在一起。"叹了一口气后接着说，"我这是引狼入室啊！"

铁牛又劝道："过去了就让他过去吧！"

哑巴哦哦地带孩子回来了。曹满娥有些不好意思地站起来，想走。铁牛说："没事的，她人哑心不哑。"哑巴经过铁牛和曹满娥的面前时，笑了笑。曹满娥接过哑巴手中的孩子抱了抱说："哦，我们一起到城里去看哥哥去！"孩子认生，哇地大哭起来。曹满娥马上还给哑巴，并从包中拿出一个红包交给哑巴说，"这是给娃崽的！"哑巴推辞一下最后还是接了。

曹满娥已经吃完一碗灰碱粑，这是她在天井寨最爱吃的食品。回到灶房盛第二碗时，听到外面有凌乱的脚步声，还有音调很高的吆喝声。灶房设在偏屋里，由于窗子小，又背向阳，屋里的亮瓦也多日不擦了，尽管是大白天的，房里还是暗淡，猛然从日光中走进来，更是看不清楚。

曹满娥从灶房盛灰碱粑出来，从铁牛身边过去，看到他初盛的一碗灰碱粑才吃了三分之一，剩余的大半碗在碗里成黏黏的一团了，她说："你怎么不吃？"铁牛说："不太想吃。"然后又说，"你喜欢带几个去吧，城里没这东西。"

就在这个时候，一个男人高亢的声音从屋顶传来："到新店的快点吃饭——车子马上就要出发了！"

曹满娥问："去新店干什么？"

铁牛说："捡茶籽。有五六天的活儿。"

曹满娥问："你也去？"

铁牛说："我去不了，哑巴一个人在家我不放心。我去街上做工，每天晚上都要回来。"

曹满娥又问："他们去一天能挣多少钱？"

铁牛说："这不一定，手脚快的一百多吧，手脚慢的几十块钱。"

……

那一天日光柔和，村落里安安静静的，满山遍野都是暖和与平淡。经营的人去经营了，下地的人下田地了，满世界都是乡土风光。立在天井寨的村头，能看见乡村青年男女手拉手地从村口的银杏树下走过，偶尔也会有都市人一般的亲吻。总之，天井寨里有乡土之气，有经营中数钱的唾液之气，更有淡淡的粉红女人的气息。

曹满娥身影由近而远，犹如秋天随风飘去的一片黄叶，慢慢消没在公路的拐角处。铁牛本想再往前面送上一程，至少送到村口的公路上，可经过那将倒未倒的知青屋的土墙时，他停住了，眼光盯着那混杂着黄色日光的曹满娥的身影。

4

铁牛与往常一样，收工后就骑着摩托车回天井寨，从集镇到天井寨也就二十华里。这几年政府加大投入，把从集镇通往天井寨的公路进行硬化，半个小时就能够到家。天天如此，早出晚归。哑巴早已做好饭菜等着他回来，有时回来晚了，哑巴会抱着儿子到村口的银杏树下等他。儿子已牙牙学语，会叫爸爸妈妈了。儿子不像他妈，会说话，铁牛打心底高兴。

可是，今天铁牛回到家时清清静静的，只有躺在床上的老父亲那偶尔的咳嗽声，才知道家里还有人在。圈里的猪因为没吃的在拱圈。铁牛先是到处找哑巴，但是都没有看到，随即跑到屋坎上去找李冬菊，以往没事时哑巴喜欢到婶冬菊家串门。李冬菊说没看到啊，今天一天都在坡上忙，没注意到她。

由于刚才有点急，这才想起父亲在家里，回家问老父亲。父亲说："他吃过饭了。"父亲糊涂了，晚饭还没吃怎么会吃过了呢。铁牛又问："哑巴到哪儿去你晓得不？"父亲说，是哑巴给他送来的饭。没办法，父亲真是老糊涂了。

哑巴去哪儿了呢？她平常不到哪儿去的，怎么说不见就不见了呢？铁牛又扩大了寻找范围，到村口孙艳红那儿问，因为出村都要经过她那儿，她有可能看到,孙艳红说没有看到。今天只有牧瞎子开着小车出村,别的没看到。铁牛马上拨通牧瞎子的电话,问他看到哑巴没。牧瞎子说他没看到,就挂电话了。

铁牛想,要走的话可能还不会走得很远,他骑着摩托车马上追到县城的火车站。县城的火车站一天只停四次车,到的时候车都已经过站了。没办法,他只得四处打听。两天过去了……五天过去了……十天过去了……一两个月过去了……无任何音讯。

好端端的一个家突遭此厄运,对铁牛来说真是当头一棒,而且这一棒还不轻。他到公安局报了案。公安局说,他们已经备案,有线索就通知他。按天井寨人的说法,这是一个遥遥无期的未知数。铁牛又到政府部门反映,回答像是统一了口径一样,说尽量想办法。

铁牛咬咬牙放出狠话,谁能为他找回儿子和哑巴,他就给谁十万块钱,提供有用线索给五万。他还将哑巴抱着儿子的照片印在纸上,在附近几个乡镇街上和电线杆上都贴了。果然,真还接到几个提供线索的电话。有人从一百多公里外的另外一个省给铁牛打来电话,说是五天前看到一个穿裙子的女人带着哑巴在一个叫羊坪的街上,铁牛便马上赶到羊坪。羊坪离天井寨五十公里,只是一个小镇,除了赶场时有人,平日里没几个人,更没什么监控可调来查看,铁牛在那转了几圈后无功而返。

与找哑巴和孩子的艰辛相比,更让铁牛寒心和伤心的是一些恶人的欺骗和恐吓。自从公布悬赏十万元的寻人启事后,打电话前来冒领线索费的"络绎不绝"。最多的一天,他接到三十多个电话,都说要把钱先寄到账户上,然后才告诉孩子的下落。虽然明明知道是骗子,但铁牛还是抱着一丝侥幸心理跟他们接触,往往他一问到哑巴和孩子的特征,对方就支支吾吾再无下文。

让铁牛记忆最深刻的是孩子失踪后大约半个月,他接到一个电话,要他带上现金到乡里的邮局门口,一手交钱一手交孩子。他当时很激动,马上就带着钱去了,到邮局一看没人。后来对方又打电话,给了一个账号,让他先汇五万元过去。铁牛开始有些怀疑,就叫他让儿子跟自己说话。对方犹豫了一会儿,搞了一个小孩到电话边上不停地说"爸爸快来救我,他们打我啊"。其实,铁牛的孩子只会喊爸爸妈妈,哪儿会说那么多话。但他心里还是很痛,不知道儿子是不是也曾有过这样的遭遇。

在交涉的过程中，对方显得很不耐烦，几次挂断电话，铁牛知道他们纯粹是骗子，就再也不理了。没想到过了几天后，他们还用短信发来最后通牒，说他不见棺材不掉泪，如果再不跟他们联系，当天晚上就让他的儿子在世界上消失……

有一次，一名男子打电话给铁牛，说哑巴和孩子被他老乡绑架了，连细节都讲得有鼻子有眼，还通过手机发来小孩的照片。铁牛仔细看照片，发现是在他发寻人启事的照片上为基础修改的，只有头像是哑巴的。该男子提出先给三万元定金，后来经过反复交涉，终于同意在乡政府旁边的铁路桥下面谈。这次铁牛长心眼了，提前通知派出所，带着便衣民警一同前往。经过交谈后，他发现该男子说话破绽百出，民警将其抓获后，从该男子身上搜出一把匕首。

铁牛还接到一个电话说，在杭州的街上看到哑巴抱着孩子，穿什么衣服都说得一清二楚。铁牛知道，偌大的杭州去哪儿找啊，那是大海捞针。提到杭州，铁牛想到吴仙妹，也就是和明炳离婚改名为吴晓云的女人。是不是那天她突然回来，发现哑巴后就把她带走了？铁牛想起去杭州的火车应该在贵州××站上车，便赶往贵州××站查看监控，但因时间过去半个月了，原有的监控录像已被删除。

铁牛现在每天都要抱着哑巴的枕头流一会儿泪，才能带着伤透的心到梦中去见她。哑巴和孩子的失踪，把他的心都带走了。

在前一晚呼唤儿子半宿后，铁牛父亲终于在清晨七点闭上了眼睛。等铁牛接到噩耗一路跌跌撞撞赶回家时，家里已设好灵堂。全是钱列坤、钱志远和大石他们这些左邻右舍在帮忙。铁牛觉得天旋地转，扑通一声跪在父亲的身旁："爹啊——老天怎么这么不长眼哦——母亲临终时没让我看她一眼，都是我做对不起人的事啊！可如今，是别人做对不起我的事了，也不能让我送你最后一程啊，爹啊——"父亲的眼皮没有完全合上，嘴里仍有一厘游丝微微张着，像还在叫着铁牛的名字。此时，无论铁牛怎么喊怎么叫，这个给他生命、养育他的亲人，永远也听不到了！他永远不知道他最心爱的、不孝的儿子，是去寻找他的媳妇和孙子去了……

这时，有谁能更多知晓什么叫雪上加霜？怕是也只有铁牛这种经历过的人才懂个中滋味吧。铁牛是读过朱自清的《背影》的，父亲疼爱自己的往事历历在目，这些他只能暗藏在心底，在夜深人静的时候默默想起。快乐能与人分享，痛苦只能一个人承受。

都说忠孝不能两全，但铁牛不是在忙事业，而是在寻找妻儿的路上啊！那场滂沱大雨在铁牛下葬父亲的次日才开始下，好大的一场雨，把远山近树全部笼罩住了，十米外的景物都模糊了。看不见路，到处是哗哗的流水。铁牛一个人待在家里空荡荡的。

触景生情，水雾一次又一次迷蒙住他的眼睛，潸然泪下，已分不清是雨是泪了。哦，即使这铺天盖地的瓢泼大雨全是铁牛的泪水，也丝毫减轻不了他的悲伤！

5

铁牛的父亲过世时，曹满娥带着儿子来了，与上次铁牛的母亲过世一样，她送来一个大大的白花圈，也就是所谓的孝子花圈。虽然那时铁牛还关在牢里，但整个天井寨人都可以见证。曹满娥这次来是吊唁她曾经的公公，也可以说是特意回来走走，来看看铁牛和村人，再收拾一下往日的记忆，避一避在城市的烦乱，过几天舒心雅静的日子。因为人老即死，对于铁牛的父亲过世，她并没有太多的伤感。

虽然说"一日夫妻百日恩"，但细细算来，曹满娥与铁牛离婚已达十年之久。十年，一个生活在热闹的城市，一个生活在偏僻的乡土农村，十年的日子里，人生该有多少变故，都有些难以言说。但对于铁牛来说，还得感谢曹满娥，这么多年还记得天井寨，记得一个坐过牢的铁牛。

这么多年来，天井寨的变化，除了盖新砖瓦房、姑娘们也像城里人一样穿裙子、小伙子们也听流行歌曲以外，着实也找不到一些根本的变化。历朝历代，农村的繁华最主要的是体现在住房上，按天井寨人的话说"进门看屋房，出门看衣裳"。当初，铁牛和曹满娥结婚的时候，他家的吊脚楼是用桐油油得最黑亮的一家，按那时的审美标准是最好的人家。社会终归在变化，现在全村都从吊脚楼演变到青砖瓦房，甚至有的人家直接从草房过渡到城里的小洋楼。

今天已经复三了，亲戚朋友们都走了，儿子正在上大学，没等到给爷爷复三就提前走了。曹满娥也该走了，可她没有一点要走的迹象。铁牛不是嫌她碍事，而是没有时间陪她，他要到河南那边去看一看，据说这边好多人都被卖到那边去,他想去碰碰运气。报纸上曾报道一位父亲一边打工一边寻找被拐卖的儿子,找了十八年,竟然在工地上遇到了儿子,说不定自己也有这样的运气呢!

曹满娥这次回来一直住在老宅。自己现在是单身,现在哑巴走了,铁牛也成单身的,俩人现在都还没组成新家,若都住进铁牛新建的砖房,不消说必定遭人闲话。虽不会有什么激动不已的事情,也不会让情感汪汪洋洋,铺天盖地。但在这老宅,毕竟还有俩人许多的爱情见证,比如,那时新婚做的花床、三开柜等物件都还在那里,房间里还存着她这一生最好的韶华,那是最值得回味的日子。

曹满娥在房间里看了看,看到满屋子的空空荡荡,除了当初挂新婚照片的钉子还像苍蝇一样落在板壁上,屋里留下的可能就仅有她那满是灰尘的记忆了。她看了看手机上的时间,要在以往,婆婆此时都会喊"年轻人啊,瞌睡就是大,起床了",如今,没有人惊动她,她反而有些慌乱起来。

饱一餐饥一餐的大黄,因几天的丧事美食了几天,现在慵懒地卧在日光中。前段时间,铁牛出门去找哑巴,邻居们照顾铁牛的父亲,还要照顾大黄。现在,它也实在够老了。它曾大病一场,以为就要走完命运的旅程了,谁知铁牛回来,病又好了,而老爹却走完了自己的人生。大黄的老弱,总给人一种生命垂危、朝不保夕的感觉,叫人想到人的命运。其实人与狗是一样的,有谁能主宰自己的命运呢?

五十岁的年龄使曹满娥最终明白,城里除了那一大笔存款和每天一笔进账外,剩下的大凡人之所需的全在天井寨。曹满娥对铁牛说:"哑巴可能会成为别人妻子,孩子也会一天天长大的,我们就像当年一样生活吧!我们两人都有过第二次失败的婚姻,或许这注定我们不能分开。也许,这就是咱俩的归宿。"见铁牛没有说话,曹满娥突然问:"我要是真的不走了,你怎么办?"曹满娥这样问的时候,红晕也一同出现在她的脸上,在阳光里宛若枫叶一样红。有句老话叫"好马不吃回头草",就是曹满娥真的留下,铁牛也放心不下哑巴和孩子啊!

铁牛淡淡地说:"你不走就住在这老宅吧,你有权继承父亲留下的遗产。"

曹满娥看看远处,不知是一只鹰还是一只山雀从天空飞过,蓝蓝的天空云彩依旧。

第十二章

1

强生给蓉蓉提出回天井寨养三花脸这个想法，蓉蓉有些不解地望着强生说："怎么？回天井寨去搞养殖？"

强生点了点头："对，回天井寨去，那里不仅没有空气污染，水质也好，是个长寿的好地方！"

蓉蓉说："即使是没有污染，到时喝西北风去？"

"养三花脸！"

"我们的朋朋上幼儿园怎么办？"

"上幼儿园也只是玩，到天井寨也可以上！"

"我不想让咱家朋朋输在起跑线上。"

"这也是无奈的选择。"

……

他们默默地坐了很久，一句话也没有说，生活的无奈常常使人沉默。

一大早，强生去了一趟霜花野生动物养殖基地，看看人家是怎么养的。这地方就在城郊，因路不怎么好走，开车要两个小时的车程。那里原来应该是一片稻田，现在全部用水泥砖搭成简易的养殖场，上面盖着石棉瓦，在太阳的照射下一片白色，蔚为壮观。然而真正让人期冀的却是棚内那无数可爱的小动物。这里的品种很多，当他们知道强生的来意后，直接带他去看三花脸。三花脸吃红苕、玉米、洋玉、大米以及萝卜、白菜等，猪吃的东西它都吃，而且是生食，看样子好养。当他们知道强生是省特种动物养殖场的领导推荐来的后，主动提出，只要到他们那里购买三花脸的幼崽，他们可提供技术支持。

得到这个消息后，强生立马返回与省特种动物养殖场的官员商议创办"天井寨三花脸养殖场"的事。最后达成协议：省特种动物养殖场提供资金支持，强生提供场地，聘请工人工资纳入成本，利润五五分成。这明明是在帮他，哪是什么合同。

强生和蓉蓉协商，蓉蓉带着儿子朋朋继续留在省城，并在同学的主持人培训学校里上课，强生先回天井寨打前战，把事情理顺后，再来接母子俩。

回乡的火车强生坐过多次，心情从没有这一次沉重。以往回去是看父亲，不，主要是让父亲看看自己。如今，父亲不在了，回去只是看那一堆埋葬着父亲的黄土。这次又回到自己的人生起点上了，如果没有上大学，不就是本本分分的天井寨人吗？不就老老实实生活在天井寨吗？是的，就是上大学了，也还是天井寨的人。那些出嫁到北京、上海的女人都还说"我们天井寨"，不管生活在异乡多少年，根永远在天井寨，胞衣地依旧是天井寨，天井寨埋有他们的亲人，只有埋葬亲人的地方才是故乡。

家还是原来的家，但境况已不再是原来的境况了。那栋不大的吊脚楼还呆呆地立在那儿，但屋顶的瓦片已经有好多地方发生偏移了，因为漏雨，雨水将楼板浸泡得有些肿胀，水泥院坝的裂缝里也长出小草了，落矮的地方还长有青苔。"这就是我家吗？"强生站在院子里长久地凝望着，现在连一个坐的地方都没有，自己还要在这里长久地创业与生存吗？

大姐和大姐夫知道强生要回来，已先把家里外清扫了一番。其实也没什么清扫的，因为他们离开时才扫过，只是又将一些发霉食物或生锈的物件丢出来罢了。那间不大的卧室，强生睡了二十多年，墙上还贴有他的儿童画，还有他写的毛笔字，还有橡皮弹弓……床是他三岁时父亲买的，上面盖了一张油纸，油纸上已经布满灰尘。

尽管钱列为曾对家里的一些设施进行改造，也用上淋浴、洗衣机，还有水冲式厕所，但这些对强生来说既陌生又熟悉。如今自来水管已不通水了，山村的自来水大都是自流的山泉水，没有蓄水池，也没有经过消毒。强生去水源处查看了，发现水源处的水已干涸。在去水源处的路上，发现他家那几丘责任田里不知是谁栽上了葡萄。这并没征得他的同意。如今他回来了，那田他是要自己栽种的，不仅自家的责任地要栽种，还要租用村民们的。

那些玩得好的朋友们没有忘记他，总是一天两三个电话打给他，表现出他们的关心，其实也是在了解他的动向。强生说回老家天井寨养三花脸了。他们怎么也不相信,因为他们根本就不知道什么叫三花脸,更不知道天井寨在哪里。最后确认是回了老家天井寨,他们骂他不近人情,走的时候都不说一声。这话有真有假,骨子里的兄弟是哪几个,只有他自己清楚。但人家还记得给他打电话,这已经让他很感激了。人在最困难的时候,哪怕是给你一个微笑,也是心存感激的。

"强生,你回来搞养殖?你可是我们村子里的第一位大学生啊!"听到自己小名的强生觉得很亲切,已经有好多年没人叫强生这个名了。

强生说:"大学生就不是人啦?还不是一样要干活!"

"幸好你爹不在了,要不然,会打断你的腿。种田搞养殖的事谁不会啊,可你们工作的事那是人人能干的?"钱光辉说的是真心话,他不明白,强生的养殖和他们讲的养殖是有区别的。

"大学等于白读了。""在外面混不下才回来的吧!"……流言蜚语,强生只能默默承受着。

把家收拾妥当后,强生这才打电话告诉何德男。当天下午何德男来了,还带来摄像机,要给他做新闻报道。何德男还是那副慵懒的模样,还是那样愤世嫉俗,还是那样玩世不恭。几杯酒下肚,他的话多起来:"人啊,什么都可以改,但性格可能永远也改不了。"

这次回来,给强生印象最深的就是村前那株银杏树不见了,说是大石一千块钱给卖了,卖给城里搞绿化的一位老板。强生说:"为什么要卖了呢?"

钱文富说:"一棵树有什么心痛的,天井寨多的是树,就是没有人来买。"

强生说:"这棵树不一样啊,那是我们儿时的记忆,是我们天井寨的标志,相当于法国巴黎的埃菲尔铁塔!"钱文富说:"你们这些文人就是文绉绉的,酸溜溜的,一棵树就一棵树,又什么塔啦?满山都是树,你要?扛一棵去!"

强生知道和他们说不清楚,这样的心情只有远离故乡的人才能感知,家乡的一草一木,对于一个游子来说早已铭刻于心,是永远也改变不了的。强生漫步到银杏树的坑旁,发现不知是谁又在坑里栽了镰刀把粗细的一棵小银杏树,也是"丫"形的,如果要长成像原来那棵那么大,不知要多少年。强生估计没有人算过,他们也无法计算。树下的巨石及钉在地上的凳子,那些玩耍过的细小的石子,连那凸出地面让人们当凳子坐的老银杏树的根都还在那儿，而树却不见了。看来，老银杏树和强生他们这些游子一样，根永远是搬不走的。

强生打听到，在他家田里栽葡萄的是牧瞎子。有村民对强生说："那是你家的田，你把苗子扯了就是。"他没有这么鲁莽，正如他父亲常说的"亲不亲故乡人"一样。强生到牧瞎子家去的时候，他家一屋子人闹哄哄的，一人手里拿着一把钱在"炸金花"（炸金花是用扑克牌赌博）。牧瞎子忙着，可能是输钱的缘故，见到强生视而不见。强生等了一会儿，可能是有一个人输完手中的钱了吧，他们准备重新确定打牌的人数时，强生趁这个空当和牧瞎子说了。

牧瞎子说："你家是绝户了，按规定，田土要收归集体。"

强生反问道："什么？什么绝户？我不是人啊？"

牧瞎子说："你的户口不在天井寨。"

强生说："户口不在天井寨的也不只我一个人啊？他们的为何不收？"

牧瞎子说："人家家里还有人在天井寨，而你家没有了。"

强生说："即使是要收，也不能你收，要村里收啊。"

牧瞎子有些不以为然地说："村里不作为，我代替村里行使权利。"

强生气得说话有些口吃："你……你明显是在欺负人！你这是侵占他人财物，限你三天之内把你的葡萄苗挖走。否则，否则，我将给你铲除！"说完这句话就走了，背后传来的是牧瞎子的冷笑声。

强生找到村支书大石，向他反映牧瞎子在他家田里栽葡萄苗的事。大石说："村子里并没有收责任田这一说法，现在好多田都荒在那里，根本就没有谁关心田土的问题，那是牧瞎子个人的行为。你告诉他了，他的葡萄苗不移走，你铲就是。"得了大石的话，强生心里踏实了。

2

强生从场地、资金、人力、技术等诸多因素考虑，决定先试养五千只三花脸。用八亩土地来种农作物试试，自家有三亩土地，再租五亩。村子里有些弃耕地虽然不要租金，但不仅不连片，而且都是在山脚坡背的阴山地，土质也差。强生打算租些连片的好地，但连片又向阳的地大都租给牧瞎子种葡萄了。

听说强生要租地,村民个个都想退出来租给强生,但牧瞎子提出要补偿一倍的损失。有几个胆大的便公开和牧瞎子提出来地不租给他了,这一倍的损失也补给他。牧瞎子问:"为什么?"他们回答说:"不想租了,自己种。"

其实,牧瞎子早就猜到是要租给强生,便直说道:"不租给我可以,如果你们又租给别人,我要你们赔偿我的损失,不是一倍,是十倍。"强生便在背后鼓劲,说:"不要听他的,没有这样的道理。"他还说,"如果要打官司,县法院我有熟人。"之后,就真的有人把地收回来转租给强生了。

强生铲了牧瞎子栽在他家地里的葡萄苗,又将那几块从牧瞎子手上退租的地给租过来。虽然,牧瞎子没要他们赔十倍的损失,但牧瞎子和强生就此结下了梁子,而且是公开的。牧瞎子口出狂言,说:"强生,你要与我比高低,没什么好下场的。"当然,他们只是心里较劲儿,并没有生分如路人,见面什么的还打招呼。

强生请了十多个人开工了,先是在屋前自家的一丘空田里建起栏舍,然后整理田地。一干就是一个多月,他的体重轻了二十多斤,将军肚一下就瘪了下去。强生能做的都亲自做:抬钢条、搬水泥、卸石棉瓦……整地、搭棚、铺设水管,一个养殖场一点点建成了。

从强生回到天井寨那一天起,他就成了派出所吴所长重点"关注"的人。这中间有没有牧瞎子在搞名堂暂且不知。有人告诉强生,吴所长将笔记本翻到一页空白页记下他的两个经历:一是曾开办夜总会,二是曾被公安拘留。

在人们看来,夜总会是藏污纳垢的地方。那些开夜总会的人能是好人吗?照这样推理下去,强生就不是什么好人了。还有就是被拘留过的人。好人能被拘留吗?吴所长的笔记本没离过他的手,也没给谁看过。其实,吴所长那笔记本就是给别人看,也不知所云。如有一页没头没脑地写着:小瞎子,真名吴实胜,老寨人;另一页写着:高师傅,吴汉高,做木材生意……之前强生听说公安管理有"重点人口"这个词,记在所长笔记本上这些人不知算不算是重点人口。

这几年,上级把新农村建设提到重要议事日程,天井寨受益不少。寨子里不仅修通了水泥路,还给吊脚楼的四周挂上彩灯,屋檐用白石灰扮了翘角，使古村古寨的原貌得到体现，引得许多外面的客人来参观游玩。家住公路边的那些人家便开起农家乐，经营一种叫"三大钵"的地方菜，很有特色，吃后效果显著。说得直白一点，清热解毒，滋阴壮阳。许多人都是慕名而来的。

　　村民们有钱了，赌博就盛行起来，而且越来越严重。牧瞎子立马就在自家的院子里开了赌场，而且越办越红火，天井寨公路边常常停靠有二十几辆小车，好些人是提着大箱的钱来赌，还专门请人在村口放风。他们的行话叫"打水"，"打水"就是按赌资的百分之二十抽成。

　　也有人向乡派出所举报过，往往是派出所的车还没有到，赌徒们跑得干干净净，从来没有被抓到过。有一次，县领导要他们搞一次突击行动，也是派出所吴所长到之前的五分钟，赌徒们跑了，派出所只得没收现场的三十多张塑料凳子和两箱"红牛"饮料。

　　牧瞎子在天井寨有恃无恐地赌博，有人告到市公安局。市公安局亲自指挥到天井寨抓赌。这天，临下班的时候，县公安局治安大队长通知所有治安队的人都去会议室开会。

　　参加会议的还有两个陌生人，一高一矮，年纪在四十岁左右。队长给大家介绍说："这是市治安三科的丁科长和侦查员李阳。"

　　所有人鼓掌欢迎。

　　两个人笑了笑，给大家点点头算是打过了招呼。丁科长咳两声说："今天到咱们县来，是因为最近接到很多举报，说在你们县有一个地方存在非常猖狂的聚赌。市局领导非常重视，特意谨慎地安排我们的侦查员李阳同志打入这次聚赌中，目前已经掌握大部分的事实和证据，今天我们就要拉网收鱼。首先，请在座的同志们都把自己的手机交上来。"

　　大家面面相觑地把自己的手机放到领导席的桌子中间。丁科长点点头说："从现在开始，请大家不要猜疑地点、时间，不要交头接耳。特别是不能擅自离开会议室，直到我们的抓赌行动结束前，任何人不得以任何理由请假离开。"看了看大家，停了一会儿又问道，"都明白了吗？"

　　大家一齐答道："明白！"

　　大队长说："盒饭马上到。"

　　大家吃过盒饭就出发了。

　　四十来分钟，车就到了天井寨。此时，天刚断黑。众人按出发前的分工,一路人蹲守在路口及牧瞎子的房屋附近,开始进入现场实施抓捕。

只听到刺耳的一声:"不准动!"

赌场上鸦雀无声,只有摄影机在转动。

接着丁科长说:"把赌资全部交出来放在桌子上,动作迅速点,不老实的莫怪我们不客气!"

赌徒们立着眉毛瞪着眼睛掏赌资,然后又将其姓甚名谁、家住哪里做了说明,做了常规登记。

一位领导也在赌场。一位马屁精想搬出领导身份,用领导身份来压抓赌的公安,刚开口,丁科长大声说:"我们只问姓名不问官衔。你不要拿官来压我们,我们不吃这一套。现向你们宣布政策,第一点,赌具、赌资一律没收;第二点,你们每个人都认真写一份过硬的检查,明天上午十点钟自己到县公安局治安大队来接受处罚。我们有录像,不来的后果自负。"见收了一口袋钱,少说也有几十万元。丁科长又喊道,"麻将桌也扛走!"

牧瞎子思前想后,觉得天井寨的老人家是不管事,就是想管也不知道怎么管,不可能去告他的状。那几个在家的年轻人也多多少少都到他那儿赌过钱,也不可能去告状。只有强生和村支书大石没去他那儿赌过。大石和他是点亲戚关系,不可能去告他的状。琢磨来琢磨去,觉得只有强生会告状。再说了,那个高个子公安还会讲普通话,说不定和强生是同学,只是分到公安罢了。

3

吴所长在漆黑的夜里开着上白下蓝的桑塔纳到天井寨来,牧瞎子在第一时间就得到情况,马上"哐哐"砍土鸡来煮"三大钵",刀声传到对门山上又折回来。吴所长推开牧瞎子的门,大家笑呵呵地欢迎他,说:"吴所长,晚上路不好走!"

吴所长自嘲道:"吴所长不怕黑,吴所长不怕黑。"

酒过三巡,吴所长像突然想起似的问道:"你们寨上有个小名叫钱八六的?"

牧瞎子答道:"是的,有一个,在省城开夜总会!"

一个客人接过话说:"开夜总会有什么了不起,还不是一打工仔!"

牧瞎子说:"回来了,在外面混不下去,跑回来了!听说还被公安局关过哩!"

另一个客人说:"照你们这样讲,在我们吴所长这里还是有案底的人了?"

"案底不案底我不清楚,但回来了,早回来了,回来搞什么特种动物养殖,他和我是从小学到高中的同学,我喊他!"说完牧瞎子打电话给强生。强生知道牧瞎子并不是关心他,是在看他的笑话。因为说是吴所长找他,不去还不行。

一会儿,强生来了。强生不会来吃白食的,他手里提了一壶米酒说:"尝尝,我大姐才烤的。"强生回到天井寨就把他大姐和大姐夫都招来了,要他们和自己一起养殖三花脸。

吴所长问强生:"听说你在省城搞得还不错啊,怎么回来了?"

"有什么可以的,我爹过世了,家里空着,这就回来了。"他轻描淡写地说道,并没有把自己的真实想法告诉吴所长。当年强生在县电视台当播音员的时候,县公安局长要调强生去搞宣传专干,可台长不放他走。如果那时调到公安局,说不定现在还是吴所长的上级呢。

"像你这么能说会道的,在省城搞些什么?"吴所长问这话时显得无意。

"什么能说会道。我是学讲话的,到哪儿还不是卖口讨吃。"他没有回答吴所长具体做什么工作。

"可以在夜总会当主持啊!"吴所长把话题挑明了说。

"那地方我们哪能待,没有几下子能吃那个饭啊?"强生没有承认自己在搞夜总会。吴所长可能心里认为他做贼心虚,猜想强生肯定有什么问题,要不怎么不敢承认呢?

吴所长不再追问强生在省城的情况。继续喝酒的时候,强生主动敬他酒,要他多多关照,后来顺便问吴所长,现在的皮卡车哪个牌子的最好。吴所长一边敷衍他,一边却在想"线人"的报告肯定没错,回老家来搞养殖还买皮卡车玩?肯定是在外面惹事回家来躲的!

牧瞎子好像看出吴所长的心思,故意问强生:"人家个个都往外面跑,你却往回跑?"

强生说:"祖祖辈辈都生活在天井寨,为何我就不能在天井寨生活?"

牧瞎子挖苦他说："当年你可是我们村里的第一位大学生哩。"牧瞎子的话强生听得出，你是我们村里第一位大学生，如今也和我们一样在天井寨种田。见牧瞎子没再说什么，强生笑了笑说："当年的事说得清楚的，我爷爷还是村里的地主哩，此一时彼一时了。"这话也在暗示着牧瞎子，你也不要太猖狂，虽然你现在是村里的有钱人，说不定哪天也要没落的。

有耕耘就有收获，半年时间，强生养的第一批三花脸可以卖了。

天刚麻麻黑，一台带着铁笼子的大货车来到村里，请来的十来个帮工忙着上车，将白天就装好笼的三花脸一个劲儿地往车上抬。到省城的路途虽然有三百公里，但走的是高速，四五个小时便到。强生随车到城里看看蓉蓉母子俩。到家时正好遇上蓉蓉送儿子去幼儿园，强生便代替蓉蓉去送儿子。半年不见，儿子不仅长高了，而且懂事多了。一家人在一起，其乐融融啊！其实，他真的不想过这种两地分居的日子。

强生算了算账，除去养殖场所有开支，第一批仅赚三万元。半年时间啊，和在夜总会时的收入差不多，可那时还有蓉蓉的收入啊，就这点收入要想养活娘崽那是很困难的。这一夜强生失眠了，下一步怎么走？如果现在放弃，损失还会更大，用于前期基础设施的七八万元就要打水漂了。如果维持下去，每个月又只有那么点收入。经过一晚上的思考，他决定扩大规模。因为毕竟没有亏损，只是赚得少一些，扩大规模赚的也许就多了。

强生找到省特种动物养殖场的领导汇报工作，领导们对强生的想法做出充分肯定，说目前存在的问题就是数量少了点。强生说自己正想扩大规模，领导当即表态，马上打一笔资金，要他把规模扩大到两万只。这样一来，原来租地给牧瞎子的大部分人都要求牧瞎子退地。牧瞎子火了，但又不敢把火发在老百姓的身上，更不敢当面和强生硬来，只能暗地里搞名堂。

放眼望去，在绿色山间，强生的养殖场如同大海中的帆船，乘风破浪奋勇直前。强生长长地吁了一口气——终于干起来了！

4

木银死了，受凡六十七岁。天井寨人写讣告很有讲究的，在世时过得不怎么样，用的是"受凡"，意思是在凡间经受之意；享年多少岁指的是在世时日子过得舒坦的那些人,是享受之意;时年多少岁,指的是死时年轻的,既谈不上经受,也谈不上享受。木银的讣告用受凡,那是再也准确不过了。

这是"今当大事",整个天井寨的人都来帮忙。以前从来没有人情往来的邻村的老寨、枫木寨的人都来帮忙。强生开玩笑说,现在是和谐社会,应了那句老话,"坐在一块土便是一家人"。其实,天井寨大部分人都外出打工去了,家里没几个人。在天井寨这样上坡下坎的地方挺多,棺材一个人是抬不上坡的。

木银的屋子很陈旧,一进屋靠左手是两个黄漆漆的衣箱,衣箱很旧,已经裂了,糊着纸条。衣箱上放着一面小镜子,是木银年轻时用的,现在已满是斑点。衣箱旁边是一个毛主席的瓷像,瓷像裂了又用纸糊好,擦来擦去,瓷是白的纸是黑的,可谓是黑白分明。瓷像旁边是一个佛像,是什么佛呢,谁也说不清,没有看到供奉的痕迹。靠近门北边的地上是一架缝纫机,蝴蝶牌的,早就不能用了,蒙着一块花布。上边是一个盆子,盆子里是豆子。正对着门的那地方是个黄油漆的立柜,是木银准备结婚用的。虽然他这一生都没结过婚,但那立柜还是做了,是乡下木匠的手艺,样子虽笨,却显得厚气。靠着立柜便是木银的那张床。电灯开关绳扯过来拴在床头上,床头上放有《瓦岗寨》《说岳全传》,书发黄且破旧,不知道看过多少遍了。木银看书看到半夜,有时候看得睡着了,灯就忘了关,亮一整夜。

人去了,屋里便静了,整个世界都静了。村支书大石领着村子里几个妇女把木银的屋子收拾了一遍,把箱子开了。箱子里塞得满满的全是旧衣服。另一个箱子里有许多个纸包,打开后,一阵霉气冲出来,是烟叶的种子,还有别的什么种子,这个豆种那个豆种,不知什么时候放在箱里长虫了,连包种子的纸包都给虫子咬了洞。一个盒子里边都是线,红线、绿线、黑线、蓝线一团一团地放着,还有针插在线团上,这些东西木银多年不用了。再翻,翻出一个红壳子笔记本,里面是木银抄写的山歌。强生看了一下,全是情歌,比如:

坳场分别已一载,
去年约会今年来;

临别妹表商量态，
时刻把妹挂心怀；
……

木银病危的时候，敬老院通知大石把人接回天井寨。按天井寨的规矩，人死后，由长子或长女到水井边敬神，取回一竹筒水为死者洗尸，然后穿寿衣，按一岁一根往腰上捆一支白线。把棺材放在堂屋正中，棺内撒火灰、铺皮纸方才入殓。就近选一天"干净"日子下葬。如果在大热的六七月间，又遇上日子不将就，要在家中停放十天半月的，只能"偷葬"，即不敲锣打鼓也不吹唢呐送葬，一切静悄悄进行，像在做贼一样。期间要请道士开路念经做道场，孝男孝女"披麻戴孝"，吊唁亡人等有许多仪式。

因木银没有子嗣，他的两个侄女迎春和喜春外出打工多年，也没办法联系上，这样一来就少了很多程序。但关键的法事是不能省的，比如开路。按天井寨人的说法，如果没有开路，死者就找不着回家的路，下辈子要变成孤魂野鬼。这辈子木银没有过好，不能让他来世也不好过。因此，村上的人扎了一个稻草人摆在灵前，算作他的儿孙在给他作揖磕头。钱列坤翻开他那发黄的手抄书，轻轻敲打着手中的响器，口中念道：王吴仙人、指路仙人……

平日里，寨子里死了人，晚辈们总要送上一个花圈，或者买上一捆纸钱来烧，算是对死者的告慰。可木银家就他一个人，人们也就有些世故，没几个去尽这些孝道。见场面过于冷清，钱志远做了套纸房子，还有家庭的用具行头烧给木银，说木银一辈子辛苦，到了那边还没地方住，太凄惨了。有人就建议，画几个美女烧给他，他一生没结过婚，到那边好好享乐享乐。悲凉的气氛就有了些暖意。

钱光辉给木银送了一个花圈，是天井寨唯一一个给木银送花圈的人。钱光辉还忙前忙后，四处张罗着这样那样的事务。见煮面条少了辣椒，从自家的谷仓里取来一串干辣椒；见灵前没摆刀头肉和水果烧酒，从家里杀了一只雄鸡摆到灵前。天井寨谁都知道，早些年，木银和钱光辉因一根杉树起了冲突，成了仇人，每次见了面都要骂上一场，有一次差点要打起来了，幸亏劝架的人得力。也许，人到这个时候才明白，人生不过如此吧！也许，钱光辉觉得那根杉树本身就应该是木银的，如今用这种方式来道歉吧！

钱列坤把他那一套文房四宝拿起来了。寨子上只要哪家死了人，扎牌坊、写对联什么的，只要是文字上的活儿，都少不了钱列坤。今天也是如此。钱列坤又在大门上方写上了"今当大事"几个字，那苍劲有力的行楷却怎么也唤不起人们的肃穆。钱列坤还写了"木银老人音容宛在德范长存"这样一个横幅。但年轻人不肯挂到牌坊上，说木银一辈子一事无成，连老婆都没有，还什么"德范长存"。

寡妇孙艳红哭得有些伤心，一句一个木银舅，一边哭一边数罗着人生的不幸。不知情的人还以为孙艳红和木银有什么不能公开的秘密。其实不是说木银死了孙艳红有多伤心，而是孙艳红借这个场景抒发自己的情感。他们非亲非故，只是同属生活在天井寨的人。孙艳红成为寡妇那年，有人劝木银去孙艳红那儿上门。木银不肯，说孙艳红的两个崽小负担重，还是一个人过着好。其实，这事还没征得孙艳红的同意，只是他一方的意愿罢了。

孙艳红的哭声凄婉哀切，感染了现场的每一位人。村民们擦着眼泪劝说："好了，莫哭了，木银领情了，一定会保佑大家的。"

这场面，为木银挣足了面子。可是，这一切他都不知道了。

木银葬在地母娘，这是新开的坟山。他祖上不是天井寨的人，老祖坟不在天井寨，人不得天井寨的坟山。要葬回他祖上的坟地当然是可以的，但没这个条件。首先没人抬。如果是那些大家族的，或者是在天井寨有影响的，那些打工的人可能还会回来帮帮忙，因为还要看后人的面子。死的是没后人的木银，人家也就少了那份闲情。其次是没有钱，安葬木银都是村上出的钱，哪还有钱送他到十多华里外的老家安葬。

地母娘离天井寨三华里路程。那里原来有一大片旱土，前几年退耕还林，现在是郁郁葱葱的一片树林。木银的坟墓就在树林的顶部，俯瞰整个山林。

5

看着三花脸的长势很好，强生很是惬意，便扯着嗓子唱起了儿时学来的山歌：

高坡砍柴砍块块，
风吹卵蛋两边摆。
若凡你姐不嫌弃，
过来一起甩一甩。
……

歌声在山谷间回荡，有些空旷，更有些寂寞。

这一次两万只三花脸卖出去，强生净赚十来万元，才半年时间啊，当年开金太阳夜总会和蓉蓉一起的收入也没有这么多。现在也没有什么不好，只是累些，还有就是和老婆两地分居。但是，为了生活，有什么办法呢？天井寨那些外出打工的人还不是大部分夫妻是两地分居。

此时，强生早已是县里的"名人"，经何德男新闻报道后，经常有拿着话筒的记者来采访他。以前是他采访别人，今天终于有人来采访他了。时不时，还有县里、市里的领导来参观指导。在全县的二级干部会上，强生铿锵有力的声音在会场上久久回荡："人要实现自己的抱负，是不能离开生他养他的那片土地的……"

强生在新闻宣传上是久经沙场的老将了，知道宣传的作用，因此，在接受媒体采访时，强生总会说些口号和套话，如，"农村要增加收入，必须有自己的特色"。这话没有错，领导们常常在会上也给老百姓这样讲，云遮雾罩的，让你摸不透讲的是什么。

县里的三级干部会开完后，县政府组织了几十名干部来观摩强生的"特种动物养殖场"。那天，强生穿着一套蓝色西服，手里拿着乡长交给他的电子喇叭，站在养殖场外的高处讲解饲养方法和获得的效益。其实，乡政府的秘书给他准备了一个材料，要他照着上面念，强生看了觉得蹩脚，读起来不通顺，便自己归纳了几句话：喂食精细，防病要早；悉心照料，到时就卖……乡长夸奖强生讲得实在，浅显易懂。

花花轿子众人抬，人一出名所有的荣誉都往头顶上冠，堂屋墙壁上挂满各部门授予的牌匾，林林总总，名目繁多，蔚为壮观，强生是集万千宠爱于一身，让村上的人们羡慕不已。

那天，强生发现一只三花脸有些不吃食，便隔离到一边来喂养，正好乡长到天井寨来考察新农村建设规划，强生便邀乡长到家喝一杯，把这只三花脸杀了下酒。喝过酒，乡长拉着强生的手一起歪歪斜斜地从强生家出来，一边说："搞得很好，要发扬啊！"

强生也喝高了，于是说："还要乡长多关照！"

正在这时，强生看到牧瞎子和吴所长正从牧瞎子家出来，那样子是才喝酒出来。他把脸转向了一边不想看他们。这时，牧瞎子却主动喊强生，说："强生老板，生意不错啊！"

强生这才转过来，面无表情地答道："卖劳动力没办法。"才假装突然看到吴所长，强装笑脸地喊了声吴所长。把乡长介绍给牧瞎子，牧瞎子这才主动握乡长的手。吴所长赶忙迎过来与乡长握手。

乡长握着吴所长的手说："强生是我们县里的示范户，你们得重点保护。"

吴所长点头哈腰地说："是的，我们是重点保护！"

强生的大姐不知之前强生在派出所的事，还很客气地邀吴所长进屋喝一杯，说饭菜都是现成的，顺带邀牧瞎子一起去。

吴所长笑了笑说："谢谢啦，不客气。"

强生赔着笑脸没有说话。

大姐说："客气什么，随便吃点吧。"

强生见大姐还在邀吴所长他们，便朝乡长的背影喊了一声："乡长好走啊！"吴所长也扬了扬手说："我走了。"强生说："好走！"

6

强生醒了还在床上躺着，钱列坤就来喊他："出大事了，家里的牛昨晚被偷了。"强生反问："牛被偷了？"

钱列坤说："昨天晚上，几家的牛全关在一起，大小六头全被偷了！"强生没有接钱列坤的话，心想，老话讲"强贼怕弱主"，怎么现在这世道都变了？再说，牛圈离家这么近，怎么一点动静也没有，连狗都不叫！见强生没有说话，钱列坤又问道，"你家没丢哪样吧？"强生这才答道："我家又没喂牛，我大姐去看去了！"

正在这时，强生的大姐在偏屋里大喊起来："不好了，大黑被害了。"

强生跑过去，发现大黑躺在那儿奄奄一息，不过鼻孔里还有气。强生有些急，一时又想不出什么办法。四下里查看了一下，发现家里没少哪样。马上到养殖场看看，发现一切正常，这下也就放了心。

强生的大姐这时提醒道，把藿香正气水给大黑灌上一支吧！强生懒得动，说："你莫发神经，那是人吃的，怎么拿去喂狗呢？再说了，那狗是被人放毒，吃那有什么用。"强生的大姐不听，自个儿回屋拿了两支藿香正气水打开倒在碗里，又找来一个竹筒，把藿香正气水倒在竹筒里。强生的大姐夫帮忙用一根棍子把大黑的嘴巴撬开，大姐慢慢把药倒进了大黑的嘴里，一会儿，大黑的肚子收缩了几下，吐了！

强生的大姐说："样子不得死，狗就是命大！"

强生到三花脸养殖场里转了一圈，认真观察三花脸的发育情况。强生知道，强盗不敢来动养殖场，因为县里领导三天两头往这里跑，万一出了什么问题，相关部门都脱不了干系。

吃早饭的时候，发现大黑能走了。强生这下放心。强生舀了一大碗饭，还泡了几勺汤，拌匀了才倒在狗碗里，大黑便摇着尾巴津津有味地吃起来。正在这时，大黑窜向门边并狂叫起来，门开了一条缝，大黑张着嘴就等在门边。

"把狗赶一下！"声音从门外传进来。强生的大姐把大黑喊开了。

从门缝里伸进了一个光头脑袋，是派出所的舒协警他们。

强生心里犯嘀咕："怎么会是他们呢？"

"把狗拴起来！"杨考说。

"拴了拴了！"强生一面答一面走出门外，笑着打招呼，"吴所长，你来破案啊？"吴所长没有回答，表情严肃地看着强生。强生又笑着说，"我家昨天没遭强盗，是隔壁钱列坤家的牛被偷了。"

"跟我们去一趟吧！"吴所长说。

强生心想，我家又没丢什么东西，只是大黑昨天被别人放了毒，现在好了。于是说："我家没什么事啊！"

吴所长有些不耐烦了，皱着眉头说道："知道你家不丢。"这时舒协警走过来厉声说道："叫你走就走，啰唆什么！"强生便转过身来带着求助的口气对沾亲带故的杨考说："我家没什么事啊！"杨考没有搭理他，歪到一边去了。舒协警一只手放到强生肩上，就这样推推搡搡上了警车。

强生被带到了派出所的一间屋子，被铐在那个水泥凳的耳朵上，面对着"坦白从宽，抗拒从严"那几个字。

问："你昨天晚上做了什么？"

答："晚上做了什么？"

问："对！"

答："晚上还能做什么？老婆又不在身边。"

问："老实说。"

答："有什么好说的。"

问："找你到这来就是要你说！"

答："你们怎么这么无聊！"

舒协警一拍桌子："老实点！"

强生吓了一跳，慢慢地开始说了。见强生开始说事，舒协警打开笔准备记录。强生说："因离开老婆孩子这么久了，有点想他们，就用手机上的QQ和他们聊天。夜深了就睡了。"

问："谁能证明？"

答："我大姐，还有我大姐夫。"

问："你大姐和大姐夫是近亲属，不能做证。"

答："那由谁来做证？"

问："老实点！我问你，你为何不出去打工？"

答："这是我的自由。"

舒协警不说话了，点上一支烟深吸了一口，眯着眼慢慢地吐着烟圈。强生也想抽一支，但在舒协警的逼视下，忍了。舒协警抽了一会儿烟后，说道："老实点。一村的男人都出去了，你待在家里是另有企图吧？"

"我有什么企图，一村的媳妇，我一个都看不上！"强生有些兴奋了，说："那时我还没结婚，算是自由恋爱……"他没有往怀疑他偷东西这个角度去想。

舒协警不想听强生说他恋爱那些事，自个儿走了。强生想，这次再怎么审我我无所谓，反正家里没什么事，三花脸暂时还不能卖，有大姐和大姐夫他们管着。如果他们要罚款，扛着！就是不交，看他们能够怎么样。这时，舒协警走过来打开手铐说："你可以回去了！"

强生有些惊奇，站了起来，伸了个懒腰，慢慢地走出派出所。在大门外见到吴所长，笑了笑，并打了个招呼："我走了！"吴所长没有搭理他，不知是没有听到还是不想理。

强生出了派出所的院子，发现大姐站在那儿和祖厚说着话。强生一惊："你们怎么也来了？"大姐没有回答。祖厚接过话："出来聊，走，炒两个菜喝一杯去！"

"回去了吧，家里还有一摊子事，没有人在家怎么行！"强生推辞着，眼睛却看着大姐，想听她的态度，内心想和祖厚喝一杯，想着这次没被罚款，也就有心情喝了。大姐反对道："喝什么喝，一天到晚就只讲喝！"

"走走走，我请客！"祖厚一面说一面推强生。

强生端起杯子扎实喝了一口，骂道："我横下一条心和他们搞到底，就是不交罚款，看他们把我怎么样，今天还不是把我放了。"

"你想得美，我不给你交罚款，他们会放你？"大姐夹了一筷子菜送到嘴边又停下了。

祖厚知道强生会生气的，在旁边不停地说道："舍财免灾。"

强生骂了一声，起身上厕所。来到厕所，没有一点尿意，叹了一口气后又回到餐桌旁。

停了好久，大姐说："肯定是牧瞎子和他们在搞鬼，一定要告他们！"

强生想想也是，便不再多问。最后有气无力地回天井寨了。

7

养殖三花脸主要在于防病，真要是生了病，一是很难治，再就是长得慢。强生买了些生石灰撒在三花脸的圈里，效果和用药一样，但是对人体无害。但这撒石灰的活儿不好办，只要一出手就是一身灰，眼睛都睁不开，从头到脚全是白色的，像布了一层霜一样。

强生一边撒一边想，在武术中有这么一招，"打人先打眼，擒贼先擒王"，在打不过对方的时候，这招最灵。他心想，下次派出所再找麻烦时就用这招，不怕他们有枪。正在这时，派出所的舒协警来了。强生下了狠心，心想，如果这时候你们要动手的话我就用这招。他手中捏好了灰，强生还想，先撒石灰后，接着就锁舒协警的喉，但不能用力过猛，教训一下就算了，不能伤了他们，省得今后麻烦。这次，他们好像看出强生的心思，没有靠近，而是站在圈外的门边喊，说了句无头无脑的话："你给我记住了，别无法无天了！"

强生愣在那儿，停下了手中的活，老半天也不明白舒协警在讲什么。

"还装什么蒜，你告到报社去了，记者来调查。你要乱讲，你当心！"舒协警说得硬邦邦的。强生这才发现，杨考也来了，只是他站在后面。

杨考装好人似的说："我老表不是那种人，他知道怎么办的，他自己都当过记者！"

"本身你们就没怎么我的，我不是好好地搞我的养殖吗？我会说你们什么呢？"见他们走了，强生才骂道：这时候，你晓得我是你老表了！想到这儿，便气愤地将手中的灰用力撒去。

强生刚好把箩筐里的石灰撒完，脱下戴在头上的帽子和口罩，出养殖场的门口。这时，来了两个人，一来就不停拍照。强生便明白，这肯定是记者。强生采访过别人，别人也采访过自己。

"老乡啊，我们是新华社的，我们聊聊吧！"拿照相机的一位说。

"不晓得，我什么都不晓得，不要问我。"强生怕还没走远的舒协警和杨考看见，不停地说自己不晓得，或者说，这样说是为了让没有走远的舒协警和杨考听见。两位记者见强生这样，笑了起来说："你还不如你姐，你姐都给我们说了。"

强生停下手中的活，诧异地看着两位记者。记者走到强生的身旁，将照相机拿到他的跟前说："你看，这是不是你姐。"

强生凑近看了，没有看清楚，记者却收了机子。强生突然骂道："长舌妇，头发长见识短"，停了一下，又说，"女人家的话，你们也信？"

"只要年满十八周岁，没有精神疾病，说话应该算数！"记者笑着说道。

记者又东扯西扯地问："效益还可以吧？三花脸的药用价值可高啦。"

强生抬头看，发现牧瞎子就在对面五百来米的马路上遛狗。强生心想，你牧瞎子今天心情这么好啊，是不是吴所长让你来监视我。想到这儿，他有些害怕起来，记者在这里待久了，就是什么也不说，到时也讲不清了，便催促道："快走吧，我真的什么也不晓得。"

"你收入怎么样也不晓得？"

"求求你们，放过我吧！我真的什么都不晓得。"强生提高了嗓门，想让对面马路上遛狗的牧瞎子听见。

"你怕什么，和我们说了，你就好了，就没事了！"记者还以为强生生气了，继续做他的思想工作。

"你们拍屁股一走，上哪儿找你们去？我还天天待在天井寨，跑不掉啊！"强生带着哭腔，轻轻地说道，"不是我没事，是你们没事了"。强生真的不想和派出所有什么关联的，费不起这个神，万一把自己拉去拘留几天……想着上次被拘留的情景都还害怕。

见强生这样，两个记者相互看了一眼，叹了口气走了。见记者要走，强生又哀求道："别把我姐说的张扬出去哦，求你们了！"

强生进屋便把大姐训了一顿："你的嘴巴怎么这么不把风？"

"怎么了？你得病了！"大姐正在做饭，对于强生的发火有些摸不着头脑。

强生放下箩筐说："你说什么交罚款的事？惹什么是非？"

大姐知道强生是讲那两个记者问的情况，胆子足了，反问道："怎么？我又没讲冤枉。"

"和你这'头发长见识短'的人讲不清楚！"强生撂下这句话就走出屋了，发现大黑跛着一只脚，头上被咬伤好多地方。强生问大姐，"狗是怎么一回事？"大姐说："刚才那两位记者来的时候，来了一只大白花狗和大黑打起来了，因记者找我有事没空去赶狗，大黑就被咬了。"

大白花狗？强生搜寻着寨子里的狗。对了，那是牧瞎子家的狗，刚才，他才到马路对面遛狗，其实是从我家才回去的。心想，这下拐场了，刚才大姐给记者说的话全被牧瞎子听到了，如果牧瞎子不来，他的狗是不会来的！

8

有一天，强生被通知去乡政府一趟，去了他发现政府大门口挂有一条横幅，上面写着"防微杜渐警钟长鸣"。院墙上还贴有许多白纸写的小标语"加强宣传教育和舆论引导，提高社会管控面！""制止非法聚集和参与邪教活动的苗头隐患！""疏导思想，加强沟通"……强生这才知道他是参加政府举办的重点人员法制培训班，这才想起，为什么会是吴所长和舒协警去通知他来政府呢？

唉——怎么这么笨啊，这一点怎么就没想到。这样的法制培训班强生是第一次参加，他之前听村里参加培训的人说过。

强生到报到那里问，为什么喊他来培训而没喊别人。正在登记的小伙子头也不抬地答："你去问派出所吧！是他们提供的名单。"

强生不再吱声。他发现，每人一份的表格最后一栏都写着原因，如拘留过、判过刑，自己那一栏写着"携带管制刀具"。想争执几句，说自己带的是上山砍柴的柴刀，但他知道对一个办事员说没用的，所以他没有说。

强生这次没有像村里人说的那样睡礼堂写学习心得，晌午过点就回到家了。见到强生，大姐起先还想问，但看到他那张欠着八百银子的脸，就知道不是出门之前说的什么好事了。大姐怯怯地说了句："吃饭吧，饿了不？"

强生没有吱声，接过碗，吃了两三口饭后，又吃了第二碗。

强生说："我还是到省城去打工吧，在家确实是待不下去了！"

大姐没有问个中原因，她知道强生肯定是遇到天大的委屈了，她说："再怎么，也要等到卖了这批三花脸才能去！"

强生弯着指头算了算说："哪还要等到明年三月，还有四个月，等不了！"

"你投入这么多，还建了圈栏，辛辛苦苦搞成这样就不要了？效益也不错啊！一年下来纯收入也有二十来万啊！"

强生说："人要活得有尊严，光有钱有什么用？"

晚上，强生给他玩得好的几个大学同学打电话，问有没有什么事做。按理说，最不愿意求的就是同学，可人落难了，哪还顾得什么面子。强生也不是第一次求同学帮忙了，正好有一位同学正在拍摄一部电视剧，要强生和蓉蓉去协助他，强生二话没说就答应了。

强生对大姐说："你们觉得效益还可以就继续在这里养吧，把这批的成本给我就行了。"

大姐说："你姐夫早就不想干了，他想回他阳中坡去，画点画什么的。我现在也想开了，要赚那么多钱做哪样，又不买田买土，这几年在矿上分红，每个月都有收入，再加上你外甥也大了，你姐夫不想搞也就随了他吧。"

强生的心已不在天井寨了,说:"那你就请人吧,反正买饲料防病什么的你都晓得了,你当老板管好就是。"

大姐说:"我不管哪个来管?有什么办法呢,不可能丢在这里啊,要去你就安安心心地去吧。你和蓉蓉一起去也好,一家人一个天南一个海北的,长期这样也不好。"

离开天井寨那天,强生去了趟墓地,看看父亲的坟头,知道这一走一时半会儿是回不来的。他带了一把镰刀清除坟头的蒿草,在坟头摆上父亲喜欢吃的腊猪脚和米酒。他要在这里静静地坐一会儿,和父亲说说话。

强生坐在父亲的坟头,便勾起了对父亲的思念。墓地是父亲生前指定的,他说这里是公路边,你们来看时方便。他想得太周到了,时刻想到的不是自己而是他们姐弟,这是父爱的细节。

点上一炷香,缕缕芳香随着冥币的紫烟一同升腾,渐入云霄,仿佛是记忆在飘荡。强生跪在父亲的坟前往杯里满满倒上一杯酒:"爹,您尽管喝吧,我晓得您理解我,我年轻时不懂事,等我懂事了您却走了……我想在天井寨陪着你,但……这也是没办法才选择离开,请您放心,您儿子绝对不会差的……"钱列为没有应答,杯里的酒仍是满满的。强生就这样静静地坐在他父亲的坟头,很久不曾这样陪父亲了。

信念无敌。强生家被划为地主那些年,钱列为年纪还小,生活条件差自不用说,而且环境恶劣,劳动强度大,还要面对别人的冷嘲热讽。然而,钱列为依然对生活抱有理想和希冀,虽然身处逆境,他不卑不亢,始终保持乐观的生活态度。在强生的心目中,父亲是真正的男子汉,他要长成像父亲那样的男人,做钱列为一样的男人。强生知道生命是无法抗拒的,最终都将归于尘土,但对于一个值得怀念的生命,它是可以在人的心里长久地存在的。

父亲,您安息吧!我一定会满载而归的。

强生这一次离开天井寨,感觉叔二坤总有些依依不舍,说话特别在意那个"回"字,"不知什么时候才能回来""回来一趟不容易""去吧,记得经常打电话回来"。强生说:"我会回来的,这是我的家,是我的根,我的胞衣地。我走到天涯海角都是天井寨的人,我会回的,你们一定要好好保重身体!"

强生先到省城接蓉蓉,儿子朋朋上学了,不可能随他们东奔西走,得把他安顿好。蓉蓉舍不得离开儿子，做母亲的都一样，总想把所有事情都安排妥当。

现在还是热天，蓉蓉就把朋朋冬天的衣服准备好了。一会儿又担心冬天儿子要长高，现在准备的衣服又短了。见蓉蓉在家里翻箱倒柜地找东西，强生到小区院子里等她。

小区的环境比以前好多了，移栽来的那些粗大的树木已经发了嫩芽，虽然还不能成荫，至少它们活下来了，就像一个人来到城里，虽然还没有站稳发展的根基，但能在城里生存了。那些小草没人注意，甚至还被人乱踩，那是小区的人习惯行走的路线和方向。要改变一个人的行为是很难的，除非你加以限制。因此，好几个非规划出口的地方被铁丝网围着，但被踩过的草长得明显慢了许多。

强生在小区移栽来的那棵"丫"形的银杏树下站了很久，感觉是站在天井寨的那棵树下，顺势就坐了下去，树下也有凳子，不，不是凳子，那是铁架子和着硬木的情侣椅，只能坐俩人，不像天井寨那样，一帮子孩子可坐在上面挤油。

坐在那儿，强生的思绪也开始有些迷离，天井寨银杏树下的一幕幕便挤进他的眼帘——小弟王赤着脚，穿着那屁股上补了一块白色大补丁的裤子爬上树刻下"喜春我喜欢你"的几个字，强生猛地站了起来，认认真真在树干上寻找，哦——在那儿，看到了，歪歪斜斜的"喜春我喜欢你"还在那儿，不过已经长大了，尽管树皮已将他们缝合，但还能认得出来。强生兴奋得差点要跳起来了，终于找到天井寨那棵银杏树了，它就在我的院子里，我的窗台下。强生拨了小弟王的手机，急急地说："天井寨卖的那棵银杏树如今就在我的窗外，你写的'喜春我喜欢你'那几个字还在上面。"

小弟王一脸茫然，他什么都不记得了，问："什么树？什么'喜春我喜欢你'？"

……

哦，是的，不是他们健忘，一棵树对于一个农民有这么重要吗？满山皆是啊！

第十二章

第十三章

1

"人情紧如火,欠账隔壁躲。"这是天井寨人的老话。可见天井寨人对人情往来很看重。因此,强生虽然人不在天井寨,但老房子还在天井寨,还算天井寨的人,只要是天井寨的人情,强生都不能少。以往还有父亲钱列为在天井寨抵挡,如今父亲走了,这责任和传统还得由强生来继承。离开天井寨时,交了两千块钱给明炳,强生认为和明炳的关系还不错,虽然不是亲兄弟,但也还是一个太公的兄弟。他让明炳村子里哪家有什么红白喜事代为随礼。

强生离天井寨远了,返回去一趟路途的开支不小,而且来回还得要好几天。强生便给自己订下规矩,红喜事生就不亲自来凑什么热闹了,礼由明炳代送;白喜事得想法参加,万一赶不上的,也要亲自给当事人打个慰问的电话。村民们可能是富裕了吧,喜事也特别多,什么结婚、生子、满月、周岁、上学、参军,都要办酒宴庆贺。

钱志远可能是觉得自己亏了,因为自己父母早已过世,子女早几年结婚时没办过什么酒宴,这几十年之内没有什么喜事要办,想着这么多年来又送了那么多礼出去,也得要收一收啊!他脑壳一激灵,便在院落里修了一个大门,为庆祝大门落成,他在家里大办了三十桌,并请以前他送过礼的都来。他还破例给来随礼的每位送上一条毛巾和一包价值二十五块钱的芙蓉王烟。最后他一算账,不但不赚钱,反而亏了三千多块钱。

强生发现明炳骗了他,是那次和叔远一起喝酒聊天时聊出来的。那天,强生和叔远喝多了,他带着几分歉意对叔远说:"那次你立大门,对不起,我没能来,要明炳帮我送两百块钱的礼。"

钱志远当时没说什么,第二天,钱志远一再声明没别的意思,只是昨天你说要明炳带两百块钱的礼,可查看礼簿只有一百元。强生说:"自从我父亲过世后，天井寨哪家有什么红白喜事我都是送两百啊，年终我和明炳结账的时候都是按两百结算的。"钱志远这一提醒，强生便对寨子上有过喜事的几户人家逐一核实，发现礼簿上都只记了一百元。好在一年来总数不到十家，也就是说明炳黑的钱不到一千块，强生没有必要为千把块钱和明炳撕破脸面。此后，强生便把随礼的钱交给钱志远，要钱志远代为办理。他相信一个退休的老干部，而且是有文化的人，他不会那么眼浅，看上那几个礼钱的。

那天，强生正在云南一个少数民族村寨拍电视剧的时候，祖厚给强生去了电话，说："回来吧，一年多不见面挺想念的。这两天吴所长被纪委带走了，坐不坐牢不清楚，但所长是当不成了。"

强生回答说："片子还没拍完，可能一下子回不来！"

祖厚又劝道："赚那么多钱做哪样，能快活就快活点吧。"

强生说："我现在赚钱也是被逼的，是那伙人逼我赚钱啊！我不光赚钱还赚了名，有个专题片介绍我，说我是著名导演了！"

祖厚说："落得你讲大话啊，世间竟然有逼你赚钱逼你出名的事？"

强生说："世间的事真的说不清。"

祖厚说："说你是著名导演的那专题片我们都看过了，是真的啊？"

强生吹牛说："肯定了，这事还能作假？"

一个月前，强生把宣传自己的专题片发给何德男，何德男这家伙竟然在县电视台播放了，而且播了好几次。

强生他们电视剧杀青那天，他多喝了几杯。别看拍片风光，其实很累的，基本上是半夜还没睡清早又起床，很多传闻说导演和女演员什么什么的，那只是个别，大多人是累得头挨枕头就睡着。强生一觉醒来发现有五个未接电话，全是天井寨叔远打来的。强生马上回了过去，拨回去后又有些后悔，此时是半夜三点钟啊，正是熟睡的时候啊。没想到电话才响两声钱志远就接了。钱志远说："你叔二坤过世了！"强生想着片子已经拍完，便对钱志远说："我马上就回来，应该能赶上送叔二坤最后一程。"

强生出了机场，又转坐大巴和中巴，一天后就到天井寨了。快两年没回，现在村头有了客运站点。客运站点的正前方有暗红色的石牌楼矗立，上面用隶书写着三个大字——天井寨。石牌楼两边镶嵌着一副金色对联，上联"国运昌盛四海升平谱伟绩"，下联"家和事兴五谷丰登唱赞歌"，落款有行小字"天井寨村委宣"。强生歪着头看了半天，也没看出个所以然。他觉得这对联没有一点地方特色，放之四海而皆准，是不是从网上抄来的？近年来网络发达了，网上什么都有。

村里新铺了柏油路，路两边都栽了樟树，村子的变化很大，面貌焕然一新。正当强生东张西望之时，一辆三轮车从村子里开出来，强生急忙让到路边。车过强生身边却停了下来，一个脑壳从车厢后伸出来喊道："强生，我们买菜去了，你去把对联写起！还有执事单什么的，反正文墨活是你的……"这是给钱列坤的葬礼买菜的车。近年来，这种三轮车在农村特别行销，既可坐人又可拉货。

强生亲手建起来的三花脸养殖场，屋顶上的石棉瓦有些地方已破损漏水，不知道是哪个在里面养了鸡，应该是隔壁的钱光辉他们吧，远了人家是不会来的。钱列为亲手起的那栋吊脚楼还立在那里，在风雨中飘摇，家里的东西没少，但很长时间没人住了，被子有些潮但勉强还能用，吃饭就只能在叔辉那里搭餐了。钱列为过世后，强生在天井寨唯一亲近点的是钱光辉一家。

强生进屋的时候，肖竹仙正在院子里选衣服，钱光辉在屋门口的懒床上看书。看到强生回来，他们都很高兴，但肖竹仙又显得有些意外地问道："你今天有空回来？还以为你要过八月十五才回来。"强生说："听说叔二坤过世了，我得回来送上最后一程。"肖竹仙说："回来浪费钱，我们给你随个礼就是了。"农村人一辈子辛苦，想的总是尽量节约钱。

钱齐荣见强生回来了，也带着儿子小河过来。钱齐荣结婚后便和父母钱光辉他们分开过。钱齐荣让儿子小河喊"叔叔"，小河怯怯地看着强生，喊了声"叔叔"，然后一声不响地玩手中的变形金刚。

强生问："砖厂现在生意怎么样？"

钱齐荣说："卖不动，这两年农村建房的人越来越少了。"

强生说："我看是多了，怎么少了呢？"

钱齐荣说："好多人都在城里买房，不在村子里建房了。"

强生不再问，从包里拿了一块糖给小河，小河没有接。肖竹仙在旁边说："小河，接了，快点长大，像叔叔那样上大学，将来当大官。"

强生说："叔叔没出息，大学是上了，大官没有当。"小河接过糖，转手又给了他爸，看来他对糖已没兴趣了。

强生说:"你们怎么没去叔二坤那帮忙?"

钱齐荣说:"还早得很咧,看了期(日子)的,要到初八才葬,今天才初二!"

强生说:"刚才我到村口就看到有人开着三轮车出去买菜,菜可以放那么多天?"

钱齐荣说:"开始讲三天无忌就上山,哪晓得叔二坤的崽回来了又不同意,非得要看期。这一看便看到初八去了。"

强生问:"他儿子回来?从哪儿回来?"

钱齐荣轻描淡写地说:"还能从哪儿回来,打工啊!"

2

强生到叔二坤的灵堂时才发现一点摆设也没有,因为没有一些花草的陪衬,看不出家里死了人。强生马上用白纸写上"今当大事"四个字贴在灵堂前,把自己买来的折叠花圈打开了,写上自己的落款。然后他开始写执事单,场面慢慢地就显出了悲凉的气氛。

钱列为走了,钱列坤也走了,听说铁牛在精神上有些问题。天井寨红白喜事的文墨活儿,活强生不搞还真没哪个来搞!

"人死饭甑开。"村子里的妇女基本上都是来帮忙准备吃的,李丽芳比以前胖了许多,也许人过了四十岁就要发福吧。她筛灰做灰碱粑,晃动着肥大腰身,一边筛灰一边和强生说话。"你那么远都跑起来,耽搁一天就好多钱啊!"

强生说:"芳芳啊,不能这么说,再赚钱也还得晓得根在哪儿,天井寨是我的根!"

和李丽芳筛灰的孙艳红夸奖强生说:"寨子里死了人是大事,是肯定要回来看看的,哪怕一天赚一万。强生,你讲是不?"

强生说:"对,孙老板讲得对,像你这么懂道理的人越来越少了!"

孙艳红说:"你们读书人还讲我们晓得道理,我们晓得哪样哦。"

强生问:"听说,去年家家养鸡都发了啊?一年能收入四五万呢?这样下去,两三年家家都可起高楼大厦了!"

李丽芳说:"讲得好听,现在哪样都贵,十几万块钱做得哪样,一层楼都盖不起来，从街上拉到我们这里来的运费贵，单请师傅一天三餐的开支都不得了。你想，青辣椒和西红柿卖到四块钱一斤，以前是一块钱买四斤的！"

"我以为城里的物价贵，农村自己种了粮食种了菜会便宜点，没想到也那么贵。"

李丽芳说："现在还有几个人肯到屋里头做，都往城里头跑了，你看门口那田大块大块地荒到那儿，好可惜哦！"

……

通过和她们的对话，强生了解到三个方面的信息。一是物价飞涨，农村建房成本比前两年翻了三番；二是没人肯在农村种田，农村的田土大量荒芜；三是外出打工的少有回家，红白喜事都少有回。

一个小时不到，强生把笔墨活路就做完了。见天色还早，他沿着钱列坤家旁边的花阶路散散步，没几分钟就到了山脚下的小溪旁。那个当年致使钱列坤变成瘸子的炸油坊只剩下一些印痕了，碾槽和那个麻石碾子还丢在那儿，杂草将它掩埋了。就是这个油炸坊将钱列坤的腿弄残的，使他大半生没走过一脚好路。强生将杂草撩起来，麻石碾子呈现在他的面前，强生使出全身力气，试图搬动它，它可能在那儿生根发芽，或许已经被历史定格在那儿了吧，他没能搬动。

强生到旁边的小溪边转了转，发现昔日他们可以洗澡的溪水如今瘦成只有胯腿般大小的流水了。幼年时，一伙小伙伴常常在这里钓虾、螃蟹，还有一种叫"哞蚌"的，它的长像与青蛙差不多，夜深人静的时候，发出"哞哞"的声音，肉质鲜嫩。野鸭也常常来这里游来游去的，那些长不大的四季鱼感觉很快乐，时不时跳出水面，打个漂亮的圈儿又翻进水里，这时野鸭抓住机会，一嘴就叼中打圈儿的鱼儿。大人们常用此事教导小孩，这就是乐极生悲。许多成语、俗话、俚语都是在这活生生的事例中学到的，强生至今记忆深刻。

遇上涨水的季节，虾和螃蟹都特别多，在溪边用撮箕一捞就是一撮箕，直接焙干了慢慢炒来吃。螃蟹随便都能捡到一竹篮，太大的螃蟹还不要，因为太大的壳硬，不好剥，要拿回家找老虎钳一个一个地剥。那时没什么零食，那些小东西用油炸了当作零食，往往是吃上好几天都吃不完，带到学校与同学们一起分享吧，可是同学们家家都有。强生想，自己不缺钙，可能与吃螃蟹吃得多有关吧。

3

办理完钱列坤的丧事，强生想好好地睡一觉，已几个晚上都没睡好觉了。忽然一个大嗓门把他吵醒了，只听见："外……外甥崽，你……你……你回来了。好久没见你……你了，我特意来看看。"

强生皱了皱眉，极不情愿地起了床，刚打开门，一股酒气和着一股汗味便扑来。强生还没看清是谁，啪的一声，他的肩膀上挨了一拳："外甥崽啊，你，你越长越，越魁梧了！"

强生这才想起，是偏房的一个大舅，他有些口吃，外号叫妹拉子。强生揉了揉惺忪的眼睛说："大舅啊，多年不见，你还是原来的样子啊！"其实，强生已快二十年不见他了，那还是在小的时候去外婆家见到过他，那时他家和外婆家不和，根本就没和他打过什么交道。

妹拉子掠过左手的衣袖说："你看我的手上哪有什么肉，全是几根骨头了。哪像你们当老板的。"说完摇头叹息道，"还是你们当老板的好啊！祖上就你长脸了。"他坐了下来，问，"听……听说，你……你当导演？那可是不……不得了！"

强生说："徒有虚名，拍电视剧那是要好多人才能完成的。"

妹拉子把头一抬，朝强生笑了笑说："你……你莫哄我，上……上……上回我看……看电视，硬是看……看到你！"

妹拉子奉承了强生半天，开始转入正题。在和妹拉子聊的时候，强生注意到一个细节，妹拉子给自己散烟的时候，是从上衣的左边荷包摸的，而自己抽的时候则是从右边荷包摸的。妹拉子谦卑地笑了笑说："大舅这次来，一是来……来看看你，二来是看在亲戚分上求你……你帮……帮个忙。"说到这儿，他挠了挠头顶儿撮稀疏而发白的头发，显得有些不好意思。

强生说："大舅啊，你直说吧，只要我能做到的，我会尽力而为。"

妹拉子又划了一根火柴把嘴上的烟点一下，其实他的烟是燃着的。他说："是……是这样的，你……你表弟啊，今……今年二十九啦，谈了个女……女……女朋友，我想，今年给……给他们完婚。可是，女……女方要十万块钱的……的彩礼，还要……要彩电、冰箱、洗衣机、电脑七七八八的。我……我是拿，拿不出啊！"

强生说："表弟叫杨考吧，不是在派出所当协警吗？"

妹拉子一个劲儿地摇头，发白而稀疏的头发飘来飘去的，说："不中……中用，嫌……嫌派出所工资低……低，跑出去打……打工去了，一年到……到头，没看他存……存到一个钱！"

强生想着那次被吴所长抓到派出所，看到杨考那样子，就是有千万元拿去送叫花子也不想借给他。但又觉得这火不应该发在他父亲的头上，把心头的怨气憋了憋，又重复着那句话："只要我能帮的，我会尽力而为。"

妹拉子也不含糊说："能借个十万不？"说完眼含希望地看着强生。

强生不好明拒绝，只好劝道："现在都什么年代了，还要那么多彩礼做哪样？又不是卖女，是嫁女！"

妹拉子一脸无奈地说："我……我也没……没办法，都……都是这么兴啊！"

强生说："给女方说清楚，欠账今后还是要还。再说，表弟还年轻，要他节约点，再扎实干几年，结婚也不迟啊！"

"还年轻？"妹拉子反问强生，"你……你别忘了这……这里是农村，农村哪……哪有二十八九还……还没有结婚的？"说到这，他有些激动，站了起来，背着手转了个圈。

看着妹拉子急成那样，强生说："大舅，现在钱确实不好赚。虽然我在外面比在家里好赚钱些，但开销也大，一家老小都靠我那点开支，我也蛮紧张的。你看这样行不，我先借你一万，别的你们自己想想办法。"强生心想，说是借，其实还不如说是送，没打算要他们还了。强生借他一万块钱，是想借此教训杨考的，是想告诉他，"人是三节草，不知哪节好"，在能帮别人的时候尽量帮。

"一万？其实人……人家不要我……我们这么多……多彩礼的，就是说有……有你这么个有钱外甥，才……才把彩礼提……提得这么高，为的是……是考验我，我们为人怎么样，如……如果你不肯借钱，就证明我……我们为……为人差啊！"

我强生是什么人物？有钱反而成了人家的累赘，何况我还没有钱。竟然把我借不借钱作为考验他们为人的标准了，有这么个道理吗？强生想分辩几句，妹拉子又开口了，明显隐含着对强生的不满。他说："当年你们家被打成地主的时候，家里什么都被没收了，家里缺吃少穿，哪样不是我们救济你们。"

这时，钱光辉走进来，把激动的妹拉子按在凳子上说："你也不要激动，你说得有理，强生也有他的难处。"听到钱光辉这样为他解围，强生心里感到一丝宽慰。心想，人遇到难题的时候，有人在旁边的一句插言也能救急。钱光辉接着说："强生啊，你在外面发财是整个天井寨人都晓得的，名声在外了，能帮你大舅一把就帮一把吧。哪个没有点儿困难，你家的老亲戚也就这么几个了，尽力吧，就借个两万。不足部分让他们自己想办法去！"

强生原以为钱光辉会替他辩解，哪知他也是替妹拉子说情。在他们看来，强生出两万块钱那是牛身上拨根毛，没什么问题的。

强生张了张嘴，想说两万块钱现在还拿不出，还得等回省城再说。但看了看钱光辉那满意的笑容，强生叹了口气，然后才万不得已地点了点头，说："让杨考联系我来拿钱吧！"

妹拉子明显少了才来时那一份亲热，叹了几口气背着手走了，看样子，他是很不满意的。他不满意，强生更不满意。估计杨考是不好意思向强生开口的，为了那次在派出所，强生还省了两万块钱呢，祸福相依啊！想到这，强生有些后悔，应该对妹拉子表态，同意借十万块钱给他，但必须要杨考来借，这样好好报复一下他。但转念一想，觉得刚才对妹拉子的表态也是对的，兔是兔，龟是龟，不能相提并论。

第二天，强生还没起床，孙艳红来喊强生去吃早饭。强生高兴着，想着回来还有人喊吃饭，那是对自己的尊重。强生从床上弹起来，匆匆洗漱后就往孙艳红家去。不知道是正好遇上大石，还是他特意来的，在孙艳红这，大石陪着强生一起喝了一杯。

大石也不含糊，两杯酒下肚就直说了："看在我们是同学的面上，你在外面混得好，我们一不求你利，二不求你钱，你看孙艳红一个人也挺不容易的，他儿子今年十六，长得像个大人了，想跟着你去做点事，不想他发财，只想今后混口轻松饭吃。"

强生端着一杯酒准备喝时，却定格在了嘴边。强生说："老同学，我做的都是专业活儿，不经过系统地学习，那是搞不了的。"

孙艳红抢过话说："他学过开车，给你当司机没问题的，实在不行守大门总可以吧！"

强生说："车我们都是自己开，看大门也要经过专门的培训，要有证！"

孙艳红说："那就给你们扫地、扫厕所！"

强生说："我们那是写字楼，有物业公司在搞了。"

孙艳红说："他一米七几的男子汉什么都做不得？"

强生解释道："现在外面不是吃力气饭，吃的是知识饭或技术饭，你让你儿子去读个职校，到时候再来找我吧。"

"算了算了，上了职校我还来求你，他不可以自己找工作了。唉，人啊，一有钱架子就大了。"孙艳红快言快嘴地说着，一边说一边收拾碗筷。其实，强生还没吃完饭，见孙艳红收拾碗筷，强生只好将手中的筷子和杯子递了过去。

强生点了一支烟，借故走到门外抽，趁他们不注意的时候悄悄地溜走了。

4

几天来，除了两个姐姐和姐夫不来向强生借钱外，那些七大姑八大姨的，只要挨点儿亲的都来了，借钱的理由各种各样，比如，有冬天被蛇咬了要住院的，有建房还差柱头的，有得了怪病要花钱等。多的要几万，少的几百或者几千也行。

没办法，强生在家里待不住，只好往坡上走走，到儿时放牛放羊的地方看看，散散心看看风景。背着手走在田埂上，他喜欢走这样的田埂，不仅空气新鲜，而且踏实。当强生走到村头，玩耍的孩子们探着脑袋怯怯地问强生："你找谁？要我带你去不？"

强生在田埂上遇到喜春，苗苗条条的。不知道她怎么不出去打工了。见到强生，笑眯眯地喊："哥，你一个人走啊，怎么不带个伴？"

强生说："田埂上走走也要带个伴啊！喜春你去哪儿？"

喜春说："我也是随便走走，我现在改名了，叫雅丽。就像你改成弘裕一样。"

强生说："我那是工作需要，喜春不蛮好听的啊！"

喜春说:"土,太土了。"

强生说:"你名字再洋还不是天井寨的人,那有什么用。"强生突然想起迎春,便问她,"迎春现在怎么样?"

喜春说:"从牢里出来后就跟着李嘉元那个老鬼,又没什么钱,天天守着他有什么意思。强生哥啊,看到你的真人比电视上帅多了。你怎么有空回来?"

强生说:"你越来越会说话了。不是有空回来,是应该回来,我们的根在这里。"

喜春有些不以为然地说:"什么根不根的,这地方有什么好?我们是没办法才回来,像你这么有出息也回来,少见!"

强生说:"我有什么出息?在外混饭吃罢了!"

喜春说:"强生哥这么说,我们真是羞愧得去碰豆腐算了。"

强生说:"人各有志,不能这么讲。"

喜春说:"哪时到你的电视剧里演个角色?"

强生愣了一下,没有回答她。这时他才明白,原来村上这么多人来问自己借钱,是因为看到那个宣传自己的电视专题片了。其实那是为了拍的电视剧今后好卖,故意在宣传时对自己做了夸大,强生真是跳进黄河也洗不清啊。

看着强生肩不挑手不提,其实他每天工作十五六个小时,样样操心,起得比鸡早,睡得比狗晚,到处求爷爷告奶奶点头哈腰。每天睁开眼就是房租、水电费、工人工资、国家税费,还要时刻提防竞争对手背后捅刀子,要认真分析剧情角度,以及历史价值、社会影响等。投资房地产再怎么亏,房子还摆在那儿,投资影视剧亏了就什么也没有了,风险比什么都大!

强生说:"那些是徒有虚名,还是做些实在的好。有空多回天井寨来走走。"

5

吃过早饭,强生来到钱齐荣的砖厂。砖厂建在村前的公路边,这样的厂子在公路边有十多家,一台柴油机带着粉碎机把黄土压碎,碎黄土再放到一个砖盒子里压,然后放一排砖又放一排煤,就这样垒在那儿烧。只要三四个人做工,属于那种短平快的项目。这里原来是田,见有人烧砖赚钱,一跟风就有十多家厂子了,钱齐荣也是一位跟风者。

钱齐荣结婚后,提出来要在这里开办砖厂,母亲肖竹仙死活不肯,说这里的田出谷子,用来盖砖厂可惜了。钱齐荣坚持着,就这样,钱齐荣就要了这丘田与父母亲分开过日子了。

厂子里三四个做工的,他们将外衣脱了挂在砖窑的柱子上,红红绿绿的,甩着膀子专心地干活。眼前的砖一码又一码地堆着,感觉堆出了迷宫,走进去怕真的出不来。强生想起,在上小学二三年级的时候,村子里来了五六个表演杂技的,其中一位用手掌将一块砖劈成两半。强生随手拿起一块砖,拿在手上感觉挺沉的,砖的质量应该还可以。他用手劈了一下,砖没什么反应,手却痛得要命。

强生问:"钱齐荣呢?"

正在堆砖的嫂子答复强生:"他拉煤去了!应该快要回来了。"

强生说:"有这么多砖没卖,还要烧啊?"

"把这车煤烧完就停工了,等卖了再烧。"嫂子正说着,钱齐荣便开着拖拉机回来了。

强生问:"你这一拖拉机能烧好久啊?"

"反正一层煤一层砖,我们也没有细算过。"钱齐荣一边说一边启动滑竿将拖拉机的拖斗立起来。

强生说:"还有那么多砖,也要去跑跑,看哪个工地要不?"

钱齐荣说:"要的地方多,就是拿不出现钱,老是欠账。"

强生说:"那也行啊,总比堆在这里强。"

钱齐荣说:"现在行情在涨,堆在这儿还强些。"强生想,理论上是薄利多销,可看着钱齐荣那小打小闹的砖厂,估计这个理论在这里行不通。正准备离开的时候,嫂子对强生说:"你等会儿,等下瑜秋有事找你。"刘瑜秋是强生的小学同学。

"茂军给牧瞎子做工,因欠了好几个月的工资,便和牧瞎子吵了起来,牧瞎子的会计来拉茂军,茂军一甩手,把会计的门牙给打掉了两颗。会计住了一个多月的院,要茂军赔钱不说,他们还做手脚让茂军坐牢……"瑜秋一说话,大伙把手中的活都停了下来,七嘴八舌的,说牧瞎子欺人太甚，要强生一定帮忙。他们说强生同学多，肯定有分配在法院工作的。茂军是瑜秋的老公，强生认得。

强生心想，怎么又是和牧瞎子扯皮。强生说："不敢打保票，我试试吧。"其实，强生与县法院那个副院长熟是熟，但好久不联系有些生疏了。这年头，纯真的朋友不多，凭空说一句就得到人家帮忙，可能性不大。但大伙听强生这么一说，以为胜券在握。

瑜秋说："只要你出面，什么事都好办，等下我把材料拿给你看。"

强生回到家，打了法院副院长的电话。可能是找他帮忙的太多了，接电话比较警觉，开门见山地问强生有什么事。强生不说有什么事，扯谎说老朋友好久不见面了，想起了打个电话随便聊聊。他很老到地说，他还在老地方，有空到他那儿去玩。

接着，强生又打了老同学张伟的电话。在强生看来公检法是一家，张伟出面同样能解决问题的。可张伟接电话说在北京学习，一个月后回来，强生客套几句便挂了。

吃过午饭，看了一会儿电视，觉得很困，便倒在沙发上睡了一会儿。也许是家乡的草香味让强生陶醉了吧，睡得特别踏实。如果不是肖竹仙把他推醒，他可能要睡到天黑。

强生坐起身，看到刘瑜秋坐在门外。听强生说给法院副院长打电话的事后，刘瑜秋很高兴，说虽然不直接管，但都一个单位的，说了管用。她说完把材料递给强生。

强生一边看材料，一边闲聊着。得知刘瑜秋现在有两个小孩，大的是个姑娘，今年读初三了；小的是个男孩，读小学五年级。刘瑜秋感叹道，负担重，盘不起，姑娘初中毕业后就送她出去打工！

强生说："你们两口子打了一辈子工，又要将女儿送出去打工？"

刘瑜秋没有半点埋怨的意思，淡淡地说："农村人就这个命，有工打就不错了！"

刘瑜秋像突然想起什么似的说："哦，对了，你给副院长说的时候，就说我们是亲戚，这样人家才肯帮忙！"

强生应承着："没事，你放心！"刘瑜秋坐了一会儿就走了，走的时候硬要塞给强生一百块钱，说让他去买包烟好散客。强生没有接，说："老同学，这样就见外了，能帮我会尽力，万一帮不了我也没有办法，毕竟这事不是我办，得求人家。"可能是见强生说得诚恳，刘瑜秋最后没有霸蛮地塞给强生。但从言行上看，她是真心的。

强生在村口孙艳红的小卖部前遇见茂军，他正在打台球。右手的衣袖挽着，手上的伤还没完全好利索。

强生问："今天这么有闲心？"说着，递给茂军一支"芙蓉王"。

茂军把球杆递给身边的人，摸出打火机帮强生点烟，说："管他哩，过一天算一天。"强生给茂军说刘瑜秋要他找人帮他们处理官司的事。茂军点了点头。他告诉强生，他无所谓，他相信牧瞎子也不敢做得过火，毕竟欠着他的钱是理亏的。强生劝他，凡事不可大意，不要认为有理了就行。茂军还是一再坚持，要求强生不要去找什么副院长帮忙了，这年头不花钱是靠不住的，别欠了人家的人情。

停了一会儿，茂军问强生："你现在应该还可以吧，村子里的人都说你搞什么电视剧发财了，如果今后有扮演土匪的角色让我去给你演一个，我这样子不用化装都像！"

强生呵呵地附和着，没有答应他。他知道，在老乡面前，哪怕是不经意间的一句笑话，他们也会当真的。

强生正要离开的时候，茂军喊强生，强生又递给茂军一支"芙蓉王"，但他没接。茂军说，能不能借点钱给他，他说牧瞎子还欠他五千多块钱，瑜秋的工资也没发，日子过不下去了。

强生问茂军要多少，茂军说三四百块钱就够了。强生把钱包拿出来，把百元钞票数了数，发现还有九百元。递了八百给茂军，茂军说四百就够了，说完数了四张退了回来。茂军说，他会还的。

太阳快下山的时候，强生去了刘瑜秋家。刘瑜秋正在院子里教训儿子，她一只手拿着一张纸，一只手拿着扫帚，看样子正在打扫院子。那张纸是儿子的试卷，可能是没有考好。儿子大了，跑得飞快，刘瑜秋想打他，怎么也打不着。

见强生进去，刘瑜秋停止了追打，但怒气还挂在脸上。

强生故意问："茂军呢？"

刘瑜秋说："晓得跑哪儿死去了，一天到晚不归家。"

强生问："你不去砖厂做事？"

刘瑜秋说："没去。做事也没什么用，又拿不到工钱。"停了一会儿，接着说道:"银行这两天又来催账了,钱齐荣也欠有银行的钱吧,今天也来找他了!"

强生与刘瑜秋一问一答间,刘瑜秋的儿子趁机跑了。刘瑜秋把儿子的试卷放到桌上对强生说:"这背时崽崽哦,今后不晓得怎么办,成绩万差的。"

强生想说,你两口子当年成绩也不是万差的,现在不也一样活得好好的。但他换了一种语气说:"七十二行,行行出状元,不一定要读书。"

刘瑜秋说:"读不得书,也只好这样自我安慰。"刘瑜秋一边收拾桌上的东西一边说,"我炒两个菜你喝一杯。我打茂军这挨刀砍的电话,要他回来。"此时,斜阳从屋外照进来,给整个屋子增添了亮色。刘瑜秋脸色红润,没有皱纹,她忙碌的身影给这个家添了不少暖色。

强生说:"说好了的,我到钱齐荣那吃晚饭,你忙你的吧!"每次回来都一样,钱齐荣总要喊强生吃餐饭。几杯酒下肚,两个人的话就多了起来。以往叔辉和婶仙都会一起参与,这次钱齐荣没有喊二老。钱齐荣不喊,强生也不好多嘴。在以往,钱齐荣总认为强生还是个小孩子,当然,强生也一直是这样认为钱齐荣是个孩子。因此,很少过问家里的事,这次他们共同回忆往事的时候,眼睛里还涌出了泪花。

强生说:"哥荣啊,你在家中不容易。"

钱齐荣说:"不怪谁,如果当初像你二姐一样,考上大学,就什么困难都没有了。"

强生说:"那也不一定,我不也上了大学吗,现在也不是在外打工。"

钱齐荣说:"你的打工和别人不一样,只是时间未到罢了,肯定会发达的,现在不已经开始了吗?我如果能引进先进的设备,那赚钱肯定是没问题的,听说现在有用石头做砖的机子了,我想去买一台。"

强生说:"你现在的问题是出在销售上,与设备没有冲突啊!"

钱齐荣说:"设备上去了,质量就会上去,成本就会降下来。"停了一会儿,又说道,"你能借两万块钱给我不?先把欠别人的工资发了。"

强生没有对钱齐荣说没有钱,也没有理由说自己没有钱,更不好意思拒绝钱齐荣的两万块,只好轻轻地点了点头。

这时,嫂子又上了一道菜,强生说:"嫂子啊,你别忙了,一起来吃吧!"

"没什么菜,你们俩兄弟喝吧!"嫂子说完又转身进了厨房。

……

强生回家经过钱光辉家时,听到有人在哭。婶竹仙在旁边劝说,强生定睛一看,发现是刘瑜秋。刘瑜秋说:"茂军走了,不晓得去了哪里。"说完,递给强生一张纸条,强生走到灯下才看清,歪歪扭扭的一行字:"我走了,不要找我,我每月都会寄钱回来的。"

6

这天,强生想要到阳中坡大姐家去看望一下,却接到大石的邀请。大石说:"你这趟回来正好赶上,不然,我请都请不来,请你在我乡里集市上的房子里喝杯酒。"强生这才知道大石在集镇买了房,这两天请酒。

强生到乡里的集镇上才知道,天井寨大部分人都到那里建了房,集镇的地名差不多可改名叫天井寨了,因为天井寨的左邻右舍到了集镇后还是左邻右舍。强生这才了解,整个天井寨,那些没在集镇上建的也在县城买了商品楼,有的长期不回家的,也都在打工的城市买了商品房。

大石请了一辆大巴车把天井寨的人都拉到镇上。他在新建的楼房一楼旁边的空地上布置了洗碗、洗菜、切菜、炒菜的场地,酒席摆在新建房子的门面内,门面不宽但很深,摆了四张圆桌,门面的门口摆了两桌。和在天井寨一样,一班席开六桌。酒席的置办和天井寨没什么区别,碗盏杯筷都是从天井寨拉来的,就连炒菜、服侍客的人都是天井寨的,要想变也变不了,因为都是这一帮人在操作。虽然地点到乡里的集镇上,但大家坐在一起喝起酒来没什么两样,仍和天井寨一样劝酒、猜拳,女人们在一起谈着天井寨的家常,没有丝毫的陌生感。

大石满面红光,腆着将军肚与强生干了一杯米酒说:"强生,你晓得我们天井寨去年去世多少人不?每次回来你都爱问这个事,两年了,我算了一下不下十个。"

天井寨总人口才几百号人,就去了那么多?强生一口将杯中的酒喝了,神情有些惆怅。自从他的父亲去世后,除了家族外,远房有什么红白喜事,人家都懒得告诉强生了。

大石劝强生喝了一杯酒后卖关子说:"也有感人的事,想不想听?"

大果的女儿今年十五岁,正在读初二,去年突然感到胸口一阵气闷,到医院检查才得知，小小年纪的她竟患有先天性右室双出口心脏病，大果凑齐了七万多元医药费，给女儿进行第一次手术治疗，由于恢复得很好，女儿很快回了学校。然而好景不长，今年上半年因心脏病复发再次住进医院，用掉两万多元医药费后，家中再也拿不出一分钱来治病，他女儿也被迫中断治疗，每天只能靠药物维持生命。很快病情进一步恶化，医院下达了病危通知书。看着女儿的病情一天天恶化，大果把心一横，在身上贴了张"卖肾救女"的纸条走上街头。大果说，家里为了女儿已经花了十万元的医药费，亲戚朋友借了个遍，除了自己的身体能卖的都已经卖光了。听讲一个肾可以卖到二十万元，便想卖掉一个。

因有法律规定不准买卖人体器官，大果这才没搞成。不过，在许多好心人的帮助下，大果女儿后来五万块钱的治疗费得到了社会的捐款。现在总算活过来了。强生也不认得大果，强生想，这绝对是一个好新闻，不知何德男有没有兴趣，方便时一定给他说说。

想着这些事以前只有报纸上报道过，现实生活中距离自己很远，现在看起来就发生在身边。世界真的很大，但有时又很小。

7

强生去阳中坡大姐家的路上，遇上了初中的班主任老师。班主任老师还是那样没什么变化。强生给老师递了支"芙蓉王"，老师接过看了看没有抽，问："在哪儿高就？"

强生说："说不准，一下这儿一下那儿。"

老师说："你们二十三班你是最有出息的了，那个班参加工作的只有你，还有张伟。"班主任老师的记性真好，他带的班不只他们一个班，他还记得这么清楚。老师说，"张伟不错啊，上次我到城里遇到点事，我找到他，他不但请我吃饭，还帮我把事摆平。"老师一脸的幸福。

强生问："你业余时间做点哪样？"老师已经退休多年，强生知道他有时住在镇上，有时随儿子到城市生活。

老师平淡地说："平常没干什么，等到赶集的时候摆点小摊子，卖点油炸粑粑。"看着老师戴着一副袖套，袖套上有星星点点的油渍，知道他说的是真的。

强生问:"你不搞点书法?"老师写得一手正楷,那时,他每天要强生他们写一页毛笔字,没写好的放学不准回家。初中三年来,几乎没有一天落下。现在强生这一手好字还得感谢老师那时的严格。

老师说:"搞什么哦,老了,刀老不砍刺,人老不管事。"老师说完,哈哈地笑起来,和当年在讲台上没什么两样。

强生沿着拉矿石的公路一路走一路看,一路上,发现才硬化的水泥路许多地方都压烂了,烂了的地方淤积污水。车子走过时,污水溅得人那么高。行人走过这地方时,都得小小心翼翼,大多都要跑上几步,以防车子来时污水溅到身上。强生也如此。

阳中坡山脚的公路边,有一排用石棉瓦搭建的简易工棚,工棚前的空地上停放着几辆检修的车辆,靠近屋门还有几辆小轿车停在那里,有四五个身穿迷彩服的年轻人来回走动。强生猜想,这很有可能就是开采阳中坡重晶石矿的保安。强生用手机拍了一张照片,有一个身穿迷彩服的人朝他走过来。路边的一位村民向强生打招呼说:"好久不见了,今天舍得来?"听见强生是来这里走亲戚的,那迷彩服又折了回去。

在不远处的半山腰,有十几台大型履带式挖掘机在不停挥动着长长的铁臂,把重晶石进等在那里的自卸式载重汽车上,一车至少能装十吨。强生粗略数了一下,现场大约有十多台挖掘机和二十多辆载重汽车在作业,每隔三到五分钟就有一辆装满重晶石的载重汽车开出工地。

走近阳中坡南面的埂蹦湾时,强生再次看到一个很大的工地,从挖开的山体断面能看出,该工地有上下两个矿层,靠近山沟底的矿层至少也有四五米厚。现场一片繁忙,耳边传来阵阵挖掘机的低吼和拉重晶石车的鸣笛声。

这几年阳中坡通过卖矿石家家户户都发了财,房屋都进行翻修了。大姐家也不例外,她的四合小院里与别人不同的地方就是摆满花草,几棵老樟树古朴苍劲,整个小院显得整洁温馨。大姐夫在堂屋挂满字画,多是大姐夫自己写的、画的。

两个外甥一个大学毕业参加了工作,一个当了个体户。大姐夫有了闲情,和退下来的一些老领导一样喜欢上了书画。强生开大姐夫的玩笑说:"领导玩这些叫'领导书画',那是要卖钱的。"大姐夫却说,他这叫"农民书画",是要进入博物馆的。大姐在旁边插嘴说,你这个老古董也要进博物馆了。显然，大姐对大姐夫整天待在家里写写画画是不满的。大姐夫痴迷琴棋书画，能写一手漂亮小楷，梅兰竹菊画得生动传神。

大姐夫还养了几只信鸽，说是当年在城里摆补鞋摊时认得一位从部队退伍回来的小伙子送的，他说这信鸽还真行，现在他与那小伙子联系还是靠这信鸽，真神了！

大姐和大姐夫是同学，在那个年月，农村没几个高中生。他俩高中毕业后没有考上大学，大姐夫便在县城摆了一个补鞋摊，虽然开口闭口都说补鞋的，职业显得低下，但这个活儿是闷声发大财。因为成本低，管理部门不收钱，消费者花上几块钱也不是很在意，利润比较高。随着摊子越摆越大，大姐也就随大姐夫一起到县城经营这个补鞋摊，两个人一个月总有几大千块钱的进账。两个外甥随他们一起在县城读书，在生活上懂得节省开支，他们的日子过得轻松又实惠。没事时，大姐夫便研读中外经典名著，每年在买书方面都要开销好大一笔。为此，大姐和大姐夫闹过不少意见。想想大姐夫不抽烟、不喝酒，也不打牌，不就是买点书看，大姐也就随了他。

大姐夫在堂屋摆了一桌子菜，破天荒地拿出珍藏多年的一瓶20世纪80年代的茅台开了，说陪强生喝一杯。大姐夫拿起这瓶茅台显得有些得意，说是县政协一位副主席送他的，要了他的一张小楷。强生说："这一瓶酒黑市上要卖到两千块，也就是说，你的一幅小楷要卖两千块。"大姐夫哈哈大笑，看着大姐说："你也喝一杯不？好酒咧。"

强生想，大姐夫这一辈子的迂，遭受了大姐不少的骂。大姐夫听到强生这么说，就知道是故意提醒大姐的。他借强生的话来驳大姐，这就是农村人的智慧。不明说，却让你感到理由的存在。

强生举起浓香四溢的茅台，对大姐夫表示祝贺，说他年纪轻轻就尽享清福，是前辈子做了善事。说完便一饮而尽。

大姐夫说："干，干，干，我再不喝酒今天也要喝一杯，外甥捡舅爷，两个外甥有出息全托你的福。"大姐夫说着说着便伤感起来，说早年他负担重没机会孝敬爹，现在日子好过了爹却走了。说到父亲钱列为，强生也深感内疚。不想再说这沉重的话题，便扯开去说："你准备几幅字画，我带到省城去卖，那里有个书画市场，说不定你一夜成名哩！"

大姐夫脸上漾起红润，却又谦虚地说："你莫拿你姐夫来寻开心，我那字画哪卖得脱。"

强生说:"实话实说,大姐夫身在乡村,可惜了一身才华,我替你惋惜,凭借姐夫的知识与文化修养,绝对不输一般名家。"强生说这话时,偷偷看了一眼大姐,发现大姐脸上有一丝淡淡的得意。

大姐夫说,下一步他准备修家谱,说现在的人口流动太快,没几个在村子里了,有的在市里买房,有的在县城买房,有的在乡里的集镇上建房,有的还买到深圳、浙江的,东一个西一个的,到下一代就清不到了,不修个家谱不行啊,日子久了就不知道自己是哪里的人了,还有就是把农村的风土人情收集整理出来编一本书。大姐夫喝了一口酒后说,一个地方总还有点规矩,按时髦的话就是文化底蕴。这些东西再不记录下来,失传了,今后就没地方找啦!

说到这,强生来了兴趣,说那些山歌、酒歌、盘歌、嫁歌什么的再不收集整理,今后也要失传,现在没几个人会唱了。强生又补充道,还要录音录像!

大姐夫的兴趣好像不在这方面,说这东西有人整理了,说完他从书柜的最上方摸出一本厚厚的硬壳书说,你看,这是县政协文史委编的山歌集。他说,我要搞的是农村红白喜事的应酬那一套,真的没几个会了啊!

8

强生睡了个懒觉,难得这么清净地睡上一次。在天井寨时,不是这个来找就是那个来问,一个人静一会儿的时间都没有。昨晚又和大姐夫喝了几杯,感觉特别好睡。突然,大姐急促地敲强生的门,喊强生快起来出大事了!

强生有些不以为然,伸了个懒腰,问:"什么事这么大惊小怪的?"大姐可能是急了吧,一个劲拍着门板,喘着粗气说:"要出人命了,要出人命了,快去劝劝,快去劝劝!"强生这才赶紧爬起来,说:"你不要急,不要急,慢慢说。"大姐接着说:"打……打过来了,打过来了!"

强生向窗外看了看,发现一伙人向阳中坡拥来,还吹着冲锋号。强生没有看清那一伙人是哪儿来的,觉得有点搞笑,怎么像打仗一样呢?强生问:"是哪个部队的?"

大姐说:"还哪个部队的,是我们天井寨的,大娃细崽来了上百人,上百人!"大姐重复着,这是她不愿意看到的,一边是她的娘家天井寨人,一边是婆家阳中坡人,伤着哪一边都不好。她只能劝解,但她一个妇道人家,哪个听她的!

阳中坡的人也不是这么好欺负的,打上门来那还了得?村头鼓楼里的鼓声急促响起,这是村民紧急集合的信号。不到十分钟,全村男女老少聚集在鼓楼前的平坝里,寨佬站在鼓楼下的台阶上,面对着大家说:"我们将面临一场战斗,是的,这是一场战斗。阳中坡史上是有过战斗的。新中国刚刚成立那年,土匪到阳中坡来抢劫,强奸并杀死一名孕妇,我们的祖辈用自制手雷炸死三个土匪,土匪从此再没敢踏进阳中坡半步。今天,又一伙'土匪'来了,比当年的土匪还凶还残忍,我们还不如我们的祖辈吗?"

"慢!"这时,强生和他大姐同时站了出来。大姐说:"对于我来说,'手心手背都是肉',我不愿意看到哪一边的人伤或者怎么的。老话讲'话不说不明,理不辩不清',现在都什么年代了,怎么还能靠拳头说话呢?别人不懂,我们也不懂吗?"这时开始有人起哄了!寨佬制止大家不要吵,听她说完。强生家大姐接着说,"这几年我们山里出了矿,日子过得舒坦了,哪个愿意去坐牢?哪个愿意去死?"

强生家大姐连续几个反问,使在场的人无话可说。她转过身对寨佬说:"有什么问题不能要求政府解决吗?为什么要打架呢?没有王法了吗?"

这时,一辆警车和三辆小车开进阳中坡。这是强生打电话报的警。在这千钧一发之际,有了警察和乡政府领导的介入,事态就得到控制。接下来就只是问题如何解决了。

在天井寨人看来,与阳中坡的冲突完全是为了"保卫家园"。退休干部钱志远说,阳中坡重晶石矿开采几年来,随着矿井开掘延伸到天井寨这边,情况越发严重,致使天井寨多户村民家中墙体开裂、大梁断裂、玻璃震碎,三口水井干涸。上级派人来调查,说是天井寨的建筑质量有问题,与地下开采无关。就这样,两个村的矛盾逐渐升级。

天井寨人把希望寄托在强生的身上,认为他出面能给他们摆平一切。

可强生没有精力，也没有能力为乡亲们处理这些事情。这次在钱列坤的葬礼上，又有人给强生提出这个问题，强生说，这一两年来就没到省城待过，这次回去再想想办法吧。他相信天理自有公断。

这次总算没有发生什么大事，这是强生所庆幸的。

强生要走了，他要到远方那个家去了。其实，天井寨大部分人都有了自己的新家，包括村支书大石也在镇上安了家，但天井寨是他们的胞衣地，这里有他们的"胎记"，是埋葬着他们亲人的地方，容不得别人对天井寨的伤害和欺辱，哪怕是名义上的。

公路的转角处传来救护车呜啊呜啊的声音，又是哪一位老人叶落归根"回"天井寨来了，正与强生离开天井寨的车擦肩而过。